Mord mit Stichmuster: Kommissarin Inka Luhmanns erster Fall im Sauerland, der vielleicht uneitelsten Region Deutschlands.

Für Kommissarin Inka Luhmann ist ihr erster Fall ein ziemlicher Brocken. Im Garten des örtlichen Ex-Schützenkönigs liegt eine Frauenleiche – schlimm zugerichtet, denn Augen, Ohren und Mund sind mit groben Stichen zugenäht. Inka sucht nach Zeugen und Verdächtigen. Bei den Befragungen von nervösen Hotelbesitzern und misstrauischen Schützenbrüdern hat sie es nicht leicht. Denn sie stammt nicht aus der Gegend, sondern aus Dortmund. Der Sauerländer in der Familie ist Inkas Mann Henne. Der ist selbst Polizist, aber macht nun im Rollentausch die Elternzeit, erzieht die beiden Kinder und schmeißt den Haushalt. Inoffiziell berät er Inka natürlich auch bei ihren Ermittlungen. Der Druck auf sie steigt enorm, als eine weitere Leiche auftaucht, ebenso vernäht wie die erste. Inka fragt sich: Was bedeutet das? Wird es womöglich noch ein Opfer geben? Sie muss die Morde stoppen, bevor es zu spät ist.

Das Autorenduo *Oliver Welter* und *Michael Gantenberg* kennt sich aus mit Spannung: Michael Gantenberg (geboren 1961) war Radio- und TV-Moderator (WDR, VOX, NDR) und schrieb u. a. für DIE ZEIT und die FAZ. Mit dem Grimme-Preis und dem Deutschen Fernsehpreis ausgezeichnet, schrieb er zahlreiche Folgen für die Krimireihen ›Unter Verdacht‹ (ZDF), ›Nord Nord Mord‹ (ZDF), ›Henker & Richter‹ (ARD) sowie einen ›Tatort‹. Michael Gantenberg lebt mit seiner Familie in der Nähe des Sauerlandes.

Oliver Welter (Jahrgang 1969) arbeitete als Autor für ›TV total‹, schrieb zahlreiche Folgen von TV-Serien wie ›Mein Leben & Ich‹, ›Alles was zählt‹ sowie für die Krimiserie ›Morden im Norden‹ (ARD) und wurde mit dem Deutschen Fernsehpreis ausgezeichnet. Selbst großmütterlicherseits Sauerländer, lebt er mit seiner Familie im Rheinland.

Weitere Informationen, auch zu E-Book-Ausgaben, finden Sie bei www.fischerverlage.de

Oliver Welter und Michael Gantenberg

KALT
GEHT DER WIND

Inka Luhmann ermittelt im Sauerland

FISCHER Taschenbuch

2. Auflage: August 2013

Originalausgabe
Veröffentlicht bei FISCHER Taschenbuch,
Frankfurt am Main, Juni 2013

Satz: Fotosatz Amann, Aichstetten
Druck und Bindung: CPI books GmbH, Leck
Printed in Germany
ISBN 978-3-596-18933-5

1 Freitag, 2:24 Uhr

Kein Mond war der beste Mond. Zumindest, wenn man nicht gesehen werden wollte. Die beiden Männer saßen Seite an Seite auf dem Mittelsteg ihres Angelbootes und legten sich kräftig in die Riemen. Eine schweißtreibende Angelegenheit in hüfthohen Gummihosen mit angesetzten Stiefeln.

»Ich sag' dir, den ganzen Baumarktscheiß kannst du komplett in die Tonne treten.«

Wie bei jedem ihrer nächtlichen Ausflüge ließ der Größere der beiden seiner Abneigung gegen minderwertige Ausrüstungsgegenstände freien Lauf.

»Du sagst vielleicht, hey, es ist nur eine Verpackung. Aber ich sage: Wer keinen Wert aufs Detail legt, darf sich nicht wundern, wenn alles schiefgeht«, fuhr er fort.

Der Kleinere verdrehte die Augen und sah über den schwarzen Spiegel des Hennesees zum gegenüberliegenden Ufer. Die Lichter von Meschede brachen sich auf der Wasseroberfläche. Das leise diffuse Rauschen der Stadt wehte mit dem sanften Wind herüber. Tiefschwarzes Wasser gluckste träge gegen die Planken des Bootes.

Die beiden wussten, dass sie nur noch heute Nacht Beute machen konnten. Ab morgen würden drüben am Ufer, etwas außerhalb der Stadt, die Vorbereitungen für das alljährliche Schützenfest beginnen. Über eine Woche Ausnahmezustand. An nächtliche Ruhe war dann nicht zu denken.

»Und weil du Wert aufs Detail legst, hast du die Plane eigenhändig bei Vollmond von jungfräulichen Bergtrollmädchen flechten lassen«, seufzte er.

»Nee, bei Ikea geklaut.« Das hatte der Kleinere jetzt nicht erwartet, bekam aber umgehend die fällige Erklärung.

»Fünfzehn Einkaufstüten, auseinandergeschnitten, zusammengenäht und fertig. Ich meine, die wollen schließlich nicht, dass den Kunden im Laden ihr ganzer Billigmist auf dem Boden zerdeppert. Also machen sie was? Richtig. Anständige Tüten bauen.«

Der Kleinere atmete durch. Es gab Diskussionen, auf die ließ man sich besser nicht ein. Vor allem, wenn man bis zur Morgendämmerung noch einiges vorhatte.

Er sah zum Heck ihres Bootes. Auf den Planken lagen die zur Plane mutierten fünfzehn Ikea-Tüten und warteten auf ihren Einsatz. Der Inhalt, den sie diskret verbergen sollten, weilte noch direkt unter dem Boot am Grund des Sees. Die Männer waren jetzt in Ufernähe angekommen. Ihr Zielgebiet, in dessen schilfig schlammigem Schutz sich ihre Beute mit Vorliebe verbarg.

»Bist du sicher, dass das ein Waller ist?«, fragte der Größere.

»Und was für einer. Kann ein Echolot lügen?«, antwortete der Kleinere und sah von einer armbanduhrgroßen Apparatur um sein Handgelenk auf. Das grünliche Leuchten des Monochromdisplays ließ sein Grinsen unnatürlich strahlen. Er sah zum nahen Uferstreifen, der sich dunkel von der noch dunkleren Wasseroberfläche absetzte. Dahinter stiegen Luxusgärten schemenhaft und sanft zu den Villen der Besserverdienenden an. Bonzengegend. Sie durften nur nicht zu nah an die Grundstücke geraten. Wer wusste schon, welche Art Alarmanlagen die hier installiert hatten.

»Und warum bewegt der Waller sich nicht?«

»Weil er lauert.«

»Jau, auf uns …«, freute sich der Größere und kalkulierte im Geiste schon mal etliche Kilos zu einem verdammt lukrativen Gesamtpreis zusammen. Den würde der Küchenchef eines Restaurants oben in Schmallenberg dafür schon berappen müssen.

»Biss!«

Der Kleinere sprang auf und riss den Größeren aus seinen Träumen. Die kompakte Raubfischrute bog sich mit einem Ruck zur Oberfläche des Sees. Die Multirolle spulte die dicke Hemingway-Schnur mit einem sonoren Sirren ab. Fünfzig Meter Schnur für eine Wassertiefe von nicht mehr als drei Metern, das musste reichen.

»Gibt's doch nicht, 'n echter Waller!«

Die anfängliche Skepsis des Größeren war purer Jagdleidenschaft gewichen.

»Leise! Willst du, dass die uns erwischen?«

Die Ermahnung war berechtigt. Die Wallerbestände waren in den letzten Jahren kontinuierlich zurückgegangen, weswegen die Obere Fischereibehörde in Meschede eine Schonzeit verhängt hatte. Und der Fischmeister der Behörde war ein harter Hund. Die Missachtung der Schonzeiten in seinem Gewässer nahm er persönlich. Nicht selten war er sogar bereit, seine Freizeit und seinen Schlaf dem Kampf gegen Wilddiebe und Schwarzangler zu opfern. Eine Gefahr, die die Männer im Boot aber bewusst einkalkulierten. Schließlich waren die Schwarzmarktpreise für den Fisch entsprechend hoch.

»Und?«

Der Größere hatte sich wieder unter Kontrolle. Mit geschickten Ruderbewegungen hielt er die Position des Bootes stabil, während der Kleinere einen Fuß auf die Seitenwand gestützt hatte. Im bevorstehenden Kampf mit dem Waller brauchte er Standfestigkeit und Würde. Erstaunt bemerkte er weitaus weniger Widerstand an der Rute als erwartet.

»Das Mistvieh wehrt sich nicht mal, das faule Stück.«

»Typisch Waller, fett und träge«, grinste der Größere.

Der Kleinere zog die Schnur Meter für Meter ein. »Hast du das Gaff?«

Der Größere ließ die Ruder sinken und winkte mit einer Art Stock, an dessen Ende matt ein Haken schmimmerte. Sein Blick wanderte an die Stelle, wo die Angelschnur des Kleineren im nassen Dunkel des Sees verschwand. Noch Sekunden, dann würde der Große den Haken des Gaffs unter den Kiemendeckel des Wallers schieben. Die Augen des Kleineren sprühten vor Beutegier. Er rollte die Schnur immer schneller auf. Schon schimmerte ihnen ein verschwommener Körper aus dem Dunkel des Sees entgegen. Ein ziemlich großer Körper.

»Wow, das ist ja ein echtes Monster.«

Der Größere merkte es in der Sekunde, in der er seinen Gaffhaken in etwas trieb, was ihm zu teigig für Wallerkiemen erschien und gleichzeitig zu knochig für einen Fisch. Der Kleinere reagierte, als sein Komplize ihre Beute an das Boot heranzog.

»Ja, aber es ist kein Waller!«

Der schwere Angelhaken hatte sich in die Schulter eines leblosen Frauenkörpers gebohrt. Im schwachen Licht der Stadt in der Ferne erkannten die beiden, dass es sich kaum um einen Unfall handeln konnte. Augen, Ohren und Mund der jungen Frau waren mit akkuraten Stichen zugenäht.

»Scheiße.«

Der Kleinere schaltete entsetzt sein Echolot aus, während der Größere sich auf der Stelle übergab.

2 Samstag, 9:20 Uhr

»Herzlichen Glückwunsch!«

Inka Luhmann blickte auf den nagelneu glänzenden Autoschlüssel, der unmittelbar vor ihrer Nase baumelte. In seiner lächerlichen Vollkommenheit wurde er nur übertroffen von dem breiten Verkäufergrinsen des Autohändlers dahinter. Wäre jetzt ein Sonnenstrahl auf seine extraweißen Zähne gefallen, ein leises »Pling« hätte Inka nicht gewundert.

Umso enttäuschter war der Mann über ihre Reaktion.

»Den geben Sie besser meinem Mann. Ist sein Auto«, sagte sie und schob den ausgestreckten Arm samt Schlüssel einen halben Meter nach rechts. Zu Henne.

»Oh, verstehe.« Der Verkäufer war ein wenig irritiert, aber Profi genug, seine Fahrzeugauslieferungsprozedur auf Anfang zu spulen und für Henne zu wiederholen.

»Herzlichen Glückwunsch zum neuen Auto, Herr Luhmann.« Und diesmal war er ungleich erleichterter, weil Henne sein strahlendes Lächeln eins zu eins erwiderte. Stolz wie ein Erstklässler, dem man gerade seine Schultüte in die Hand drückte.

Was bei einem Kerl wie Henne schon etwas befremdlich aussah, dachte Inka. Denn Hendrik, wie Henne eigentlich hieß, war eher der Typ »Kerl wie ein Baum«. Eins neunzig groß und ein klassischer »Triple B«, wie Inkas Freundinnen ihn bei ihrer ersten Begegnung mit vielsagendem Grinsen eingestuft hatten. Blond, breite Schultern, Bart. Genau die Art Holzfäller mit Hirn, die Inka schon immer weiche Knie bereitet hatte. Auch wenn das, womit Henne, einige Dates später, nach Inkas Knien auch ihr Herz erobert hatte, natürlich nicht nur sein Aussehen war, sondern seine weiche Stimme, sein trockener Humor und vor allem seine Grübchen, wenn er lächelte.

Und das tat er oft. Gut, nicht mehr so oft wie früher, als Tom und Mia noch nicht da waren, aber immer noch oft genug, um Inka das Gefühl zu geben, in ihrer Beziehung sei das in Ordnung, was in Ordnung sein musste. Die Basis, ihre Liebe zueinander. Den Rest holte sich nun mal gerne der Alltag.

Heute allerdings nicht. Heute war ein echter Feiertag. Jedenfalls wenn man nach Hennes Grübchen ging. Die hatten sich mittlerweile zu wahren Gruben ausgewachsen. Der Autoschlüssel war in seiner Pranke verschwunden, und der Verkäufer setzte zum Höhepunkt seiner Show an.

»Wenn Sie mir dann bitte in den Präsentationsbereich folgen würden.«

»Zur Übergabe«, flüsterte Henne aufgeregt. Inka lächelte nachsichtig.

»Danke, wäre ich nicht drauf gekommen …«

Sie folgten dem Verkäufer in Richtung des gleißend hellen Zentrums des Autohauses. In dessen Mitte verdeckte, angestrahlt von gefühlten zehntausend Watt, eine edle Fließplane einen großen Gegenstand. Der sah in Abmessung und Form verdächtig genau nach dem Auto aus, das Inka und Henne wochenlang geplant, konfiguriert, durchgerechnet und dann umgeplant, umkonfiguriert und umfinanziert hatten.

»Der Kerl schwenkt jetzt aber nicht noch Weihrauch, oder?«, fragt Inka.

Henne sah sie gespielt tadelnd an.

»Wie oft zieht jemand für dich die Plane von deinem Neuwagen? Das ist so was wie die Geburtsstunde. Das muss zelebriert werden.«

Männer, dachte Inka. Ein neues Spielzeug und die Sonne ging nicht mehr unter. Dumm nur, dass dieses Spielzeug gut und gerne ihr halbes Jahresgehalt auffraß. Und zwar nicht ihr altes, das der Kriminaloberkommissarin aus Dortmund. Sondern das neue. Das der Dezernatsleiterin Abteilung Kapitalverbrechen der Kriminalpolizei Brilon.

Andererseits musste Inka sich eingestehen, ein neues Auto war wirklich keine so schlechte Idee. Nüchtern betrachtet – und Inka betrachtete Dinge beruflich bedingt gerne nüchtern –, war eine Familie nun mal auch eine logistische Herausforderung. Sie selbst, Henne, Tom, Mia und »Böse«, Inkas großer, ewig haarender und schlechterzogener Hund, hatten so ihre Bedürfnisse an Schul-, Kindergarten-, Einkaufs- und Freizeittouren. Und die waren mit Inkas alter Möhre einfach nicht mehr zu bewerkstelligen gewesen.

Noch entscheidender als alle Vernunfterwägungen war allerdings etwas anderes. Eine Art unausgesprochene Übereinkunft zwischen Inka und Henne. Denn das neue Auto war mehr als ein fahrbarer Untersatz mit genügend Stauraum. Es war ein Versprechen. Ein Versprechen darauf, dass Inkas und Hennes Plan funktionierte. Und der beinhaltete nichts weniger als die Umkehrung aller sauerländischen Familientraditionen. Auch wenn so ziemlich alle, denen Inka davon erzählt hatte, eindringlich davor gewarnt hatten. Der Tenor: »Okay, super, dass du arbeiten gehst, Inka. Und dazu noch in Vollzeit. Aber Henne und Hausmann …?!«

Die sauerländische Phantasie schaltete sich ein und entwickelte schnell Untergangsszenarien von kartenspielenden Männern, verwahrlosten Haushalten und Kindern, die von Haustieren erzogen wurden. Und wenn Inka ehrlich war, auch sie selbst konnte sich nicht ganz frei von allen Befürchtungen machen. Aber weniger, weil sie den Übertreibungen von Familie und Freundinnen glaubte, sondern eher, weil sie ihren Mann kannte. Henne war für alles schnell zu begeistern, aber genauso schnell langweilten ihn die Dinge wieder. Sie hatte einen Sprinter auf eine Marathonstrecke geschickt.

Umso überraschender war Inkas erstes Zwischenfazit nach den ersten Wochen »Henne allein zu Haus«. Die Kinder beherrschten noch ihre Muttersprache, die Wohnung war stets aufgeräumt, und alle, inklusive Böse, machten einen entspannten Eindruck. Mit Ausnahme vielleicht von Inkas vormals weißen Unterwäschegarnituren, die sich einen leichten Stich ins Rosa eingefangen hatten. Kollateralschäden, meinte Henne. Und Inka war fast froh darüber, denn der Bulle in ihr wusste: Wenn etwas zu perfekt lief, lief etwas falsch. Aber so war alles bestens. Henne hatte die Sache im Griff. Oder »alles auf seinem Home-Radar«, wie er es ausdrückte.

»Mama, guck mal!« Mia, Inkas und Hennes sechsjährige Tochter, riss sie mit gewohnt erstklassigem Timing aus ihren Überlegungen. Gut, so schlecht war ihr Timing auch nicht, denn sie hing kopfüber nur an den Kniekehlen über der ziemlich wackeligen Fensterbank eines zweistöckigen Plastikhauses in der Kinderspielecke. Und noch schlimmer, Tom, Mias zwei Jahre jüngerer Bruder, war wie immer drauf und dran, es seiner großen Schwester nachzutun. Zehn Sekunden später und beide würden unten liegen, zwischen Buntstiften, Ausmalheften und den Bauklotzruinen der letzten Kunden mit Familie. Was offenbar unter Hennes »Home-Radar« geblieben war, wie ein Blick in sein verklärtes Gesicht bestätigte.

»Komme!«, rief Inka in Richtung der Kinder und entschuldigte sich bei Henne und dem Verkäufer. »Macht mal ohne mich weiter.« Aber das hätte sie genauso gut den sorgfältig gestapelten Winterreifen-Sonderangeboten neben ihr erzählen können. Keine Reaktion, die Männer folgten gebannt einem scheinbar geschlechtsspezifischen Initiationsritus des 21. Jahrhunderts.

Inka eilte mit Böse zur Spielecke und pflückte Tom und Mia routiniert aus der Gefahrenzone.

»Mama, wann gehen wir wieder?!«, wollte Mia wissen.

»Sobald wir unser neues Auto haben, Schatz.«

»Aber das steht doch schon da«, meinte Tom nicht ganz zu Unrecht.

»Ich weiß, Tom. Aber aus irgendeinem Grund kann man damit nicht einfach wegfahren. Ich glaube, wir müssen es irgendwie vorher … kennenlernen.«

Was Tom zu Inkas Überraschung verstand, und was im selben Moment von dramatischer Musik bestätigt wurde. Der Verkäufer trat vor das Auto, zog die Plane von der blitzenden Karosse und sorgte für ein andächtiges »Aaah« aus Hennes Mund. Eine Reaktion, die Inka so bei ihm auch noch nicht gesehen hatte. Sie, die Kinder und der Hund kamen gerade noch rechtzeitig zurück, um ihn sagen zu hören:

»Inka, Mia, Tom, Böse. Darf ich vorstellen: unser neues Auto …«

Begeisterung bei den Kindern, Umarmungen, Hundegebell. Sofort wollten alle das neue Auto erkunden. Anfassen, reinklettern, kennenlernen eben.

Bis Henne sie jäh innehalten ließ.

»Halt!«

Totenstille. Inka sah in ratlose Gesichter und sprachlos offene Münder. Die des Verkäufers, Mias, Toms, Böses und ihr eigenes, das sie im spiegelnden Lack des Autos erkannte.

»Familie, ich sagte *neues* Auto. Mit Betonung auf neu!«, ergänzte Henne.

Inka fing sich als Erste. »Und das heißt?«, fragte sie irritiert.

»Dass es auch behandelt wird wie ein Neuwagen. Wir setzen uns anständig rein, passen auf, dass wir dabei keine Kratzer machen und halten uns an ein paar Regeln. Kein Essen, kein Trinken, weder während der Fahrt noch davor oder danach. Und ich will erst recht keine Schuhabdrücke kleiner als Größe 35 auf der Rückseite der Vordersitze.«

Inka glaubte es nicht. »Aber atmen dürfen wir noch?«

»Klar. Nur nicht gegen die Fensterscheibe und dann abrubbeln. Das gibt Schlieren.«

Und auch wenn Henne dabei lächelte, etwas fehlte. Seine Grübchen. Für Inka ein untrügliches Zeichen für eine böse Vorahnung. Wenn dieses Auto so etwas wie ein Versprechen auf das Funktionieren ihres Planes war, dann war Hennes plötzlicher Patriarchenanfall ein Versprechen auf dessen grandioses Scheitern. Inka war klar, mit Männern in diesem Modus kann man nicht reden. Man kann sie nur überzeugen. Und zwar mit einem »So nicht!«, das keine Fragen offenließ.

Inka sah sich um. Und fand, was sie suchte. Neben den Reifenangeboten stand ein Hochglanzregal mit frisch gespülten Tassen, Gläsern und Servietten neben einer Thermoskanne, einer Karaffe Wasser und einer kleinen Schale mit Müsliriegeln. Sie wandte sich an den Verkäufer.

»Darf ich?«

Ein überfreundliches Nicken.

»Selbstverständlich. Wir haben aber auch noch andere Erfrischungen.«

»Danke, aber es ist nicht für mich.« Die irritierten Blicke des Verkäufers und ihrer Familie folgten Inka zu dem Display. Inka nahm sich die Wasserkaraffe, packte einen Müsliriegel aus und stellte sich damit vor Böse.

»Bereit, alle zerkauten Schuhe dieser Welt wiedergutzumachen?« Ein Bellen signalisierte Zustimmung. Inka verteilte ein paar Handvoll Wasser auf dem Rücken des Hundes. Dann warf sie den Müsliriegel mit einer geschickten Bewegung mitten in den geöffneten Kofferraum des Wagens.

»Hol ihn dir!« Böse gehorchte zum ersten Mal in seinem Leben aufs Wort, machte einen Satz in den Kofferraum und schnappte sich den Riegel. Dann tat er, was nasse Hunde nun mal nicht lassen können. Wie in Zeitlupe streckte er sich, und keine Sekunde später wanderte eine Welle wilden Fellschüttelns von seiner Nasenspitze über den Kopf, den Hals, den großen haarigen Körper bis hin zum Ende seines Schwanzes. Ein Wirbel aus Hundehaaren und Wassertropfen verteilte sich auf Sitzen, Scheiben und Armaturen im Inneren des Autos, wie die Reste einer pürierten Frucht im Küchenmixer.

Die Fassungslosigkeit in Hennes Blick hatte Inka in diesem Ausmaß bislang nur ein einziges Mal gesehen. Das war Jahre her und hatte mit einem Schnelltest zu tun, den sie heimlich im Bad gemacht hatte.

»Inka … Was hast du getan?!«, stammelte Henne.

Die Männer fingen sich und eilten zum Kofferraum, als müssten sie einen Komapatienten wiederbeleben. Böse sprang heraus und setzte sich neben Inka, die den Arm um Tom und Mia legte und ihren Mann mit einem ernsten Blick bedachte.

»Ich habe unser Familienleben gerettet«, antwortete Inka entspannt. »Und zwar davor, dass wir uns zu Sklaven eines Neuwagens machen.« Sie lächelte. »Ist der erste Fleck mal im Polster, geht man gleich viel entspannter damit um, nicht wahr?«

Den Blicken der Männer nach zu urteilen würde es noch dauern, bis sich diese Erkenntnis durchsetzte. Henne und der Verkäufer betrachteten fassungslos den Kofferraum, als wollten sie ihn durch Handauflegen wieder in seinen jungfräulichen Urzustand versetzen.

Das Klingeln eines Handys durchbrach die Stille. Inkas Handy. Im Display die Nummer ihrer Dienststelle. Sie ging ran, horchte einige Sekunde und legte auf.

»Tut mir leid, Mama muss los.«

Während Henne und der Verkäufer die Sprache anscheinend noch immer nicht wiedergefunden hatten, setzten sich Tom und Mia samt Böse mit routinierter Enttäuschung auf den Rücksitz. Inka selbst schwang sich auf den Fahrersitz des Neuwagens und stellte Sitz und Rückspiegel ein, bevor sie sich an die Männer am Kofferraum wandte.

»Was ist jetzt? Kann man damit auch fahren?«

3 Samstag, 10:30 Uhr

»Fast wie Schweden, nur halb so teuer.«

Inka sah über die leicht windgekräuselte Oberfläche des Hennesees auf die dichtbewaldeten Hügel der anderen Uferseite. Da war es wieder. Hennes einzigartiges Lockargument, mit dem er sie aus dem Ruhrgebiet in »sein« Sauerland gelockt hatte. Jede Menge Wald, Wasser und Berge. Ein Paradies. Nicht nur für Bullen. Auch für Familien und Kinder. Und nach anfänglicher Skepsis musste Inka ihm recht geben, auch wenn ihr noch kein Elch über den Weg gelaufen war.

Grün war die Farbe, die hier fast alles dominierte. Auf den Dächern der Kiefernwälder, den üppigen Wiesen und Weiden, sogar auf der Wasseroberfläche. Wenn auch nur als Spiegelung der Umgebung. Schon nach den ersten Wochen Brilon hatte Inka sich nicht nur daran gewöhnt, sie vermisste es sogar, wenn sie länger als ein, zwei Tage ihre Eltern in Dortmund besuchte. Und heute hätte es sie vermutlich nicht einmal überrascht, wenn ein Stück grünen Himmels zwischen den tiefhängenden Wolken die Orgie in Chlorophyll perfekt gemacht hätte.

Umso greller leuchteten die Farbtupfer um Inka herum. Das Rotweiß der Flatterbänder, das Signalgelb der Spurennummerierung, das Weiß der Overalls der Techniker. Willkommen in der romantischen Welt der Tatortermittlungen.

Ein Streifenwagen hatte am Präsidium auf Inka gewartet und sie in halsbrecherischer Fahrt über verstopfte Landstraßen und eine fast leere Autobahn hierhergebracht, auf das stattliche Anwesen von Wolfgang Hesterkamp, dem »Holzbaron vom Hennesee«. Inka war mit etwas wackeligen Beinen ausgestiegen, denn die rustikalen Fahrkünste des Streifenpolizisten hatten ihre Spuren hinterlassen. In einer Gegend, in der schon jeder zivile Verkehrsteilnehmer mit »HSK«-Kennzeichen Verkehrsregeln eher als Empfehlung denn als Vorschrift auslegte, kam Inka die Fahrt unter Blaulicht vor wie ein Hubschrauberflug durch den Raiffeisenmarkt. Immer nur Zentimeter vorbei an Kiefernholz oder Metall. Aber noch mehr als die Fahrt machte sich in Inka etwas anderes bemerkbar. Lampenfieber. Ihr erster »eigener« Fall seit langer Zeit wartete auf sie. Inka betrat die Arena. Und konnte sich über eine mangelnde Dramatik nicht beklagen.

Als sie die Villa des Holzbarons auf einem Kiesweg umrundet hatte, sah sie auf eine sanft in Richtung Seeufer abfallende, parkähnliche Grünfläche. Gesäumt und immer wieder unterbrochen von unzähligen gepflegten Sträuchern und Bäumen. Darauf verteilt standen zu Inkas Überraschung mehrere weiße Pavillons, verschieden große Zelte, ein Bierwagen, Stromaggregate und Dutzende Klappboxen mit technischem Material. Alles aus dem Bestand eines örtlichen Cateringservices und eingerahmt von feierlicher Beleuchtung. Die Vorbereitungen für eine imposante Gartenparty, kurz vor ihrer Vollendung jäh unterbrochen. Was immer würdig genug war, hier so groß gefeiert zu werden, die Szenerie am Seeufer hatte es zu einer unwichtigen Fußnote der Geschichte werden lassen.

Inka ging den Rasenhang hinunter, hockte sich an das schlammige Seeufer am Fuße des Gartens. Sie gratulierte sich zum Einhalten der Sauerland-Regel Nummer eins: Gummistiefel sollten nie weiter als einen kurzen Sprint entfernt sein. Im grellen Licht von vier Scheinwerfern und unter den kritischen Blicken der umstehenden Kollegen studierte sie die Leiche, die blass und leicht aufgedunsen rücklings vor ihr lag.

»Weiblich, etwa eins fünfundsechzig groß, mittelbraunes, langes Haar. Bis auf den fehlenden linken Schuh vollständig bekleidet. Außer den …« Die Stimme stockte angesichts des verstörenden Anblicks. »Außer den Nähten im Gesicht und zwei Löchern in der Schulter keine äußerlichen Spuren von Gewalteinwirkung.«

Die Beschreibung war ebenso lustlos wie überflüssig. Inka sah auf ein Paar gedrungene Beine in zu engen Cordhosen und Gummistiefeln neben sich. Kriminalkommissar Georg Pfeil klappte seinen Notizblock zu, zog seinen Gürtel über den stattlichen Bauch und musterte Inka von oben herab mit dem Gesichtsausdruck eines chronisch Magenleidenden. Er gab sich keine Mühe, die Aversion gegen die neue Kollegin zu verbergen. Warum auch? Er war Sauerländer, sie Zugereiste. Sein Heimspiel.

An der Leiche fiel Inka eher das auf, was Pfeil bei seiner Beschreibung – außer »tot« – ausgelassen hatte. Entweder weil er es nicht bemerkt hatte, oder weil er es für unwichtig hielt. Für Inka beides keine Bewerbung zum »Ermittler des Monats«.

Es war eine attraktive Frau Anfang dreißig, die da vor ihr lag. Zumindest ließ das die wasserdurchtränkte, enganliegende Kleidung vermuten. Reste einer offenbar frisch geschnittenen Frisur, gepflegte, manikürte Fingernägel, modische Schminke, inklusive – ironischerweise – wasserfestem Mascara. Doch alles an ihr wirkte ein wenig zu dick aufgetragen, um unter echten Stadtpflanzen noch als chic durchzugehen. Inka tippte auf eine wie sich. Auch eine Zugezogene. Bereit, sich den ländlichen Gesetzmäßigkeiten anzupassen, aber ohne sich dabei völlig selbst aufzugeben. Jemand, der mit Sicherheit andere Träume gehabt hatte, als am Ufer des Hennesees zu enden. Noch dazu als ein in der Tat verstörender Anblick. Augen, Ohren und Mund der Frau waren angelegt, beziehungsweise geschlossen und anschließend mit groben Stichen und dickem, dunklem Garn zugenäht worden.

»Wir haben keine persönlichen Gegenstände bei ihr gefunden. Also keine Handtasche, kein Portemonnaie, kein Schminkzeug oder so. Nur einen Schlüsselbund in ihrer rechten vorderen Hosentasche.«

Ohne Inka anzusehen, hielt Pfeil einen transparenten Plastikbeutel an seinem ausgestreckten Arm. Inka nahm ihn und betrachtete den Inhalt. Ein etwa zehn Zentimeter großes, metallenes »N« mit unbehandelten Außenseiten. In der Mitte waren die Balken des Buchstabens pink beschichtet, an den seitlichen Rändern der Oberfläche glitzerten Dutzende winziger Strasssteinchen. Modeschmuck. Der ziemlich schwer zu tragen hatte. Denn an einem ebenfalls metallenen Ring an der Unterseite des Buchstabens zählte Inka nicht weniger als dreizehn Schlüssel. Einen Autoschlüssel konnte sie dank der Marke identifizieren, den Zweck von sechs größeren und weiteren sechs kleineren Schlüsseln zumindest vage erahnen. Inka hatte genug eigene Fahrradschlösser, Geldkassetten und Vorhängeschlösser für Kellerräume besessen, um zu wissen, womit man sie klassischerweise sicherte. Die fünf verbliebenen Schlüssel machten allerdings den Eindruck, als gehörten sie mindestens in die Kategorie Wohnungsschlüssel. Inka wog den Beutel in der Hand. Ganz schön schwer. Andererseits hatte Inka genug Freundinnen, die ebenfalls zum Horten von Schlüsseln neigten. Ungewöhnlich fand Inka daher eher den Fundort des Bundes. Welche Frau bewahrte schon ein Kilo klobiges Metall in der Hosentasche auf?

»Ist das alles?« Inka gab Pfeil die Tüte zurück und erntete ein Nicken.

»Wenn sie eine Handtasche hatte, kann die überall sein.« Er deutete vage auf den See. »Nur im Kirchturm wird sie wohl nicht hängen«, grinste er.

Inka fragte sich einen Moment, was Pfeil mit der Anspielung meinte. Dann erinnerte sie sich undeutlich an grobkörnige

Schwarzweißfotos aus einer Tageszeitung, die Inkas Mutter ihr in ihrer Kindheit einmal gezeigt hatte. Bilder, die sie als sehr verstörend empfunden hatte. Der Hennesee war genau genommen eine Talsperre. Wo heute zig Millionen Kubikmeter Wasser zum Baden oder Segeln einluden und sogar Strom erzeugten, standen vor dem Bau der Staumauer vier Dörfer ganz oder teilweise in einer Talsenke. Weil den Behörden der Ausbau des Sees aber wichtiger war als die Interessen der Bewohner von Hellern, Mielinghausen, Enkhausen und Immenhausen, wurden sie, soweit betroffen, umgesiedelt und entschädigt. Die Gebäude ließ man stehen und wartete, bis die Henne, ihre Nebenflüsse und der sauerländische Regen sie nach und nach in der Tiefe des neu entstehenden Sees verschwinden ließen. Nur in Zeiten extremer Trockenperioden und entsprechendem Niedrigwasser, wie damals 1976, kam es vor, dass der See in seinen Randbereichen eine alte Brücke des Dorfes Hellern und Teile der alten Bundesstraße 55 freigab. Kirchtürme gab es dort unten nicht, aber für die kleine Inka waren schon die Bilder der Straße und der Brücke genug, um Horrorvisionen von Untoten aufsteigen zu lassen, die stumme Anklage für ihren qualvollen Tod erhoben, bevor sie sich wieder in ihr feuchtes Grab zurückzogen.

»Und bevor Sie fragen, keine Ahnung, wie lange sie da schon liegt.« Pfeil holte Inka in eine ebenso unangenehme Gegenwart zurück. Er musterte sie von oben.

Inka stand auf. Und genoss besonders die letzten Momente vor Erreichen ihrer vollen Eins achtundsiebzig. Denn diese Momente waren die Zentimeter, die sie ihren neuen Kollegen an Größe überragte. Immerhin gute sechs Zentimeter. Und für Pfeil offenbar ausreichend für einen überraschten Schritt nach hinten. Inka unterdrückte ein zufriedenes Lächeln. Daran musste Pfeil sich wohl erst noch gewöhnen. Genau wie an Inkas entschlossenen Ton.

»Die Liegezeit am Ufer interessiert mich weniger. Ich will wissen, wer sie ist, wie lange sie tot ist, wie lange sie im Wasser war und wie sie da reingekommen ist.«

Pfeil machte sich zwar Notizen, seine hochgezogenen Augenbrauen zeugten jedoch nicht gerade von übertriebenem Arbeitseifer.

»Sonst noch was?«

»Ja, zum Beispiel, warum sie so heftig nach Alkohol riecht und nach welchem. Wann hat sie den zu sich genommen und wie?« Sie setzte ein aufmunternd gemeintes Lächeln auf und rieb sich die auskühlenden Hände. »Also, fangen wir an zu ermitteln, oder stellen wir Vermutungen an, bis wir Wurzeln schlagen?«

Inka wandte sich in Richtung des Gartens und machte sich an den Anstieg zur Terrasse. Hinter sich konnte sie förmlich hören, wie Pfeil verärgert die Augen verdrehte.

»Die Spusi hat gerade erst angefangen … Keine Ahnung, wie schnell die bei euch in Dortmund arbeiten, hier wird sorgfältig gearbeitet, nicht gehext.«

Pfeil sah sich um, nur um zu kontrollieren, ob das gesamte Einsatzteam seinen Auftritt auch mit dem ihm zustehenden Respekt zu würdigen wusste. Wusste es. Die Blicke aller Anwesenden wanderten von Pfeil zu Inka. Irgendwie schien man den kleinen Disput der beiden zu genießen. Inka wusste aus Erfahrung, wenn ein Tatort zum Nebenschauplatz wurde, war das keine gute Grundlage für saubere Ermittlungsarbeit. Höchste Zeit, dem Geplänkel ein Ende zu machen. Auch wenn alle Umstehenden es live mitbekamen. So konnte die Gerüchteküche später wenigstens keine allzu exotischen Blüten treiben. Inka blieb stehen, zog ihren rechten Einweghandschuh aus und streckte Pfeil die Hand entgegen.

»Inka Luhmann. Ich hätte mir auch gewünscht, dass wir uns

unter anderen Bedingungen kennenlernen.« Sie deutete mit dem Kopf Richtung Leiche. »Aber offenbar hat irgendjemand etwas dagegen.«

Statt ihre Hand zu ergreifen, betrachtete Pfeil sie nur mit unverhohlener Skepsis. Ein seltsames fünfgliedriges Insekt, dem er scheinbar zutraute, dass es entweder biss oder vielleicht ansteckende Krankheiten übertrug.

Inka sah auf ihre ausgestreckte Hand. Keine Reaktion von Pfeil. Sie fragte sich gerade, ob sie eine Scheibe Schinken drauflegen sollte, um sein Interesse zu wecken, als Pfeil die Begrüßung endlich erwiderte. Kurz, reserviert, fast schüchtern. Ein krasser Gegensatz zum sonstigen Auftritt des Sauerland-Napoleons.

»Pfeil, Georg Pfeil, Hauptkommissar.«

Das kam jetzt schon ein bisschen entschlossener rüber. Fast trotzig. Pfeil hatte sich gefangen. Und Inka nutzte die Gelegenheit, ihn ein winziges Stück zu sich heranzuziehen. Auch um das, was folgte, nicht zu einer allzu öffentlichen Demütigung zu machen.

»Herr Pfeil, ich kann nichts dafür, dass man mich an Ihrer Stelle zur Dezernatsleiterin ernannt hat. Aber ich kann etwas dafür, wenn ich Ihnen in den Hintern trete, sollte Ihre Arbeit unter irgendwelchen Machoallüren leiden«, sagte sie ebenso dezent wie bestimmt.

Pfeil schluckte und zog seine Hand zurück wie ein fetter, fauler Kater, dem ein dicker Regentropfen auf die Pfote geklatscht war. Inka wusste, dass er unverheiratet war. Und sie kannte das Gerücht in den weiblichen Kreisen des Präsidiums: Körperkontakt mit Frauen war Pfeil angeblich nur zu bestimmten Gelegenheiten angenehm. Ob das stimmte, wusste Inka nicht. Wohl aber, dass es sie nicht sonderlich interessierte. Auch wenn es wie die Faust aufs Auge passen würde. Denn ein anderes, diesmal bestätigtes Gerücht waren Pfeils Urlaubsvorlieben. Einmal im Jahr gönnte er sich eine Auszeit von seiner Schüchternheit. In einem kleinen Urlaubsresort in der Nähe von Marrakesch, wo Männer wie er nicht nach ihren Ehefrauen gefragt werden, sondern nur nach dem Inhalt ihres Portemonnaies.

»Keine Sorge, Frau Hauptkommissarin. Ich habe meine Arbeit hier schon korrekt gemacht, da hatten Sie noch DO auf dem Kennzeichen«, sagte er unterkühlt.

Inka biss sich auf die Zunge. Kein guter Zeitpunkt abzuschweifen.

»Dann auf gute Zusammenarbeit.«

Es war vielleicht nicht der Beginn einer wunderbaren Ermittlerfreundschaft, aber nötig. Inka war lange genug bei der Polizei, um zu wissen, dass ein bestimmter Typ Kollege nur eine bestimmte Form Ansprache verstand. Gerade wenn man sich als Frau frisch in eine leitende Tätigkeit einarbeitete, waren feste Regeln und Grenzen das Wichtigste. Je deutlicher, desto besser. Auch wenn Inka sicher war, sich mit dieser Einstellung nicht unbedingt viele Freunde zu machen. Im Gegenteil. Wahrscheinlich landete sie sogar mit dickem Zickenstempel in der Klischee-Ecke der hochnäsigen Zugereisten. Wichtiger aber war der Respekt, den sie sich erst einmal erarbeitet hatte. Und damit die Grundlage für funktionierende Polizeiarbeit.

Pfeils Gesichtausdruck nach zu urteilen hatte das erst einmal geklappt. Er lächelte unecht. Und hatte in Inkas Friedensangebot scheinbar mehr Ironie interpretiert, als sie reingelegt hatte. Kleine Männer, dachte sie. Irgendwie unberechenbar. Wieder einmal war sie froh, in Henne ein »ausgewachsenes« Exemplar zu Hause sitzen zu haben.

Stakkatoartiges Blitzen und das Klicken von professionellen Kameras kündigte den nächsten Punkt der Tatortroutine an. Die Presse war da. Zwei Männer mittleren Alters drängten sich hinter einem Zaun zum Nachbargrundstück und fotografierten, was das Zeug hielt. Inka ging auf sie zu.

»Ich kann sie nicht daran hindern, Frau Kommissarin. Sie sind hinter der Absperrung«, entschuldigte sich ein Streifenpolizist.

Inka winkte ab.

»Lassen Sie mal, ich mache das schon.«

Im Gegensatz zu vielen anderen ihrer Kollegen, vor allem in Dortmund, hatte Inka grundsätzlich nichts gegen die Presse. Gerade im ländlichen Bereich konnte die Zusammenarbeit mit den Journalisten gewisse Vorteile mit sich bringen. Inka erinnerte sich an einen ihrer letzten Fälle in Dortmund. Ein Vergewaltiger hatte sich bei seiner Opfersuche auf die Endstationen von Buslinien »spezialisiert«, die alle in ländlichen Vorstadtgebieten lagen. Inka hatte im Laufe ihrer Ermittlungen einen Eindruck davon erhalten, was Sturheit in Verbindung mit Misstrauen und übertriebener Feindseligkeit anrichten konnte. Auch wenn es offensichtlich war, dass es Zeugen für die einzelnen Taten gab, niemand war zu einer Aussage bereit gewesen. Bis Inka die umstrittene Idee hatte, einem Lokaljournalisten einen Deal anzubieten. Exklusive Insiderinformationen der Behörden gegen exklusive Insiderinformationen eines »Einheimischen«. Die Rechnung war aufgegangen. Inka konnte aufgrund einer Zeugenaussage einen ehemaligen Disponenten der Busbetriebe festnehmen, der in der Gegend gewohnt hatte. Offenbar hatte der Journalist den entscheidenden Zugang zu den Bürgern gehabt.

Das brachte seinen sauerländischen Kollegen jetzt einen Vertrauensvorschuss ein. Inka griff nach ihren neuen Visitenkarten in ihrer Jacke und reichte sie den Journalisten. Erst jetzt fiel ihr auf, dass die Männer fast identisch aussahen. Beide in Jeans, beide mit schwarzem Lederblouson, beide mit Bärten. Allerdings in unterschiedlichen Graustufen. Anscheinend eine Art Dresscode der örtlichen Presse.

»Inka Luhmann. Ich bin die leitende Kommissarin.«

Die beiden wollten sie gerade mit den üblichen Protestphrasen überschütten, als Inka schon lächelnd die Hände hob.

»Wenn Sie sich an eine einfache Regel halten, werden wir rekordverdächtig gut miteinander auskommen.«

»Und die wäre?«, fragte einer der verblüfften Journalisten.

»Sie lassen mich leben, ich lasse Sie leben. Und wenn Sie irgendwelche Informationen für mich haben, rufen Sie mich direkt nach Ihrer Redaktion an. Sie haben drei Minuten für Ihre Fotos.«

Das ungläubige Staunen währte nur eine Sekunde, dann kletterten die Journalisten über den Zaun, stiefelten bis zur nächsten Absperrung und machten aus noch immer sicherer Entfernung ihre Arbeit. Inka erinnerte sich an die Worte ihres ehemaligen Chefs, als sie ihn mit ihrer Journalistenidee konfrontiert hatte. »Inka, du kannst ein Kamel zum Wasser führen, aber du weißt, dass es dir reinpisst.« Sie fragte sich, ob das gerade wirklich der richtige Schritt gewesen war, entschied aber, der damalige Erfolg gab ihr recht.

»Frau Luhmann?« Die nervöse Stimme eines jungen Mannes ließ Inka sich umdrehen. Ein Tatort-Techniker in einem weißen Overall streckte ihr die Hand hin.

»Klaus Porbeck.«

Inka erinnerte sich.

»Der Forensiker, richtig?« Ein kurzes, freudiges Lächeln bestätigte ihr, dass sie richtiglag. Porbeck war, genau wie sie, noch neu. Gerade einmal zwei Wochen bei der Truppe. Und entsprechend stolz, dass man ihn erkannt hatte. Inka deutete mit dem Kopf den Garten hinauf in Richtung der Wohnhausterrasse.

»Begleiten Sie mich ein Stück. Was haben Sie?«

Spätestens jetzt wäre jedem erfahrenen Kollegen aufgefallen, wie neu Porbeck war. Inka kannte genug Großstadtforensiker und ihre Arbeitsweise. Fachchinesisch im Verborgenen, stets begleitet von mürrischer Laune und einer professionellen Bereitschaft, auf keinen Fall mehr zu reden als unbedingt nötig. Gegen Forensiker waren Mönche mit Schweigegelübde kommunikative Gesellen. Porbeck war das Gegenteil, offen und gesprächig. Er zückte sogar etwas, was Inka noch bei keinem seiner Kollegen im Ruhrgebiet gesehen hatte.

»Mein Tablet-PC. Praktischer geht es nicht. Mit dem kann ich nicht nur Notizen und Sprachaufzeichnungen machen, sondern auch noch eigene Fotos und Videos der Umgebung. Und er spart jede Menge Papier.«

Inka war beeindruckt.

»Dann legen Sie mal los«.

Porbeck ließ sich nicht zweimal bitten und tippte mit den Fingerkuppen auf sein Touchpad. Ein verstörend scharfes Bild der Toten öffnete sich. Eine Ganzkörperaufnahme.

»Das Offensichtliche wie Geschlecht, Größe und Kleidung lasse ich mal weg. Das Opfer ist …« Er korrigierte sich. »Entschuldigung, war zwischen 28 und 35 Jahre alt, Todeszeitpunkt vor ca. zwölf Stunden. Da kann ich mich aber noch nicht festlegen. Genaueres gibt es erst nach der pathologischen Untersuchung.«

Inka nickte. Für Porbeck das Signal fortzufahren. Er tippte auf einen Pfeil am Rande des Fotos. Ein weiteres schob sich darüber. Diesmal eine Großaufnahme des Gesichts mit den immer noch surreal wirkenden Nähten.

»Die Nähte beschränken sich auf Augen, Ohren und Mund. Weitere habe ich zumindest nach erster oberflächlicher Untersuchung nicht gefunden«, sagte Porbeck.

Inka sah ihn an.

»Irgendwas Auffälliges daran? Ich meine, außer dass man sich fragt, was das soll?«

»Im Moment wissen wir nur, dass sie dem Opfer post mortem zugefügt wurden. Es gibt keine spezifischen Einblutungen um die Einstiche herum.«

»Und das Seewasser könnte sie nicht einfach weggewaschen haben?«

»Doch, aber nicht überall. Reste finden sich immer. Außerdem hätten wir auch noch Blutspuren auf anderen Körperstellen oder der Kleidung finden müssen. Die Gefäße im Gesichtsbereich sind sehr empfindlich und sehr stark durchblutet. Überlegen Sie mal, was Sie anrichten, wenn Sie sich nur auf die Lippen beißen.«

Das klang plausibel. Aber Porbeck war noch nicht fertig.

»Und was die Technik oder die Ausrüstung angeht, mit der die Nähte angefertigt wurden, kann ich zumindest schon mal ausschließen, dass das Fleischerwerkzeug war.«

Inka war einen Moment irritiert. Dann fiel ihr Porbecks beruflicher Werdegang ein. Er war Metzgergeselle gewesen, hatte aber nach dem Tod seines Vaters nicht die geringste Lust, den elterlichen Laden in Bödefeld zu übernehmen. Er hatte sein Abi nachgemacht, ein beachtliches Studium hingelegt und war jetzt der vielleicht schrägste Seiteneinsteiger im Team.

Inka lächelte.

»Der Metzger in Ihnen …«

Porbeck erwiderte das Lächeln geschmeichelt und sah zu Boden, während Inka das Bild noch einmal eingehender betrachtete. Sie deutete auf zwei kleine dunkle Stellen jeweils in der Mitte von Ober- und Unterlippe.

»Und diese halbrunden Einblutungen … Haben Sie dafür schon eine Erklärung?

»Darauf wollte ich jetzt kommen.« Porbeck blieb stehen und öffnete eine Großaufnahme der unteren Gesichtshälfte der Toten. »Das sind Druckmale. Ich vermute stumpfe Gewalteinwirkung vor Eintritt des Todes«, fuhr er fort. »Als hätte jemand versucht, dem Opfer irgendwas an die Lippe zu drücken.«

»Zu drücken?« Inka erinnerte sich an den Alkoholgeruch. »Könnte das so was wie eine Flasche gewesen sein?«

Porbeck vergrößerte sein Foto, indem er Daumen und Zeigefinger auf dem Display auseinanderspreizte. Nun konnte man die leichte Rundung der Verletzung noch deutlicher erkennen.

»Vom Radius der Rötung würde ich sagen, so was in der Richtung. Aber nageln Sie mich erst drauf fest, wenn ich sie in der Pathologie hatte. Und da ist noch etwas.«

Die beiden gingen weiter, während Porbeck auf ein weiteres Foto tippte. Jetzt eine Detailaufnahme der nackten Haut des Opfers. Inka konnte unmöglich sagen, welchen Körperteils.

»Was ist das?«

»Zwei Stichverletzungen in der rechten Schulter. Eine kleinere mit einem Einriss nach oben. Eine größere, aber nicht so tiefreichende. Ebenfalls post mortem zugefügt.«

»Sie meinen, jemand hat in den toten Körper gestochen und dann daran gezogen?«

Porbeck zuckte mit den Schultern. Inka betrachtete skeptisch das Foto.

»Vielleicht doch Fleischerhaken oder so?«

Porbeck lächelte, während die beiden die Terrasse der herrschaftlichen Villa erreichten.

»Sicher nicht. Aber etwas Ähnliches.« Er wandte sich in Richtung des Sees. »Angesichts des Fundortes und dem, was hier so an Fisch aus dem See geholt wird, würde ich mal auf einen Angelhaken und ein Gaff tippen. Ist aber auch nur 'ne Theorie. Brauchen Sie mich noch?«

Inka schüttelte den Kopf und blickte über das Panorama des Hennesees.

»Nein. Danke, gute Arbeit, Herr Porbeck.«

Sie überlegte kurz und deutete auf seinen Tablet-Computer. »Das heißt … würden Sie mir Ihr Wundergerät mal für eine Minute leihen?«

4 Samstag, 10:50 Uhr

»O! Mein! Gott!« Günther Nagel starrte entsetzt auf das Leichenfoto auf Porbecks Tablet-PC und legte einen doppelten Collier-Griff hin, der einer Operndiva würdig war. »Das … das ist die Leiche? Und die liegt auf unserem Grundstück?!«

Inka nickte. Sie saß neben Porbeck auf einem thronartigen Stuhl an einem monströsen Vollholztisch und sah in das gepflegte Gesicht eines 36-jährigen Mannes mit vollem dunklem Kurzhaar, durchtrainiertem Körper und tadelloser Kleidung. Unauffällig, aber modisch. Gezupfte Augenbrauen wirkten auf Inka bei fast allen Männern lächerlich, zu Nagel passten sie. Genau wie der sorgsam gestutzte Dreitagebart, die manikürten Fingernägel und die blendend weißen Zähne. George Michael in jung. Und auch wenn Inka nicht von sich behaupten konnte, ein ausgeprägtes Schwulenradar zu besitzen: Sollte Nagel je eine Frau aus anderen als rein platonischen Gründen berührt haben, sie hätte ihre Gummistiefel gefressen.

Der Beweis kam umgehend. Von hinten legte sich eine Bärenpranke mit erstaunlicher Zärtlichkeit auf Nagels Schulter. Wolfgang Hesterkamp, der Holztycoon, reichte Nagel ein Glas Wasser und setzte sich neben ihn. Inka bemerkte ein leichtes Zittern seiner Hände. Offenbar belastete auch ihn die Situation mehr, als er seinem Partner gegenüber zeigen wollte.

»Hier, Schatz, das beruhigt erst mal«, sagte er.

Nagel neigte dankbar den Kopf an Hesterkamps Arm und atmete durch.

»Du bist ein Engel«, seufzte er.

Ob es am Wasser lag oder mehr an Hesterkamps Stimme, Nagel beruhigte sich augenblicklich, und Inka war für einen winzigen Moment unabsichtlich Zeugin einer so innig intimen Vertrautheit, wie nur zwei Menschen sie teilen konnten, die füreinander geschaffen waren. Ein echtes Traumpaar. Was das Sauerland alles zu bieten hatte. Obwohl die beiden gegensätzlicher nicht sein konnten. Hesterkamp war mindestens zehn Jahre älter als Nagel und bei etwa gleicher Größe mindestens zwanzig Kilo schwerer. Inka fiel auf, dass er im Gegensatz zu seinem Lebensgefährten nicht nur deutlich maskuliner wirkte. Er verkörperte auch das urmännliche Klischeebild eines Holzbarons. Sein gesamter Habitus ließ keinerlei Rückschluss auf seine tatsächliche sexuelle Ausrichtung zu.

Aber Inka war Bulle genug, die Situation nicht unnötig angenehm werden zu lassen. Wenn sie der Frau am See schon nicht helfen konnte, konnte sie wenigstens für Gerechtigkeit sorgen.

»Sie haben die Frau also beide noch nie gesehen?«

Schon war es wieder vorbei mit Nagels Entspannung. Er schüttelte den Kopf und fuchtelte wild mit dem Zeigefinger über das Bild.

»Ich kann mir ja nicht mal vorstellen, wie sie ohne diese, diese … Dinger da ausgesehen hat.«

Inka musste zugeben, dass die Tote darauf kaum zu identifizieren war. »Es tut mir leid, aber ein angenehmeres Bild haben wir zur Zeit nicht.« Inka nahm den Tablet-PC wieder an sich. »Darf ich?« Sie reichte den Computer weiter an Porbeck.

»Danke für's Leihen. Das war's erst mal«, sagte sie zu dem Forensiker. Porbeck nickte, stand auf und verabschiedete sich.

»Ich melde mich, sobald ich was habe.«

Er ging zu einer riesigen gläsernen Panoramaverandatür, ließ sie zur Seite gleiten und trat in den Garten. Eine Windbö fegte an seiner Stelle in den Raum, in dem sich augenblicklich ein feuchtkühler Duft nach Tannen und Wasser verbreitete. Ein Vorbote des nahenden Herbstes. Inka wandte sich wieder an Nagel.

»Wie genau haben Sie sie gefunden?«

Inka zückte ihren Notizblock und fühlte sich ohne Porbecks High-Tech-Ausrüstung plötzlich wie ein Relikt aus prähistorischen Ermittlerzeiten. Nagel seufzte ein wenig übertrieben.

»Aber das habe ich den Streifenbeamten doch schon alles erzählt.«

»Wir hören die Dinge gerne mehr als einmal. Nur um sicherzugehen. Reine Routine.«

Hesterkamp nickte Nagel aufmunternd zu. Der trank einen Schluck Wasser und ergab sich seinem Schicksal.

»Es war so gegen halb zehn. Nach dem Aufstehen mache ich mir immer einen Mate-Tee. Mit dem setze ich mich dann in meinen Sessel am Fenster und schaue auf den See. Das ist so ein Morgenritual bei mir. Nur ich, mein Tee, das sanft wogende Wasser ...«

Er lächelte gedankenverloren, als suchte sein Verstand verzweifelt den Notausgang aus einem Horrorkabinett. Eine Sekunde später war er wieder in der Realität angekommen.

»Na ja, und als ich mich gerade gesetzt hatte, fiel mir zwischen den ganzen Pavillons etwas Helles, Längliches am Ufer auf.« Er atmete schwer ein. »O Gott, ich konnte doch nicht wissen, dass das ...«

Er deutete unbestimmt nach draußen. Inka schwieg. Es war fast immer besser, einen Zeugen reden zu lassen. Wer nicht unterbrochen wurde, gab meist mehr als nötig preis, nur um die unangenehme Stille zu vermeiden. Inka sah Nagel an. Er war definitiv so ein Kandidat. Sie behielt recht.

»Na ja, ich dachte erst, die Arbeiter hätten beim Aufbau für die Party irgendetwas nicht richtig befestigt, was der Wind dann

Richtung See geblasen hat. Also hab ich mir meinen Morgenmantel angezogen und die Gummistiefel und bin nachsehen gegangen. Ja, und da lag sie dann.«

»Haben Sie irgendetwas berührt oder aufgenommen?«

Nagel schüttelte entschieden den Kopf.

»Ich bin ja nicht mal ganz rangegangen. Weil ich schon auf, ich weiß nicht, zehn Meter Entfernung gesehen habe, dass das ein … ein Mensch ist.«

Er brach wieder in Tränen aus und schmiegte sich in Hesterkamps Arm. Der übernahm.

»Und dann hat er mich geweckt, und ich habe die Polizei gerufen.«

Inka sah von Nagel zu Hesterkamp.

»Sie schliefen zu dem Zeitpunkt noch?« Sie sah auf ihren Notizblock und zitierte Nagels Aussage. »So gegen halb zehn.«

Hesterkamp nickte.

»Tue ich immer. Meistens wird es in der Firma abends doch recht spät, und dann genieße ich es, wenn ich dafür am nächsten Tag später anfange.«

»Mit ›Firma‹ meinen Sie Ihren Holzhandel?«

Hesterkamp lächelte.

»Wenn Sie mit ›Holzhandel‹ ein weltweit operierendes mittelständisches Unternehmen mit zweihundertvierzig Mitarbeitern, drei Niederlassungen und einem Umsatz von fast fünfzig Millionen Euro meinen.«

Inka musterte Hesterkamp und war wieder überrascht. Bei einem Mann seines Kalibers hätte sie deutlich mehr Arroganz als Antwort auf ihre kleine Provokation erwartet. Aber in Hesterkamps Blick lag nur eine etwas dünne, aber fast jungenhafte Freundlichkeit, gepaart mit einem Hauch Stolz. Sauerländer Understatement.

»Sie kaufen und verkaufen Holz?«

»So kann man es sagen. Ich will Ihnen ja nicht das letzte bisschen Sauerlandromantik nehmen. Aber nüchtern betrachtet ist das, was neunzig Prozent aller Touristen als letztes Refugium intakter Natur sehen, nichts anderes als eine gigantische Monokultur, die man Wald nennt. Und der wird bewirtschaftet. Man holzt ab, forstet auf, und ich bin derjenige, der das Holz erst ankauft und dann vertreibt.«

»Kann man sagen, Sie haben so was wie ein Monopol?«

Wieder das jungenhafte Lächeln. Auch wenn es wieder papierhaft dünn wirkte, als läge eine tiefe Sorge darunter.

»Nein, ich habe kein Monopol«, sagte Hesterkamp. »Aber vielleicht ein bisschen mehr Geschick als meine Mitbewerber.«

Inka sah sich um. Selbst wenn man nicht gewusst hätte, womit Wolfgang Hesterkamp offenbar die ein oder andere Million gemacht hatte, die Inneneinrichtung des Hauses ließ keinen Zweifel daran. Holz, wohin man auch sah. Die Fußböden selbstverständlich Parkett. Die Wände zum Teil vertäfelt, die Decke offene Balken. Die Möbel massiv. Das alles aber so hell und harmonisch aufeinander abgestimmt, dass es den Charme eines großzügigen Chalets ausstrahlte. Mindestens einer der beiden Herren hatte, neben Geld, offenbar auch ein Händchen für Inneneinrichtung. Inka klappte ihren Notizblock zu.

»Danke, das wäre dann erst einmal alles.«

Ihr Blick fiel in den Garten.

»Das heißt, bis auf eines. Ihre Party. Sieht ganz schön feierlich aus. Was planen Sie da? Ihre Hochzeitsfeier?«

Hesterkamp lächelte. Wieder bescheiden, intelligent und mit einem liebevollen Blick auf Nagel. Inka wurde langsam klar, was Nagel an ihm fand.

»So etwas Ähnliches.«

»Einen Ball«, verbesserte Nagel. »Genauer gesagt, einen Abschiedsball.«

Inka zog fragend die Augenbrauen hoch.

»Kommen Sie aus dem Sauerland, Frau Luhmann?«, fragte Hesterkamp.

»Aus Dortmund.«

»Immerhin Ruhrgebiet. Dann muss ich mit dem Thema ›Vereinsmeierei‹ ja nicht beim Urknall anfangen. Und ich muss Ihnen wohl auch nicht sagen, dass, egal wie klischeebelastet sie sind, Vereine so was wie ein Abbild der jeweiligen Gesellschaft sind. Tja, und was in Köln die Karnevalsvereine und in Dortmund vielleicht die Fußballvereine sind, das sind im Sauerland die Schützenvereine.«

»Danke, ich wohne schon ein paar Wochen hier.«

Hesterkamp sah sie an.

»Sind Sie selbst auch Mitglied?«

Inka schüttelte den Kopf und deutete auf ihre Polizeimarke.

»Ein Verein mit Schießeisen reicht mir.«

»Aber Sie kennen das Krönungsritual?«, fragte Hesterkamp.

Inka nickte. »Man veranstaltet ein Schützenfest, hängt einen Holzvogel auf und wer den Vogel abschießt, ist für ein Jahr der König.«

»Genau«, sagte Hesterkamp. »Bei uns in Meschede darf er dann kurz vor dem nächsten Schützenfest einen Abschiedsball ausrichten, bei dem er offiziell die Krone für den noch unbekannten nächsten König zurückgibt.«

»Dann sind Sie amtierender Schützenkönig?«, fragte Inka überrascht.

Hesterkamp schüttelte den Kopf und sah Nagel an, der den Blick senkte. »Ich war es. Vor ein paar Jahren. Aber wir konnten damals aus Krankheitsgründen keinen Abschiedsball geben. Deshalb wollten wir ihn dieses Jahr nachholen.«

»Und für den amtierenden König ist das in Ordnung? Wer ist das eigentlich?«

»Herr Löwe, unser Vorsitzender. Und es ist alles abgesprochen und abgesegnet«, sagte Hesterkamp. »Wir teilen uns die Kosten.«

Inka nickte nachdenklich.

»Stimmt es eigentlich, dass die Königsvergabe ein abgekartetes Spiel ist? Ich meine, steht nicht lange vor dem ersten Schuss fest, wer es wird?«

Hesterkamp setzte eine nachdenkliche Miene auf. »Ich glaube, das ist von Verein zu Verein verschieden.«

»Hat mit Sport dann aber auch nicht mehr allzu viel zu tun, oder?«

»Na ja, mit dem Sport alleine ist es ja auch nicht getan. König werden kann jeder, der sein Gewehr halbwegs gerade halten kann. König sein aber nur jemand, der auch das Bankkonto dazu hat. Billig ist es nämlich nicht gerade. Ab der Minute, wo man Sie mit dem rauchenden Gewehr auf den Schultern zur Bierbude schleppt, sind Sie für ein Jahr so was wie der Zahlmeister Ihres Vereins. Stammtische, Jubiläen, Feiertage ... Überall sind alle mit dabei. Und der Deckel geht an Sie. Wer sich das nicht leisten kann, schießt lieber mal daneben. So viel zum Thema Sport.«

»Aber das Geld dürfte in einem Verein wie Meschede doch kein Problem sein. Ich meine, wenn auch Ihr Verein ein Abbild der Gesellschaft ist, wie Sie sagen, dürfte es da von mittelständischen Wohlhabenden ja nur so wimmeln.«

»Eben. Aber das macht es nicht unbedingt einfacher. Wenn es sich nämlich jeder leisten kann, König zu werden, will es irgendwann auch mal jeder sein. Ich zum Beispiel bin seit Menschengedenken Mitglied im Schützenverein von Meschede.«

»Und wie oft waren Sie König?«

»Nur das eine Mal. Und jetzt raten Sie mal, warum das eine Sensation war?« Nagel hatte sich fast trotzig eingemischt. Hesterkamp legte demonstrativ wieder den Arm um ihn.

»Weil Sie schwul sind«, bemerkte Inka und erntete ein zufriedenes Lächeln von beiden Männern.

»Und zwar bekennend. Können Sie sich vorstellen, was das in einer 525-jährigen konservativen, erzkatholischen Bruderschaft bedeutet?«

Inka konnte es sich ausmalen.

»Auf jeden Fall machte es Wolfgang auf den Schützenfesten traditionell nicht gerade zum Top-Favoriten.« Offenbar ein Reizthema für Nagel. »Man hat ihm zigmal zu verstehen gegeben, dass man ihn als König nicht will.«

Inka ahnte, was kam, fragte aber trotzdem: »Aber irgendwie müssen Sie es doch geworden sein?«

Nagel lächelte stolz. »Weil Wolfgang den Vogel einfach so abgeschossen hat. Gegen die Absprache.«

Inka zog die Augenbrauen hoch. Hesterkamp nickte nur.

»In jeder Wald- und Wiesenbruderschaft in der Umgebung hätten sie mich wahrscheinlich geteert und gefedert.«

»Und hier in Meschede?«

»Ist zu viel Politik im Spiel, als dass sich irgendjemand offiziell die Hände schmutzig macht. Nein, hier dürfte die Botschaft wohl deutlicher und subtiler ausfallen.«

Inka sah von ihren Notizen auf.

»Zum Beispiel eine Leiche an Ihrem Seeufer.«

5 Samstag, 11:47 Uhr

»Wer tut so was?« Polizeirat Klaus Halverscheid wandte sich mit besorgter Miene von den Tatortfotos auf seinem Schreibtisch ab. Froh, sich für einen Augenblick der Entspannung in seinem neuen, rückenfreundlichen Drehsessel zurücklehnen zu können. »Dreißig Jahre bin ich bei der Polizei.« Halverscheid rieb sich die Schläfen. »Seit fünf Jahren Polizeirat. Ich habe alles gesehen. Zumindest für Sauerländer Verhältnisse. Familientragödien in Bestwig, Erbstreitigkeiten in Arnsberg, Entführungen, Erpressungen, Schlägereien. Aber das? Muss ich denn zwei Jahre vor meiner Pensionierung noch so eine …« Er machte eine unbestimmte Geste in Richtung der Fotos und suchte nach dem richtigen Ausdruck. »So eine Sauerei haben?«

Inka saß in einem ebenfalls neuen Besucherstuhl vor dem Schreibtisch ihres Chefs und schwieg. Auf rhetorische Fragen zu antworten hatte sie sich abgewöhnt. Es war verschenkte Zeit. Sie folgte Halverscheids Blick aus der großzügigen Fensterfront im ersten Stock der Briloner Polizeidienststelle über den Marktplatz auf die hübsch renovierten Fassaden der Bahnhofstraße. Samstag war Einkaufstag. Und auch wenn Brilon, trotz der noch relativ neuen Arkaden, wahrscheinlich nie ein Shoppingparadies werden würde, füllten sich die Straßen an diesem späten Vormittag mit Familien, Rentnern und kleineren Gruppen Jugendlicher. Henne war bestimmt auch mit Mia, Tom und Böse unterwegs. Einer der Vorteile, wenn man nicht in einem Job steckte, der weder Dienstpläne noch Privatleben kannte.

Eine tiefe Sorgenfalte lag auf Halverscheids Stirn. In seinem korrekten, konservativen Anzug, mit dem vollen, grauen Haar und dem Bauchansatz kam er Inka vor wie ein buddhistischer Wächter, der keine Ahnung hat, wie er dem puren Bösen entgegentreten sollte, das gerade in sein letztes Refugium von Recht und Ordnung vordrang.

»Aber für diese Sauerei habe ich ja jetzt Sie, Frau Luhmann«, sagte er ein wenig gefasster und wandte sich an Inka.

Inka nickte. Das mit »keine Ahnung« stimmte jedenfalls schon mal nicht. Und Halverscheid hatte recht. Dafür hatte er sie hergeholt. Es waren Fälle wie dieser, von denen die Frau und Mutter in ihr gehofft hatte, sie würden nie eintreten. Die Polizistin in ihr musste nun dafür sorgen, dass sie nie wieder eintreten würden.

Inka setzte sich auf. »Immerhin wissen wir inzwischen, wer das Opfer ist«, sagte sie und klang optimistischer, als der Stand der Dinge es erlaubte. Sie zog einen DIN-A4-Ausdruck unter den Fotos hervor und drehte ihn Halverscheid zu. »Nathalie Brückner, 29 Jahre alt, Servicekraft in der Gastronomie, freiberuflich, ledig, keine Kinder …«

»Freiberuflich?« Halverscheid war irritiert. »Als Kellnerin?«

Inka sah auf ihren Computerausdruck.

»So steht es zumindest in der Vermisstenmeldung, die ihr momentaner Arbeitgeber aufgegeben hat. Ein gewisser Heiner Ried.«

»Der vom Partyservice Ried?«, fragte Halverscheid.

»Offenbar. Jedenfalls stimmen ihre Daten überein. Wir überprüfen das gerade, aber es sieht aus, als hätte Frau Brückner nicht regelmäßig gearbeitet, sondern immer nur dann, wenn sie gerade Geld brauchte. Oder sich eine Gelegenheit ergab.«

Halverscheid nickte. »Wie in fast allen Touristenhochburgen.«

Die örtlichen Gastronomen stellten ihre Saisonarbeitskräfte nach dem »Hire-and-Fire-Prinzip« ein. Kellner, Hilfsköche und Zimmermädchen bekamen meist eine Festanstellung für die Haupt- und Nebensaison, und wenn es gerade keinen Schnee gab oder kein Hochsommer war, meldete man sich arbeitslos.

»Und für diese Nähte, gibt es da schon irgendwelche Anhaltspunkte?« Halverscheid fuhr mit dem Finger über die Fotos, als könnte er die Struktur der Nähte dadurch fühlen.

Inka schüttelte den Kopf und berichtete von Porbecks ersten Erkenntnissen und den Ergebnissen ihrer Befragung von Nagel und Hesterkamp.

»Dann gehen wir also von einem Racheakt im Schützenverein aus?«, fasste Halverkamp zusammen.

»Hauptkommissar Pfeil scheint das jedenfalls nicht ausschließen zu wollen.«

Halverscheid sah Inka an. »Und Sie?«

»Mir fällt es zumindest schwer zu glauben, dass jemand in den besseren Kreisen von Meschede eine Servicekraft so bestialisch zurichtet, nur um einem Vereinskollegen eine Lektion zu erteilen. Und vor allem, dass er so lange damit wartet.«

Halverscheid schien nicht ganz überzeugt. »Ich erinnere mich an den Fall. Das war damals eine Sensation. Einen homosexuellen Schützenkönig hat es hier noch nicht gegeben. Damit hat Hesterkamp sich sicher keine Freunde gemacht. Schon gar nicht im Verein. Und denken Sie dran, das ist das Sauerland. Egal, wie viele Maßanzüge einer im Schrank hängen hat, hier ist keiner weiter als zwei Generationen von Bauern, Viehtreibern oder Holzfällern entfernt. Auch die sogenannten besseren Kreise nicht. Und wenn doch, machen sie's wahrscheinlich mit Inzucht wieder wett. Ach so, wie kommen Sie überhaupt mit Pfeil klar?«

Inka zuckte mit den Schultern. »Ich glaube nicht, dass wir heiraten werden, aber es ist okay.«

»Gut, denn so wie es aussieht, werden Sie noch einige Zeit zusammenarbeiten müssen.« Er legte die Fotos säuberlich zu einem Stapel zusammen, richtete ihn mit einem Schlag auf den Schreibtisch aus und stand auf. Sein Blick wurde wieder ernster.

»Ihnen ist wohl klar, was das hier bedeutet?«

Das war es in der Tat. Als eine der eher kleineren Dienststellen der Kriminalpolizei in Nordrhein-Westfalen gab es in Brilon keine festinstallierten Abteilungen, die sich ausschließlich mit Straftaten in ihrem jeweiligen Schwerpunktbereich beschäftigten. Waren in Dortmund, Essen oder Bochum vorwiegend Spezialisten für Gewalt-, Betrugs-, Drogen- oder wirtschaftskriminalistische Delikte auf ihrem jeweiligen Fachgebiet tätig, musste man in Brilon, schon aufgrund der deutlich dünneren Personaldecke, wesentlich breiter interessiert und ausgebildet sein. Hier waren Kapitalverbrechen noch selten genug, dass man für jedes einzelne eine eigene Sonderkommission bildete. Und das hatte aus Inkas Sicht einen unschlagbaren Vorteil. Es gab keine eingefahrenen Hierarchien, in deren Schutz die größten Fachidioten die Weisheit jeweils für sich pachten konnten. Nur ein solides Maß an kollektivem Grundwissen, gepaart mit gesundem Ermittlerverstand und Erfahrung. Und den Umstand, dass jeder Beamte gezwungen war, über seinen eigenen Tellerrand hinauszuschauen. Henne hatte das einmal auf eine einfache Formel gebracht: »Fachidioten sind vielleicht fachlich gut. Aber sie bleiben Idioten.« Nicht so in Brilon. Gerade weil man hier auf sich allein gestellt war, musste man selbständig und verantwortungsvoll arbeiten. Ein weiterer Grund, warum Inka Halverscheids Jobangebot angenommen hatte.

Inka deutete auf den Aktenstapel zum Fall Nathalie Brückner, den ihr Chef sich mittlerweile unter den Arm geklemmt hatte. »Das bedeutet, wir richten eine Sonderkommission ein«, fasste sie zusammen.

Halverscheid begleitete sie zur Tür seines Büros. »Überlegen Sie sich mal einen Namen, und sagen Sie allen Kollegen, die Sie drinhaben wollen, Bescheid. Wir treffen uns im Besprechungsraum. In zehn Minuten.«

6 Samstag, 12:09 Uhr

Acht Minuten später betrat Inka den gläsernen Verbindungsgang, der den Altbau der Dienststelle mit dem Neubau verband. Sie sprach in ihr Handy. »Natürlich hat die Mama den Papa noch lieb, Tom. Und wenn er schon neben dir steht und mithört, kannst du ihn mir auch gleich geben.«

»Okay. Bis nachher, Mama.« Kinderfüße rannten weg. Dann raschelte es am Ende der Leitung, und Henne gab sich alle Mühe unverdächtig zu klingen.

»Luhmann?«

»Was für ein elender Feigling schickt denn seinen Sohn vor, um herauszufinden, ob ich noch sauer bin?«, fragte Inka lächelnd.

»Wer wohl? Dein treusorgender Ehemann.«

Fragte sich nur, womit Inka diesen ungewohnten Großmut verdient hatte. Schließlich hatte sie Böse animiert, den Innenraum des Autos zu entweihen, und eher damit gerechnet, dass Henne bis Weihnachten nicht mehr mit ihr redete.

»Und das Auto? Solltest du nicht sauer auf mich sein?«

»Ach, schon vergessen und ausgesaugt. Du hattest ja recht. Ich habe mich auch aufgeführt wie ein Idiot. Aber ich will es wieder gutmachen.«

Inka fielen auf Anhieb mindestens zwanzig Dinge ein, mit denen er das locker geschafft hätte. Fünfzehn davon waren alles andere als jugendfrei.

»Und um mir das zu sagen, lässt du Tom anrufen?«

»Deswegen, und um dich zu fragen, wann du nach Hause kommst.«

»Du, hier brennt der Baum. Ein Mordfall. Ich weiß noch nicht.«

»Mord?«, kam es erstaunt aus dem Hörer. »Wann? Wo?« Trotz neuer Rollenverteilung ließ sich der Bulle in Henne nicht von heute auf morgen abstellen. Zumal bei einem Mordfall. Wenn Inka sich richtig erinnerte, lag der letzte in Brilon und Umgebung Jahre zurück.

»Erzähle ich dir später, okay? Wir haben gleich ein Meeting.«

»Klar, sorry. Ich wollte nur … was für dich kochen«, kam es aus dem Hörer.

Inka blieb stehen. Selbst ohne Bulleninstinkt wäre ihr klar gewesen, dass jetzt der Zeitpunkt für gesundes Misstrauen gekommen war. Henne kochte nie. Und wenn doch, dann schmeckte man, dass er nie kochte.

»Henne, gibt es irgendwas, was ich wissen sollte?«

»Äh, nö. Nur, dass ich dich liebe. Und dass ich auflegen muss. Böse will raus. Ciao.«

»Henne …«

Weiter kam sie nicht. Ein Klicken beendete das Gespräch. Doch die Lösung des Rätsels ließ nicht lange auf sich warten. Eine Beamtin der Bereitschaftspolizei, deren Namen Inka sich einfach nicht merken konnte, kam mit einem Foto auf sie zu.

»Frau Luhmann, ich wusste gar nicht, dass Sie ein neues Auto haben.«

»Doch, seit heute Morgen«, sagte Inka irritiert.

»Dann haben Sie hoffentlich auch die passende Vollkasko.« Die Kollegin grinste breit und reichte Inka das Foto. »Die Jungs von der Bereitschaft sind gerade wieder reingekommen. Ein Typ, der Henne … der Ihrem Mann verdammt ähnlich sieht, hat beim Einparken am Marktplatz einen Hydranten geknutscht.« Sie verschwand in Richtung Altbau.

Inka starrte auf das Foto. Eine Großaufnahme der rechten Seite ihres neuen Autos. Hatten Inka und Böse wenigstens nur Polster, Scheiben und Armaturen versaut, war Henne gründlicher gewesen. Mitten auf dem rechten Kotflügel prangte eine unübersehbare Beule. Etwa zwanzig Zentimeter im Durchmesser, perfekt rund, mit dem tiefsten Punkt genau in der Mitte. Für eine Beule fast ein Kunstwerk. Inka musste grinsen und steckte das Foto ein. Deshalb der Anruf, deshalb das Essen. Gut, eine Lackreparatur war zwar kein Schnäppchen, aber vielleicht ein angemessener Preis für einen wiederhergestellten Familienfrieden. Inka und Henne waren quitt.

SIE Samstag, 12:16 Uhr

Zunächst war sie enttäuscht: Das Foto der Leiche hatte es noch nicht einmal auf die Titelseite der Zeitung gebracht. Verflucht, was sollte das? Das war nicht gerecht. Was musste denn noch passieren, damit etwas wichtig genug ist, um prominent auf der ersten Seite präsentiert zu werden? Sie versuchte sich zu beruhigen. Sie war noch vor dem Frühstück rausgegangen, um eine Zeitung zu kaufen. Geschlafen hatte sie kaum. Wie auch? Die Vorfreude hatte sie fast überwältigt. Und jetzt das.

Der Kiosk war nicht weit, er hatte gerade erst geöffnet, als sie ihn betrat. Der Zigarettenqualm einer Ewigkeit hing im Raum. Die Zeitung würde danach riechen. Es war ihr egal, obwohl sie es sonst hasste, wenn Menschen mit ihren Süchten keine Rücksicht auf andere nahmen. Rücksicht war ihr wichtig, immer schon. Es war ihr gleich aufgefallen, die großen Zeitungen berichteten nicht darüber. Das war in Ordnung, aber die lokale Presse hätte damit aufmachen müssen. Ihr Atem ging schneller, ihre Hände zitterten. Nur einen kurzen Moment, bis sie den Blick des Kioskbesitzers spürte, der mit seinen nikotinverfärbten Fingern den verschnürten Stapel Frauenzeitschriften öffnete, ohne sich dabei zu bemühen, ihr weniger aufdringlich auf die Brüste unter ihrem Pulli zu schauen. Es ärgerte sie. Sie wollte allein sein mit ihrer Wut und ihrer Enttäuschung über die Missachtung ihrer Tat. Was musste man denn noch tun, um der Aufmerksamkeit notgeiler Kerle zu entgehen? Der Kioskbesitzer wandte sich einer älteren Kundin zu, die Rätselhefte suchte.

Sein Glück. Er wusste nicht, auf was für ein gefährliches Spiel er sich eingelassen hatte. Wie auch, er hatte sie nie zuvor gesehen, und er war nicht der erste Mann, der ein einfaches Lächeln womöglich komplett falsch interpretierte. Als er das Geld der Rätselkundin kassiert hatte, war sie verschwunden. 80 Cent lagen passend auf dem Stapel mit den Lokalzeitungen. Sie sah nicht aus wie eine Betrügerin, wenigstens das hatte der Kioskbesitzer von Anfang an richtig eingeschätzt.

Als sie wieder auf ihrem Zimmer war, ging es ihr besser. Allein.

Die alberne Blümchentapete hatte sie nur am ersten Tag geärgert, und das Fehlen der Minibar hatte sie längst durch einen Einkauf im Supermarkt kompensiert. Viel billiger. Hier wollte sie niemandem mehr etwas schenken.

Ihr Handy baumelte am Netzkabel. Es war in der Steckdose eingestöpselt, die eigentlich nur Rasierern Strom spenden sollte. Rasierer, lächerlich, dachte sie.

Das Handy zeigte – Kein Anruf in Abwesenheit. Wie immer. Wer sollte sie auch anrufen, die Nummer ihres Prepaidkontos kannte nur sie, so sollte es bleiben. Sie überlegte ihn anzurufen, es war gut zu wissen, dass sie seine Nummer hatte. Sie hatte noch nie Gebrauch davon gemacht. Warum eigentlich nicht? Angst, Höflichkeit, Sprachlosigkeit? Nein, sprachlos war sie nicht. Nicht mehr. Das war lange her. Jetzt hatte sie etwas zu sagen. Auch ihm. Gerade ihm.

7 Samstag, 12:20 Uhr

Der puristische, karmesinrote Betonkubus im ehemaligen Innenhof des Polizeipräsidiums spaltete die Beamtenschaft in seinem Inneren grob in drei Gruppen. Die einen, vor allem die Älteren, vermissten den Parkplatz, der dem Erweiterungsbau unlängst zum Opfer gefallen war, und mit ihm die kurzen Wege vom Auto zum Schreibtischstuhl. Die zweite Gruppe bezeichnete »den Klotz« wechselweise als eine Hinterlassenschaft von Aliens oder als Arbeitsverweigerung des Architekten, und eine dritte Gruppe war schlichtweg begeistert. Inka gehörte zu Letzteren. Sie freute sich jedes Mal, wenn ihr Arbeitsweg sie von ihrem Büro im Altbau durch den gläsernen Verbindungsgang zum »Klotz« führte. Supermodern war das Ding mit seinen nackten Betonwänden, superkomfortabel mit seiner neuen Einrichtung, und optisch ein wunderbarer architektonischer Schnitt zum klassischen, renovierten 30er-Jahre-Stil des Altbaus. Inka betrat den Klotz durch den Verbindungsgang und musste an die alten Kollegen in Dortmund denken. Und an ihre Reaktionen, als sie ihnen von ihrer Versetzung berichtete. Was hatte sie sich nicht alles an Klischeevorstellungen über den rustikalen Schick ländlicher Polizeibehörden anhören müssen. Doch die Segnungen des Konjunkturpaketes II hatten sie statt ins ermittlerische Mittelalter geradewegs ins 21. Jahrhundert katapultiert. Ein großzügiges Büro, eine Ansammlung moderner Möbel, die neueste Technik. Keine Spur jedenfalls von dem, was die Kollegen in Dortmund zur Grundlage ihrer Bemerkungen gemacht hatten. Das Tannenzapfenarchipel, das Land der abgesägten Berge, das Skiparadies für Holländer und sonstige Wintersportamateure, die nicht wussten, dass es im Süden Deutschlands richtige Berge gab. Inka hatte es aufgegeben, auf die Bemerkungen einzugehen. Sie hatte auch nicht den Versuch unternommen, ihren Kollegen ein anderes Bild zu präsentieren. Warum auch? So ließen sich die Dortmunder auf Distanz halten. Die wahre Schönheit ihrer neuen Heimat musste sie nicht verbreiten. Sie genoss sie lieber selbst.

Inka öffnete die Tür des Besprechungsraumes, an dessen Tür bereits ein Schild prangte: »Soko Nathalie«. Oh, dachte sie, sie wusste gar nicht, dass sie das schon entschieden hatte. Inka nahm das Schild ab und ging hinein. Pfeil und Porbeck saßen auf der linken Seite eines ellipsenförmigen Besprechungstischs und schwatzten mit zwei weiteren Kollegen auf der anderen Tischseite. Marlies Röggen, eine Mittvierzigerin aus dem dritten Stock, studierte das Archiv einer langen Liste von SMS auf ihrem Handy. Inka wettete, die Textnachrichten stammten alle von einer einzigen Person. Dem Mann, der auf dem Papier noch ihr Ehemann war, faktisch aber seit mehr als drei Wochen in einem Hotel wohnte, wie man auf der Damentoilette tuschelte. Seit Marlies herausgefunden hatte, warum der smarte Oberarzt Dr. Ludger Röggen nach einer ganz normalen Nachtschicht im Briloner Maria-Hilf-Krankenhaus den Geruch eines Frauenparfüms an sich trug. Wohlgemerkt, nicht am Arztkittel, sondern an seinem Unterhemd. Darauf ansprechen durfte man Marlies Röggen allerdings nicht mehr. Nach einem öffentlichen sonntäglichen Eifersuchtsausraster ausgerechnet im Eingangsbereich der Propsteikirche verbat sie sich jeden weiteren Kommentar. Die meisten Kollegen hielten sich daran.

Inka wollte Röggen in der Kommission haben, weil die Oberkommissarin eine psychologische Ausbildung inklusive einiger Profiling-Fortbildungen beim LKA hatte. Und etwas, was vielen

Beamten fehlte: Leidenschaft für ihren Beruf. Die Trennung von ihrem Mann sah Inka bei allem Mitgefühl auch positiv, Marlies würde die freigewordene Energie voll und ganz der Arbeit dieser Kommission widmen.

Neben Röggen saß Bastian Kemperdick. Ein durchtrainierter Kommissar mit frisch bestandenem Prüfungsexamen, einem geleasten Golf GTI, dafür ohne Freundin und wohnhaft im ausgebauten Dachgeschoss seines Elternhauses. Das dunkelblaukarierte Freizeithemd spannte sichtlich im Bereich von Oberkörper und Bizeps. Inka hatte für Zurschaustellungen jahrelangen Trainings und proteinhaltiger Ernährung nur selten einen Blick. Normalerweise. Aber der Charme des jungen Polizisten hatte auch auf sie eine Wirkung, der sie sich nicht entziehen konnte. Was an allen anderen Männern nach billiger Macho-Masche aussah, an Kemperdick wirkte es ehrlich und authentisch. Inka mochte den Kollegen auf Anhieb. Aus seiner Personalakte wusste sie, dass sein Elternhaus in Meschede stand. Weitere Pluspunkte in seiner Vita waren seine Sicherheit im Umgang mit so gut wie jeder Waffe und seine Mitgliedschaft in einem kleineren Schützenverein.

Inka grüßte in die Runde und setzte sich auf einen Stuhl neben Pfeil.

»Ist Halverscheid noch nicht da?«

»In der Kantine gibt es Hackbraten«, erklärte Pfeil und ergänzte süffisant: »Übrigens vielen Dank, dass ich dabei sein darf.«

Inka dämpfte die Stimme.

»Herr Pfeil, lassen wir doch mal alles Persönliche beiseite. Sie sind ein guter Polizist mit verdammt viel Erfahrung. Ich hätte Sie nicht mal übergangen, wenn Sie mir ins Essen gespuckt hätten.«

Pfeil nickte. Er war noch im letzten Jahr Leiter einer Sonderkommission »Ahab« gewesen, die den Tod eines Anglers am Möhnesee untersuchte. Und so sehr Pfeil sich auch den Ruhm gewünscht hätte, einen Mord aufgeklärt zu haben, war er es am Ende, der die deutlich profanere Todesursache herausgefunden hatte. Eine verrostete Angelrolle hatte ihren Geist genau in dem Moment aufgegeben, als ein kapitaler Zander dem Kunstköder des Opfers auf den Leim gegangen war. Der Mann und der Zander mussten stundenlang gekämpft haben, wie Kapitän Ahab im legendären Klassiker mit Moby Dick. Das Ende der beiden war allerdings weitaus weniger dramatisch. Sowohl der Zander als auch der Mann waren beide vor Erschöpfung gestorben. Der eine im Boot, der andere im Wasser, noch an der Schnur. Inka konnte sich Pfeils Enttäuschung lebhaft vorstellen. Sie hielt ihm diskret das Schild hin, das sie gerade von der Tür entfernt hatte.

»Über den Namen der Kommission reden wir noch mal. Ich nehme an, das war Ihre Idee.«

»Und was stimmt nicht mit ›Soko Nathalie‹?«

»Zum Beispiel, dass wir den Namen nicht gemeinsam festgelegt haben.«

Inka ordnete ihre Unterlagen und sah sich um. Ein High-Definition-Beamer an der Decke warf Fotos von Nathalie Brückner in verschiedenen Ausführungen an ein interaktives Whiteboard an der Kopfwand des Besprechungsraumes. Zwei Fotos von oben, drei Seitenaufnahmen aus der linken Perspektive, drei aus der rechten. Das Foto mit der vergrößerten Detailaufnahme der zugenähten Sinnesorgane war am unteren Rand der anderen Tatortfotos erkennbar. Inka tippte, dass Halverscheid sie ausgewählt hatte. Im selben Moment betrat ihr Vorgesetzter den Raum.

»Wie ich sehe, sind alle pünktlich. Sehr gut.« Die Polizisten sahen auf. Offensichtlich hatten die Fotos des Opfers Halverscheids Appetit auf Hackbraten nicht im Wege gestanden. Einige Saucenspritzer auf seiner Krawatte verrieten eindeutig, wo er die letzten zehn Minuten verbracht haben musste.

»Darf ich?« Halverscheid drückte sich hinter Inka und Pfeil in Richtung Kopfende des Tisches durch und setzte sich direkt unter die projizierten Fotos vor das Whiteboard. »Liebe Kolleginnen, liebe Kollegen, wie Sie hinter mir sehen, ist es nicht die Zeit für große Umschweife. Wir haben einen Mordfall zu klären. Die Ermittlungen in diesem Fall habe ich Frau Luhmann übergeben. Und nicht nur, weil es ihr erster Fall hier ist, möchte ich Sie bitten, sie mit allen Mitteln zu unterstützen.«

Alle Blicke wanderten zu Inka. Klopfen auf dem Tisch. Nur Pfeil klatschte, etwas zu laut und mit etwas zu wenig Begeisterung. Inka übernahm.

»Danke, Herr Halverscheid. Auch ich möchte nicht allzu viel Zeit mit der Begrüßung verschwenden. Nur so viel: Ich habe Sie alle in die Soko gebeten, weil ich glaube, dass jeder Einzelne von Ihnen mit seinen individuellen Kenntnissen ein wichtiger Baustein sein kann, um den oder die Täter zu überführen. Wie Sie aus den Berichten über die Auffindungssituation und den ersten Befragungen wissen, ist die Indizienlage noch ziemlich dürftig. Ich würde daher gerne mit Ihnen versuchen, erstens die weitere Vorgehensweise abzustimmen und zweitens den Täterkreis wenigstens etwas einzugrenzen. Herr Porbeck, würden Sie uns auf den neuesten Stand bringen?«

Porbeck öffnete eine Datei auf seinem Tablet, das er scheinbar unsichtbar mit dem Beamer verbunden hatte. Auf dem Whiteboard an der Wand vergrößerte sich das Detailfoto der Nähte im Gesicht des Opfers.

»Auch wenn ich in der Kürze der Zeit natürlich noch nicht allzu viel habe. Zum Beispiel fehlt noch die Todesursache. Die Nähte sind jedenfalls das herausstechende Merkmal, deswegen habe ich mich als Erstes darum gekümmert.« Er deutete auf das Whiteboard.

»Die Nahtstiche verlaufen regelmäßig, was auf jemanden schließen lässt, der das nicht zum ersten Mal gemacht hat. Ob an einem menschlichen Opfer, sei mal dahingestellt.«

»Mann oder Frau?«, fragte Pfeil und erntete ein Schulterzucken von Porbeck.

»Klar ist nur, dass das Opfer eine ziemlich starke Gewaltanwendung erleiden musste.« Er deutete auf weitere Fotos an der Wand. »Neben den Nähten habe ich nämlich noch Fesselspuren an beiden Unterarmen und Hautrötungen auf dem Rücken festgestellt. Am Fundort war beides von der Kleidung verdeckt.«

»Der Täter hat sie also vor dem Mord an irgendwas gefesselt?«, fragte Kemperdick.

Porbeck nickte. »Woran, ist unklar, aber ich würde den Abdrücken nach auf eine flache, grob hölzerne Oberfläche tippen. Und die Fesseln waren vermutlich dünne Bootstaue.«

»Dann in jedem Fall ein Perverser«, setzte Pfeil nach, während Inka nur zuhörte. Sie hatte gelernt, dass in jeder Betrachtung einer Tat ein wichtiges Puzzleteil enthalten sein kann. Vielleicht irrte sie sich auch diesmal nicht.

»Kommt darauf an, wie du das definierst.« Marlies Röggen hatte sich zu Wort gemeldet. »Ich denke auch, dass die Nähte der Schlüssel zum Fall sein könnten. Aber was mich mehr irritiert, ist, dass es laut Klaus' Bericht keine Hinweise auf einen sexuellen Hintergrund gibt.«

Sie sah Porbeck an und verunsicherte ihn offenbar damit. Inka war nicht entgangen, dass er leicht errötete.

»Nach jetzigem Stand kam es zumindest zu keinerlei sexuellem Kontakt zwischen Täter und Opfer, jedenfalls nicht im … im … klassischen Sinne.«

»Was meinst du mit ›nicht im klassischen Sinne‹?«, fragte Kemperdick.

»Penetration. Ich kann nur aus medizinischer Sicht sprechen. Und da habe ich keine Anhaltspunkte für ein Eindringen irgendeines Gegenstandes in den Körper der Toten. Weder vaginal noch anal, noch oral, vor Anbringen der Nähte. Und weil der Körper ansonsten unversehrt ist, gibt es auch keine Spuren sonstiger sexueller Handlungen.«

Inka erlöste Porbeck von diesem Teil der Erklärungen.

»Wobei es ja bei Gewaltdelikten fast nie um Sex geht, richtig, Frau Röggen?«

Alle Blicke wandten sich Marlies zu. Die nickte.

»Richtig. Es geht um das Ausüben von Macht. Der Täter will dem Opfer seine Überlegenheit demonstrieren. Ich sage der Täter, weil diese Verhaltensweise fast ausschließlich auf Männer zutrifft.« Röggen deutete auf die Nähte an der Wand über Halverscheid. »Und wenn man dazu das hohe Gewaltpotential nimmt, mit dem hier vorgegangen wurde, dann deutet das in der Tat eher auf einen Mann hin.«

»Aber?« Jetzt war es Halverscheid, der sich einschaltete.

»Das Element der Machtausübung fehlt, und die Nähte sind für einen Mann als bloße Herabwürdigung des Opfers zu aufwendig. Männliche Täter sind pragmatischer, gröber. Ich meine, es hat sicher einige Zeit gedauert, bis die alle angebracht waren. Also gibt es etwas, das es wert war, sie anzubringen und damit ein nicht geringes Risiko einzugehen. Ein Botschaft, oder so. Was zusammen genauso gut auf eine Frau als Täterin hindeuten könnte.«

Schweigen. Inka sah Porbeck an.

»Dann wissen wir also nur, dass wir so schnell wie möglich weitere Obduktionsergebnisse brauchen.«

»Und dass ich mit meinem Perversen garantiert nicht falsch liege«, fasste Pfeil treffend zusammen.

»Was ist mit den Schulterverletzungen?«, fragte Inka Porbeck. Wieder vergrößerte sich ein Foto der entsprechenden Stellen am Körper der Leiche.

»Da lag ich gar nicht so falsch mit meiner ersten Vermutung. Die kleinere stammt von einem Angelhaken, die größere von einem Gaff. Beide Verletzungen wurden ihr erst zugeführt, als sie schon längere Zeit tot im Wasser lag.«

»Also nicht von unserem Täter«, folgerte Inka.

»Richtig«, sagte Porbeck. »Ich tippe eher auf Angler, die die Leiche versehentlich am Haken hatten und dann das Weite gesucht haben.«

Inka nickte. »Und die werden vermutlich schwer zu finden sein. Danke, Herr Porbeck.« Sie sah von ihrer Uhr in die Runde. »Gut, teilen wir uns auf. Frau Röggen, ich hätte gerne, dass Sie sich um die Nahbereichsermittlungen kümmern. Das gesamte private Umfeld des Opfers. Lebenspartner, Freunde, Familie, Vermögensverhältnisse. Das ganze Programm, außer ihrer Wohnung und ihrem Job. Das übernehme ich.«

Röggen nickte.

»Herr Kemperdick, Sie kümmern sich bitte um den oder die Angler und überprüfen das Umfeld um den Hennesee. Fragen Sie bei der Stadtverwaltung und bei der Fischereibehörde nach Auffälligkeiten in den letzten Tagen. Ach ja, und überprüfen Sie mal die Ausgabe der Angelscheine. Ich denke, die letzten vier Wochen reichen.«

»Kein Problem, ich checke auch die Angelvereine, die Angelgeschäfte, Bootszubehör und die Betreiber und Vermieter der Ausflugsboote«, sagte Kemperdick, ohne jede Form von Leidensdruck.

»Sehr gut, das wär's für's Erste. Wir treffen uns wieder hier, sagen wir um 17:00 Uhr?«

Sie sah in die Runde. Bestätigende Blicke, Stühlerücken. Alle packten zusammen und verließen den Raum. Nur Pfeil blieb eingeschnappt sitzen.

»Ich nehme an, für's Kaffeekochen bin ich etwas zu teuer, oder?« Inka lächelte.

»Genau, Herr Pfeil. Sie kommen mit mir. Wir kümmern uns um das Catering.«

8 Samstag, 14:00 Uhr

Heiner Ried musste sich setzen. Kreidebleich vor Schreck schaffte er es gerade noch, seine Sackkarre mit Plastikkörben voller Geschirr abzustellen, bevor er geschätzte hundert Kilo Porzellan auf dem Boden seiner Halle verteilte. Der hohe Ladeboden zwischen den offenen Hecktüren eines Transporters rettete ihn vor einer unsanften Landung.

»O nein. Deswegen hat Herr Hesterkamp also den Abschiedsball abgesagt.«

Ried schlug die Hand vor den Mund und schloss die Augen. Seine Gesichtsfarbe unterschied sich nur noch Nuancen von der des strahlend weißen Kittels, in dem er steckte. Im Gesamtbild mit seiner schwarzweißkarierten Kochhose und den hier anscheinend obligatorischen Gummistiefeln, diesmal in Knallblau, drängte sich Inka das merkwürdige Bild eines Mannes ohne Kopf auf. Dann sah Ried sie und Pfeil aus leicht geröteten Augen an.

»Und das ist ganz sicher?«, fragte er kraftlos.

Nicht nur wegen seiner leisen Aussprache hatten Inka und Pfeil Mühe, Ried in der sie umgebenden Geräuschkulisse zu verstehen. In der Lagerhalle um sie herum brummte das Catering-Geschäft. Mehr als ein Dutzend Mitarbeiter, ebenfalls in weißen Kitteln, Kochhosen und blauen Gummistiefeln, war damit beschäftigt, jede nur erdenkliche Art von Partyzubehör auf vier Transporter zu laden, die es mit weitgeöffneten Türen scheinbar kaum erwarten konnten, die Feierwut der nächsten Partygesellschaft zu stillen. Ständiges Klirren, Scheppern, Brummen, Klappern und Schleifen erfüllte die Halle. Die nicht gerade zimperlichen Zwischenrufe der Arbeiter taten ihr Übriges.

»Ich fürchte, ja«, sagte Inka deutlich lauter. »Und ich nehme das mal als Bestätigung, dass Nathalie Brückner eine ihrer Mitarbeiterinnen war.«

Ried sah Inka und Pfeil fassungslos an. Was immer er gerade empfand, Inka hatte keinen Zweifel, dass sein Schock echt war.

»Nein, nicht eine. Die beste.«

Inka und Pfeil wechselten einen kurzen Blick.

»Könnten Sie uns das näher erläutern?«

»Da gibt es nicht viel zu erläutern.« Er machte eine schwache ausholende Bewegung. »Gucken Sie sich hier doch mal um.«

Das hatten Inka und Pfeil schon getan, als sie hereingekommen waren. Gegen die Auslieferungshalle der »Heiner Ried Catering GmbH«, dessen Logo Inka schon im Garten von Holztycoon Hesterkamp aufgefallen war, war eine Bahnhofshalle ein Kontemplationsrefugium. Ried hatte sich zumindest wieder so weit gefangen, dass er aufstehen konnte. Er fuhr sich fahrig durch seine gepflegte graue Mähne.

»Kennen Sie den Leitspruch der Dienstleistungsbranche?«, fragte er rhetorisch. »Wo die Logik aufhört, fängt die Logistik an.« Er lachte melancholisch und bemerkte Pfeils verständnislosen Blick. »Und wenn Sie sich jetzt fragen, was das mit ...« Er machte eine kurze Pause. »... Mit Nathalie, ich meine, mit Frau Brückner zu tun hat, kann ich Ihnen nur sagen, dass ich in meinem ganzen Leben noch niemanden gesehen habe, der so stressresistent, so vielseitig, so souverän, so freundlich und so zuverlässig war wie sie.«

»Hört sich an, als wären Sie ein echter Fan gewesen«, kommentierte Pfeil.

In Rieds Blick mischte sich Verärgerung.

»Als Beamter wissen Sie das vermutlich nur aus Erzählungen. Aber wie fast alle Dienstleistungen im Sauerland ist auch Catering ein Saisongeschäft. Sechzig Prozent unseres Umsatzes machen wir im Sommer, dreißig Prozent um Weihnachten. Der Rest verteilt sich auf mindestens sechs Monate, in denen hier bis auf Kommunionen, Jubiläen und Geburtstage fast gar nichts läuft. Für einen Arbeitnehmer nicht gerade das, was man unter einem sicheren Job versteht. Und für einen Arbeitgeber nicht gerade das, was einem die Top-Mitarbeiter die Bude einrennen lässt.«

»Aber Frau Brückner war eine Top-Mitarbeiterin?«, fragte Inka und bemerkte jetzt echte Bestürzung in Rieds Blick. Er nickte schwach.

»Sie war nicht nur immer da, wenn man sie brauchte, sie hatte auch die Erfahrung von gefühlten tausend Schützenfesten. Man konnte sie überall einsetzen. Sie war robust genug, auch mal ein Zelt mit aufzubauen, konnte kochen und grillen, hatte ein Händchen für Deko, die besten Ideen, wenn mal improvisiert werden musste, und selbst nach acht Stunden Arbeit konnte sie hinter einer Promi-Bar immer noch geistreich ein paar übersteigerte Egos massieren.«

»Hätten Sie was dagegen, uns mal ihren Arbeitsplatz zu zeigen?«

Ried seufzte.

»Ich zeige Ihnen meinen. Außer im Büro hat Frau Brückner hier eh überall gearbeitet.«

Ried übergab einem Vorarbeiter den Auftrag für das weitere Beladen seines Transporters, klopfte ihm väterlich auf die Schulter und ging. Inka und Pfeil folgten ihm quer durch die Auslieferungshalle und durch einen breiten Torbogen in eine angrenzende Lagerhalle. Es wurde augenblicklich merklich ruhiger. Die Bahnhofsatmosphäre wich dem fast intimen hydraulischen Zischen zweier, natürlich weißer, Gabelstapler bei deren geschäftigem Tanz durch etwa ein Dutzend weißer Reihen von meterhohen Metallregalen. Jedes Regal war sorgfältig mit Codeziffern versehen, alles erstrahlte in taghellem Licht. Ein Fest für jeden Prüfer der Berufsgenossenschaft. Ried blieb stehen, wie ein Höhlenführer vor seinem beeindruckendsten Stalagmiten.

»Die Auslieferungshalle haben Sie ja gerade gesehen. Da stellen wir unsere sogenannte Hardware zusammen. Lagern tun wir sie hier.« Er deutete auf die Regale. »Ob Hochzeit, Beerdigung, Pistenparty oder Bücherkreisjubiläum. Hier gibt es alles, was ein Kunde an Equipment für seine Veranstaltung braucht. Vom Bierdeckel bis zur High-End-Bühnenausstattung für den Karaokeabend.«

»Wenn Sie von Hardware reden, gibt es doch sicherlich auch so was wie Software.«

Anstelle einer Antwort deutete Ried in Richtung eines weiteren Durchgangs. Dahinter gabelte sich ein Gang in zwei kurze Flure. Unter den schweren Geruch aus Schweiß, Staub und Staplerabgasen mischte sich nun ein weit verführerischerer Duft. Der Geruch nach Essen. Ried schien Inkas Gedanken gelesen zu haben.

»Wenn wir von ›Software‹ sprechen, meinen wir unsere Food-Abteilung. Und weil wir natürlich auch da nichts dem Zufall überlassen, stellen wir alle Gerichte für unsere Kunden in unserer eigenen Großküche her.« Er deutete in den rechten Bereich des Ganges, wo der Flur in einer Doppelschwingtür endete. Dahinter eröffnete sich eine imposante Orgie in Weiß und Edelstahl. Drei Köche waren damit beschäftigt, eine köstlich duftende Gulaschsuppe aus einem gut und gerne 200 Liter fassenden Kocher auf kleinere Portionen zu verteilen. Inka war beeindruckt, auch hier brummte der Laden.

»Und das rechnet sich als Saisongeschäft?«

Ried nickte. »Aber nur, weil wir ein Altersheim, zwei Kindergärten und ein Krankenhaus in der Gegend als Dauerkunden gewinnen konnten.«

»Was ist mit Getränken, liefern Sie die auch?«, hakte Pfeil nach.

Ried schüttelte den Kopf. »Nein, das Geschäft lassen die Brauereien und ihre Bierverlage sich nicht nehmen.« Er atmete durch und sah auf seine Uhr. »Tja, wenn das dann alles wäre, ich müsste mich trotz allem wieder an meine Arbeit machen.«

Pfeil sah auf seinen Notizblock. »Noch nicht ganz, Herr Ried. Sie haben die Vermisstenanzeige bei der Polizei aufgegeben. Wann haben Sie Frau Brückner das letzte Mal gesehen?«

Ried überlegte kurz. »Vorgestern, am Donnerstag. Sie hatte bei der Planung für den Abschiedsball Hesterkamp geholfen. Und ist am nächsten Morgen nicht hier erschienen.«

»Und deswegen geben Sie gleich eine Vermisstenanzeige auf?«

Ried zuckte die Schultern. »Sie kannten Frau Brückner nicht. Nathalie war die Zuverlässigkeit in Person. Und seit ungefähr zwei Wochen war sie ohnehin irgendwie …«, er suchte nach den richtigen Worten, »… nervöser als sonst. Ein bisschen fahrig. Als sie dann am Freitag nicht zur Arbeit erschienen ist, war das schon ungewöhnlich. Vor allem, weil sie sich nicht mal abgemeldet hatte. Und als sie sich auch am Samstag nicht gemeldet hat …« Seine Stimme wurde ärgerlich. »Mein Gott, man wird sich doch als Arbeitgeber noch Sorgen machen dürfen.«

Pfeil nickte. Inka sah sich auf der anderen Seite des Ganges um, der in einer schmaleren Tür mit der Aufschrift »Büro« endete.

»Natürlich, Herr Ried. Und hier geht es in Ihr Büro?«

Zum ersten Mal mischte sich so etwas wie Unbehagen in Rieds Blick.

»Ja. Aber Sie wollten den Arbeitsplatz von Frau Brückner sehen. Ich sagte Ihnen doch, dass sie nicht im Büro tätig war.«

»Warum eigentlich nicht?«, fragte Inka und fügte etwas leiser hinzu: »Wo sie doch in allem so begabt war.«

»Das hat auch etwas mit mir zu tun.« Inka und Pfeil wandten sich von Ried in Richtung der entschlossenen weiblichen Stimme, die gerade den Flur erfüllt hatte. Eine etwas füllige, blonde Frau in den Vierzigern war aus dem Büro getreten und kam auf sie zu. Gepflegt und konservativ in Kleidung und Erscheinung, klackte sie auf ihren Pumps energisch laut den Gang entlang. Offenbar war sie es gewohnt, dass man ihr Aufmerksamkeit schenkte, dachte Inka.

»Frau Brückner und ich haben nicht gerade ein optimales Arbeitgeber-Arbeitnehmer-Verhältnis«, erklärte sie. Ried sah Inka und Pfeil an.

»Darf ich vorstellen? Meine Frau Conny … also Cornelia«, verbesserte er. »Zweite Geschäftsführerin und zuständig für alles Verwaltungstechnische.«

»Akquise, Bestellungen, Buchführung«, präzisierte Cornelia Ried und schüttelte mit festem Griff die Hände der Polizisten. »Eine Kollegin aus dem Lager hat mir gesagt, dass die Polizei hier ist. Hat Frau Brückner etwas ausgefressen?«

Inka entging nicht, dass Cornelia Ried im Präsens sprach. Entweder hatte sie noch keine Ahnung vom Tod Nathalie Brückners, oder sie war eine wirklich passable Schauspielerin. Ried senkte den Kopf. Schade, dachte Inka, sie hätte gerne gesehen, wie Heiner Ried seiner Frau die Nachricht überbrachte. Und noch lieber, wie Cornelia darauf reagiert hätte. Egal, nun war es offenbar ihr Job.

»Frau Ried, Nathalie Brückner wurde heute Morgen ermordet aufgefunden.« Inka musterte Cornelia Ried, die schlagartig ernst wurde und sich eine Hand vor den Mund hielt.

»Um Gottes willen.«

»Was dagegen, wenn wir Ihnen in diesem Zusammenhang ein paar Fragen stellen?«, schaltete Pfeil sich ein.

»Natürlich nicht. Bitte kommen Sie.« Sie machte eine Geste in

Richtung ihres Büros und ging voraus, diesmal mit deutlich weniger lautem Klacken ihrer Pumps, wie Inka auffiel. Vielleicht weil sie sich Pfeils Aufmerksamkeit sicher war, der ihr schon Richtung Büro folgte. Ried blieb auf dem Flur zurück. Inka fischte eine ihrer druckfrischen Visitenkarten aus ihrer Jacke und hielt sie ihm hin.

»Sollte Ihnen noch etwas einfallen, rufen Sie mich jederzeit an.« Sie wandte sich schon ab, als Ried sich räusperte.

»Eine Frage hätte ich noch. Haben Hesterkamp und Nagel etwas damit zu tun?« Inka musterte ihn, als er fortfuhr. »Wenn eine Ermordete gefunden wird, ist das doch meist kein Zufall, oder?«

»Es tut mir leid, Herr Ried. Alles was ich Ihnen dazu sagen kann, ist, dass ich nichts unversucht lasse, genau das herauszufinden.« Inka ließ ihn stehen und folgte dem inzwischen kaum hörbaren Klacken der Pumps.

9 Samstag, 15:22 Uhr

Herrliche Natur, gottesfürchtige Menschen und entspannte Urlaubsatmosphäre. Es gab viele Gründe, warum man das Sauerland lieben konnte. Der veritable Hass gegen schwule Schützenkönigspaare und ein brutaler Mord zeigten aber, es gab genauso viele Gründe, es zu verurteilen. Unter dem Strich stand für Inka, man durfte die »vielleicht uneitelste Gegend Deutschlands«, wie Halverscheid sein Sauerland genannt hatte, einfach nicht unterschätzen. Obwohl es immer wieder versuchte, einen in die Falle zu locken. Entfernungen, zum Beispiel, war nicht zu trauen. Orte, die auf Landkarten oder der Darstellung von Navigationssystemen aussahen, als wären sie Nachbargemeinden, entpuppten sich in der Realität als halbe Tagesreisen voneinander entfernt.

Der Grund war das übersichtliche Straßennetz. Zwar war man in den letzten Jahren seitens der zuständigen Behörden ständig um schnellere, kürzere und komfortablere Verbindungen bemüht, aber die entsprechenden Baumaßnahmen erstreckten sich weitestgehend auf Strecken, die direkt in die touristischen Hochburgen um Winterberg, Willingen und das Schmallenberger Land führten. Alle anderen Gegenden mussten sich vermutlich bis ans Ende der Zeit mit dem verkehrstechnischen Fluch des 20. Jahrhunderts auseinandersetzen. Den guten alten Landstraßen. Viel zu schmal, von Schlaglöchern durchzogen und gerne auch mal von Treckern, Schützenumzügen oder Schafherden blockiert. Inka sah aus dem Beifahrerfenster auf die vorbeifliegende Landschaft und die teilweise abenteuerliche Streckenführung. Als kürzeste Verbindung zwischen A und B taugten rasante Kurven, enge Ortdurchfahrten und leicht zu übersehende Abzweigungen so gut wie gar nicht. Aber umso eindrucksvoller waren sie als Abbild des Lebens im Sauerland, fand Inka. In all ihren Hochs und Tiefs, mit all ihren Windungen, folgten sie einfach nur den naturgegebenen Vorgaben von Hügeln, Tälern, Flüssen und Wäldern. Touristen mit mehr Zeit als Zielen mochten das genießen, Polizisten mit einem dringenden Job weniger.

Entsprechend unruhig saß Inka auf dem Beifahrersitz des Dienstwagens, den Pfeil wie üblich viel zu schnell an Millionen Raummetern feinster Fichte vorbeijagte. Ein Straßenschild kündigte den Wohnort von Nathalie Brückner an. »Aspe, 8 Kilometer«. Auf der kurvigen Strecke Zeit genug für einen Gedankenaustausch.

»Und was halten Sie von Ried?« Inka wandte Pfeil den Kopf zu.

Der zog die Augenbrauen hoch.

»Ich bin ja kein Psychologe, aber wenn einer in seine Angestellte verknallt war, dann ja wohl der.«

Inka nickte. »Was auch seiner Frau wohl nicht ganz verborgen geblieben ist.«

Inka warf einen Blick auf ihre Notizen. Nachdem sie mit Cornelia Ried in deren Büro gegangen waren, hatten sie ihr dieselben Fragen gestellt wie ihrem Mann. Die Antworten waren ebenfalls dieselben. Andererseits auch wieder nicht so exakt deckungsgleich, dass man hätte misstrauisch werden müssen. Das betraf sowohl den Zeitrahmen von Nathalie Brückners Verschwinden als auch ihr Arbeitsfeld. Lediglich bei der Beschreibung ihrer vielseitigen Talente blieb Cornelia Ried deutlich zurückhaltender. Entweder weil sie nicht so eng mit Nathalie zusammengearbeitet hatte wie ihr Mann, oder weil der für Cornelias Geschmack vielleicht etwas zu eng mit ihr zusammengearbeitet hatte. Die Ehefrau in Inka tippte mal auf Letzteres. Aus seiner Bewunderung für Nathalie hatte Ried keinen Hehl gemacht. Ein Indiz dafür, dass die Ehe der Rieds nicht so harmonisch war, wie sie es vielleicht hätte sein sollen. Den faktischen Beweis für ihre These hatte Inka allerdings in einer anderen Aussage von Cornelia Ried gefunden. Vielleicht wäre das auch mal ein kleiner Test für Pfeil.

»Und ihre Aussage über ihren Mann?«

Pfeil lachte kurz auf. »Sie meinen die Nummer mit: ein Muster von Ehemann?« Er räusperte sich kurz verächtlich und imitierte Cornelia Ried erstaunlich treffend. »Gut, er arbeitet fast rund um die Uhr, aber ansonsten ist er aufmerksam, zuvorkommend und liebevoll. Hat noch keinen Hochzeitstag verpasst und immer wieder eine romantische Idee auf Lager.«

»Genau die.« Inka sah Pfeil beeindruckt an.

»Wie war das noch mit der Bullenweisheit? Je idyllischer die Theorie, desto schlimmer die Realität«, grinste er.

Inka nickte zufrieden. Irgendwo tief unter seiner harten provinziellen Schale hatte Pfeil tatsächlich ziemlich empfindliche Antennen. Oder war es doch nur seine Erfahrung? Egal, jedenfalls stimmte er in seiner Einschätzung mit Inka überein. Und er war noch nicht fertig.

»Noch interessanter wird die Geschichte übrigens, wenn man sich das hier mal anguckt.«

Pfeil holte einen zerknitterten Ausdruck aus seiner Hemdtasche und reicht ihn Inka. Ein Registerauszug.

»Ich habe mal beim Amtsgericht nachgesehen. Die ›Heiner Ried Catering GmbH‹ ist ironischerweise auf Cornelia Ried eingetragen.«

Inka musste schmunzeln. Wieder eine dieser sauerländischen Überraschungen. »Na, dann hätten wir doch zumindest mal einen Grund, warum Ried vermutlich um jeden Preis bei seiner Conny bleiben möchte.«

Inzwischen hatten sie den Ortseingang von Aspe erreicht. Pfeil bremste den Wagen. Die Geschwindigkeit war zwar mit den Verkehrsregeln noch immer nicht vereinbar, aber im Ernstfall hätte er mit einer Vollbremsung das Schlimmste verhindern können. Sie fuhren vorbei an tristen Bauernhäusern, die die Straße säumten. Aufgereiht wie spröde Perlen an einer rustikalen Kette. Zwischendurch ein Bäcker, ein Metzger und die obligatorische Gaststätte »Zur Post«. Anscheinend konnte man hier überleben. Hinter den Häusern erstreckten sich riesige Obstgärten, jeder mit Unmengen von gestapeltem Brennholz. Auch hier warf der Winter schon jetzt seine Schatten voraus.

Inka sah Pfeil an. »Übrigens fand ich, wir haben uns bei den Rieds gar nicht so schlecht geschlagen. Als Team, meine ich.«

»Wenn Sie das sagen.« Der Anflug eines zufriedenen Lächelns umspielte Pfeils Mundwinkel. »Wie war noch die Adresse?«, fragte er.

»In der Bramecke 25«, las Inka von ihrem Notizblock ab.

Ohne Blinken oder ein nennenswertes Bremsen, fegten sie von der Hauptstraße rechts ab auf einen besseren Feldweg, der sich Sekunden später in einen engen Korridor aus mannshohen, bräunlich verfärbten Maisstauden verwandelte. Unmöglich zu sagen, in welche Richtung er sie führte. Aber weder diese Tatsache noch die Schlaglöcher von mindestens Knöcheltiefe waren für Pfeil ein Grund, die Geschwindigkeit zu verringern. Inka hielt sich instinktiv am Haltegriff über ihrer Tür fest.

»Waren Sie schon mal hier?«, fragte sie gegen die Geräuschkulisse aus Rumpeln und Steinschlag.

»Nein, wieso?« Pfeil hielt den Blick gelangweilt auf den Maistunnel vor sich.

»Sie fahren so«, entgegnete Inka und fragte sich gerade, ob

irgendetwas unter der Größe eines Traktors Pfeil zum Tritt auf die Bremse veranlassen würde, als sich die Wand aus Maisstauden hinter einer weiten Biegung öffnete und den Blick auf einen kleinen Hof freigab.

»Hier sieht eh alles gleich aus. Da wären wir.« Pfeil brachte den Wagen vor einem mäßig instand gehaltenen Bauernhaus, vermutlich aus den Sechzigern, zum Stehen. Bremsen hatte der Wagen also doch. Inka stieg aus, holte tief Luft und sah sich um. Die Stille um sie herum legte sich fast drückend auf ihr Gehör. Inka wandte sich dem Gebäude zu. Das Kellergeschoss des Hauses mit zwei Garagen war in den dahinterliegenden Hang gebaut. Darüber befanden sich ein Erdgeschoss und ein großer Dachstuhl mit Erkern und einer Loggia. Vermutlich Nathalie Brückners Wohnung. Pfeil stieg auf der anderen Seite aus.

»Irgendeine Ahnung, warum das Hausnummer 25 ist?«, fragte Inka und deutete auf die Umgebung. Der Hof stand allein. Der Hang hinter dem Erdgeschoss stieg flach zu dem offenbar obligatorischen Obstgarten an. Hinter dem Hügelkamm sah man nur bewölkten Himmel. Inka drehte sich in Richtung Hauptstraße um.

»Die nächsten Nachbarhäuser stehen an der Straße. Es ist zwar nicht gerade eng hier, aber Platz für 24 weitere Höfe sehe ich eher nicht.«

Pfeil folgte ihrem Blick, zuckte dann die Schultern und schlug seine Tür zu.

»Sauerländer Pragmatismus. Wahrscheinlich muss der Bürgermeister mindestens zweistellige Hausnummern nachweisen, damit die Post hier weiter ausliefert.«

Sie gingen zum Eingang zwischen den Garagentoren. Zu Inkas Überraschung erstreckte sich rechts vom Haus, hinter einer sanften Bodenwelle, ein fast malerisches Panorama auf Meschede mit dem Hennesee. Zum Greifen nah lag der See wie ein länglicher, überdimensionaler Spiegel in einem Meer aus grünen Hügeln, sah man einmal vom Grau der Bebauung Meschedes ab. Die Landstraßen würden aus einer Fahrt dorthin allerdings eine Tortur machen, dachte Inka und wandte sich Pfeil zu.

»Sie haben die Schlüssel?«

Anstelle einer Antwort schüttelte Pfeil Nathalie Brückners voluminösen Schlüsselbund mit dem pinkfarbenen »N« aus der Plastiktüte der Spurensicherung.

»Fragt sich nur, welcher so nett ist, uns reinzulassen.«

»Moment noch.« Inka trat vor und drückte die Klingel.

»Nur um zu sehen, was passiert.«

Nichts passierte. Pfeil zückte den ersten Schlüssel.

SIE Samstag, 15:44 Uhr

Sie lag auf dem Bett und starrte an die Decke. Der erfrischende Duft nach Orangen erfüllte die Luft und verbreitete ein fast weihnachtliches Aroma im Zimmer. Ansonsten herrschte Tristesse. Hier hatte seit langer Zeit niemand mehr den Versuch unternommen, dem Zimmer einen frischen Anstrich zu geben. Die einzige zeitgemäße Errungenschaft war ein kleiner Flatscreen-Fernseher. Extraklein. Natürlich.

Sie schaltete ihn ein, ließ sich einen Moment berieseln vom alltäglichen Elend dieser Welt. Beim Betätigen der abgegriffenen Fernbedienung merkte sie, dass ihre Finger wehtaten. Vom Üben mit den Orangen. Sie hoffte, sie hatte sich nicht überanstrengt. Für das, was sie vorhatte, musste sie vorbereitet sein, nicht überreizt.

Vielleicht sollte sie duschen, dachte sie. Einfach so. Den Orangengeruch abspülen und den ganzen Dreck. Nicht nur das, was sichtbar war. Duschen tat ihr gut. Ein Bad wäre sogar noch besser gewesen, aber in der ganzen Pension gab es kein Zimmer, das eine Badewanne hatte. Genau deshalb hatte sie sie auch ausgesucht. Weil sie Durchschnitt war. Unterer Durchschnitt. Und im unteren Durchschnitt fiel man nicht auf. Das war es, worauf es ankam.

Sie streifte ihren Pulli ab, zog sich die Jeans aus und stellte sich vor den Spiegel. Sie war zufrieden mit dem, was sie sah. Eine gute Figur, sinnlich, weiblich. So werden Frauen beschrieben, die nicht zu dick und erst recht nicht zu dünn sind, dachte sie einen Moment lang. Sie hatte kein Problem damit, sie war stolz auf ihre Weiblichkeit, sie hatte dieses Gefühl erst mühsam wieder lernen müssen.

Das warme Wasser rieselte sanft auf ihre nackte Haut. Sie drehte den Heißwasserhahn der Billigarmatur auf, ganz langsam, wie um eine Dosis behutsam zu erhöhen. Vorfreude. Der Temperaturanstieg ließ sich nicht mit Zahlen erfassen. Schade. So hätte sie besser genießen können. Genauer, präziser. Jeden Tag ein Grad mehr, bis …

Der Dampf nahm ihr die Sicht. Und dann fühlte sie den Schmerz. Es war ein Genuss, so lange, bis sie es nicht mehr aushalten konnte. Sie verließ die Dusche, ohne den Hahn zuzudrehen. Das Geräusch beruhigte sie. Die Abdrücke ihrer nassen Füße im mattgrünen Filz der Teppichfliesen markierten den Weg zum Bett. Kurz bevor sie sich auf das frisch gemachte Oberbett fallen ließ, gönnte sie sich noch einmal einen Blick in den Spiegel. Die roten Flecken stammten vom Wasser, die Einstichnarben an den Armen aus einer anderen Zeit. Der Spiegel würde sich all dies nicht merken, dachte sie. Ein verrückter Gedanke, aber er beruhigte sie.

Vielleicht sollte sie ihn jetzt anrufen. Nackt. Er würde es nicht wissen. Sie schon. Es wäre ein Genuss, auf andere Art. Sie nahm ihr Handy und wählte.

»Ja?« Am anderen Ende der Leitung meldete sich eine Männerstimme. »Hallo, wer ist da?«

Sie schwieg.

»Wenn das ein Spaß sein soll, mit mir nicht, okay?!«

Er drückte sie weg. Er durfte das. Er war der einzige Mann, der das durfte. Sie wegdrücken. Noch. Bald würde sie ihm alles erzählen müssen, das war klar. Ob er eine Ahnung hatte, wusste sie nicht. Es war ihr nicht egal, aber noch durfte er nichts wissen. Sie war doch noch nicht fertig.

Sie legte das Handy zur Seite und strich mit dem Finger einmal kurz über das Display, so als wäre die Berührung seiner Nummer mehr als nur eine symbolische Geste. Er sollte stolz auf sie sein. Sie wollte ihn überraschen, mit einem Kreuzstich und anderen Taten. Er hatte sie falsch eingeschätzt. Das hier hatte er ihr nicht zugetraut. Es war sein Fehler. Sie hatte ihm verziehen.

Dann begann sie sich zu streicheln. Ganz sanft, ganz vorsichtig. Sie konnte sich dabei im Spiegel beobachten.

Alles war gut. Alles war richtig.

Sie lächelte.

10 Samstag, 16:30 Uhr

»Durch«, rief Mia mit gelangweilter Miene, klappte ihr Buch geräuschvoll zu und legte es beiseite. Böse, dessen Körper sie als lebendes Kissen benutzte, sah nur träge auf. Die beiden lagen im Wohnzimmer auf dem Boden vor dem Sofa und genossen ihren Samstagnachmittag. In der Küche wurde die Radioreportage vom Beginn der zweiten Halbzeit der Fußballbundesliga leiser gestellt.

»Mia, kannst du dir deine Bücher nicht ein bisschen besser einteilen? Wir sind kein Verlag«, sagte Henne.

Mias Lesetempo war völlig normal für ein sechsjähriges Mädchen, dessen Intelligenzquotient deutlich über dem Mittelwert lag. Woher und vor allem von wem sie das hatte, darüber stritten Inka und Henne, seit Mia im zarten Alter von drei Jahren mit dem Lesen begonnen hatte. Einfach so. Beigebracht hatte ihr das niemand. Während sich ihr vierjähriger Bruder Tom im Kindergarten mit allem quälte, was auch nur den Anschein hatte, als müsste man dafür stillsitzen, außer Fernsehen, war Mia im vergleichbaren Alter bereits komplett unterfordert gewesen.

»Wann kommt Mama nach Hause?«

»Keine Ahnung.«

»Du und Tom, ihr habt doch mit ihr telefoniert, Papa!«

»Ich weiß.«

»Worüber habt ihr gesprochen?«

»Ich habe sie gefragt, wann sie kommt.«

»Du bist nicht konsequent«, analysierte Mia messerscharf.»Wer eine Frage stellt, ohne eine Antwort zu bekommen, fragt nicht konsequent genug. Ach, Papa, du musst noch ganz schön viel lernen«, sagte sie jetzt aus dem Rahmen der Küchentür. Böse stand neben ihr. Sein Blick schien ihre Worte noch untermauern zu wollen. Mia stellte sich auf den Küchenstuhl und streichelte den Kopf ihres Vaters, nicht ohne eine Entdeckung zu machen, die sie für bemerkenswert hielt.

»Du kriegst eine Glatze.«

»Quatsch.«

»Doch, aber keine Angst, das ist normal in deinem Alter.«

»Mia, ich werde dreiunddreißig.«

»Sag ich doch, normal.«

»Wolltest du nicht rüber zu deiner Freundin?«

»Verstehe, Papa, damit du deine Ruhe hast. Ich hab dich trotzdem lieb. Auch wenn du eine Glatze bekommst. Ich würde über einen Kurzhaarschnitt nachdenken, den Bart kannst du lassen.«

Ein Kurzhaarschnitt? Niemals. Henne war stolz auf seine blonde Surferfrisur und wäre bereit gewesen, um jede einzelne Locke zu kämpfen. Dass die Natur ihm den Kampf ansagte, versuchte er sportlich zu nehmen, wie fast jede Herausforderung in seinem Leben.

Er schaute seiner Tochter einigermaßen fassungslos nach. Seit er den Hausmann gab, freiwillig, wie er immer und überall betonte, bekam er das Gefühl, seine Kinder jeden Tag aufs Neue zu entdecken. Er war sich nicht sicher, ob das etwas Gutes war oder nicht. Bei Tom war es einfach, in dem Jungen steckte viel von ihm selbst. Tom hatte all die Flausen im Kopf, die Henne in seinem Alter auch gehabt hatte. Manche dieser Flausen steckten sogar noch immer in ihm. Auch wenn er das natürlich nie zugeben würde. Genauso wenig wie die Tatsache, dass sein Vererbungsanteil im Falle von Mias offensichtlicher Begabung wohl deutlich geringer war als der von Inka.

Er sah durch das Küchenfenster, wie seine kleine Tochter unten durch den gepflegt-wilden Hinterhofgarten in Richtung des Hauses ihrer besten Freundin Emma lief. Henne liebte den Garten. Vor allem weil er keine Arbeit machte. Die Luhmanns durften ihn mitbenutzen, weil Frau Lugner, der mit der Erdgeschosswohnung das Nutzungsrecht zufiel, trotz Rentnerinnenstatus noch immer rüstig und dickköpfig genug war, alle Arbeiten im Alleingang zu erledigen. Wofür ihr Henne ebenso dankbar war, wie für ihre häufigen Babysitterdienste, wenn einmal Not am Mann war.

Hennes Blick fiel vom Fenster auf die Küchenzeile, die einem Schlachtfeld glich. Nur weil diese Idioten in den Kochbüchern nicht in der Lage waren, Rezepte so zu schreiben, dass man sie auch wirklich kochen konnte. War es etwa seine Schuld, dass eine viel zu dickflüssige Tomatensoße die vormals weißen Fliesen in den Tatort eines Serienkillers verwandelt hatte? Wohl kaum. Dafür durfte er sich fragen, wie er den Topf und die darin festgebrannten Nudeln jemals wieder voneinander trennen sollte, und sich ganz nebenbei ein alternatives Abendessen überlegen. Hausmänner hatten es auch nicht leicht.

Zumal Henne noch ganz andere Gedanken beschäftigten. Die Leiche am Hennesee. Inka hatte ihn am Telefon auf später vertröstet, aber die Buschtrommeln des Sauerlandes waren schneller als jede Handyverbindung. Und als Ex-Bulle hatte Henne so seine Verbindungen. Auch wenn die Informationen nur vage waren, reichte die Nachrichtenlage aus, um angesichts des Küchenchaos' einen Anflug von Wehmut bekämpfen zu müssen. Vor nicht allzu langer Zeit wäre er der Erste am Tatort gewesen. Hauptkommissar Hendrik Luhmann, die Legende. Jetzt war er Papa mit beginnender Glatze, verdammt zum Hinterhertelefonieren seiner Ex-Kollegen. Eine hohle Leere irgendwo tief in seinem Bullenverstand machte ihm unmissverständlich klar, was er bisher nur als abstrakte Floskel vor sich her geschoben hatte. Er war draußen.

Auch wenn sein Entschluss, mit Inka die Rollen zu tauschen, natürlich freiwillig war. Er wollte näher bei den Kindern sein, sehen, wie sie groß werden. Er wollte ihnen nicht nur Gutenachtküsse geben, wenn er wieder einmal viel zu spät von einem Einsatz kam. Er wollte den Titel Superdaddy, mit allem Drum und Dran. Und er wollte all die Dinge tun, zu denen man nicht kommt, wenn man ständig bemüht war, ein Superbulle zu sein.

Henne ging in das Wohnzimmer und setzte sich auf sein altes, verspecktes Ledersofa, für dessen Erhalt und prominenten Standort er sehr lange hatte kämpfen müssen. Nur fünf Minuten … Er kickte die Schuhe in die Ecke und schmiss die Füße auf den Tisch. Eine Angewohnheit, die Inka hasste. Und genau deshalb machte sie gerade jetzt doppelt Spaß. Er schaltete den Fernseher in den Radio-Modus und genoß die Live-Reportage der Bundesliga in Stereo.

»Papa!«, rief Tom. Mit einer kindlichen Dringlichkeit, die keinen Aufschub duldete. Henne lächelte. Es hätte ihn auch gewundert, mehr als eine halbe Minute Ruhe zu haben. Er schaltete den Fernseher ab und lief los in Richtung Kinderzimmer.

11 Samstag, 16:40 Uhr

»Als Saisonkraft scheint man nicht schlecht zu verdienen.«

Pfeils Kommentar drückte eher Anerkennung als Neid aus. Inka nickte zustimmend. Treffender hätte man nicht beschreiben können, was sich den beiden hinter der unscheinbaren Tür zu Nathalie Brückners Wohnung offenbarte. Sie standen im geräumigen Flur der Dachgeschosswohnung. Während Inka gediegene bis leicht abgestandene sauerländische Gemütlichkeit erwartet hatte, strahlten ihr Echtholzboden, frisch gestrichene Wände und eine Design-Garderobe im Art-Deco-Stil entgegen. Alles im hellen Licht des Blickfanges im Flur: Einer riesigen, modernen Edelstahl-Deckenlampe, deren massiver halbrunder Sockel wie mit der Decke verwachsen schien. Daraus wanden sich zwölf lange, biegsame Aluminium-Tentakel wie die Schlangen vom Kopf einer postmodernen Medusa. Nur endeten diese Tentakel nicht in giftigen Fangzähnen, sondern in fein gearbeiteten, weißen Porzellanköpfchen. Jedes erhellt von einem winzigen Halogenbirnchen. Ein seltsam paradoxer Sternenhimmel. Keiner, den man jemandem zu Füßen legen würde. Eher einer, der nach einem zu greifen schien.

Inka schüttelte den düsteren Gedanken ab und ließ die weitere Einrichtung auf sich wirken. Sie wusste, es war genau dieser erste Eindruck, der ihr wichtige Erkenntnisse bescheren konnte. Sie zog sich ein paar Einweghandschuhe an und sah sich um. Das Gesamtbild war zwar einen Tick zu protzig, um elegant zu wirken, reichte aber aus, Gäste durchaus zu beeindrucken. Auch Polizeibeamte, wie Inka nicht nur an sich bemerkte. Jetzt konnten Inka und Pfeil auch die vier großen Schlüssel an Nathalie Brückners Schlüsselbund zuordnen. Abgesehen von dem, der die Haustür zum Hof öffnete, passten die drei verbliebenen in Nathalie Brückners Wohnungstür. Einer für das reguläre Schloss unter dem Türgriff, die beiden anderen für zwei schwere, metallene Sicherheitsbalken, die auf der Innenseite der Wohnungstür angebracht waren und jedem den Zugang verwehrten, der nicht die Schlüssel oder wahlweise einen Panzer dabeihatte. Die Funktion der zwei restlichen großen, und sechs weiteren, kleineren Schlüsseln blieb zunächst unklar.

»Mann.« Pfeil sah von den Sicherheitsbalken zu Inka. »Das ist jedenfalls beste deutsche Wertarbeit.«

»Und das wohl italienische.« Inka deutete auf die Medusenlampe, die Pfeil prompt mit seinen Handschuhen betastete. Inka wollte gerade eine Vermutung über den Preis abgeben, als es passierte. Ein leises, schabendes Geräusch von rauem Glas auf Metall kündigte an, dass sich eines der Köpfchen gelöst haben musste! Wieder das Geräusch. Diesmal allerdings abrupt unterbrochen von einem »Klick«, das nichts Gutes verhieß.

»Da!« Inka zeigte auf eines der Porzellanköpfchen. Wie um sie beide zu verhöhnen, eierte es noch eine Sekunde am äußersten Ende des Tentakels, bevor es fiel. Inka stand zu weit weg, um es aufzufangen. Sie erwartete schon das Klirren von Porzellan auf Echtholz. Stattdessen hörte sie ein Ächzen. Pfeil hechtete mit seinem massigen Körper an ihr vorbei. Mit einem artistischen Ausfallschritt erreichte er das Porzellanköpfchen gerade noch, fing es auf, ruderte endlos lange drei Sekunden mit den Armen und verlor schließlich den Kampf um sein Gleichgewicht. Er verschwand taumelnd und fluchend in der Küche, wo ein dumpfer Aufprall das Ende der Rettungsaktion verkündete.

»Ich wusste gar nicht, dass Sie so sportlich sind«, kommentierte Inka. Pfeil kam aus der Küche und klopfte sich die Klamotten ab.

»Nur, wenn es unbedingt sein muss. Und scheiße, ja, das ist italienisch«, sagte er grimmig und steckte das Porzellanköpfchen wieder an seinen Platz. »Nur die stellen so einen fimschigen Mist her.«

»Den Flur haben Sie dann wohl inspiziert«, sagte eine raue Stimme mit deutlich sauerländischem Akzent. »Soll ich Ihnen den Rest zeigen?«

Inka und Pfeil wandten sich zu einem kleinen, untersetzten Mann mit Halbglatze, Bauch und offenkundiger Schwäche für alles Waidmännische. Das ließen zumindest seine olivgrüne Cordhose, sein försterbeigefarbenes Hemd und seine ledernen Hosenträger mit Geweihapplikationen vermuten. Meinolf Sippel, Nathalie Brückners Vermieter, zwängte sich mit der Selbstverständlichkeit eines Fremdenführers an ihnen vorbei Richtung Wohnzimmer. Die zwanzig Treppenstufen von seiner Wohnung im Erdgeschoss nach hier oben hatten gereicht, ihn ins Schnaufen zu bringen. Inka und Pfeil hatten die Sicherheitsbalken nicht vorgelegt, was Sippel ausgenutzt hatte, mit seinem Vermieterschlüssel die Tür zu öffnen.

»Danke, Herr Sippel. Wir kommen zurecht.« Inka nahm dem verdutzten Mann die Wohnungsschlüssel aus der Hand. »Das ist eine polizeiliche Untersuchung. Wenn Sie uns den Schlüssel dalassen würden, wir sagen Bescheid, wenn wir Sie noch einmal brauchen.«

»Sie wissen doch gar nicht, wo hier was ist.« Sippel hatte Mühe, seine Enttäuschung zu verbergen. Inka wechselte einen Blick mit Pfeil.

»Wenn Sie ein Vermieter wären, der sich an die Regeln hält, wüssten Sie das auch nicht.« Inka sah ihn an. Sippel wurde tatsächlich rot.

»Doch nicht die Einrichtung«, stammelte er. »Ich meinte, eher … technisch.«

Inka heuchelte Unschuld.

»Ich doch auch, Herr Sippel. Oder müssen wir etwa annehmen, dass Sie hier schon mal den ein oder anderen Blick riskiert haben, wenn Frau Brückner nicht zu Hause war?«

»Quatsch.« Sippel mimte Empörung, schluckte aber in der nächsten Sekunde und sah zu Pfeil. In seinem Blick lag ein versteckter Vorwurf. Müssten Kerle nicht gegen die Weiber zusammenhalten? Pfeil war offenbar nicht der Ansicht.

»Unbefugtes Betreten einer Mietwohnung nennt man auch Hausfriedensbruch, Herr Sippel.«

»Sie wissen genau, was ich meine. Wenn Sie mich brauchen, ich bin unten«, knurrte er und machte sich davon. Inka schloss die Tür hinter ihm und folgte Pfeil durch den Flur. Während er geradeaus ins Wohnzimmer ging, bog Inka links ab, in die zum Wohnzimmer hin offene Küche, die Pfeil schon von seiner Rettungsaktion kannte.

An Ausstattung und Komfort ließ sie keine Wünsche offen. Mikrowelle, Geschirrspüler, Einbaukaffeevollautomat, Gasherd und eine Edelstahl-Abzugshaube, oder »Dunstesse«, wie sie in bestem Möbeldeutsch neuerdings hieß. Alles teure Markengeräte. Inka zog einige Schubladen auf. Töpfe, Pfannen, Besteck, alles ordentlich verstaut. Aufgrund des fast makellosen Äußeren aller Gegenstände allerdings weniger aus Pedanterie. Eher deshalb, weil Nathalie Brückner die Küche wohl so gut wie nie benutzte. Der Kühlschrank unterstützte Inkas These. Er war leer, bis auf zwei Plastik-Six-Packs stillen Wassers und zwei Flaschen Champagner. Inka schaltete das Gerät ab. Der Inhalt wurde erst einmal nicht gebraucht.

Inka wandte sich Richtung Wohnzimmer, das von einem riesigen zweiflügeligen Giebelfenster beherrscht wurde. Darunter eine Sitzgruppe aus echtem weißen Büffelleder, die Platz für eine Fußballmannschaft bot und noch so neu aussah wie Hennes nicht mehr ganz jungfräuliche automobile Errungenschaft.

»Irgendwas Auffälliges dabei?«

Pfeil sah auf. Er hockte im Wohnzimmer vor dem Flatscreen-Fernseher einer dänischen Nobelmarke, der locker so viel gekostet hatte, wie Pfeil und Inka in einem Monat verdienten. Zusammen. Pfeils Finger wanderten durch eine umfangreiche CD-Sammlung. Nur Charts-Ware. Entweder schon etwas älter oder brandaktuell. Außerdem hatte Pfeil sämtliche Schranktüren eines ebenfalls nicht gerade billigen Herstellers offen stehen lassen. Die Fächer darin waren entweder leer oder mit weiteren unbenutzten Gegenständen gefüllt, wie Kerzenständern, Vasen, einer Weinglaskollektion und diversen Flaschen mit Spirituosen.

»Sagen Sie mir lieber, was hier nicht auffällig ist. Jedenfalls sind die Türschlösser sinnvoll, bei der Einrichtung, meine ich.«

Inka war skeptisch. »Finden Sie? Also erstens dachte ich immer, das Sauerland sei ein Hort des Friedens, und zweitens hat nicht mal unser Holztycoon so eine Türpanzerung. Und der hat, glaube ich, richtig was zu schützen.«

»Vielleicht finden wir ja noch einen kleinen Geldkoffer oder das Bernsteinzimmer.« Pfeil suchte weiter. »Und wie finden Sie das hier sonst so? Ich meine, vom Stil her. Gut, ich bin ja eher der Praktiker und so, aber das hier sieht alles irgendwie so nach Versandhauskatalog aus. Würde mich echt nicht wundern, wenn statt Nathalie Brückner ›Erika Mustermann‹ auf dem Klingelschild stehen würde.«

Inka wusste, was er meinte. Der einzige Gegenstand, der die Anwesenheit eines ehemals lebendigen Menschen vermuten ließ, war ein alter abgewetzter Ohrensessel, der vor dem Fernseher stand, als hätte ihn eine Zeitmaschine hier vergessen. Dann fiel Inkas Blick auf einen kleinen Sekretär. Auf der aufgeklappten Schreibfläche lag ein Stapel Papier. Inka sah genauer hin.

»Bis auf den Sessel gibt's hier nicht mal die Andeutung von persönlichen Dingen. Keine Fotos, keine Briefe, kein Computer. Nicht mal lebendige Pflanzen«, stellte Pfeil fest, während er mit der Hand über einen mannshohen, künstlichen Ficus zwischen dem großen Giebelfenster und dem Sofa strich. »Alles Plastik.«

»Wenn die Spurensicherung nachher kommt, sollen die mal den Schnaps mitnehmen. Wer weiß, vielleicht stimmt da ja irgendwas mit Nathalie Brückners Mageninhalt überein. Oder mit den Druckmalen auf ihren Lippen«, sagte Inka, während sie den Stapel Papier durchblätterte. Ihr nachdenklicher Ton machte Pfeil sofort neugierig.

»Haben Sie was?«

»Sagen Sie's mir.«

Inka hielt Pfeil das Schreiben hin, das sie gerade studiert hatte.

»Eine Rechnung?«

Inka nickte. »Von einem metallverarbeitenden Betrieb aus Meschede. Schwerpunkt Sicherheitstechnik«, sagte sie, überließ Pfeil die Rechnung und ließ sich dafür den Schlüsselbund geben, den er noch immer in seiner Tasche hatte. Pfeil las die Rechnung und pfiff leise durch die Zähne.

»Sechstausend Euro?! Für die Sicherheitsbalken?«

Er sah zu Inka, die sich inzwischen am großen Giebelfenster zu schaffen machte.

»Nicht nur.« Sie hielt Nathalie Brückners Schlüsselbund hoch und sah Pfeil an, während sie mit einem der kleineren Schlüssel das Fenster öffnete. »Ich dachte die ganze Zeit, die kleinen Schlüssel wären für ihr Fahrrad oder irgendwelche Vorhängeschlösser im Keller.«

»Aber die sind für sechs abschließbare Fenstergriffe«, ergänzte

Pfeil mit einem Blick auf die Rechnung. »Alles nachgerüstet. Inklusive Einbruchssensoren und kabellosem Warnsystem.«

»Und sehen Sie mal auf das Einbaudatum. Das ist keine drei Wochen her.«

»Vielleicht, weil sie ihrem schnüffelnden Vermieter auf die Schliche gekommen ist?«

»Fände ich ein bisschen übertrieben. Eher, weil sie wirklich Angst hatte. Vielleicht lagen Sie mit Ihrem Bernsteinzimmer ja gar nicht so falsch. Wir müssten es nur noch finden.«

»Das hier ist es jedenfalls nicht.« Im Schlafzimmer bot sich Inka und Pfeil dasselbe Bild wie im Rest der Wohnung. An den Wänden hingen teure Kunstdrucke. Wie in den meisten deutschen Wohnungen war auch hier die Aussage der Bilder völlig unwichtig, dachte Inka. Es zählten die Farben, die zu Gardinen oder Teppichboden passen mussten. Bei Inka hingen nur handgemalte Bilder der Kinder, von denen sie schon jetzt wusste, dass es nahezu unmöglich war, jemals auch nur eines davon zu entfernen, ohne dafür in die Hölle zu kommen.

Nur zwei Gegenstände machten eine deutlichere Aussage. Zum einen Nathalie Brückners Bett. Eine King-Size-Sonderanfertigung, dazu passend blassrote Spannbettlaken, die einen absolut faltenfreien Eindruck hinterließen. Inkas Ehebett war im Vergleich zu diesem hier ein Bonsai-Möbel. Dafür mit einem garantierten Kuschelfaktor, was ihr in diesem Moment aufs angenehmste bewusst wurde. Inka genoss den Gedanken daran, neben wem sie heute Abend wieder einschlafen würde: dem attraktivsten Mann des Sauerlandes. Vielleicht sogar inklusive kleiner Streichelkontakte und ein wenig mehr … Verdammt, dachte Inka, Henne durfte nie herausfinden, dass sie noch immer so von ihm schwärmte.

Pfeil spähte durch den zweiten Gegenstand mit Interpretationspotential. Vor dem einzigen Fenster des Raumes stand ein Feldstecher auf einem dreibeinigen Stativ.

»Und? Irgendwas Interessantes?«, fragte Inka.

»Man sieht genau auf die Zufahrt durch die Maisfelder.« Er drehte sich mit dem Feldstecher herum und richtete ihn auf Inka, die nun neben dem geöffneten Kleiderschrank stand und wahllos eines von etwa zwanzig topmodischen Kleidern herauszog.

»›Wunderkind‹. Wissen Sie, was so ein Kleid kostet?«

Pfeil zuckte mit den Schultern. Gut, woher sollte der Mann das auch. Er war unverheiratet, und selbst wenn er es nicht gewesen wäre, Kleider dieser finanziellen Größenordnung hätte seine Frau nicht kaufen dürfen. Inka hängte das Kleid zurück in den Schrank, hockte sich neben das Bett und zog die Nachttischschublade auf.

»Unter tausend Euro bekommen Sie nicht mal die Waschanleitung dafür.«

»Sieht aber auch besser aus als Maisfelder«, grinste Pfeil.

»Na dann warten Sie mal, bis Sie das hier gesehen haben.«

Inka hielt mit spitzen Fingern Dessous in unterschiedlichsten Farben und Ausgestaltungen in die Höhe. Pfeil sah von dem Feldstecher auf.

»Okay, das toppt alles.«

»Tja, da hat sich jemand wohl gerne mal als Geschenk verpackt.« Inka sah sich im Raum um. Erst jetzt wurde ihr bewusst, was sie schon die ganze Zeit über vermutet hatte. Sie setzte sich auf das Bett und versank für einen kurzen Moment, bis die Welle, die sie ausgelöst hatte, vom anderen Ende zurückschwappte und sie leicht anhob. Ein Wasserbett. Pfeil setzte sich in einigem Abstand neben sie. Ein seltsames Bild mussten sie abgeben, dachte Inka. Zwei Ermittler, die auf der Bettkante des Mordopfers dahindümpelten wie die Blinker von Angelruten auf der Wasseroberfläche des Hennesees.

»Okay, fassen wir mal zusammen. Wir haben eine junge Frau, die auf brutale Art und Weise erst alkoholisiert und dann ermordet wird.«

»Und auf dem Grundstück eines Holzbarons gefunden wird, der sich mit seiner Homosexualität einige Feinde im Schützenmilieu gemacht haben dürfte«, ergänzte Pfeil.

»Und wir haben einen Chef, der ihr mehr nachtrauert, als gut für seine Ehe ist.«

»Und damit schon mal ein mögliches Motiv bei seiner Ehefrau. Eifersucht.«

»Tja und dann wäre da noch das Opfer selbst, das in einer Wohnung lebt, die erstens mindestens eine Liga über ihren offiziellen Einkünften spielt. Zweitens noch weniger über sie selbst verrät als die Musterwohnung einer Immobilienfirma.«

»Und drittens besser gesichert ist als die Raiffeisenbank in Meschede.«

»Was sagt uns das?«

»Ich sage mal spontan, was ich denke, okay?«, fragte Pfeil, und Inka war dankbar für die Offenheit, die in seinem Blick lag. Sie hatte schon häufig erlebt, dass Kollegen wichtige Gedanken lieber zurückhielten, weil sie fürchteten, sich bei ihren Vorgesetzten mit unbedachten Äußerungen lächerlich zu machen.

»Nathalie Brückner hat angeschafft«, sagte Pfeil trocken.

Inka lächelte zufrieden.

»Und wenn schon nicht professionell gegen Geld, dann hatte sie einen Sponsor, der das alles hier bezahlte. Sagen wir mal, für eine kleine Gegenleistung.«

»Ried?«

»Wäre ein Kandidat. Andererseits käme er auch als Täter in Frage. Ebenfalls Eifersucht. Nur diesmal auf die Freier. Aber er machte mir nicht den Eindruck, als müsste man sich vor ihm mit Sicherheitsmaßnahmen für sechstausend Euro schützen.«

Es schellte an der Tür. Die Spurensicherung rückte an, und Inka setzte viel darauf, dass es den Kollegen gelingen würde, aus Vermutungen ermittlungsrelevante Fakten zu machen.

Sie und Pfeil würden ein Stockwerk tiefer dasselbe tun. Aber ihr Untersuchungsobjekt trug Hosenträger.

SIE Samstag, 16:59 Uhr

Sie hatte gelernt, geduldig zu sein. Warten war ihre Stärke. Schon immer, selbst zu der Zeit, als es nichts gab, auf das es sich zu warten gelohnt hätte.

In dem kleinen, etwas muffigen, smaragdgrünen Polo, den sie sich in Meschede geliehen hatte, stand die Luft. Die laut Wetterbericht nahende Regenfront und der langsam aufsteigende Nebel hatten es zwar empfindlich kühl und feucht werden lassen, aber das Wagenfenster wollte sie nicht öffnen. Nichts gegen frische Luft. Sie fühlte sich einfach nur sicherer, wenn alles um sie hermetisch verschlossen war. Wofür gab es notfalls eine Lüftung?

Aus dem Radio des Leihwagens bejammerte eine britische Band den Verlust einer großen Liebe. Neben ihr lagen ein Wagenheber, einige dünne Bootstaue und eine Flasche Wodka. Sie hatte der Verlockung widerstanden, einen billigen zu kaufen. Es durfte nur die Marke von damals sein. Für sich hätte sie nie Wodka gekauft. Alkoholische Getränke lehnte sie seit damals ab. Besonders seit sie sich sicher war, dass in den Flaschen und Gläsern, die ihr regelmäßig angeboten wurden, keine Hilfe auf sie wartete, sondern reine Verdrängung. Hilfe hatte sie woanders gefunden. Sie hatte lange danach gesucht. Jetzt dachte sie an ihn und fragte sich, wozu er ihr nun raten würde. Was auch immer das sein würde, diesmal würde sie seinen Rat nicht befolgen. Das hier musste sie alleine schaffen. Es war ihr schon einmal gelungen. Diesmal sollte es noch besser werden.

Sie tastete nach dem kleinen Plastiktäschchen in ihrer Jacke, in dem sie die Wundnadel und das Nahtmaterial aufbewahrte. Für den Kreuzstich, den sie sich diesmal vorgenommen hatte, war es wichtig, mit einer dickeren Nadel zu arbeiten. Es war anstrengender als sie dachte. Das Nähen menschlicher Haut ließ sich nur bedingt an Orangen üben. Es stimmte einfach nicht, dass die Schale einer Orange mit der der menschlichen Haut zu vergleichen war. Was ihr bei der Orange nach kleineren Anlaufschwierigkeiten fast mühelos gelungen war, hatte ihr bei der ersten Leiche einige Umstände bereitet. Zwar war ihr nach den endlosen Übungseinheiten ein fast makellos gerader Nahtverlauf gelungen, aber ihr waren zwei Nadeln abgebrochen. Das war nicht vorgesehen gewesen. Zum Glück hatte sie noch eine dritte Nadel dabeigehabt.

Augen und Mund machten ihr keine Schwierigkeiten, aber den Widerstand der Knorpelflächen an den Ohren hatte sie nicht erwartet. Jetzt wusste sie, was auf sie zukam.

Der Mann, der aus dem Haus trat, um seine übliche Runde um den See zu drehen, konnte nicht ahnen, dass dieser Spaziergang sein letzter war.

Sie wartete, bis der Mann um eine Mauerecke verschwunden war, dann griff sie nach der Wodkaflasche, den Bootstauen und dem schweren Wagenheber auf dem Beifahrersitz und steckte alles in eine Baumwolltasche. Sie schulterte die Tasche und stieg aus. Der Nebel wurde dichter. Aber das machte alles eher noch leichter. Sie ging ohne Eile los.

12 Samstag, 17:14 Uhr

Inka sah aus ihrem Beifahrerfenster nachdenklich auf die vorbeifliegende Wand aus Fichten, Douglasien und vereinzelten Buchen, die im einsetzenden Nieselregen zu einer einzigen grünen Masse verschwammen. Auch wieder so eine Eigenart des Sauerlandes, dachte Inka. Überall auf der Welt ließ sich mit einem einzigen Blick durch das Fenster feststellen, ob es draußen noch neblig war oder schon regnete. Das Sauerland hatte für diese Wetterlage unzählige Zwischenstufen mit – im wahrsten Sinne des Wortes – fließenden Übergängen. Mal hatte man selbst im Regen nicht das Gefühl wirklich nass zu werden, dafür konnte einen eine einzige Nebelwand bis auf die Knochen durchtränken.

Es war später Samstagnachmittag geworden. Eigentlich die klassische Zeit, in der sich Mütter wie sie mit ihren Familien den Plänen für den Samstagabend widmeten. Was gibt es zu essen? Leiht man sich vielleicht noch einen Film in der Videothek? Oder kramt man doch lieber ein altes Gesellschaftsspiel aus dem Regal der Kinder? Im Hause Luhmann sah das anders aus. Da hatte man schließlich einen Vater wie Henne. Inka sah auf ihre Uhr. Vermutlich würde er zu Hause sitzen und Tom und Mia irgendwie beschäftigen, während er sich die letzten Minuten Live-Übertragung der Fußball-Bundesliga im Radio anhörte. Wenigstens hatten die drei sich selbst. Und sie? Wen hatte Inka eigentlich? Sie atmete durch, als es ihr klar wurde. Sie hatte ihre Dienstmarke inklusive Lizenz für ungeregelte Arbeitszeiten.

Und die Kleinigkeit eines ungelösten Mordfalles. Inka verscheuchte die privaten Gedanken und schaltete wieder auf Polizistinnenmodus.

Nachdem die Spurensicherung sich ein wenig unsanfter mit Nathalies Wohnung auseinandergesetzt hatte, als es Meinolf Sippel nötig erschienen war, hatten Inka und Pfeil sich ihrerseits mit Sippel auseinandergesetzt. Er konnte ganz und gar nichts Negatives über seine Mieterin sagen. Inka war allerdings klar, wer in einem Nest wie Aspe seine Wohnung glücklich vermietet hatte, würde sich nicht einmal über eine Familie Waschbären beschweren, solange die pünktlich die Miete überwiesen. Und das hatte Nathalie Brückner wohl getan. Und nicht nur das. Laut Sippel war sie trotz ihrer anstrengenden Arbeitszeiten immer freundlich gewesen und hatte ihm dann und wann sogar unverzehrte Überproduktionen aus der Küche von Heiner Ried mitgebracht. Noch wichtiger war für Inka allerdings eine Information, die Sippel fast nebenbei bestätigt hatte. Ja, Männerbesuch war keine Seltenheit bei Frau Brückner. Im Gegenteil. Allerdings passte Sippels Gelassenheit in dieser Frage so wenig zu seiner ansonsten konservativ pedantischen Art, dass Inka und Pfeil nur einen Verdacht haben konnten: Sippel kam bei Nathalie Brückner dann und wann selbst auf seine Kosten. Das hatte er vehement bestritten. Auch Pfeils Frage, ob er Nathalie Brückner eventuell bedroht habe, wies er zurück. Dafür konnte er ein wasserdichtes Alibi für die letzten 48 Stunden vorweisen. Er war mit zwei Freunden auf Wildschweinjagd gewesen. Und er konnte helfen, den Zweck der letzten beiden Schlüssel an Nathalie Brückners Bund zu klären. Einer gehörte zu einem Kellerraum, der leer war, und der letzte zu Nathalie Brückners Garage auf dem Hof. Darin fanden die Ermittler einen fast neuen Mazda MX 5. Zu einer Gelegenheitsaushilfe passte er nicht, dafür umso besser zu einer Gelegenheitsprostituierten. Spuren gab es am Wagen aber nicht.

Es wurde höchste Zeit, die Fakten des Falles neu zu ordnen, am besten mit den aktuellen Ermittlungsergebnissen der Kollegen. Inka nahm ihr Handy und wandte sich an Pfeil.

»Siebzehn Uhr ist schon durch. Was meinen Sie? Wäre ein Meeting in einer halben Stunde im Besprechungsraum realistisch?«

Pfeil zuckte seltsam lächelnd die Schultern.

»Eher nicht. Was dagegen, wenn ich kurz mal abbiege?« Pfeil machte sich gar nicht erst die Mühe, Inkas Irritation zu mildern. Wie üblich ohne zu blinken oder nennenswert abzubremsen lenkte er den Wagen von der einspurigen Landstraße auf einen Schotterparkplatz, der irgendwann mal in einem großen Halbkreis dem dahinterliegenden Waldhügel abgetrotzt worden war. Darauf parkte ein langes motorisiertes Ungetüm, das der Nebel oder der Regen erst bei näherem Heranfahren als Sattelzug zu erkennen gab, der eine Ladung grob gehauener Fichtenstämme transportierte.

»Jetzt sagen Sie nicht, Sie müssen mal?«, seufzte Inka ein wenig gereizt.

»Nicht ganz«, grinste Pfeil, als sie den Sattelzug umrundeten und plötzlich in eine fast unwirklich blendende Wolke warmen gelben Lichts fuhren, das den dunklen feuchten Wald um den Parkplatz erhellte wie eine fremde Sonne ein unbekanntes Planetensystem. Diesen Eindruck bewirkte eine Lichterkette an einem ausgedienten Eisenbahnwaggon, der schon deutlich bessere Tage gesehen haben musste. Über den Lichtern prangte ein einfaches Schild: »Mannis Trucker-Grill«.

Das Auto kam auf dem feuchten Schotter zum Stehen. Pfeil stellte den Motor ab und grinste noch immer, als er sich abschnallte.

»Sie kennen doch diese amerikanischen Filme. Die, wo die Bullen den ganzen Tag am Doughnut-Stand rumhängen und so.«

»Ja, aber ich war mir eigentlich sicher, dass das nur ein Klischee ist.«

Pfeil stieg aus und bedeutete Inka ihm zu folgen. Inka tat ihm den Gefallen, wenn auch nur widerwillig.

»Klar, aber wie alle Klischees gibt es sie ja nur, weil sie irgendwo tief in sich drin auch eine Wahrheit haben.«

Inka wurde der Ausflug langsam zu metaphysisch. Nicht zuletzt, weil sich der Nebel oder der Regen inzwischen als die Sorte entpuppt hatte, die einen nass werden ließ. Pfeil hatte aber schon zwei Stufen auf dem Weg zu einer Art Holzveranda vor dem Eisenbahnwaggon genommen.

»Okay, machen wir es kurz. Das hier ist so was wie die sauerländische Version dieses Doughnut-Standes. Ein alter Versorgungswaggon für Waldarbeiter. Als hier früher noch mehr Holz geschlagen wurde als heute, hat man das Zeug hier zwischengelagert, es aufgestapelt und dann mit einer Bahn runter nach Meschede gefahren. Das Holzschlagen wurde weniger, die Bahnlinie eingestellt, und das Ding hier hat die Bahngesellschaft einfach vergessen.« Pfeil war schon auf dem Weg hinein. Inka öffnete die Tür erneut und folgte ihm ins Innere des Waggons.

»Nette Geschichte, Kollege Pfeil, aber ich glaube, eine Teambesprechung würde uns jetzt wesentlich weiterbringen als eine rustikale Mahlzeit.«

»Und ich glaube, dass wir beides miteinander verbinden können.«

Inka bog um die Garderobe und sah in den Gastraum des Grills. In der hinteren Ecke saßen Röggen, Kemperdick und Porbeck an einer Art abgetrenntem Stammtisch und schienen nur auf sie zu warten. Pfeil erklärte: »Wenn wir samstags Dienst schieben, treffen wir uns danach immer hier. Kleine Tradition. Riecht ein bisschen strenger als der Besprechungsraum, ist aber deutlich entspannter.«

Zehn Minuten später, nach dem ersten Bissen einer köstlichen Currywurst mit Pommes, musste Inka zugeben, der Laden hatte Charme. An der dem Wald zugewandten Seite des Waggons war eine Art Stahlcontainer angebaut, in dem sich die Küche und der Tresen befand. Manni selbst war ein echter Typ. Weiße Kochkleidung, die sich über seinem stattlichen Bauch spannte, volles dunkelblondes Haar und ein todernstes Gesicht, dessen Lachfalten allerdings bewiesen, dass Letzteres vermutlich sein Erfolgsgeheimnis war. Manni gab auf den ersten Blick den nörgelnden Sauerländer, der nur auf eine Gelegenheit wartete, sich mit seiner darunterliegenden westfälischen Herzlichkeit und einem donnernden Lachen selbst zu karikieren.

Inka schob ihren leeren Teller beiseite und sah in die Runde ihrer Soko. Sie musste Pfeil recht geben, es war entspannter als der Besprechungsraum. Trotzdem hatten sie einen Job zu erledigen.

»Okay, also erst mal wäre ich dafür, die Tradition hier weiterzuführen. Aber zweitens sollten wir am Ball bleiben. Es ist ja ausnahmsweise mal kein Klischee, dass die meisten Mordfälle innerhalb der ersten zweiundsiebzig Stunden aufgeklärt werden oder gar nicht.«

Zustimmendes Nicken ihres Teams. Sie wandte sich an Kemperdick.

»Was sagt denn die Abteilung ›Rund um den Hennesee‹?«

Kemperdick lehnte sich zurück und zählte aus dem Kopf auf. »War ne Menge Laufarbeit. Natürlich keine Spur von irgendwelchen Anglern. Dann gibt es drei Anglergeschäfte am fraglichen Teil des Hennesees. Deren Sortiment umfasst erwartungsgemäß alles, mit dem man Fischen auf den Leib rücken kann. Außer Dynamit.« Er lachte. Erntete aber nur bei Pfeil ein Echo. »Ich habe, nach Absprache mit dem Kollegen Porbeck, mal eine Zeichnung angefertigt, wie der Haken und das Gaff ausgesehen haben könnten, die die Schulterverletzungen der Toten verursacht haben.« Er hielt eine erstaunlich präzise Bleistiftzeichnung inklusive Maßen in die Runde. Inka nickte anerkennend.

»Gute Arbeit. Und?«

»Beide Verkäufer sagten übereinstimmend, dass es sich dabei um Ausrüstung handelt, die überwiegend für das Angeln von Raub- oder Gründelfischen wie Barschen, Hechten oder Wallern eingesetzt wird. Das alleine hilft uns vielleicht nicht unbedingt weiter. Aber als ich danach mal bei der Fischereibehörde nachgehört habe, sagte man mir, dass das genau die Art Fisch ist, die wegen eines Populationsrückganges im Moment außerordentliche Schonzeit hat.«

Inka nickte. »Dann können wir die gesetzestreuen Angler wohl ausschließen. Sonst noch was?«

»Ja, die Bootstaue. Kollege Porbeck hat mir die Maße durchgegeben. Aber ohne Faserspuren, die das Seewasser abgewaschen hat, gibt es keine Möglichkeit, einen Hersteller zu identifizieren. Danach war ich in Sundern bei der ›Schifffahrt Hennesee‹. Die bieten noch bis Ende Oktober eine Art Liniendienst auf dem See an, bei dem man an jeder Anlegestelle einfach zu- oder aussteigen kann. Allerdings fahren die Schiffe nur bis Einbruch der Dunkelheit und nicht bei Nebel. Wenn Nathalie Brückner also nachts getötet und abgelegt wurde, haben die mit Sicherheit nichts mitbekommen.«

Alle Blicke wanderten wie automatisch zu Porbeck.

»Wurde sie das denn?«, fragte Röggen.

Porbeck setzte sich ein wenig erschrocken über die plötzliche Aufmerksamkeit auf und zückte seinen Tablet-PC. Allerdings nicht ohne sich vorher die Hände an einem mitgebrachten Desinfektionstuch zu säubern. Er tippte, das Tablet spuckte Daten aus.

»Ja, wurde sie. Ich habe vorhin meinen vorläufigen Obduktionsbericht ins Intranet eingestellt. Nathalie Brückner starb zwischen null und ein Uhr morgens. Todesursache ist Herzversagen. Ich habe kein Wasser in der Lunge gefunden. Wie gesagt, war sie an einen flachen, womöglich hölzernen Gegenstand gefesselt. Auffällig ist außerdem die Sache mit dem Alkohol. In ihrem Magen befand sich fast ein halber Liter Wodka, ihr Blutalkoholwert war entsprechend der Menge allerdings mit 1,00 Promille noch relativ niedrig. Das unterstützt unsere These, die wir aufgrund der Druckspuren um den Mund herum aufgestellt haben. Der Alkohol wurde ihr gewaltsam und relativ zügig eingeflößt. Die Menge in Verbindung mit Stress hat dann wohl zum Herzversagen geführt. Erst danach wurden ihr die Nähte zugefügt. Dann muss der Täter sie im Wasser versenkt haben. Wo ist unklar. Dafür wissen wir die Marke des Wodkas: Moskovskaja. Der Meistverkaufte.«

Betretenes Schweigen in der Runde. Man merkte, der Fall ging dem Team in seiner sinnlosen Brutalität nahe. »Danke, Herr Porbeck«, sagte Inka.

»Gerne. Aber etwas habe ich noch. Ich habe Fremd-DNA unter den Fingernägeln des Opfers gefunden, aus der wir momentan einen genetischen Fingerabdruck erstellen lassen.«

»Sehr gut.« Inka sah von Porbeck zu Pfeil. »Sobald Sie den haben, jagen Sie ihn durch die Datenbank. Was sonst noch?«

Röggen meldete sich zu Wort. »Ich habe das persönliche Umfeld von Nathalie Brückner genauer unter die Lupe genommen.« Sie blätterte in einem Moleskin-Notizbuch. »Nach Aussagen von früheren Kollegen bei diversen Hotelrestaurants war sie sehr beliebt, ziemlich attraktiv, lebte aber allein, auch wenn man sie des Öfteren mal mit dem ein oder anderen Kerl zusammen gesehen hat.« Sie machte eine kurze Pause, wohl auch um die offensichtlichen Parallelen zu ihrem Privatleben zu verarbeiten. »Allerdings nichts Festes. Und es gibt auch keine beste Freundin. Ihre Familie lebt in Olpe, also ein gutes Stück Richtung Südwesten.« Sie blätterte in ihren Notizen. »Finanziell gesehen hatte sie ein Girokonto bei der Raiffeisenbank Meschede, auf dem ihre Lohnzahlungen eingingen. Und ein Sparbuch.«

»Irgendwas Auffälliges?«, fragte Pfeil.

»Allerdings. Auf dem Girokonto gab es, gemessen an den üblichen Löhnen im Gastronomie-Sektor, zu wenige regelmäßige Eingänge, um einen regelmäßigen Lebensunterhalt zu bestreiten.« Sie sah in die Runde. »Auf dem Sparbuch waren die Eingänge dafür ein bisschen zu regelmäßig für jemanden, der unregelmäßig verdient, wenn ihr versteht, was ich meine.«

Inka und Pfeil berichteten nun von ihren Ermittlungen in der Wohnung und der Garage Nathalie Brückners und bei Sippel. Ein Detail ließ Röggen aufhorchen. Sie sah Inka an.

»Entschuldigung, haben Sie gerade einen dänischen Designfernseher erwähnt?«

Inka sah zu Pfeil, der sofort seine Notizen überprüfte. »Bang und Olufsen BeoVision 12«, zitierte er die genaue Typenbezeichnung. »Ziemlich seltenes Gerät, wenn ihr mich fragt.«

Röggen knetete nachdenklich ihre Unterlippe.

»Nur so eine Idee«, sagte sie plötzlich, zückte ihr Handy und stellte sich damit etwas abseits hinter die Garderobe, um ungestört zu telefonieren. Es dauerte fast zwei Minuten, bis sie zurückkam und in die Runde sah.

»Tja, es war eigentlich nur ein Schuss ins Blaue, aber nach dem, was ihr so über Ried gesagt habt, schien er mir ein ziemlich korrekter Typ zu sein.« Das Funkeln ihrer blauen Augen verriet, dass sie irgendeinen Treffer gelandet haben musste.

»Und?«, fragte Inka ungeduldig.

Röggen grinste. »Ich habe gerade mit Frau Ried telefoniert und sie auf absolut freiwilliger Basis gebeten, mir doch mal das sogenannte Anlagevermögen ihrer Firma mit allen Anschaffungen der letzten drei Monate durchzugeben. Das ist …«

»Eine Auflistung aller größeren Gegenstände, die zum Betriebsvermögen zählen«, ergänzte Pfeil schon leicht genervt über Röggens Salamitaktik. Die nickte nur.

»Und jetzt ratet mal, was Heiner Ried vor exakt sechs Wochen angeblich als Betriebsausstattung für exklusive Präsentationsveranstaltungen für die Firma gekauft hat.«

Pfeil sah sie mit großen Augen an. »Den BeoVision!«

»Bingo«, sagte Röggen und setzte sich wieder. Inka war beeindruckt.

»Saubere Arbeit, Frau Röggen. Dann rufe ich mal Halverscheid an. Das reicht sicher, um Ried zumindest mal auf den Zahn zu fühlen.«

Sie zog ihr Handy aus der Jackentasche. Aber zu einem Anruf kam es nicht mehr, denn im selben Moment klingelte das Telefon schon. Mit einer weitaus dringenderen Meldung.

13 Samstag, 17:45 Uhr.

Zum ersten Mal an diesem Tag hatte Inka keinen Grund, sich über Pfeils Fahrstil zu beklagen. Im Gegenteil. Auch wenn sie quasi im Blindflug durch den Nebel rasten, angesichts des panischen Mannes am anderen Ende ihrer Telefonleitung konnten sie gar nicht schnell genug zum Hennesee kommen. Im Wagen dahinter hatten Röggen, Porbeck und Kemperdick wenigstens die Möglichkeit, sich an ihren Rücklichtern zu orientieren.

»Sie haben mir Ihre Karte gegeben! Ich soll Sie jederzeit anrufen, haben Sie gesagt!«, kam es panisch aus der Leitung.

»Sie haben alles richtig gemacht, Herr Nagel. Ich weiß, es ist schwer. Aber bitte versuchen Sie, sich zu beruhigen. Ich brauche jetzt Ihre Hilfe«, sagte Inka eindringlich in ihr Handy und hoffte, ihre eigene Panik käme nicht allzu deutlich bei Nagel an.

»*Sie* brauchen *meine* Hilfe?! Was soll *ich* denn sagen?!« Nagels Stimme überschlug sich fast. So viel zu ihren frommen Hoffnungen, dachte Inka und konnte es ihm nicht mal verübeln. Ihr Krisenmanagement klang erbärmlich. Sie versuchte, alle aufgesetzte Psychologie beiseitezulassen und sich auf die Fakten zu beschränken.

»Wo genau sind Sie, Herr Nagel?«

»Im Haus! Im Panic Room! Das habe ich Ihnen doch schon alles gesagt!«

»Dann sind Sie in Sicherheit. Bitte sagen Sie mir jetzt noch einmal in aller Ruhe, was passiert ist!«

Man hörte schweres Atmen am anderen Ende der Leitung.

Inka merkte, Günther Nagel war kurz davor zu hyperventilieren. Wenn das geschah, würde sie ihn verlieren.

»Herr Nagel, sind Sie noch da?!«

»Ja, verdammt! Schon vergessen? Weit kommt man in einem Panic Room nicht!« Die blanke Angst ließ seine sonst so angenehme Stimme eine Oktave höher klingen. »Und irgendwo da draußen … im Wohnzimmer oder im Schlafzimmer oder direkt vor mir … läuft ein Irrer rum! Verdammt, ich rufe jetzt die 110 an, das geht mit Sicherheit schneller!«

»Nein, Herr Nagel. Ich habe längst um Verstärkung gebeten.« Inka legte eine wohldosierte Atempause ein. »Bitte. Sie müssen sich jetzt beruhigen und mir alles noch einmal ganz genau schildern.«

Sie hatte sich Nagels Geschichte in der Tat schon vor weniger als zwei Minuten angehört. Allerdings waren seine Schilderungen eher die eines aufgelösten Kindes gewesen, das sich bis zum Erreichen des Rockzipfels der Mutter mit äußerstem Willen zusammenreißt, um dann alle Dämme brechen zu lassen. Ein tiefes Schluchzen kündigte an, dass Anlass zur Hoffnung bestand. Nagel beruhigte sich. Pfeil wich mit quietschenden Reifen und einem unterdrückten Fluch einem Touristenbus aus. Was es Inka nicht leichter machte, sich auf Nagels jetzt leisere Stimme zu konzentrieren.

»Ich … ich weiß es selber nicht mehr ganz genau«, begann er. »Wolfgang und ich, wir waren unten und gerade mit dem Abendessen fertig. Wolfgang geht abends immer noch seine Runde am See entlang, obwohl ich das nicht wollte. Ich habe ihm noch die Taschenlampe gegeben. Wegen des Nebels.« Wieder ein tiefes Schluchzen. »Dann ging er. Keine Minute später wollte ich den Tisch abräumen, und plötzlich ging das Licht aus, als ob jemand den Strom abgestellt hat! Draußen dieser Nebel, drinnen die Dunkelheit. Man konnte die Hand nicht mehr vor Augen sehen.

Aber umso besser hören. Und dann *habe* ich jemanden gehört. An der Haustür. Jemand kam rein. Ich dachte erst, es wäre Wolfgang, der was vergessen hat. Aber als ich zur Tür bin, habe ich irgendwas an den Kopf bekommen. Ich bin einfach gerannt. Und jetzt blute ich und weiß nicht mal, was los ist! Oder wo Wolfgang ist!«

Inka atmete deutlich hörbar durch. Wie um Nagel zu animieren, es ihr nachzutun. Einundzwanzig, zweiundzwanzig. Für Sekundenbruchteile war sie gedanklich wieder im Kreißsaal in Dortmund, wo erst Tom und irgendwann später Mia sie ebenfalls für eine kurze Zeit alle elementaren Dinge des Lebens hatten vergessen lassen. Damals hatte Henne den Part des Voratmers übernommen, und Inka war eines erst viel später bewusst geworden: Trotz aller Schmerzen, trotz aller Wut und trotz aller wüsten Beschimpfungen, mit denen sie ihren Mann, sein bestes Stück und überhaupt den ganzen Rest der verdammten Welt verflucht hatte, war sie unterbewusst doch in der Lage gewesen, sich leiten zu lassen. Gut, Nagel würde zwar keine viel zu großen Babyköpfchen durch viel zu enge Körperöffnungen pressen müssen, aber auch er atmete jetzt tiefer und langsamer.

»Das haben Sie gut gemacht, Herr Nagel. Wir sind in drei Minuten bei Ihnen, so lange müssen Sie noch durchhalten.« Inka sah zu Pfeil hinüber, dessen grimmig entschlossene Miene angesichts ihrer optimistischen Zeitprognose ein wenig Skepsis erkennen ließ.

»So lange bleibe ich bei Ihnen in der Leitung, Herr Nagel, in Ordnung?« Schweigen. »Herr Nagel, sind Sie noch da?!« Nichts. Verdammt, die Leitung war tot. Inka sah auf ihr Display, Akkuzustand okay. Sie scrollte durch ihre Anrufliste und versuchte Nagel zurückzurufen. Da! Ein Freizeichen. Aber nur für eine Sekunde, dann das Tuten des Besetztzeichens. Inka sah Pfeil an. Und jetzt musste *sie* eine aufsteigende Panik unterdrücken.

»Scheiße! Schaffen wir es in drei Minuten?«

Pfeil schüttelte den Kopf.

»Dann machen Sie es irgendwie in zwei!« Pfeil trat das Gaspedal durch.

Fünf Minuten später kamen sie vor dem Anwesen von Holztycoon Hesterkamp neben einem Streifenwagen der Kollegen aus Meschede zum Stehen. Dessen Besatzung, so hatte man Inka per Handy mitgeteilt, wartete schon am Haus. Inka stieg eilig aus und sah sich um. Inzwischen war es so neblig geworden, dass man von der Straße kaum das Haus erkennen konnte, geschweige denn den See dahinter. Inka testete die Sichtweite: Ein Stück weiter die Straße hinunter konnte sie vage einen VW Polo mittleren Alters erkennen. Unmöglich, bei der Sicht seine Farbe zu erkennen. War das Blau oder doch Grün? Sie schätzte die Sichtweite auf 50 Meter.

Hinter ihr bremste Kemperdick den zweiten Wagen. Man hörte leises Türenschlagen und die Schritte der Kollegen auf dem feuchten Asphalt. Inka und Pfeil machten sich gar nicht erst die Mühe, ihre Türen zu schließen. Sie sahen die vier Männer der Streifenwagenbesatzung in Sicherungsstellung vor der Villa. Pfeil gab ihnen ein Zeichen. Die acht Polizisten liefen gemeinsam zum Haus. Vor der Haustür angekommen, gab Inka den beiden uniformierten Kollegen eine ebenso leise, wie knappe Einweisung.

»Alles, was wir wissen ist, dass es offenbar eine verletzte Person in einem Panic Room gibt und einen Angreifer, der sich irgendwo im Haus verstecken muss. Irgendwelche Anzeichen, dass sich noch weitere Personen hier aufhalten?«

Kopfschütteln bei den Uniformierten. »Keine.«

»Und rausgekommen ist auch niemand?« Kopfschütteln der Beamten. »Dann los«, sagte Inka.

Die Kollegen überprüften ihre Funkgeräte und verteilten sich bis auf Pfeil, Röggen und Kemperdick um das Haus herum. Allen war klar, dank des Nebels und der personellen Unterbesetzung würden sie die üblichen Sicherheitsvorschriften durch gesunden Menschenverstand und Improvisation ersetzen müssen. Inka und Pfeil warteten, bis sich alle lautlos auf ihre Positionen verteilt hatten. Wenigstens die Suche nach einer Einstiegsmöglichkeit hatte sich erübrigt. Die Haustür stand offen. Inka und Pfeil zückten ihre Dienstwaffen und Taschenlampen. Inka holte tief Luft. Es war so weit: Hinter der Haustür von Holztycoon Hesterkamp wartete ihr erster akuter Einsatz – und damit ein Problem in gleich doppelter Hinsicht. Konnte man sich in einem eingespielten Team entweder auf zahllose ernstfallerprobte Automatismen oder die Erfahrung der Kollegen verlassen, musste Inka in diesem Fall bei null anfangen. Denn erstens kannte sie weder die Kollegen gut genug, um ihre Arbeitsweise und Verlässlichkeit auch nur ansatzweise einzuschätzen, noch verfügte sie über irgendeine praktische Erfahrung als Einsatzleiterin. Allerdings hatte sie etwas anderes: Selbstbewusstsein und die Überzeugung, den Job hier nicht wegen der guten Luft angenommen zu haben. Irgendwo musste schließlich jeder mal anfangen.

Inka gab Pfeil, Röggen und Kemperdick ein Zeichen und stieß die schwere Tür mit dem rechten Unterarm auf. Sie schwang lautlos und erstaunlich leichtgängig auf. Pfeil richtete gleichzeitig Waffe und Taschenlampe auf das Dunkel, das sich dahinter ins Unendliche zu erstrecken schien. Der Lichtkegel zuckte durch die große holzvertäfelte Eingangshalle, die Inka noch von der ersten Befragung kannte. Nichts. Zumindest keine Spur eines Eindringlings.

Inka und Pfeil betraten die Eingangshalle und erhellten den Raum auf ein Mindestmaß an Sichtweite. Rechts von ihnen verschwand eine elegant geschwungene und selbst im Halbdunkel des Taschenlampenlichts edel verzierte Holztreppe im Dunkel des Obergeschosses. Dahinter führte eine zweite Treppe nach unten in den Keller. Inka betätigte testweise einen Lichtschalter: Nichts. Der Strom schien noch immer entweder abgeschaltet – oder ausgefallen. Inka wusste nicht, welche Variante ihr unangenehmer war.

Pfeil direkt neben sich, ahnte sie die Kollegen Röggen und Kemperdick im Hintergrund eher, als dass sie sie hörte. Die vier trafen sich in der Mitte der Eingangshalle. Ab jetzt würde die Kommunikation nur noch über Blicke und Gesten erfolgen. Sie teilten sich auf. Inka erbat sich Pfeil an ihre Seite und deutete nach unten, dann streckte sie Zeige- und Mittelfinger auf Röggen und Kemperdick und deutete in Richtung Wohnbereich des Erdgeschosses, der durch eine doppelflügelige Holztür mit Glasintarsien von der Eingangshalle getrennt war. Dann beorderte Inka noch einen Beamten von draußen in die Eingangshalle, nur für den Fall, dass jemand von oben fliehen sollte. Allgemeines Nicken.

Röggen und Kemperdick verschwanden durch die Doppeltür, der Beamte sicherte die Eingangshalle, und Inka und Pfeil machten sich an den Abstieg, ihre Waffen und Taschenlampen im Anschlag voraus. Auch hier hatte Hesterkamp nicht an der Ausstattungsqualität gespart. Kein Geknarze, kein Aufstöhnen alter Eichenbohlen, wie sonst in den Häusern dieser Gegend zu finden, verrieten ihre Schritte.

Das gesamte Kellergeschoss erinnerte Inka an die Katakomben eines Fitnessstudios. Jeder Quadratzentimeter verkündete die Absicht des Bauherrn, gegen die natürliche Alterung und den Verfall der Schönheit anzukämpfen. Neben einem Raum mit zwei Solariumsbräunern befand sich ein Raum mit Fitnessgeräten. Daneben lag eine Sauna, in der die gesamte Mannschaft des örtlichen Fußballvereines, umnebelt von Hitze und Aromaduft,

Platz finden konnte. Eine Traumvorstellung, dachte Inka für einen Moment, aber Fußball und Homosexualität gingen wahrscheinlich ebenso wenig zusammen wie Schützenvereine und Homosexualität. Erst recht nicht im Sauerland.

Ein Spezialraum am Ende des langen Kellerflures beherbergte eine respektable Menge an Spielzeug, um neben der sportlichen Ertüchtigung auch die Libido in Schwung zu bringen. An einer offenen Garderobe hingen Seile in allen Stärken und Handschellen, die ebenso gut im Polizeidienst hätten eingesetzt werden können. Auch gab es Lederpeitschen für jeden Zweck, dazu merkwürdige, schwarze Latexanzüge, die wie Ganzkörperkondome mit Kleiderbügeln an einer Stahlstange hingen, und eine Streckbank, die einer historischen Vorlage nachempfunden war. Inka zuckte einen Moment zusammen und untersuchte die Bank und die Seile auf einen Zusammenhang mit Nathalie Brückners Tod. Aber die Seile waren aus Leder und die Streckbank mit rückenschonenden Polsterelementen versehen. Pfeils Blick war eindeutig. Was er von den damit verbundenen Aktivitäten hielt, konnte Inka sich leicht vorstellen.

Den Rest des Kellers hatten sie schnell gesichert. Eine Waschküche mit zwei Waschmaschinen, einem Trockner und diversen, vermutlich einer Putzfrau zur Verfügung stehenden Wäscheutensilien. Ein Werkraum mit modernem Arbeitsplatz und ein Weinkeller. Verdammt, von einem Panic Room und von Nagel fehlte ebenso jede Spur wie von einem möglichen Eindringling. Sie wandten sich gerade zurück Richtung Treppe, als sie das Geräusch hörten. Ein unwirkliches, fast synthetisches Heulen. Irgendwie weit entfernt mit einem künstlichen Echo unterlegt, andererseits auch so nah und unmittelbar, dass Inka eine Gänsehaut den Nacken hinunterkroch und sich über Schultern und Unterarme ausbreitete. Sie sah Pfeil erschrocken an und hielt auf ihrem Weg zurück zur Treppe jäh inne.

»Was war das?«, flüsterte sie. Pfeil sah ratlos zurück.

»Keine Ahnung. Irgendein … Heulen. Vielleicht der Wind.«

Das Untergeschoss war gesichert, sie eilten lautlos Richtung Treppe. In der Eingangshalle trafen sie auf Röggen und Kemperdick, deren erschrockene Mienen Inka sagten, dass sie im Erdgeschoss nichts gefunden hatten. Das Geräusch hatten aber auch sie gehört.

»Irgendeine Idee, was das ist?«, flüsterte Roggen.

»Vielleicht ein Tier, das festsitzt?«, mutmaßte Pfeil.

»Ich glaube, es kam von oben«, flüsterte eine Stimme. Alle sahen zu dem Beamten der Bereitschaftspolizei, der sich am Treppenabsatz aufgestellt hatte und die Waffe im Anschlag auf das Obergeschoss hielt.

Inka unterdrückte einen Fluch. Dann war wohl auch der Panic Room im Obergeschoss. Sie fragte sich nur, warum. In Filmen flohen die Menschen immer nach oben, schön dämlich. Eine weitere Fluchtmöglichkeit gab es dann schließlich nicht mehr. Andererseits war ein Panic Room ja genau das. Eine Fluchtmöglichkeit, wo es keine Fluchtmöglichkeiten gab. Inkas Gedanken wurden jäh unterbrochen. Wieder das Geräusch. Nur diesmal mit deutlich weniger Hall und irgendwie menschlicher. Und jetzt hatte Inka eine Ahnung, was es sein konnte.

»Weint da jemand?«, fragte sie und sah in ratlose Gesichter. »Nagel kann es nicht sein. Wenn er im Panic Room sitzt, dürften keine Geräusche nach außen dringen«, sagte Röggen. Inka bemerkte, wie sich die Härchen auf ihren Unterarmen wieder sträubten. Das Geräusch klang wesentlich näher als eben noch im Keller.

»Was auch immer es ist, es kommt definitiv von oben«, bestätigte Kemperdick. Inka entsicherte ihre Waffe und machte den ersten Schritt auf den Treppenabsatz.

»Hier spricht die Polizei. Herr Nagel, wenn Sie oben sind, geben Sie uns bitte ein Zeichen.« Die Worte verhallten im Dunkel des Obergeschosses. Nichts.

Inka drehte sich zu ihren Kollegen und nickte Richtung Obergeschoss. Die Waffe im Anschlag, ging sie vor. Lautlos. Stufe für Stufe. Die anderen folgten. Bis Inka den oberen Treppenabsatz erreicht hatte. Sie sah sich um, Pfeil schloss zu ihr auf, Röggen und Kemperdick verharrten dahinter. Immer noch keine Reaktion aus dem Dunkel. Pfeil leuchtete in den linken Teil des Flures. Nichts. Der rechte Teil des Flures war von einem Wandvorsprung verstellt, der vom Treppenabsatz etwa zwanzig Zentimeter in den oberen Flur vorragte. Unmöglich, ihn einzusehen. Inka wollte gerade Zeichen zum Aufteilen an ihre Kollegen geben, als sie innehielt. Ein leiser Lufthauch, begleitet von einem kaum wahrnehmbaren Schnaufen, streifte sie. Was war das?! Ein Atmen?! Inka sah Pfeil erschrocken an. Auch er hatte es bemerkt. Er hielt die Luft an und bedeutete Röggen und Kemperdick, es ihm nachzutun. Es wurde totenstill. Da war es wieder. Ein langsames unterdrücktes Atmen, wie von einem Dauerläufer, dem man im Ziel zu verstehen gibt, er dürfe bloß kein Geräusch machen. Und plötzlich wurde Inka klar, woher das Atmen kommen musste. Der Wandvorsprung zu ihrer Rechten. Wer auch immer in dieses Haus eingedrungen war und Nagel zur Flucht in den Panic Room getrieben hatte, stand mit ihnen praktisch Rücken an Rücken. Getrennt nur durch zwanzig Zentimeter Wand und Holzvertäfelung. Inka bedeutete Röggen und Kemperdick, stehen zu bleiben. Dann sah sie Pfeil an. Sie brachte mit ihrer Rechten die Waffe in den Anschlag, streckte drei Finger der Linken, und zählte lautlos rückwärts. Drei … zwei … eins …

Inka sprang los und wollte sich gerade um 180 Grad um den Wandvorsprung drehen, als mit einem ohrenbetäubenden Schrillen ihr Handy klingelte. Verdammt, sie hatte es nicht ausgemacht! Inka griff blitzartig danach, aber es war zu spät. Die eine Sekunde Ablenkung hatte gereicht, um sie, Pfeil, Röggen und Kemperdick aus der Konzentration zu bringen und dem Eindringling ein Startsignal zu geben. Im selben Moment sprang eine Gestalt aus dem Dunkel und hechtete an Inka vorbei die Treppe hinunter. Wieder klingelte ihr Handy. Ohrenbetäubend in der gerade noch gespannten Stille. Inka fluchte, Röggen und Kemperdick griffen instinktiv nach der Gestalt, aber die sprang über das Geländer und landete mit einem lauten Aufprall in der Eingangshalle des Erdgeschosses. Wieder Inkas Telefonklingeln. Aber der Eindringling war wichtiger. Inka suchte nach dem Beamten. Mist, wie hieß der noch?! Egal.

»Sie da unten! Flüchtige Person! Zugriff!«, rief sie. Von unten hörte man Kampfgeräusche, Stimmengewirr und Flüche der Polizisten. Dann wurde es still, und Inka sah mit Erleichterung, dass der Beamte am Treppenabsatz mit Hilfe eines Kollegen von draußen Herr der Lage war. Am Boden lag bäuchlings eine dunkelgekleidete Person. Obwohl sie keinen Widerstand mehr leistete, knieten die beiden Beamten förmlich auf ihr. Inka lief mit Pfeil, Röggen und Kemperdick die Treppe herunter, die Waffen wieder gesichert und eingesteckt.

»Saubere Arbeit«, sagte sie erleichtert in die Runde. Erst jetzt merkte sie, dass ihr Handy noch immer klingelte. Sie ging ran.

»Frau Luhmann?!, fragte die verängstigte Stimme von Nagel. »Mein … Akku war leer«, stotterte er, »ich musste erst das Nothandy hier im Panic Room aktivieren. Was ist denn da draußen los?«

Inka atmete auf.

»Sie sind in Sicherheit, Herr Nagel, wir haben den Eindringling«, sagte sie ins Handy und legte auf.

Dann beugte sie sich zu der Person am Boden, drehte sie an

der Schulter herum und sah in das gerötete Gesicht von Heiner Ried. Er tat das, was er offenbar schon längere Zeit getan hatte. Er weinte.

SIE Samstag, 18:13 Uhr

Sie folgte dem Mann durch den Nebel und achtete darauf, keine Geräusche zu verursachen. Auf dem Kiesweg unter ihren Füßen gar nicht so leicht. Einmal, als der Mann sich umdrehte, weil er wohl das Gefühl hatte, ihm könne jemand folgen, da dachte sie ganz kurz, sie hätte einen Fehler gemacht. Aber der Mann ging weiter. Nervös, ohne zu wissen, aus welchem Grund. Ein Instinkt, wie bei einem Tier, dachte sie mit einer gewissen Belustigung. Aber das würde ihm jetzt auch nichts mehr nützen. Sie folgte ihm auf einen Steg. An dessen Ende stand eine Sitzbank vor einem kleinen Bootshaus. Sie wusste, dass er dort immer eine Pause machte.

Gerade als der Mann sich gesetzt hatte und zum letzten Mal die Ruhe über dem nebelverhangenen Hennesee genoss, traf die stumpfe Seite des Wagenhebers mit maximaler Gewalt seinen Hinterkopf.

Der Mann sackte erstaunlich schnell in sich zusammen.

Sie betrachtete ihn, wartete ab, ob die Wucht ihres Schlages ausgereicht hatte. Bereit, beim ersten Zeichen von zu viel Leben erneut zuzuschlagen. Aber nichts regte sich. Kein Geräusch, nur das langsame und gleichmäßige Heben und Senken seines Brustkorbes und eine dunstige Atemwolke, die sich, kaum seinem Mund entwichen, in der kalten feuchten Luft auflöste. Sie hatte perfekt getroffen. Dann streichelte sie ihn. Es kam ihr befremdlich vor, ausgerechnet diesen Mann zu streicheln, aber je mehr sie mit ihrer warmen Hand über seine kalte Wange fuhr, desto überlegener fühlte sie sich ihm gegenüber. Es war wie das Streicheln eines schlafenden Löwen. Nur dass dieser Löwe sich nie wieder würde wehren können. Die nötigen Maßnahmen hatte sie tausendmal durchgespielt. Jetzt sollte die Theorie der Praxis weichen.

Sie wusste, dass der Mann ein schweres Schädel-Hirn-Trauma erlitten hatte. Ausreichend für exakt die richtige Länge einer Bewusstlosigkeit. Sie würde nur zehn Minuten brauchen, mehr nicht, vielleicht sogar weniger. Und diesmal würde sie warten, bis ihr Opfer wach wurde. Er hatte es verdient, ihr Werk mitzuerleben. Die andere hatte sie verschont. Sie fesselte ihn. Ein Fixieren war hier leider nicht möglich.

Der Mann würde sie nicht erkennen, aber sie würde ihm das Gefühl geben, sie zu kennen. Vielleicht würde sie ihm ihren Namen sagen. Es wäre der letzte Name, den er in seinem Leben hören würde.

Ihr Name, ein Urteil.

Sie begann mit ihrer Arbeit. Ihre rechte Hand führte die Nadel mit präzisen Stichen zunächst durch das linke Außenohr des Mannes, um es dann mit dem dazugehörigen Ohrläppchen zu verbinden. Sie brauchte weniger als dreißig Sekunden für das Ohr und sogar fünf Sekunden weniger für das rechte. Ein Hauch von Stolz beschlich sie, und als sie sah, wie akkurat der Kreuzstich saß, lächelte sie.

Das Atmen des Mannes wurde lauter. Der Schock, das Adrenalin und der unterschwellig wahrgenommene Schmerz schienen ihn zu wecken. Perfektes Timing. Sie zog die Flasche Wodka aus ihrer Tasche, öffnete den blechernen Verschluss mit einem leisen Knacken und setzte dem Mann die Flasche an die Lippen. In unzähligen Filmen hatte sie gesehen, wie barmherzige Frauen halb verdursteten Männern mit solch einer Wasserspende das Leben gerettet hatten. Sie lächelte. Dieses Wässerchen würde genau das Gegenteil bewirken. Sie begann ihm den Wodka einzuflößen. Der größte Teil des Alkohols rann an seinen Mundwinkeln herab. Die instinktiven Schluckreflexe des Mannes waren zu schwach, um die gesamte Flüssigkeit aufzunehmen. Trotzdem war das, was seine Kehle hinunter in den Magen lief, mehr als ausreichend. Als die Flasche leer war, beschloss sie, zunächst mit dem Vernähen des Mundes fortzufahren, statt sich, wie eigentlich geplant, erst mit den Augen zu beschäftigen.

Da die Lippen deutlich intensiver durchblutet wurden als Ohren und Augenlider, verwandelte bereits ihr erster Stich durch die Oberlippe des Mannes das Kinn in eine knallrote Sauerei. Der Anblick störte sie, sie hätte ihn gerne erst am Ende gehabt. Blutende Menschen sehen so hilfsbedürftig aus und unschuldig. Hier erschien ihr das Bild unpassend und falsch. Außerdem war der Mann jetzt doch wacher, als es ihr angenehm war. Vielleicht wäre ein weiterer Schlag auf den Hinterkopf doch sinnvoller gewesen. Sie nähte weiter. Schneller. Zu schnell, um die Akkuratesse der Ohrennähte wiederholen zu können. Und sie musste sich durch die immer stärker werdende Blutung kämpfen. Sie kniete zu nah an dem Mann, um dem unangenehmen Geruch des frischen Blutes zu entkommen. Übelkeit stieg in ihr auf. Das war nicht vorgesehen. Beim ersten Mal war dieses Problem nicht aufgetreten. Klar, die Frau war schon tot gewesen. Aber diese Reihenfolge verbot sich bei dem Kerl. Er sollte ihre Stiche bei lebendigem Leib spüren.

Jetzt ärgerte sie sich und beschloss, nicht mit ihm zu sprechen. Er sollte weder ihren Namen hören noch sonst irgendwas. Sie würde ihn nur anstarren, mehr nicht.

Bei den Augenlidern fiel ihr die Arbeit wieder leichter, die Stiche gelangen ihr mühelos, und als sie mit beiden Lidern fertig war, schaute sie auf die Uhr. Acht Minuten und zwanzig Sekunden. Sie konnte zufrieden sein. Wenn sie beim nächsten Mal die gleiche Zeit mit noch mehr Sorgfalt verbinden könnte, wäre sie vollends zufrieden.

Als der Mann wieder zu Bewusstsein kam, schmeckte er den Wodka auf der Zunge und fühlte einen stechenden Schmerz in den Augenlidern, den er sich nicht erklären konnte, bis er den Versuch unternahm, die Augen zu öffnen.

Sie schaute ihn an, sie spürte, wie die Panik in ihm hochstieg, wie er gegen die Fesseln kämpfte. Vergeblich. Sie fühlte sich so glücklich wie schon lange nicht mehr. Entgegen ihrer Absicht sagte sie doch etwas zu ihm, aber nur ein einziges Wort. »Danke.«

Dann nahm sie ein weiteres Stück Bootstau und beendete ihr Werk.

14 Samstag, 19:49 Uhr

Fast dreißig Kilometer Entfernung, etliche Tausende Raummeter Fichtenholz und eine Höhendifferenz von fast zweihundert Metern reichten für klare Luft und Sicht. Inka war froh, aus der dunstigen Waschküche rund um den See wieder in Brilon angekommen zu sein. Wenn auch der Anlass deutlich erfreulicher hätte sein können.

Man hatte Ried in einen zweiten Streifenwagen verfrachtet und ins Revier gebracht, während Inka Pfeils gewohnt sportliche Fahrt genutzt hatte, zu Hause anzurufen, um Henne, Mia und Tom auf einen Abend ohne ihre Mutter einzuschwören. Eine Verhaftung im Zuge einer Mordermittlung zog neben dem ganzen Papierkram nun mal auch die zügige Vernehmung des Verdächtigen nach sich. Henne hatte Verständnis gezeigt, wenn er auch etwas enttäuscht schien. Inka hatte das mit einer gewissen Rührung aufgenommen. Vermutlich hatte er tatsächlich etwas »gekocht«, wie er es angekündigt hatte, und sich auf einen gemeinsamen Abend mit ihr gefreut. Sie hatte ihn um Nachsicht gebeten. Es würden auch wieder geregeltere Arbeitszeiten kommen. Vielleicht ja schon nach dem Verhör von Ried.

»Ich habe sie geliebt«, gestand Ried, ohne überhaupt irgendetwas gefragt worden zu sein. Er hatte auf einen Anwalt verzichtet und saß zusammengesunken auf einem fest am Boden verschraubten Kunststoffstuhl des Vernehmungsraumes im Altbau des Polizeireviers. Seine beiden Hände umklammerten einen mittlerweile lauwarmen Styroporbecher mit Kaffee. Sein Blick war auf die Tischplatte gesenkt und verlor sich irgendwo zwischen den Brandlöchern unzähliger Zigaretten und diversen Flecken. Wenigstens passten sowohl der Tisch als auch die Bestuhlung konsequent zum deprimierenden Siebziger-Jahre-Stil des Vernehmungsraumes. Wieder einer dieser krassen Gegensätze. Während man das gesamte restliche Gebäude komplett entkernt hatte, um es mit fast brachialer Gewalt ins 21. Jahrhundert zu renovieren, schien der Vernehmungsraum von Architekten und Bauarbeitern schlicht übersehen worden zu sein.

»Sie sprechen von Nathalie Brückner?«, fragte Inka mehr für das Protokoll als für ihr Verständnis und setzte sich wieder Ried gegenüber neben Pfeil. Zwischen ihnen standen ein betagtes Aufnahmegerät, ein Mikrophon, das Pfeil auf Ried gerichtet hatte, und zwei weitere Becher Kaffee.

Ried nickte und deutete schwach auf eine dicke Akte mit Berichten und Fotos, die Inka sich für den weiteren Verlauf des Verhörs in einer Tasche neben dem Tisch zurechtgelegt hatte.

»Und bevor Sie mich mit Ihrem ganzen Ermittlungskram überhäufen … Ich … ich kann mir das nicht angucken. Diese Fotos, meine ich. Lieber sage ich Ihnen gleich alles. Es hat ja sowieso keinen Sinn mehr.« Er sammelte sich mühsam. »Also. Nein, ich habe kein Alibi, für welche Mordzeit auch immer. Und ja, ich hatte eine Affäre mit Nathalie Brückner. Das heißt, wenn man überhaupt eine Affäre mit ihr haben konnte.«

Inka und Pfeil entspannten sich und lehnten sich ein Stück zurück. Der Mann hatte das, was man als einen »Lauf« bezeichnete. Er war in Sprechlaune. Und wie bei der Befragung von Hesterkamp und Nagel war für die Ermittler Schweigen Gold. »Nathalie ist …«, Ried schluckte und verbesserte sich. »Nathalie war eine einzigartige Frau. Ich hatte Ihnen ja schon gesagt, was sie alles drauf hatte. Ich meine, arbeitstechnisch. Aber sie war nicht nur eine super Mitarbeiterin, sie war ein super Mensch.

Irgendwie so offen und so unkompliziert. Man musste sich bei ihr nicht verstellen. Alles was sie sagte, das meinte sie auch. Ohne doppelten Boden, ohne Hintergedanken, ohne diese ganzen Manipulationen wie bei anderen Frauen, bei denen man erst dreimal überlegen muss, was sie jetzt eigentlich wirklich gemeint haben. Sie war komplett anders als alle, die ich kannte.«

Er senkte wieder den Blick auf die Tischplatte und schwieg ein wenig zu lang. Inka räusperte sich. Zeit für einen kleinen Anstoß.

»Aber ganz so einfach und unkompliziert war es dann doch nicht mit ihr?«

»Das ist halt das Problem, wenn man sich erst mal verliebt hat.« Er seufzte. »Man wird verletzbar und tut Dinge, die man unter normalen Umständen nie tun würde.«

»Wie sie umzubringen?« Pfeil sah ihn unverwandt an und erntete einen erschrockenen Blick von Ried.

»Nein, natürlich nicht!«, entgegnete er aufgebracht. »Ich habe alles versucht, sie für mich zu gewinnen.« Er holte tief Luft, wie im Moment einer bitteren Erkenntnis. »Wissen Sie, wenn man als Mann wie ich an eine Frau wie Nathalie herankommt, dann liegt das nicht daran, was für ein toller Hecht ich bin. Sondern daran, dass man generell leicht an Nathalie herankam. Sie war halt so. Und schon kommt bei einem Mann wie mir die Eifersucht hoch. Aber deswegen bringe ich sie doch nicht um! Im Gegenteil. Ich habe ihren Job besser bezahlt, und ihre Wohnungseinrichtung, sogar eine monatliche Unterstützung. Bar, versteht sich. Aber was ich auch getan habe, ich musste immer mit ansehen, dass sie trotzdem ständig irgendwelche Typen abschleppte. Wahrscheinlich, um ihren doch etwas zu üppigen Lebensstil zu finanzieren.« Er schüttelte tief verletzt den Kopf. »Was mit ihrem komischen Vermieter lief, will ich lieber gar nicht wissen.«

Inka und Pfeil ersparten es ihm. Ried schien zum Fazit seiner Aussage zu kommen.

»Also, Sie können mir alles vorwerfen. Ja, ich bin ein schlechter Mensch, ein erbärmlicher Chef, ein noch schlechterer Ehemann, ein Betrüger, Lügner und Feigling. Aber eins bin ich nicht.« Er sah die beiden Ermittler fest an. »Ein Mörder.«

Inka und Pfeil blieben ungerührt.

»Warum dann Ihr Eindringen bei Hesterkamp und Nagel?«, fragte Inka.

Plötzlich funkelten Rieds vorher so trübe Augen voller Feindseligkeit.

»Die Frage würde ich an Ihrer Stelle mal den beiden Herren selber stellen. Oder glauben Sie, es ist Zufall, dass die beiden mit ihrer rosa Schützenkönigsnummer halb Meschede gegen sich aufbringen und dann Nathalies Leiche ausgerechnet am Tag dieses …«, er machte eine verächtliche Gänsefüßchen-Geste mit Zeige- und Mittelfinger, »›Abschiedsballes‹ auf ihrem Grundstück gefunden wird? Nein! Die beiden haben es einfach zu weit getrieben! Sie haben sie vielleicht nicht umgebracht, aber sie sind für Nathalies Tod verantwortlich! Und ich wollte wissen, warum! Warum man in seinem selbstgefälligen, schwulen Stolz den Tod einer unschuldigen jungen Frau in Kauf nimmt! Verdammt, die wussten doch, mit wem sie sich anlegen!«

Er kämpfte wieder mit den Tränen, lehnte sich zurück und verschränkte die Arme. Inka und Pfeil blieben cool.

»Wir wissen es nicht. *Sie*, Herr Ried?«

»Ich weiß nur, dass wesentlich mehr hinter dieser … dieser Sinnlosigkeit steckt, als wir alle ahnen. Und jetzt sage ich nichts mehr.«

Inka beließ es dabei, klärte Ried über die weiteren Schritte auf und schickte ihn durch die Prozedur der erkennungsdienstlichen Behandlung. Man würde ihm Fingerabdrücke, eine DNA-Probe und alle Gegenstände abnehmen, mit denen er sich etwas antun könnte. Dann würde er die Nacht in einer Zelle verbringen, bis morgen der Haftrichter über eine mögliche Anklage wegen des weiterbestehenden Mordverdachts, des Hausfriedensbruchs und der Bedrohung von Günther Nagel entschied. Inka und Pfeil ließen ihn abführen. Die Liebe zu Nathalie Brückner war aus beider Sicht in diesem Moment Rieds kleinstes Problem. Ein erheblich größeres, neben seinem strafrechtlichen, hieß Cornelia und war trotz allem noch seine Frau und Inhaberin seiner Firma.

»Netter Vortrag«, meinte Inka, als sie und Pfeil wenig später den Vernehmungsraum aufräumten. »Und ganz unglaubwürdig war er auch nicht.«

»Trotzdem konnte er den Mordverdacht nicht ausräumen. Er hat kein Alibi, er hat ein Motiv, und er hat mit der Nummer bei Hesterkamp und Nagel gezeigt, dass ihm auch mal die Gäule durchgehen können. Gibt es schon was Neues bezüglich der DNA-Spuren auf dem Opfer? Vielleicht haben wir Ried schneller überführt als wir denken«, meinte Pfeil und verließ den Vernehmungsraum. Inka trat neben ihn auf den Flur und schloss die Tür ab.

»Porbeck meinte, der Abgleich dauert mindestens über Nacht. Und die Daten von Ried haben wir auch erst morgen früh.« Sie ging mit Pfeil den abendlich verwaisten Flur entlang in Richtung Ausgang. Irgendeine Überwachungsautomatik im Lichtmanagement des Gebäudes sorgte dafür, dass immer nur der Teil des Ganges von der Deckenbeleuchtung erhellt wurde, den sie gerade beschritten. Hinter ihnen wurde es ebenso wieder dunkel, wie es vor ihnen noch nicht hell war. Trotz ihrer Müdigkeit fiel Inka auf, dass darin eine gewisse Parallelität zu ihrem Fall zu liegen schien. Sie lächelte unwillkürlich und sah zu Pfeil, der einen halben Meter vor ihr ging und offenbar in Gedanken versunken war. Wenn es einen guten Moment für das gab, was sie noch loswerden musste, dann war er jetzt gekommen.

»Herr Pfeil?« Inka blieb stehen, woraufhin Pfeil innehielt und sie fragend ansah. Sie machte einen Schritt auf ihn zu, hielt aber trotzdem einen gewissen Abstand. Sie war seine Vorgesetzte. Auch wenn Inka klar war, dass das, was sie vorhatte, eine recht liberale Interpretation dieser strengen Rangordnung werden würde. In Dortmund wäre das umgehend als Führungsschwäche ausgelegt worden und hätte zu einem massiven Respektverlust geführt. Hier, beschloss Inka, gab es zumindest eine Chance auf eine sachliche Aufarbeitung.

»Dass mit meinem Handy vorhin bei Hesterkamp und Nagel … Ich meine, dass ich es nicht stumm gestellt habe. Das war nicht professionell. Ich habe Ihre Sicherheit und die der Kollegen gefährdet und fast einen Zugriff vermasselt.«

Pfeil nickte und sah sie ausdruckslos an.

»Und?«, fragte er.

»Ich weiß, dass wir als Team heute vielleicht nicht gerade einen Traumstart hingelegt haben. Und dass Sie eigentlich meinen Job wollten.«

Pfeils Blick verdunkelte sich etwas. Kein gutes Zeichen. Aber Inka beschloss, die Sache durchzuziehen.

»Ich bin jemand, der einen Fehler zugibt, wenn er einen gemacht hat. Und ich hoffe, Sie sind jemand, der das zu schätzen weiß. Also …« Sie sah ihn an. »Es tut mir leid, und es wird nicht wieder vorkommen.«

Pfeil überlegte kurz. Dann nickte er, die Hände in den Hosentaschen. Unmöglich zu sagen, was er gerade dachte. Dann sah er Inka an.

»Welches Handy meinen Sie?«, fragte er nur und schüttelte kurz den Kopf, als könne er sich an nichts erinnern. Dann ging er weiter und sorgte so dafür, dass ein deutlich größeres Stück Flur vor Inka hell wurde.

Inka sah ihm nach. Schweigend und ohne sich umzudrehen,

hob er eine Hand zum Gruß und verschwand durch den Ausgang.

Vielleicht ergaben sie beide ja ein wesentlich besseres Team, als ihre erste Begegnung heute Morgen hatte erwarten lassen.

15 Samstag, 21:33 Uhr

»Hey, Leberwurstbrote. Hast bestimmt 'ne Ewigkeit in der Küche gestanden?«, rief Inka gedämpft Richtung Wohnzimmer und tätschelte dem aufgeregt mit dem Schwanz wedelnden Böse den strubbeligen Kopf.

Sie sah von den Resten seltsamer roter Spritzer auf den Wandfliesen und einem Topf mit eingebrannten Nudelresten im Mülleimer auf vier Scheiben frisches »Kottenbrot«, eine Vollkorn-Spezialität des örtlichen Bäckers, vor sich auf den Küchentresen. Hennes Vorstellung von »Kochen«. Die Brotscheiben waren ungelenk mit Discounterleberwurst eher belegt als bestrichen und drapierten sich kreisförmig um eine Mitte, in der ein hartgekochtes Ei stand. Dass Henne die Brote zusätzlich mit unterschiedlich großen und dicken Gurkenscheibchen dekoriert hatte, ließ Inka gerührt schmunzeln. Es war die Geste, die zählte. Zumal ihr Mann eigentlich gar keinen Sinn darin sah, Nahrung, in welcher Form auch immer, optisch zu verzieren. »Was soll ich Sachen fürs Auge aufmotzen, die ich mir sowieso in den Mund stecke?«, war seine Sicht der Dinge. Für Inka zwar logisch, aber doch sehr testosteronlastig und irgendwie inkonsequent. Männerdenke halt. Denn wenn es darum ging, Inkas Körper mit den Segnungen ihrer üppig ausgestatteten Wäscheschublade zu verzieren, konnte Henne von Deko aller Art gar nicht genug kriegen. Und Inka wiederum nicht von seiner fordernden, unwiderstehlichen Art, sie von dieser Deko zu befreien und sich bestimmte andere Dinge an ihr in den Mund zu stecken …

Inka verspürte ein angenehmes Ziehen in der Leistengegend, als sie sich beim Abschweifen ertappte. Ein gutes Zeichen, wie sie fand. Sie hatte zwar kaum ihre Jacke an die Garderobe gehängt, aber die behagliche Wärme und die vertrauten Gerüche und Geräusche von Wohnung und Familie verfehlten nie ihre sofortige Wirkung. Nichts beruhigte und befreite Inka mehr als die Rückkehr nach Hause. Sie konnte das nicht erklären, war aber umso dankbarer für ihre Fähigkeit, praktisch augenblicklich abschalten zu können. In der Sekunde, in der die Wohnungstür ins Schloss fiel, zog sie innerlich ihre Zugbrücke hoch. Und alles, was sie an diesem wohl härtesten Tag ihrer Karriere gesehen und erlebt hatte, drang nur noch gedämpft zu ihr durch. Abgeschirmt von meterdicken Wänden aus Geborgenheit.

Inka schnappte sich eines der Gürkchen von einer Leberwurstscheibe und ging mit Teller und Böse im Schlepptau aus der kleinen Küche in den gemütlichen Essbereich ihrer Wohnung, der sich seinerseits zum geräumigen Wohnzimmer öffnete. Normalerweise sah man durch eine große Glasschiebetür über den dahinterliegenden Balkon auf Brilon und seine dünner besiedelten Randgebiete. Weiter draußen, jenseits der Vorstadt, erstreckte sich eine gefühlte Unendlichkeit grüner Fichtenwipfel, nur unterbrochen von Feldern, Wiesen und Landstraßen. »Darf ich vorstellen, die sauerländische Version von Meerblick«, hatte Henne gesagt, als sie es sich am ersten gemeinsamen Abend in der noch leeren Wohnung mit zwei Flaschen lauwarmem Pils auf dem Balkon gemütlich gemacht hatten.

An einem Samstagabend um halb zehn konnte man den Panoramablick allerdings höchstens erahnen. Stattdessen gaben die hektisch wechselnden Bildreflexe von Hennes 46-Zoll-Flachbildfernseher dem Raum die Atmosphäre eines kleinen Kinos. Mit nur einem gutaussehenden Gast auf einer ziemlich breiten Ledercouch.

»Nee, in der Küche war ich nur fünf Minuten. Gewartet habe ich ’ne Ewigkeit«, sagte Henne, ohne den Blick vom Fernseher zu wenden.

Inka ließ sich mit einem tiefen Seufzer neben ihren Mann auf das Sofa fallen. Und Hennes Lächeln sagte ihr, dass seine Replik ebenso wenig ernstgemeint war wie ihre Frage. Ein weiteres tiefes Seufzen. Böse hatte sich neben der Couch niedergelassen. Wie der Herr, so der Hund, dachte Inka.

»Wärst du früher gekommen, hättest du noch Backofenpommes und Würstchen abgekriegt«, meinte Henne. »Die Nudeln in Tomatensauce waren rezeptmäßig eine glatte Unverschämtheit.«

»Sorry, ging nicht anders«, sagte Inka milde. »Sind die Kinder im Bett?«

»Noch nicht lange, schlafen aber tief und fest. Mia war heute Nachmittag bei Emma drüben, und Tom und ich haben seine Legoritterburg erfolgreich gegen einen etwas haarigen Drachen verteidigt«, sagte Henne, wobei er Böse den Kopf tätschelte.

»Schade.«

»Schade?« Henne warf ihr einen erschöpften Blick zu. »Ich wusste gar nicht, wie sehr man sich darauf freuen kann, dass aus einem Kindermund nur noch ganz leise Atemgeräusche kommen statt tausend Fragen, die niemand beantworten kann, der noch einigermaßen bei Verstand ist.«

Inka wusste, was Henne meinte und strich ihm stolz lächelnd über die blonde Mähne. Sie kannte diese Art »Stress«. Andererseits kannte sie auch eine andere, deutlich unangenehmere Variante: nämlich mit Kindern, die gar keine Fragen stellen, weil sie noch nicht sprechen können, dafür aber umso besser schreien. Sie erinnerte sich an die Nächte, in denen sie Henne darum beneidet hatte, dass er Dienst schieben durfte. Selbst wenn er dabei in einen zerschossenen Bauch oder in das ausdruckslose Gesicht eines aufgehängten Selbstmörders schauen musste. In diesen Nächten war alles besser als die Ratlosigkeit und Einsamkeit, die sich in einem breitmacht, wenn man nicht weiß, was einem das eigene Kind sagen will, außer: Du darfst alles, Mama. Nur nicht schlafen!

»Weiß man schon mehr?«, wollte Henne wissen.

Inka sah ihn an, während sie eines der Brote aufnahm und herzhaft hineinbiss. Sie wollte gerade antworten, als ein reflexartiger Würgereiz sie innehalten ließ. Die körnige Konsistenz in ihrem Mund, zusammen mit einem muffigen Beigeschmack, machte Inka bewusst, dass sie sich gerade eine solide Ladung der Art Aufstrich eingehandelt hatte, die auf ihrer Ekelskala direkt hinter Innereien und noch vor Rosenkohl kam: grobe Leberwurst. Aber was tun? Ihren Mann dafür rügen, dass er sich Mühe gegeben hatte? Klar, dachte Inka, und ihm damit ein weiteres, kleines Stückchen Hausmann-Motivation nehmen. Keine wirkliche Option. Es blieb nur eine Möglichkeit. Sie kaute tapfer, schluckte noch tapferer und spülte mit mehreren Gürkchen nach. Ein leichter Würgelaut war die Quittung für ihre Mühen.

»Schmeckt nicht?« Henne sah Inka mit einer Mischung aus Irritation und Enttäuschung an. Sie winkte ab.

»Doch, doch. Nur verschluckt.« Inka quälte sich zu einem Lächeln, räusperte sich und setzte sich auf. Fragte sich nur, wohin mit den restlichen Wurstscheiben. Die Lösung ihrer Probleme stieß im selben Moment seine feuchte Nase an Inkas Hand: Böse! Wenigstens einmal in seinem Leben zur richtigen Zeit am richtigen Ort. Inka nahm den Teller auf ihre Sofalehne, überprüfte vorsichtig Hennes Konzentration auf das Fernsehprogramm und kippte die Wurstscheiben mit spitzem Zeigefinger Richtung Hund. Und hatte Inka schon gedacht, das leise Platschen, mit dem die Scheiben auf dem Laminatboden landeten, wäre fast ohrenbetäubend laut, so war das nichts im Vergleich mit Böses Schmatzgeräuschen, als er sich gierig darauf stürzte. Inka blieb nur ein wenig damenhaftes Übertönen des Hundes beim eigenen Kauen der verbliebenen Blanko-Brote. Ein Blick zu ihrem Mann. Henne hatte nichts bemerkt.

Erleichtert atmete Inka durch.

»Was hast du gesagt?«, fragte sie. Erstaunt, wie viel Beiläufigkeit sie in vier Worte packen konnte.

»Den Kopf noch im Präsidium, hm?« Henne schaltete mitfühlend den Fernseher ab und legte den Arm um Inka. »Ich wollte wissen, ob ihr schon mehr wisst.«

Inka entspannte sich wieder. Nichts tat nach einem langen Tag mit sinnloser Gewalt, menschlichen Abgründen und Polizeistress so gut, wie sich an seiner breiten Schulter anzulehnen. Auch wenn das Thema durchaus weniger beruflich hätte sein dürfen.

»Tja, alles«, sagte sie. »Es war eine ziemlich harte Nuss, aber eine Streifenwagenbesatzung hatte Täter und Fahrzeuginhaber innerhalb von zwei Minuten auf dem Schirm.«

Diesmal war Hennes Blick fassungslos. »Ihr habt den Täter?!«

»Ja«, sagte sie todernst und zog das Foto aus ihrer Gesäßtasche, das ihr die namenlose Kollegin im Präsidium zugesteckt hatte. Es zeigte einen schicken Neuwagen, dem ein schicker Typ einen schicken Kratzer verpasst hatte.

»Schick, oder?! Der Hydrant wird übrigens nicht billig«, grinste Inka.

»Sehr witzig. Du weißt genau, dass ich von deinem Fall rede.«

Natürlich wusste sie das, aber frisch von der Last ihres Arbeitstages befreit und den Kopf an der Stelle seiner Schulter, die wie angegossen passte, genoss Inka kleine Spielchen wie dieses.

»Ach, den Mord meinst du?!«, flapste sie weiter, wurde aber fast automatisch ernster. »Nee, da würde es mich nicht wundern, wenn ich trotz eines ganzen Ermittlungstages weniger weiß als du.«

Henne war aufrichtig überrascht. »Was weiß ich denn?«

»Mit Sicherheit alle Details. Wie sagst du immer so schön: ›Die Buschtrommeln haben im Sauerland mehr Netz als die Telekom in ganz Deutschland.‹ Also, kanntest du sie?«

»Nathalie Brückner? Nee. Und zwar weder beruflich noch privat. Noch ein Brot?«

Inka schüttelte den Kopf, während Böse unter dem Tisch kurz aufstieß. Ein mörderischer Geruch nach Siechtum und Verwesung stieg in Richtung Sofa. Und mit ihm wanderte ein tödlicher Blick von Henne zu Inka.

»Hast du Böse etwa die Wurst gegeben?«

»Natürlich nicht.«

»Und warum riecht er dann nach Leber?«

Inka fluchte innerlich. Henne war trotz seiner beruflichen Neuausrichtung als Vater und Hausmann immer noch Bulle genug, instinktiv zwischen Lüge und Wahrheit unterscheiden zu können. Und Inka hatte gelogen. Gut, kriminalistisch hatte das keine Bedeutung, aber Inka war klar: Für einen Mann, der Leberwurstbrote mit Gürkchen und Ei verzierte, war diese Lüge mehr als nur eine Lüge. Sie war das, was Inka unbedingt hatte vermeiden wollen. Eine offizielle Missachtung seiner Fürsorge.

»Okay, okay, bevor das ein Verhör wird … Wir waren bei diesem Manni an der Landstraße, und ich hatte Pommes mit Currywurst und deswegen keinen Hunger mehr.«

Henne sah sie betroffen an.

»Nächstes Mal könntest du wenigstens Bescheid sagen.« Die Enttäuschung in seiner Stimme gab Inka noch nicht ganz den Rest. Das besorgte Böse, dieser Verräter, indem er wie selbstverständlich die Nähe von Hennes Bein suchte und das Tribunal gegen Inka perfekt machte. Sie konnte es nicht fassen. Da versuchte man, es allen recht zu machen, und zum Dank sah man in vier vorwurfsvolle Augen.

»Henne, komm, ich habe eine Wurst gegessen, ich bin nicht fremdgegangen.«

»Egal. Ich muss eh los!«

»Wie?! Jetzt noch? Ich dachte, du und ich … wir baden noch … und gucken mal, was so in meiner Wäscheschublade steckt.« Weiter kam Inka nicht, denn in Hennes Gesicht stand nun mehr als nur die Wurstanklage.

»Du hast es wieder vergessen, oder? Dritter Samstag im Monat …?«

Inka nickte niedergeschlagen, als es ihr siedend heiß einfiel. Der dritte Samstag im Monat war Henne heilig. Denn an diesem Samstag war Sport angesagt. Wenn auch nicht mehr aktiv, aber das gemeinsame Zelebrieren des »Aktuellen Sportstudios« im »Altstadt-Treff«, im Kreise seiner engsten Freunde und ehemaligen Fußballkollegen. Für Henne Passivsport auf Bundesliganiveau. Mindestens.

»Tut mir leid. Ich hatte die ganze Zeit das Gefühl, heute wäre ein ganz normaler Wochentag«, sagte Inka. Sie hatte sich zwar immer gefragt, ob es an einem Samstagabend für ein Paar nicht näherliegende Beschäftigungen als Kneipensport gab, aber die letzten Wochen in ihrem neuartigen Familienkonstrukt hatten ihr einige Dinge klargemacht. Henne hatte mit dem Haushalt und den Kindern einen ebenso stressigen Tagesablauf wie sie, und somit das Recht auf Freizeit. Außerdem konnte sie ihm mit ihren Arbeitszeiten kaum verübeln, dass er diese Freizeit zwangsläufig erst dann genießen konnte, wenn sie zu Hause war. Inka rief sich in Erinnerung, dass sie beschlossen hatte, das Ganze pragmatisch zu sehen.

»Willst du vielleicht mit? Wir könnten Frau Lugner das Babyphon geben. Die ist eh die ganze Nacht wach«, bot Henne an. Aber Inka wusste, das Angebot war nicht ernst gemeint. Ihre Antwort dagegen schon.

»Hau schon ab«, lächelte sie.

Seit sie zusammen waren, bot er Inka an, ihn auf seinen kleinen Fluchten zu begleiten. Inka lehnte aber genauso konsequent ab. Ein Ritual, das sich bewährt hatte, weil Inka wusste, dass es besser für beide war, wenn man nicht jede Sekunde gemeinsam verbrachte. Ganz am Anfang ihrer Beziehung, als schon das Hinausbringen des Abfalls eine spontane Trennungsschmerzattacke provozierte, hätte sich keiner der beiden eine Abstinenz vom anderen vorstellen können. Aber mit den Jahren lernte man dazu.

Trotzdem konnte Inka ihre Enttäuschung nur schlecht verbergen, als Henne seine Jacke anzog. Und gerade als sie sich fragte, was schwerer wog, sein Abgang oder ihr eigenes Vergessen von Hennes »heiligem Dritten im Monat«, waren ihre Gedanken endgültig zurück bei ihrem Fall. So viel zur Zugbrücke und zur Festung, dachte sie. Aber wenn der Abend schon ruiniert war, konnte man wenigstens noch das Unabwendbare mit dem Nützlichen verbinden.

»Ach so, du kannst ja mal die Ohren aufhalten«, sagte sie zu Henne.

»Wegen Nathalie Brückner?«

Inka nickte.

»Natürlich nur, wenn das für dich okay wäre?«

»Ich bin immer noch Bulle, oder?«, lächelte er. »Nur beurlaubt, nicht kastriert. Und … musst nicht warten, kann später werden.« Er drückte ihr einen Abschiedskuss auf die Stirn und ging. Allerdings nicht ohne sich noch einmal umzudrehen. Und zwar mit genau dem breiten Grinsen, das Inka sich noch erhofft hatte. »Soll ich dich vielleicht wecken, wenn ich wiederkomme?«

»Unbedingt.«

Sie lächelte, und Henne wusste, warum.

16 Samstag, 22:45 Uhr

Gastwirt war schon immer ein Knochenjob. Das war im Sauerland nicht anders als an jedem anderen Ort der Welt. Allerdings lagen fast nirgendwo die kleinen, aber feinen Unterschiede so eng beieinander wie hier. Während man sich als Gastronom in den Partyhochburgen Winterberg, Willingen oder Schmallenberg ständig neue »Events« einfallen lassen musste, damit die »Generation Ballermann« die eigenen und nicht die Türen der Konkurrenz einrannte, musste man in den beschaulichen Gasthöfen und Kneipen der Kleinstädte und Dörfer nur eines tun: seine Tür aufschließen. Aber dafür war man dann nicht nur Bierzapfer, Kellner und Aushilfskoch, sondern auch Seelsorger, Elternersatz und wahlweise das gute oder schlechte Gewissen seiner Gäste. So, wie Ecki Schwiens es in seinem »Altstadt-Treff« seit über vierzig Jahren jeden Tag ab Punkt 17:00 Uhr war. Nur dienstags nicht, da war Ruhetag.

Ansonsten war Eckis »Altstadt-Treff«, mitten in Brilons Fußgängerzone, in keiner Hinsicht etwas Besonderes. Die Einrichtung war sauber und rustikal, die Küche gutbürgerlich, und die obligatorische Bundeskegelbahn hatte unter der Woche noch Termine frei. Und weil neunundneunzig Prozent der Gäste Stammgäste waren, gab es keinen Grund, auch nur das Geringste zu ändern. Im Gegenteil. Einmal hatte Eckis Versuch, nur den traditionell künstlichen Blumenschmuck auf den Tischen durch ein modernes Teelichtarragement zu ersetzen, zu spontanen Stammtischprotesten geführt. In den »Altstadt-Treff« kam man schließlich nicht, um rauszukommen, sondern um außerhalb der eigenen vier Wände zu Hause zu sein.

Henne hatte sich schon des Öfteren gefragt, warum ausgerechnet Eckis Laden seine Stammkneipe war. Und jedes Mal war er zu dem Schluss gekommen, dass es dafür keine rational nachvollziehbare Erklärung gab. Der Grund war etwas anderes, etwas Größeres. Eine Art ungeschriebener Pakt zwischen der Vergangenheit, der Gegenwart und der Zukunft, den Generationen von Sauerländern über Jahrhunderte perfektioniert und damit die Existenz ihrer Familien in harten Zeiten gesichert hatten. Neudeutsch nannte man das jetzt »Nachhaltigkeit«. Im Sauerland wusste man immer schon, dass nur der Zusammenhalt und die Weitergabe von Werten und liebgewonnenen oder lebensnotwendigen Gewohnheiten dauerhaft die Existenz sicherten.

Weshalb der Sauerländer seine Gewohnheiten nicht nur hingebungsvoll pflegte, sondern auch ebenso sorgfältig darauf achtete, wie er sie an die nächste Generation weitergab. Natürlich gab es da auch die Methode mit dem erhobenen Zeigefinger. Aber viel besser hatte bei Henne eine Art verdeckter Nachwuchsförderung gewirkt, lange bevor dieses Wort überhaupt erfunden worden war.

Hennes Vater war, wie alle Väter damals, schon immer zum sonntäglichen Frühschoppen im »Altstadt-Treff« gewesen. Und wenn die Mütter zur gleichen Zeit entweder den Sonntagsbraten im Ofen hatten oder fanden, ihre Göttergatten hatten genug Herrengedecke intus, schickten sie den Filius los, »Papa holen«. Was den Müttern, und gegebenenfalls Töchtern, zu Hause eine freie Stunde ohne ihre Kerle verschaffte und in Eckis Kneipe dafür sorgte, dass eine Horde von Jungs bei Malzbier und Cola vor Spielautomaten saß und schon einmal mitbekam, worauf es im Leben wirklich ankam. Den lieben Herrgott, den richtigen Fußballverein, die richtige Stammkneipe und die richtige Pilssorte.

Alles Dinge, die sich an Wochenenden auf wunderbare Art und Weise miteinander verbinden ließen.

Auch wenn Henne natürlich klar war, dass sich seit seiner Kindheit selbst im kleinstädtischen Sauerland vieles verändert hatte. Er als Ex-Bulle und Hausmann war das beste Beispiel dafür. Er war sich sicher, dass die älteren Herrschaften am Tresen in Männern wie ihm die Totengräber ihrer Traditionen sahen. Welcher Mann ließ schon seine Frau arbeiten und zog selbst die Kinder groß? Wäre er nicht so tief in Brilon verwurzelt, hätten sie ihn wahrscheinlich eher als schwarzes Schaf ausgegrenzt, denn als das betrachtet, als was Henne offiziell galt. Als respektierte Ausnahme, die die Regel bestätigte. Henne selbst ließ das kalt. Zumal er überzeugt war, dass es keiner Kombination aus Kirche, Zigaretten, Alkohol und Fußball bedurfte, um Familientraditionen weiterzugeben. War das verwerflich? Wohl kaum. Hennes Ziel war dasselbe wie das der Generationen vor ihm. Werte weitergeben. Sein Job war es eben nur, in einer neuen, weit komplizierteren Zeit andere, hoffentlich einfachere Wege dafür zu finden.

Seine Samstagabende mit den Jungs ließ Henne sich daher nicht nehmen. Er zog Eckis schwere hölzerne Eingangstür auf und stand augenblicklich im vertrauten Schwall aus Bierdunst, Rauch und Frittenfett, untermalt vom ewig gleichklingenden Soundtrack schwatzender Gäste. Nur hier und da von lautem Lachen oder dem Klirren von Gläsern unterbrochen, schwappte die »Altstadt-Treff«-Kulisse auf das Pflaster der Fußgängerzone. Die Köpfe am vollbesetzten Tresen wandten sich in seine Richtung, erkannten ihn als einen der ihren und waren, nach einem kurzen Gruß, wieder beim Gespräch und ihren Herrengedecken. Die Tische und Gänge waren voll. Überall standen oder saßen Grüppchen meist älterer Einheimischer beim Pils und schwatzten. Henne sah in ihren Blicken, dass der Mord und die Tatsache, dass seine Frau in dem Fall ermittelte, das Hauptgesprächsthema bildeten. Sein Bedürfnis, die entsprechenden Fragen dazu zu beantworten, tendierte allerdings gegen null. Er bahnte sich den Weg in Richtung der hinteren Stammtische. Ecki sah hinter dem Tresen kurz auf und hob den Zeigefinger vom Zapfhahn. Seine Version einer freundlichen Begrüßung.

An seinem Stammtisch angekommen, lächelte Henne schweigend in die Runde seiner Jungs, hängte seine Jacke über eine Lehne und setzte sich auf den letzten freien Stuhl. Er war natürlich zu spät. Das »Aktuelle Sportstudio« lief schon auf einem Fernseher an der Wand, und Henne wusste, dass erst nach dem Ende der Fußballberichterstattung mit mehr Kommunikation zu rechnen war als gelegentlichen Grunzlauten, hämischem Lachen über Patzer der Fußballkonkurrenz und dem Zuprosten bei der nächsten Runde Pils.

Eine halbe Stunde später hatte die Situation sich entspannt. Das Pils floss dank Eckis Umsicht bei Alex, Hennes bestem Freund, und den Jungs stetig. Henne war auf die alkoholfreie Variante ausgewichen. Er wollte klar im Kopf bleiben. Vielleicht war das der Grund, warum Ecki ihm das Glas nicht mit seinem üblichen »Zum Wohl« servierte, sondern mit einem »Gute Besserung«.

»Jetzt komm, Henne. Einmal Bulle, immer Bulle«, sagte Alex neben ihm.

Henne hatte diesen Vorwurf schon tausendmal gehört. Die erneute Konfrontation damit verdankte er einem anderen Umstand. Lisa, Alex' Frau, kannte seit Wochen kein anderes Thema mehr als ihre einmalige Chance, in Dortmund an der FH eine Dozentinnenstelle anzutreten. Was ihr aber nur möglich erschien, wenn Alex seine Tätigkeit als Vermessungsingenieur beim Kreis ruhen ließe, um auf Finn, den dreijährigen Sohn der beiden, aufzupassen. Dass diese Form der Arbeits- und Aufgabenverteilung bei Henne und Inka so famos funktionierte, schien Lisa wie ein willkommenes Naturgesetz, das auf alles und jeden übertragbar war.

Alex hätte sich jedoch alles vorstellen können, nur nicht, die Tage allein mit Finn verbringen zu müssen. Er liebte den Kleinen, aber er hatte etwas gegen die radikale Beschneidung seines Aktionsradius.

»Alex, wo liegt das Problem, die Zeit, die du mit deinem Jungen verbringst, die kriegst du nie wieder, das ist ein Geschenk.«

»Wer sagt das, Inka?!«

»Alter, ich weiß, wovon ich rede. Ich habe es noch keinen Tag bereut, und ich schwöre dir, du wirst mir noch dankbar sein, wenn du endlich kapierst, dass ich recht habe.«

Henne hasste es, sich so reden zu hören. Aber hätte er seinem besten Freund die Wahrheit sagen sollen? War es nicht geradezu seine Pflicht zu lügen? Ein Akt freundschaftlicher Verantwortung.
»Henne, ich hab echt Schiss.«

»Wovor, dass dir Brüste wachsen?«

»Du weißt genau, was ich meine ….«

»Nee, weiß ich nicht. Guck mich an, habe ich mich irgendwie verändert?«

»Nee.«

»Also, wo ist dein Problem?«

Henne hätte das Thema gern wieder auf etwas Unverfänglicheres wie Fußball gebracht. Aber der Fernseher bot keine gute Ablenkung.

»Ich bin mal für kleine Jungs«, sagte er und stand auf. Er bog zwischen Garderobe und einem überdimensionalen Zigarettenautomaten in den schmalen Gang Richtung Toiletten und »Bundeskegelbahn«. Die schlagartige Ruhe ließ ein heimeliges Gefühl der Vertrautheit in Henne aufkommen. Wie oft hatte er sich hier in Bierlaune gefragt, ob es in Deutschland auch normale Kegelbahnen gab oder nur »Bundeskegelbahnen«. Und wenn ja, wie sahen die wohl aus? Und wie oft hatte er über das anscheinend unzerstörbare Siebziger-Jahre-Flair aus beigefarbenen Kacheln und knallgrünem Wandanstrich in der Herrentoilette geschmunzelt, das sich seit seiner Kindheit nicht geändert hatte. Er stieß eine schwergängig quietschende Schwingtür auf und grinste über den nächsten Anachronismus. Auf dem Türblatt prangte ein im Stehen pinkelndes Männchen. Gut, in Kneipen wie dieser war das noch möglich. Zu Hause war sogar er es gewesen, der für sich und Tom dieses scheinbar uralte Naturgesetz abgeschafft hatte. Natürlich nicht zuletzt, weil auch er es war, der die Toilette sauberhalten durfte.

Henne ließ die Tür hinter sich zufallen. Er holte gerade sein bestes Stück aus der Hose, als er hörte, wie die Tür hinter ihm geöffnet wurde und eine weitere Person die Toilette betrat.

»N'abend«, sagte Henne in Erwartung, der Eindringling würde an ein Pissoir neben ihn treten. Stattdessen geschah nichts. Weder antwortete der Unbekannte, noch ging er in die Kabine neben dem Waschbecken. Henne hörte ihn nur unruhig auf der Stelle treten. Er wandte den Kopf zur Seite und sah aus den Augenwinkeln einen Mann, etwa in seinem Alter, der sich unsicher umsah und schon wieder zur Tür wandte.

»Keine Sorge, ich beiße nicht. Und ich stehe nicht auf Längenvergleiche auf dem Klo.«

Der Mann hielt inne und sah ihn an.

»Henne, bist du das?!« Die Überraschung in seiner Stimme war nicht zu überhören. Henne dagegen verdrehte die Augen. Auf dem Klo von hinten angesprochen zu werden, war echt unfair.

»Ja«, ächzte er. »Und es wäre toll, wenn wir erst dann reden, wenn meine Hose nicht mehr offen ist.«

Jetzt trat der Mann neben ihn und hielt ihm freudestrahlend die Hand hin.

»Ich bin's, Andreas!« Henne sah von der hingehaltenen Hand auf den Mann neben ihm. Mittelklasse-Anzug, Lederschuhe, dazu ein unrasiertes Gesicht mit dunklen Schatten um die Augen. Sein dunkles, volles Haar war von einigen grauen Strähnen durchzogen, und die Freundlichkeit wirkte aufrichtig, aber irgendwie brüchig. Henne musste einen Moment überlegen. Als er sich den Mann etwa zehn Kilo leichter und fünfzehn Jahre jünger vorstellte, fiel es ihm ein.

»Andi?! Nä! Was machst du denn hier?!«, grinste er.

Henne kannte Andreas Watterott aus gemeinsamen Schulzeiten. Sie hatten in Meschede zusammen ihr Abi gemacht und waren durch die Schrecken des großen Latinums über Leidensgenossen zu echten Freunden geworden. Nach dem Abi hatten sich ihre Wege zwar getrennt, weil Henne in den gehobenen Polizeidienst eingetreten war und Andreas in Münster auf Lehramt studierte. Aber sie hatten sich nie ganz aus den Augen verloren, ab und an gegenseitige Besuche gemacht und sogar zwei Kurzurlaube in Zeeland miteinander verbracht. Erst als die Arbeit an ihren jeweiligen Hochschulabschlüssen und ihre jeweiligen Freundinnen ihre ohnehin spärliche Freizeit mehr und mehr auffraßen, hatte sich der Kontakt verlaufen.

»Sorry, wenn ich dir nicht die Hand gebe«, sagte Henne und deutete mit dem Kopf nach unten.

Andreas winkte lächelnd ab. »Können wir gerne auf nach dem Händewaschen verschieben.« Er sah sich nervös um, als ein Geräusch von draußen ertönte. »Ich war mit ein paar Kollegen beim Chinesen drüben, und wir wollten noch einen Absacker nehmen.«

Henne war mittlerweile fertig, zog alles wieder an seinen Platz und ging zum Waschbecken. Andreas folgte ihm.

»Dann wohnst du wieder in der Gegend?«, fragte er.

»Bin nie wirklich weggezogen. Arnsberg. Ich bin Lehrer am Laurentianum. Mathe und Musik.«

Henne zog ein Stück Handtuch aus dem ewig hakenden Spender und trocknete sich die Hände ab.

»Und garantiert verheiratet. Mit …«, Henne überlegte, aber der Name von Andreas' damaliger Freundin wollte ihm nicht einfallen. »Sorry, wie hieß sie noch?«

»Sabine«, sagte Andreas, wobei seine Stimme sich fast unmerklich senkte. »Wir haben zwei Jungs, neun und sieben. Und du? Immer noch Bulle in Brilon?«

»Fast. Ist eine lange Geschichte. Ich habe Inka geheiratet, und wir haben auch zwei Kinder. Tom und Mia.«

Andreas schien ein wenig zu entspannen, lächelte und fuhr im selben Moment wieder erschrocken zusammen. Auf dem Flur war ein metallenes Poltern zu hören. Henne war irritiert.

»Nur der Zigarettenautomat. Alles okay bei dir?« Henne sah seinen Kumpel forschend an.

«Klar. Ich bin nur etwas im Stress im Moment.« Andreas fuhr sich mit der Hand durchs Haar und hatte sich wieder unter Kontrolle. Wenn auch mühsam. »Du weißt ja, als Lehrer ist man immer kurz vorm Burn-out.«

Henne lachte. Andreas' Fähigkeit, sich selbst nicht ganz so ernst zu nehmen, hatte ihm immer schon imponiert.

»Was ist jetzt mit dem Absacker?«, fragte er. »Jetzt gleich?«

Andreas sah nervös auf seine Uhr. »Du, ein andermal. Wir können auch gerne mal zusammen essen gehen, oder so. Dann können wir mal ein bisschen quatschen. Gibt viel zu erzählen. Aber jetzt muss ich. Du weißt schon, die Kollegen warten.«

Er tätschelte Hennes Schulter und zog die Tür auf. Bevor er auf den Flur trat, sah er sich zu beiden Seiten um und wandte sich noch einmal an Henne.

»Du stehst doch im Telefonbuch?«

»Aber unter ›L‹ wie Luhmann«, sagte er. »Nicht unter ›B‹ wie Bulle.«

Wieder ein mühevolles Lächeln.

»Immer noch ganz der Alte, was? War schön, dich zu treffen.«

Andreas' Lächeln erstarb, sobald er sich umgedreht hatte. Er wirkte gehetzt, als er ging. Nicht gerade wie ein Mann, der einen entspannten Abend mit Kollegen verbrachte, und schon gar nicht wie jemand, der in den »Altstadt-Treff« gekommen war, um einen Absacker zu nehmen. Henne fragte sich, wie zufällig die Begegnung mit seinem alten Freund wohl wirklich war.

Zehn Minuten später hatte sich Hennes Laune nicht unbedingt aufgehellt. Ecki hatte seinen seltsamen Eindruck von Andreas' Auftritt bestätigt. Ein »Pinkeltourist«, hatte er gesagt. Jedenfalls war er allein hereingekommen und war, ohne etwas zu bestellen, auf die Toilette verschwunden, bevor er den Laden wieder verlassen hatte.

Immerhin hatte sich das Gespräch am Stammtisch anderen Themen zugewandt. Leider auch nicht ganz den unverfänglichen, die Henne sich gewünscht hätte.

»Weißt du eigentlich schon mehr wegen dieser Toten am Hennesee?«, wollte Alex wissen.

»Nicht viel mehr als du wahrscheinlich.«

»Ist Inka nicht dran?«

»Doch, schon.«

»Aber ihr redet nicht drüber, oder wie?«

»Als sie nach Hause kam, war ich schon auf dem Sprung nach hier.«

»Siehste Henne, und genau das ist mein Problem. Macht deine Frau erst mal Karriere, ist das Familienleben Geschichte.«

Henne seufzte. Irgendeine höhere Macht hatte also vor, seinen Abend mit den Jungs zu einer Art Chartshow der unangenehmen Themen zu machen. Sein Hausmannsdasein, Inkas Fall und obendrein noch der seltsame Auftritt von Andreas. Dass ausgerechnet jetzt sein Handy klingelte, passte. Lotto hatte er nicht gespielt, also waren Anrufe nach 22:00 Uhr mit Sicherheit auch kein Grund, bei Ecki Sekt zu bestellen.

»Luhmann«, rief Henne gegen den Lautstärkepegel der Kneipe in die winzige Sprechmuschel.

Was auch immer Henne am anderen Ende der Leitung zu hören bekam, es war erwartungsgemäß nicht in seinem Sinne.

»Inka? Was hast du gesagt? Ich versteh dich so schlecht.«

Henne lauschte angestrengt weiter in sein Handy, bis es nichts mehr zu lauschen gab. So oder so, er hatte genug gehört.

»Ich beeile mich.«

Henne steckte das Handy in seine Tasche und sah den fragenden Blick seines Freundes.

»Ich muss los, Inka hat einen Einsatz.«

Alex' Blick sagte alles. Gut, es war nicht das erste Mal, dass Henne die Jungs überraschend verlassen musste. Zu seiner aktiven Bullenzeit hatte er so manchen Grillabend, Fußballnachmittag und Sportausflug wegen Dienstbereitschaft gesprengt. Aber bis zu diesem Anruf waren Henne und die Jungs der Ansicht gewesen, dass das mit der Übernahme der Hausmannspflichten vorbei war. Als Henne zum kollektiven Abschiedsgruß auf den Tisch klopfte, fragte er sich, wie er das allen Ernstes hatte annehmen können. Letztendlich war es egal, wer in den Einsatz musste. Ein Polizist in der Familie reichte, um für alle anderen die Grenzen zwischen Arbeits- und Freizeit fließend zu machen. Zu Hause würde irgendjemand für ihn in die Bresche springen müssen. Und das war mit dem neuen Lebensmodell nun mal Henne.

Als sich der Lärm und der Dunst mit dem Schließen der Kneipentür schlagartig in nächtliche Kleinstadtruhe verwandelte, hatte Henne plötzlich das Gefühl, dass sich sein Leben weitaus tiefgreifender verändert hatte, als er geplant hatte. Er war kein

Bulle mehr, trug aber trotzdem die Konsequenzen unregelmäßiger Arbeitszeiten. Schlimmer jedoch als diese bloße Erkenntnis war die sich daraus ergebende Perspektive: Wenn Henne schon die offensichtlichen Auswirkungen in ihrem realen Ausmaß so unterschätzt hatte, was wartete da wohl noch alles an Unvorhergesehenem auf ihn?

Wie zur Bestätigung seiner düsteren Gedanken wehte eine empfindlich kühle Brise die ersten vertrockneten Blätter die Fußgängerzone entlang. Henne kniff die Augen zusammen und schlug den Kragen hoch. Was blieb ihm anderes übrig?

17 Samstag, 23:29 Uhr

»Fast wie bei Nathalie Brückner, bis auf den Kreuzstich.«

Porbeck kniete vor dem leblosen Körper von Wolfgang Hesterkamp und schaute auf seine Latexhandschuhe, nur um sicher zu sein, dass sie keine Spuren des Leichnams aufgenommen hatten, die er dann noch einmal separat zu sichern hätte.

Hesterkamps Leiche saß am Ende eines Holzstegs vor einem Ruderboot, das man zur Reparatur vor ein kleines Bootshaus gezogen hatte. Ursprünglich einmal aus knallrotem Plastik gefertigt, hatte die Sonne die Bootsfarbe über die Jahre zu Pink verblassen lassen. Ein jämmerlicher Anblick, dachte Inka. Als Ort, an dem der Holzbaron vom Hennesee sein Leben ausgehaucht hatte, wäre nur ein Bahnhofsklo würdeloser gewesen. Zu allem Überfluss wurde die Szene von zwei mobilen Scheinwerfern gnadenlos hell ausgeleuchtet. Ein letztes Rampenlicht für den scheidenden Schützenkönig. Augen, Ohren und Mund waren zugenäht. Allerdings nicht in einfachen Stichen und Zügen wie Nathalie Brückner, sondern in einem Kreuzstichmuster. Eine Kette bräunlich blutiger Xe zog sich jeweils über Ohren, Augen und Mund. Über Hesterkamps Lippen schimmerte eine dunkelrot gefärbte Druckstelle, ähnlich wie bei Nathalie Brückner. Dazu wies die Leiche eine offene Wunde am Hinterkopf auf, die offenbar stark geblutet hatte.

War Hesterkamp noch vor Stunden jemand gewesen, dem man schon wegen seiner stattlichen Erscheinung Respekt entgegenbrachte, hatte der Tod ihn zu einer Karikatur seiner selbst degradiert. Rinnsale aus verschmiertem und dunkelrot getrocknetem Blut in seinem Gesicht ließen ihn aussehen wie einen Vampir nach einem opulenten Festmahl.

Inka sah von der Leiche auf. Die sie umgebende Dunkelheit erschien ihr noch tiefer, als sie mit Porbeck aus dem Scheinwerferkegel der Tatortbeleuchtung trat. Es dauerte einige Sekunden, bis sich ihre Augen an die Sichtverhältnisse gewöhnt hatten.

»Ohne mich genau festlegen zu wollen, ich schätze, der ist so seit vier bis sechs Stunden tot«, sagte Porbeck. »Nach den Spuren zu urteilen saß er wohl auf der Bank da vorne und bekam einen Schlag mit einem massiven Gegenstand auf den Hinterkopf. Der war aber noch nicht tödlich.«

»Hat er etwa noch gelebt, als ihm der Täter die Nähte verpasst hat?«, fragte Inka entsetzt.

Porbeck nickte zögernd.

»Den Blutungen nach ja. Erst danach tötete ihn ein zweiter Umstand. Was, weiß ich nicht, aber es gibt auffällige Spuren an seinem Hals und ein gebrochenes Zungenbein.«

»Das wären dann schon mal zwei Unterschiede zum ersten Mord«, dachte Inka laut nach.

»Aber beides noch nicht offiziell«, schränkte Porbeck ein. »Jedenfalls setzte der Täter ihn danach vor das Boot. Nicht gerade eine leichte körperliche Arbeit, wenn Sie mich fragen.«

Inka dachte nach. Auch ohne die medizinischen Kenntnisse eines Forensikers wusste sie, dass Hesterkamp etwa in dem Zeitrahmen umgebracht worden sein musste, den sie auf der Suche nach dem Panic Room und bei der Befragung Rieds verbracht hatte. »Heiner Ried scheidet als Verdächtiger für diesen Mord aus«, sagte Inka grimmig und griff zum Handy. »Den Diensthabenden. Sofort, bitte«, sagte sie in einem Ton, der keinen Widerspruch duldete.

Es dauerte genau eine Minute, bis sie eine Großfahndung eingeleitet hatte. Sie war angespannt und hatte es sofort im Gefühl, dass auch dieser zweite Mord nicht der letzte seiner Art am Hennesee sein würde. Inka wandte sich unwohl dem Seeufer zu.

Der breite Holzsteg, auf dem sie standen, ragte etwa fünfzig Meter in den See und mündete am Ufer in einen Kiesweg. An seinem Ende stand ebenfalls eine kleine Holzhütte. Ein Schild an ihrem Dachgiebel verriet, dass sie als Fahrkartenschalter, Kiosk und Büro einer Boostvermietung diente. Der Steg war eine Anlegestelle, an der sowohl die Henneseeschiffe Fahrgäste aufnahmen und absetzten, als auch Privatleute Boote mieteten, ihre eigenen zu Wasser ließen oder einfach nur angelten oder die Aussicht auf den See genossen. Ein touristischer Hot-Spot, wie Porbeck meinte. Mit entsprechendem Spurenchaos. Der Albtraum eines Forensikers. Der Uferstreifen war von Polizeiabsperrungen und den Scheinwerfern der Fahrzeuge ebenso hell erleuchtet wie der Tatort, und Inka sah im Schatten der Lichter bereits die beiden Fotojournalisten auf sie zueilen. Wieder im Doppelpack, wieder im dienstlichen Lederblouson-Dresscode. Die Frage, wie lange sich der zweite Mord zumindest nachrichtlich zurückhalten ließ, war damit beantwortet. Inka winkte die beiden Männer durch.

»Drei Minuten, wie immer«, raunte sie ihnen zu. Inka sah sich nachdenklich am Seeufer um. Die Villa von Wolfgang Hesterkamp konnte sie wegen der Dunkelheit zwar nicht erkennen, sie wusste aber, dass der Wohnsitz des Holzbarons keinen Kilometer von seinem Todesort entfernt lag.

»Keine Reifenspuren in unmittelbarer Nähe. Der Täter war also vermutlich zu Fuß oder mit einem Boot unterwegs«, sagte Inka, fast mehr zu sich. Sie hatte Kemperdick bereits mit der Ermittlung möglicher Zeugen auf dem Wasser beauftragt, versprach sich aber wegen des Nebels zur Tatzeit nicht viel davon.

Der Bootsverleih hatte geschlossen, und der Betreiber wohnte in Bestwig, wie er am Handy mitgeteilt hatte. Weil Pfeil seltsamerweise nicht auffindbar war, hatte Inka Kemperdick gebeten, auch diesen Job zu übernehmen. Er würde den Betreiber auf dem Rückweg nach Brilon befragen und dem Team morgen seine Erkenntnisse mitteilen, sofern es keine bahnbrechenden Neuigkeiten gab.

Porbeck nickte und bestätigte Inkas Zweifel an der Ergiebigkeit der Spuren. »Bei dem Nebel und den ganzen Abdrücken hier werden wir wahrscheinlich nicht viel finden. Touristischer geht es kaum noch.«

Sie kamen zum Ende des Stegs an den Kiesweg und blieben vor dem Bootsverleih stehen. Eine Wiese stieg jenseits des Weges leicht in Richtung eines Wäldchens an. Dahinter lag ein Parkplatz, auf dem lediglich die Dienstfahrzeuge der Polizei und unsinnigerweise ein Rettungswagen standen. Außerdem erkannte Inka zwei Privat-Pkw. Wohl die der Pressefritzen.

Marlies Röggen kam von einem jungen Paar zurück, das die Leiche entdeckt hatte. Die beiden warteten in einem Polizeiwagen, wo man mit Tee und Decken versuchte, ihren Schock zu mildern. Inka sah, dass der junge Mann sich um neutrale Sachlichkeit bemühte, während seine Freundin immer wieder von Weinkrämpfen geschüttelt wurde.

Röggen deutete hinter sich. Wie sie es geschafft hatte, selbst um diese nachtschlafene Zeit perfekt gestylt am Tatort zu erscheinen, blieb Inka schleierhaft. Fast schämte sie sich dafür, ihre graue, alte Jogginghose nicht gegen etwas Adäquateres eingetauscht zu haben. Röggen wirkte auf sie wie eine stille Anklage, was sie bestimmt weder beabsichtigt noch geplant hatte.

»Die beiden haben natürlich nichts gesehen, bis auf ihn da.« Sie deutete auf den Steg in Richtung der Leiche. »Nicht schön, wenn man eigentlich auf der Suche nach Romantik ist.«

»Wo steckt eigentlich Pfeil?«, wollte Inka wissen.

»Ich hab's versucht. Nicht zu erreichen«, antwortete Kemperdick, der auf dem Weg zu seinem Wagen war, um seine Ermittlungen voranzutreiben.

»Es ist Samstag«, versuchte Röggen vorsichtig zu erklären.

»Und? Wir haben hier eine Leiche. Sollen wir die bis Montag liegen lassen?«, erwiderte Inka mit vorwurfsvollem Unterton. Röggen und Kemperdick sahen sich unglücklich an. Als knobelten sie in stummer Verzweiflung aus, wer von Inka als Überbringer einer üblen Nachricht hingerichtet werden würde.

»Samstags … versucht Kollege Pfeil zu entspannen.« Offenbar hatte Röggen verloren. Und irgendwie klang ihr Erklärungsversuch mehr nach Rechtfertigung als nach einer Entschuldigung.

»Na, Mensch, das ist ja mal eine geradezu revolutionäre Wochenendbeschäftigung. Darf ich fragen, wo?« Inka wusste, dass ihr Ton schärfer war als nötig. Und natürlich konnten Röggen und Kemperdick bestimmt am allerwenigsten für die Unzuverlässigkeit ihres Kollegen, aber auch Inka war schließlich nur ein Mensch. Und heute sogar einer mit zunehmend kürzer werdendem Geduldsfaden. Auch, weil weder Röggen noch Kemperdick ein Interesse daran zu haben schienen, Pfeils Entspannungsversuche konkreter zu beschreiben.

»Okay, machen wir es kurz«, seufzte Inka. »Ich möchte, dass Pfeil hier auftaucht. Sofort. Ist das wohl möglich?«

Röggen und Kemperdick wechselten noch einmal Blicke. Aber knobeln mussten sie diesmal nicht.

»Ich versuche es«, antwortete Kemperdick wenig begeistert und griff nach seinem Handy.

»Ist Hesterkamps Lebensgefährte verständigt?«, wandte Inka sich an Röggen.

Röggen schüttelte den Kopf. Auch ihr war Inkas Gereiztheit nicht entgangen, aber sie verstand sie nur zu gut. Als ältere der beiden Frauen verfügte Röggen in vielen Dingen über mehr Erfahrung. Sie wusste nur zu genau, wie schnell ein gemütlicher Abend auf der Couch zu einem ungemütlichen Abend im Revier werden konnte. Nie ließ sich dabei absehen, wann und wo er enden würde. Im angenehmsten Fall war er nach zehn Minuten mit der Bestätigung eines Fehlalarms vorbei. Schlimmstenfalls entpuppte er sich als Blutbad mit anschließender 24-Stunden-Schicht. Auch wenn das Sauerland mit derartigen Dramen bisher eher gegeizt hatte, in diesem Fall war alles möglich. Röggen fühlte mit ihrer jüngeren Kollegin. Zwei Kinder, ein Mann, ein Privatleben … da konnte einem der Polizeijob ganz schön an die Nieren gehen. Ihr selbst waren die Arbeitszeiten eher egal. Oder – wenn sie ehrlich war – vielleicht auch gar nicht so unrecht. Immerhin lenkte sie jede Stunde im Dienst von dem ab, was sie als ihr Privatleben bezeichnen musste. Ein verwaistes Haus und ein Mann, von dem sie gar nicht wissen wollte, wo er steckte. Insofern konnte sie Inka sogar noch beneiden.

»Was meinen Sie, ein Serienkiller?«, fragte sie Richtung Inka.

Inka sah zu Hesterkamps Leichnam. Sie mochte keine voreiligen Schlüsse. Auch wenn die Zeichen des zweiten Mordes deutlicher nicht hätten sein können.

»Vielleicht wirklich jemand aus dem Schützenverein«, dachte Inka laut. »Morgen kümmern wir uns darum.« Inka wollte gerade auf ihre noch immer unbeantwortete Frage nach Günther Nagel zurückkommen, als ein gellender Schrei die gespenstische Stille um den See zerriss. Sein Echo hallte noch Sekunden über das Wasser. Alle drehten sich erschrocken in die Richtung um, aus der sie den Schrei vermuteten: Der Steg. Günther Nagel war einem Besuch Röggens zuvorgekommen. Von den anwesenden Polizisten unbemerkt, hatte er das rotweißgestreifte Flatterband ignoriert, war ans Ende des Stegs geeilt und kniete mit entsetzt aufgerissenem Mund vor der Leiche seines Lebensgefährten. Inka sah noch, wie zwei Uniformierte Nagel hinterherrannten. Dass er vor ihren Augen zusammenbrach, konnten sie nicht mehr verhindern, Inka unterdrückte einen Fluch. Das hatte gerade noch gefehlt.

»Würden Sie das übernehmen, Frau Röggen?«, sagte sie. Röggen nickte, wandte sich aber noch einmal an Inka, bevor sie loseilte.

»Marlies«, sagte sie und hielt Inka dünn lächelnd die Hand hin. Inka wusste nicht, wann sie zuletzt so dankbar für eine menschliche Geste im Angesicht von Wahnsinn und Verkommenheit war.

»Inka«, erwiderte sie ebenfalls lächelnd. Die beiden reichten sich kurz die Hand. Dann eilte Röggen auf den Steg.

SIE Sonntag, 0:12 Uhr

Sie betrachtete sich im Spiegel an der Wand ihres Zimmers. Sie sah erfrischt aus, nicht müde. Der lange frühabendliche Spaziergang am See entlang hatte ihr gutgetan. Nachdem sie den blutverschmierten Wagenheber zwei Kilometer hinter dem Bootsverleih im Wasser entsorgt hatte, machte ihr der Weg zurück zum Auto fast sogar noch mehr Spaß als der Hinweg.

Umso größer war ihr Schock gewesen, als sie zum Auto zurückgekommen war. Den Polizeiwagen vor der Villa des Fettsacks hatte sie nicht erwartet. Für einen entsetzlichen Moment hatte sie gedacht, es wäre alles aufgeflogen. Ihre Mission beendet. Sie musste all ihre Kräfte aufbringen, um eine Panik zu verhindern.

Aber es war ihr gelungen, und sie hatte gesehen, dass sich nur zwei Bullen vom Stecher des Fettsacks verabschiedet hatten. Irgendetwas musste in dem Haus vorgefallen sein, während sie den Fettsack bestraft hatte. Was, wusste sie nicht. Und es war ihr auch egal. Wichtig war nur, dass ihre Mission nach Plan lief.

Jetzt war sie zufrieden. Noch zufriedener als beim ersten Mal. Sie war gut. Sogar besser geworden. Und beim nächsten Mal würde sie noch besser sein.

Aber es gab keinen Grund zur Eile. Jetzt durfte sie erst einmal genießen. Das Zimmer war für sieben Tage gebucht und im Voraus bezahlt. Bar. Sie hatte erst zwei darin verbracht. Am Tag ihrer Abreise würde sie fertig sein, mit allem.

Den smaragdgrünen Polo war sie losgeworden. Sie hatte den

Bus zurück hierher genommen. Für ihre Mission aber war Mobilität wichtig. Nur gut, dass ihr nächstes Auto wesentlich unkomplizierter zu beschaffen gewesen war. Schon morgen würde sie es bekommen. Eine Mercedes-A-Klasse. Schwarz wie der Nachthimmel. Sie war sehr angetan davon, vor allem, weil sie für dieses Auto nicht einmal eine offizielle Autovermietung aufsuchen und damit das Risiko eingehen musste, irgendwo aktenkundig zu werden. Natürlich hatte der Mercedes ein Radio. Das war wichtig. Wichtiger als Airbags, ESP und der ganze Sicherheitsschnickschnack. Ohne Zuspruch konnte sie nicht fahren, jemand musste mit ihr reden, oder ihr wenigstens etwas vorspielen. Auf das Radio konnte sie sich verlassen, es war immer für sie da. Auch damals, in der Nacht, als Bryan Ferry sang …

Am Montag würde wieder etwas in der Zeitung stehen, diesmal vorne, im Mantelteil, ganz groß, wahrscheinlich ohne Foto. Falls doch, dann ohne Details. Das konnte sie verstehen. Zarte Gemüter mochten so etwas nicht beim Frühstück sehen.

Sie malte sich aus, wie die komplette Redaktion am Sonntag unterwegs war, um über die Hintergründe dieser Tat zu recherchieren. Morgen würden alle antanzen müssen, selbst die Redaktionspraktikanten. Sie freute sich auf die Interpretationen ihrer Tat, und sie war sich sicher, dass niemand die wahren Hintergründe erkennen würde, so lange nicht, bis sie endlich beschließen würde, Licht ins Dunkel zu bringen.

Morgen wollte sie schwimmen gehen. Ins Aqua Olsberg. Sie brauchte Entspannung. Die Massagestrahler und Nackenduschen würden ihrer angespannten Muskulatur guttun. Vielleicht würde sie auch die Sauna nutzen, sicher war sie sich nicht. Sonntags waren mehr Männer als Frauen in der Sauna. Überall.

Neben ihr auf dem Bett lag bereits die gepackte Badetasche mit dem neuen Badeanzug und zwei schneeweißen Frotteetüchern, die sie von zu Hause mitgebracht hatte, weil sie es nicht richtig fand, ein Badetuch der Pension auch außerhalb des Zimmers zu benutzen.

Seit einem Jahr ging sie regelmäßig schwimmen, die scheinbare Schwerelosigkeit ihres Körpers im Wasser machte sie glücklich. Auch wenn sie sich lange nicht hatte vorstellen können, jemals wieder freiwillig ins Wasser zu steigen.

Er hatte sie dazu ermutigt, er hatte recht gehabt, es war genau der richtige Schritt.

Sie hatte sich freigeschwommen.

18 Sonntag, 3:54 Uhr

»Was für ein Scheißtag«, seufzte Inka leise. »Und weißt du, was das Schlimmste ist?«

Inka wandte den Kopf nach rechts. Zu Henne. Die beiden lagen nebeneinander im Dunkel des Schlafzimmers und der tröstlichen Wärme von Hennes Betthälfte. Die von Inka fühlte sich kalt an. Kalt und von allem Menschlichen verlassen. Wie die Welt vor der Wohnungstür, der sie gerade wieder einmal entkommen war. Wenn auch nur kurz. Trotz des im Sauerland immer noch heiligen Sonntags würde es in ein paar Stunden weitergehen.

»Dass es noch nicht vorbei ist?«, fragte Henne rhetorisch.

»Im Gegenteil«, sagte Inka düster. »Irgendwie habe ich das Gefühl, wir stehen gerade erst am Anfang.«

An Schlaf war trotz – oder vielleicht eher wegen – des gefühlt längsten Tages in Inkas Karriere nicht zu denken. Henne ging es nicht anders. Der Samstag war gerade einmal vier Stunden vorbei, und weder er noch Inka weinten ihm eine Träne nach. Dabei war er als Feiertag geplant gewesen. Als offizieller Auftakt für eine neue Art des Familienlebens. Und es hatte doch alles perfekt begonnen. Aber seit der Übergabe des Autoschlüssels hatten eine Million Hundehaare, ein Hydrant, vier Scheiben Leberwurstbrot und diverse enttäuschte Erwartungen auf beiden Seiten die Aufbruchsstimmung gehörig verhagelt. Dass am Ende auch noch zwei Morde dazukamen, passte ins Bild eines Katastrophentages. Alles zusammen hatte dafür gesorgt, dass zwei Erwachsene todmüde und zugleich hellwach nebeneinander im

Bett lagen und sich fragten, woher sie vor nicht einmal vierundzwanzig Stunden ihre Euphorie genommen hatten.

»Hattest du schon mal einen Serienmörder?«, fragte Inka zögerlich.

»Nein«, entgegnete Henne nicht weniger leise. »Aber so weit sind wir ja auch noch gar nicht. Gut, die Nähte sind natürlich ein ziemlich eindeutiges Indiz, aber sonst? Wie passen ein prominenter Schwuler mit Geld und eine Bedienung mit Nebenbeschäftigung zusammen?«

»Wenn ich das wüsste … Aber du glaubst doch nicht ernsthaft an einen Nachahmungstäter, oder?«

»Na ja, die Zeitungen haben ein ziemlich gutes Foto der ersten Leiche gedruckt. Zwar nicht auf der Titelseite, aber deutlich genug für jeden, der sich was abgucken möchte. Wer hat den Pressefritzen das eigentlich erlaubt?«

»Das war wohl ich«, sagte Inka kleinlaut. »Wegen dieser Bushaltestellengeschichte in Dortmund damals.« Sie wurde noch leiser. Es schien, als habe sie, statt zur Aufklärung des Falles beizutragen, eher zu noch mehr Chaos und Unklarheiten beigetragen. Sie spürte, wie sich Hennes Hand, erstaunlich sanft für seine Pranke, auf ihre Schulter legte.

»Hey, ich bin auf deiner Seite«, flüsterte er und streichelte sie langsam. »Du hast damals alles richtig gemacht und diesmal erst recht. Wenn du den Sauerländern Halbwahrheiten statt Fakten gibst, dann kochen sie dich in der Gerüchteküche bei lebendigem Leib.«

Inka lächelte schwach. Sie wusste nicht, was tröstlicher war. Seine Worte, seine Geste oder die Botschaft, die mit beidem verbunden war. Trotz des harten Tages, trotz aller Überforderung waren sie immer noch ein Paar. Inka spürte, wie sie sich ein wenig entspannte.

»Okay«, sagte sie. »Aber es passt trotzdem nicht. Unser einziger Verdächtiger für den Mord an Nathalie Brückner ist immer noch Ried. Er hat kein Alibi und ein Motiv. Eifersucht. Und mit dem Einbruch bei Hesterkamp und Nagel hat er gezeigt, dass er auch gewaltbereit ist.«

»Nur dumm, dass er für den zweiten Mord das beste Alibi der Welt hat«, entgegnete Henne.

Inka nickte stumm. »Mit anderen Worten, ich kann weder den großen Unbekannten noch einen Nachahmungstäter ausschließen, aber Ried auch nicht einfach gehen lassen.«

Henne schwieg. Inka merkte, wie seine Hand langsam zwischen ihren Körpern nach unten wanderte und unter ihr Unterhemd glitt. Er schob es sanft hoch und strich zärtlich über ihren Bauch. Inka atmete ruhiger. Seine große schwielige Hand fühlte sich gut an. Ihre Wärme schien sich innerhalb von Sekunden überall in ihrem Körper zu verteilen. Der Mann konnte Leben retten. Man durfte es ihm nur nicht sagen … Aber noch war Inka zu verspannt, um einfach nur zu genießen.

»Vielleicht bin ich auch einfach nur zu verbohrt. Oder zu nah dran. Oder zu weit weg. Ich weiß es einfach nicht. Meinst du, Hesterkamps Schützenbrüder wären zu so was fähig?«

»Na ja, die Nummer mit dem eigenmächtigen Abschuss des Vogels hat damals schon für ziemlich Wirbel gesorgt. Das ging durch alle Medien. Weißt du nicht mehr? Ich habe dir doch davon erzählt.« Inka erinnerte sich dunkel. Sie hatten damals noch in Dortmund gewohnt und Henne war jeden Tag nach Brilon zur Polizei gependelt. Inka hatte die Kinder und den Haushalt versorgt. Mia war damals im Kindergarten und Tom gerade ein Jahr alt.

»Dann ist das drei Jahre her?«, fragte sie.

»Aber unvergessen«, nickte Henne. »Kennst du die sauerländische Steigerung von ›Feind‹?«, fragte Henne ruhig, ohne dass seine Hand auch nur eine Sekunde innehielt. »Feind, Todfeind,

Schützenbruder«, sagte er. Seine Hand beschrieb jetzt sanft und fordernd zugleich weitere Kreise auf ihrem Bauch und touchierte dabei wie zufällig den unteren Bereich ihrer Brüste und den Saum ihres Höschens. »Aber wenn du mich fragst«, flüsterte er, »ist ein Doppelmord mit solchen Spuren selbst für Schützenbrüder ein bisschen übertrieben. Und auch Ried ist schon bestraft genug. Ich kenne seine Frau. Cornelia ist die übelgelaunte Wiedergeburt eines Drachen. Kein Wunder, dass er fremdgeht.«

Inka hielt die Luft an. Männer, dachte sie, und fragte sich, wie eines ihrer Körperteile so wundervolle Dinge unter Unterhemden tun konnte, während ein anderes offenbar mit einem Maschinengewehr durch den Porzellanladen marschierte.

»Heißt das, ich sollte meine Launen demnächst auch besser kontrollieren?«, fragte sie. Hennes Hand hielt inne. Offenbar musste er sich konzentrieren.

»Inka, gegen Conny ist auch noch deine übelste Laune eine Symphonie der Fröhlichkeit«, sagte er. Inka musste grinsen. Und da seine Hand wieder kreiste, beschloss sie, dass er diese Kurve gerade noch einmal gekriegt hatte. Außerdem näherte sich sein Mund gerade ihrem Ohr und sorgte mit seinem gleichmäßigen ruhigen Atmen auf ihrem Hals für ein angenehmes Kribbeln nach dem anderen.

»Was ich sagen will«, flüsterte Henne ganz nah an ihrem Ohr, »der Ried bringt niemanden um.« Inka stöhnte leicht auf, als Henne sanft an ihrem Ohrläppchen knabberte. Das Kribbeln hatte sich mittlerweile auf ihren gesamten Körper verteilt.

»Auch nicht, wenn Cornelia seinem kleinen Glück auf die Schliche gekommen ist und ihn unter Druck gesetzt hat?«, fragte sie und drehte ihren Kopf von Henne weg. Er verstand und küsste sanft ihren Hals. Inka fiel es zunehmend schwerer, sich auf ihr Gespräch zu konzentrieren. »Vielleicht wollte Cornelia ihn verlassen. Und immerhin ist es ihre Firma«, stöhnte sie mehr, als dass sie es sagte. Hennes Hand wanderte von ihrem Bauch weiter nach unten. Zu ihren Schenkeln.

»Dann hätte er eher *sie* umgebracht. Inka, es gibt Frauen, die verlässt man nicht«, flüsterte Henne. Was auch immer er damit gemeint hatte, seine Hände suchten langsam den Weg auf die Innenseite ihrer Schenkel. Inkas Atem ging heftiger. Sie spürte, wie sich die Blutströme in ihrem Körper endlich von den rationalen und bewussten Bereichen dahin verlagerten, wo sie sie viel besser gebrauchen konnte. Dahin, wo man nicht nachdachte. Dahin, wo man sich fallen ließ. Dahin, wo herrlich animalische Instinkte Inka einfach mitreißen würden, in einen Strudel aus Vergessen, Verlangen und tiefer Befriedigung. Fast unwillkürlich öffnete sie ihre Schenkel. Endlich ein bisschen Erlösung. Zumindest für ein paar Stunden. Und warum auch nicht? Hatte sie sich nach dem verdammt harten Tag nicht ihre Ration an Verständnis, Muskeln, Schweiß, Begehren und Genuss redlich verdient? Sie seufzte wohlig. Endlich breitete sich die Entspannung in ihr aus, wie eine Woge warmen Vergessens.

»Wie wäre es mit ein bisschen Ablenkung nach dem harten Tag?«, fragte Henne.

Keine Antwort, nur ihr Atmen. Was Henne einfach mal als Zustimmung deutete. Er ließ die Hand wieder ihren Körper hinabgleiten. Während er ihren Hals küsste, sog er ihren Geruch auf, den er so liebte, der sie unverwechselbar machte und den er gegen keinen anderen auf dieser Welt eintauschen würde. Henne wurde fordernder. Seine Hand wanderte wieder etwas nach oben und schob sich unter den Saum ihres Höschens. Zufrieden stellte er fest, dass Inkas Atem noch etwas lauter wurde. Dann hielt er irritiert inne. Inkas Atmen war zwar laut, aber auch ziemlich gleichmäßig. Zu gleichmäßig. Inka war eingeschlafen.

Mann, Henne, dachte er, und klopfte sich gedanklich auf die Schultern. Du hast es echt drauf, die Mädels umzuhauen.

Er zog schmunzelnd die Hand zurück, betrachtete seine schlafende Frau und war nur einen kleinen Moment darüber enttäuscht, was ihm gerade entgangen war. Dann deckte er Inka zu und betrachtete ihren ernsten, entrückten Gesichtsausdruck.

Egal, was er ihr sagte, ihre Ängste, ihre Selbstzweifel und ihren inneren Druck würde er ihr nicht nehmen können. Aber etwas konnte er ihr geben. Wenn auch nicht viel.

»Ich liebe dich«, flüsterte Henne und küsste sie auf die Stirn.

Sie hörte es nicht. Aber das war nicht schlimm.

19 Sonntag, 6:35 Uhr

»Musst du schon gehen, mein süßer, großer Bär?«, fragte Helena und setzte sich schlaftrunken in ihrer Betthälfte auf. Ihr ukrainischer Akzent war breit wie der eines russischen Märchenerzählers. Ein wenig übertrieben, aber Helena war Profi. Sie wusste, was ihre Kunden wollten. Sie knipste die rote Lavalampe auf ihrem Nachttisch an. Augenblicklich verwandelten wabernde Lichtschwalle aus rötlichen Farbtönen das Lila der Wände und das tiefe Rosa der glänzenden Bettwäsche in den realen Albtraum eines LSD-Junkies. Die abgestandene Luft roch nach Sex, Schweiß und Schlaf.

Pfeil saß auf dem Rand seiner Betthälfte und sah zerknittert auf sein Handy. Letzte Nacht hatte eine ganze Serie von SMS ihn mitten im Liebesspiel mit Helena unterbrochen. Und zwar so hartnäckig, dass er das Ding schließlich verärgert ausgeschaltet hatte. Kein Polizist dieser Welt musste ständig erreichbar sein. Er hatte für die Nacht mit Helena bezahlt. Also war es absolut legitim gewesen, die SMS zu ignorieren. Der Preis dafür war ein schlechtes Gewissen, das ihn in aller Frühe geweckt hatte.

»Lass gut sein, beim nächsten Mal bleibe ich länger«, nuschelte Pfeil schläfrig, während er aufstand und sich mühsam anzog. »Ich muss los.«

Die SMS stammten alle von Kemperdick, und alle aus der Zeit um Mitternacht herum. Ihr Tenor in unterschiedlichen Stufen der Gereiztheit: Pfeil solle zum Tatort kommen, so schnell wie möglich. Pfeil wusste, dass die Nachrichten ihre inhaltliche

Halbwertzeit längst überschritten hatten. Jetzt hatte es keinen Sinn mehr hinzufahren. Bis auf die Kollegen der KTU war niemand mehr da. Pfeil wusste auch, dass er in Schwierigkeiten steckte. Er überlegte unwohl und sah für sich noch zwei Möglichkeiten, die Sache zumindest halbwegs auszubügeln. Er musste vor den anderen im Büro sein, und er musste etwas präsentieren, das sein Fehlen einigermaßen entschuldigte. Gleichzeitig ärgerte sich der Kommissar, dass er sich überhaupt diese vorauseilenden Gedanken machte. Daran war nur seine neue Chefin schuld. Inka Luhmann. Er hatte keine Ahnung, wie, aber irgendwie war es ihr gelungen ihm gehörigen Respekt einzuflößen. Verdammt.

Pfeil stolperte fast bei dem Versuch, einbeinig in seine Hose zu schlüpfen und schob alles auf die Erkenntnis, dass er wohl langsam alt würde. Früher hätte er es nicht nötig gehabt, irgendwelche Erklärungen oder Entschuldigungen abzugeben. Früher hatte *er* noch Respekt genossen. Nicht nur bei den Nutten, auch im Präsidium. Jeder hatte Verständnis für seine kleinen privaten Eskapaden gehabt, und wenn nicht, dann hatte ein Blick gereicht, und er hatte es sich verschafft. Aber irgendwie war mit einer Dezernatsleiterin Inka Luhmann mit einem Mal alles anders. Er verließ Helena und die wohligen Gedanken an die letzte Nacht. In Gedanken war er längst wieder beim Fall und bei Inka Luhmann.

Während er im Auto versuchte, seine Haare im Rückspiegel einigermaßen in Form zu bringen, telefonierte er mit Kemperdick, um sich auf den neuesten Stand bringen zu lassen.

»Ja, ich habe alles verstanden«, knurrte Pfeil in sein Handy. »Wann trefft ihr euch?«

»Um Viertel vor acht. Ich bin völlig platt, ich habe kaum geschlafen.«

»War sie sauer?«

»Du bist selber Bulle, finde es raus!«

Kemperdick beendete das Gespräch, und Pfeil pfefferte das Handy wütend auf die Rückbank seines Wagens. Er beschloss, auf direktem Wege ins Büro zu fahren, statt wie sonst üblich die Spuren der Nacht mit Helena unter der Dusche seiner Wohnung zu beseitigen. Den anderen würde es nicht auffallen, aber die bewusste Abweichung vom Ritual gab ihm das Gefühl, bereits so etwas wie Buße geleistet zu haben. Er war sich nicht sicher, ob er sein Fehlen ehrlich erklären oder sich lieber eine hübsche Entschuldigung einfallen lassen sollte. Zumindest der Luhmann gegenüber. Die anderen waren ihm egal. Vielleicht eine Krankheit? Irgendwas mit dem Magen. Aber sie würde es ihm nicht glauben, da war er sich sicher. Außerdem wussten die Kollegen Bescheid. Wer konnte schon sagen, ob die dichthielten. Er beschloss gar nichts zu sagen, sondern die Kritik wortlos einzustecken. Gleichzeitig wurde ihm aber klar, dass er jetzt durch seine Arbeit überzeugen musste, vielleicht mehr denn je.

Als er seinen Wagen zwanzig Minuten später vor dem Dienstgebäude parkte, war er sich sicher, der Erste aus dem Team zu sein. Erster und pünktlich. Auf seine Weise.

Die Straße war leer, wie es sich für einen Sonntag um diese frühe Zeit gehörte, niemand war unterwegs. Hinter den Fassaden und geschlossenen Rollos der pittoresken Häuserfronten schliefen sich die Bewohner einer weiteren makabren Sensation entgegen.

Pfeil mochte die frühmorgendliche Stimmung Brilons. Vor allem sonntags. Er war kein Freund morgendlicher Begrüßungsrituale, an diesem Tag konnte er über die Straße ins Dienstgebäude gehen, ohne alten Schulfreunden, Bekannten aus dem Sportverein oder Freunden seiner Eltern zu begegnen. Er durfte sich wie der einsame Sheriff von Brilon fühlen, dessen einzige Begleitung sein eigener Schatten war.

Er stieg aus dem Wagen und sah Marlies Röggen im Eingang des Gebäudes auf ihn warten. Selbst sie war eher da als er.

»Sag nichts«, begrüßte ihn Röggen.

»Hatte ich auch nicht vor«, antwortete Pfeil.

Inka Luhmann hatte in kürzester Zeit ganze Arbeit geleistet, es wehte ein neuer Wind in Brilon. Aber Pfeil war fest entschlossen, sich nicht umblasen zu lassen.

20 Sonntag, 7:50 Uhr

Kein Mitglied der neugebildeten Soko hatte viel Schlaf gefunden. Bei der frühmorgendlichen Besprechungsrunde wirkte Kemperdick mit seinen Augenringen, als hätte er gar nicht erst versucht, ins Bett zu kommen, während Marlies Röggen, trotz einer fehlenden Erholungsphase wie das blühende Leben aussah. Inka nahm sich vor, sie beizeiten nach dem passenden Rezept zu fragen. Sie selbst konnte sich nicht erinnern, jemals so müde aufgewacht zu sein. Der Fall laugte sie nicht nur körperlich, sondern auch emotional aus. Aber jetzt gab es Wichtigeres. Pfeil hatte sich demonstrativ direkt neben Inka gesetzt. Er wollte nicht den Eindruck erwecken, sich verstecken zu müssen.

»Kein Treffer«, sagte Inka und warf den Bericht über den DNA-Abgleich auf den Tisch, den Porbeck Inka irgendwann in den letzten Stunden in ihr Postfach gelegt hatte. »Unser Täter ist erkennungsdienstlich bisher nicht erfasst worden. Und um Rieds DNA handelt es sich auch nicht.«

»Dann war er es nicht, und die DNA stammt tatsächlich vom großen Unbekannten«, seufzte Röggen.

»Möglich. Aber machen wir es nicht zu kompliziert« entgegnete Inka. »Ried hat für den zweiten Mord ein perfektes Alibi. Wenn Porbeck feststellt, dass ein Täter beide Taten begangen hat, ist er raus aus dem Kreis der Verdächtigen.«

»Bis dahin wissen wir aber noch immer nicht, ob wir es mit einem Nachahmungs- oder einem Serientäter zu tun haben.« Die Feststellung kam von Pfeil.

»Nein, antwortete Inka. »Und die genaue Todesursache von Hesterkamp haben wir auch noch nicht. Aber bis es so weit ist, müssen wir beide Theorien in Betracht ziehen.« Ihr Blick wanderte von Porbecks verwaistem Platz zu Pfeil, der ihr selbstzufrieden zunickte.

Inka zögerte noch, ob sie ihm vor dem gesamten Team wegen seiner Abwesenheit am Tatort einen Einlauf verpassen sollte oder lieber nicht. Irgendwie wurde sie nicht schlau aus ihm. Er war ein guter Polizist. Aber ob er wirklich der gute und vor allem verlässliche Kollege war, den sie gestern Abend in ihm erkannt zu haben glaubte, wusste sie nicht. Sie entschied sich, den Einlauf zu verschieben. Vergessen würde sie ihn nicht.

»Die Presse wird sich in unserem Fall nicht um Sachlichkeit bemühen, ich schätze, dass es etwas Ähnliches hier in den letzten zwanzig Jahren nicht gegeben hat. Umso stärker wird das Interesse daran sein, daraus die ganz große Geschichte zu machen. Unsere Aufgabe ist es also, die nötige Sachlichkeit ins Thema zu bringen.«

»Bei allem Respekt, wie soll das gehen?«, wollte Pfeil nun wissen. »Zwei Menschen wird der halbe Kopf zugetackert, und wir sollen das sachlich verkaufen? Wir sind hier nicht in Kapstadt.«

»Ach, hier werden die Menschen nur normal umgebracht?« Die Schärfe in Inkas Ton entging Pfeil nicht. »Ich möchte nicht die üblichen Keywords lesen und hören. Ritualmord, satanische Hintergründe, Jack the Ripper ist wieder da, und was weiß ich nicht noch alles. Wir haben zwei Leichen, das reicht. Ich möchte nicht, dass sich die Öffentlichkeit das Bild eines Mörders strickt, den man am besten noch selber jagt wie einen tollwütigen Hund.«

»Sie setzen nicht auf die Mithilfe der Bevölkerung?«, fragte Kemperdick.

»Auf Mithilfe schon, auf Hysterie nicht.«

Ein Poltern holte alle aus ihren Gedanken zurück. Polizeirat Halverscheid platzte in den Konferenzraum. Sein Aufzug wirkte, als wäre er unterwegs zur Konfirmation seines Enkels. Ein frischer hellgrauer Anzug, ein blütenweißes Hemd und eine dezente Krawatte sorgten im Kreis der Ermittler für erstaunte Gesichter. Inka schickte in Gedanken ein Kompliment an den guten Geschmack von Halverscheids Frau. Halverscheid selbst wirkte nervös, war leichenblass und scheinbar schon am frühen Sonntagmorgen am Ende seiner Kräfte. Er nestelte permanent an seiner Frisur, hatte sich mehrfach beim Rasieren geschnitten und schwitzte sein sauberes Hemd bereits durch.

»Entschuldigen Sie meine Verspätung«, keuchte der Polizeirat in den Raum. »Frau Luhmann, ich müsste Sie gleich noch einmal sprechen.«

»Alles in Ordnung?«, fragte sie besorgt zurück.

»Gleich«, sagte er ausweichend und steuerte seinen Stuhl am Kopf des Tisches an, wo er sich mit dem Blick eines Gehetzten niederließ. »Bitte fahren Sie fort.«

Inka sammelte sich. »Okay, neben den Obduktionsergebnissen von Porbeck warten wir auch noch darauf, dass Günther Nagel wieder vernehmbar ist. Er wurde ins St.-Walburga-Krankenhaus gebracht und erst einmal ruhiggestellt.« Inka wandte sich an Kemperdick. »Hat Ihre Suche nach Zeugen für den zweiten Mord irgendwas ergeben?« Kemperdick schüttelte den Kopf.

»Weder gestern Nacht noch heute morgen. Angler, Wanderer oder Spaziergänger ließen sich nicht finden. Genauso wenig wie weitere Pärchen, die sich vielleicht auf dem Parkplatz vergnügt haben. Das ist zwar so gut wie nichts, aber wir lassen ein paar Plakate drucken, vielleicht meldet sich jemand.«

»Was ist mit Booten auf dem See?«, fragte Inka.

»Die offizielle Schifffahrt hatte wegen des Nebels den Verkehr zur Tatzeit eingestellt. Genau wie der Bootsverleiher in seiner

Hütte.« Kemperdick warf einen Blick auf seine Notizen. »Der sagt, er hat den Laden dicht gemacht, als die erste Nebelbank aufzog. Das muss ungefähr eine halbe Stunde vor dem Mord gewesen sein.«

»Und sonst ist ihm nichts aufgefallen?«

»Nicht wirklich, er hat sich nur beschwert, dass wir seinen Einbruchsmeldungen angeblich nicht nachgegangen sind. Im letzten Jahr ist wohl was geklaut worden. Die Kollegen in Meschede haben die Ermittlungen eingestellt, und seitdem bombardiert er sie mit seinen akribischen Beobachtungen rund um seinen Parkplatz. Hier. Hat er mir mitgegeben.«

Er legte eine lange computergeschriebene Tabelle in die Mitte des Tisches zwischen Kaffeebecher und Tatortfotos. Inkas Blick wanderte auf das obere Blatt, auf dem die aktuellsten Eintragungen standen, und ließ sie stutzen.

»Steht da was von einem VW Polo?!«, fragte sie verdutzt.

Kemperdick sah fast amüsiert in der akribisch geführten Liste nach. »Ja, der taucht hier auf. Eine unbekannte Person hat angeblich die Gegend um den Bootsverleih beobachtet. Vorgestern.«

Inka horchte auf. »Ein blauer oder grüner Polo, vorletzte Baureihe?«

Kemperdick sah noch einmal auf das Blatt. »Ja, smaragdgrün, Baujahr 1999, wieso?«

»Weil ich glaube, genau so einen vor Hesterkamps Haus gesehen zu haben, als wir Ried festgenommen haben.«

Die Polizisten sahen sich nachdenklich an.

»Gut, das muss zwar nichts mit dem Mord zu tun haben«, sagte Inka. »Aber haben Sie ein Kennzeichen?«

Kemperdick lächelte und deutete auf die Liste. »Alles, was wir nicht haben, ist der Reifendruck. Ich mache sofort eine Halterabfrage.« Er stand auf und stellte sich mit seinem Handy etwas abseits des Tisches.

Inka sah in die Runde. »Okay«, wandte Sie sich an Pfeil. »Ich möchte, dass Sie sich im beruflichen Umfeld von Hesterkamp umsehen, Kunden, Lieferanten …«, sagte sie.

»Das volle Programm«, ergänzte Pfeil. Inka nickte nur und sah Röggen an.

»Und wir, Marlies, fahren bei Hesterkamps Schützenverein vorbei. Mal sehen, was die Brüder zu seinem Tod sagen. Und danach nehmen wir das private Umfeld von Nagel unter die Lupe.«

Kemperdick beendete sein Gespräch und kam wieder an den Tisch.

»Der Polo gehört ›HSK rent-a-car‹. Eine Leihwagenfirma in Meschede.«

»Kümmern Sie sich drum? Mieter, Mietdauer, Fahrer, Fahrleistung, alles …«, fragte Inka.

»Bin schon unterwegs.« Er schnappte sich seine Jacke und ging. Halverscheids Handy klingelte. Er entschuldigte sich und ging vor die Tür.

»Tja, wenn dann keine Fragen mehr sind …« Alle packten zusammen und standen auf.

»Äh, vielleicht eine Sache noch …« Alle hielten inne und sahen Pfeil an, von dem der zögerliche Einwurf gekommen war. »Auch wenn es eher nur ein Gedanke ist … Vielleicht auch etwas zu weit hergeholt …«

»Weiter hergeholt als zwei Leichen mit zugenähten Sinnesorganen kann es nicht sein«, ermunterte Inka ihn.

»Genau das ist es«, meinte Pfeil. »Diese verschlossenen Sinnesorgane. Wissen Sie, an was die mich erinnern? An diese drei Affen. Sie wissen schon, nichts hören, nichts sehen, nichts sagen. Vielleicht will uns der Mörder damit irgendeine Botschaft übermitteln.«

Inka sah die Kollegen an, die alle nickten. »Kein schlechter

Gedanke. Haben Sie eine Ahnung, was es mit den Affen auf sich hat?«, fragte sie.

»Nur, dass es wohl irgendein chinesisches Symbol ist.« Er wandte sich zum Gehen.

»Bevor wir fahren, klären wir das noch«, sagte Inka zu Röggen. »Und Herr Pfeil, wie kommen Sie darauf?«

Pfeil blieb in der Tür stehen und zuckte grinsend die Schultern. »Hat mich irgendwie an den Schiri erinnert, der gestern gegen Schalke gepfiffen hat. Der hat auch nichts mitgekriegt.«

Das gedämpfte Glockengeläut der Probsteikirche holte Inka und die Kollegen in die Gegenwart zurück. Es war Zeit für die Frühmesse, wie man bis weit hinter die Stadtgrenzen von Brilon würde hören können. Inka erschien der feierlich erhabene Klang aber nicht wie eine Einladung zum Gottesdienst, sondern eher wie eine unausgesprochene Anklage. Auf einer der Kirchenbänke Brilons würde vielleicht gleich ein Mörder sitzen, den sie noch immer nicht gefasst hatte.

»Frau Luhmann?!« Halverscheid war ebenfalls auf den Flur getreten und winkte aufgeregt vom Ende des Flurs. Das Handy immer noch am Ohr, hatte sich sein Kopf inzwischen bedenklich gerötet.

Inka kam zu ihm, als er gerade auflegte. »Stimmt, Sie wollten mich sprechen?«

Er nickte grimmig. »Aber nicht hier.« Er bedeutete Inka, ihm zu folgen.

21 Sonntag, 8:45 Uhr

»Eine Pressekonferenz?!«

Inka sah fassungslos in das inzwischen wieder aschfahle Gesicht Halverscheids. Was immer sie ihrem Team über Öffentlichkeitsarbeit erzählt hatte, ihr Chef war drauf und dran, es in Rekordgeschwindigkeit über den Haufen zu werfen. Er stand am Fenster seines Büros, sah auf die Straße und rang die Hände.

»Eher ein Pressegespräch«, verbesserte Halverscheid ebenso kleinlich wie unwohl und wandte sich vom Fenster ab. »Keine von diesen Sensations-Live-Übertragungen auf allen Kanälen, lediglich ein kleiner …«, er suchte nach dem passendem Wort, »Gedankenaustausch unter Profis.«

Inka überlegte, ob sie sich noch in einem schlechten Film oder schon in einem veritablen Albtraum befand. Sie entschied sich für den Albtraum. Einen schlechten Film konnte man ausschalten oder mit einem satten Türenknallen verlassen.

»Herr Halverscheid, nehmen Sie es mir nicht übel, aber nach meiner Erfahrung gibt es so etwas wie Gedankenaustausch mit der Presse nicht. Okay, wenn alles optimal läuft, kann man vielleicht einen Deal schließen …«, Inka fiel ihr ebenso großzügiger wie bisher sehr einseitiger Vertrauensvorschuss an die beiden Fotografen ein. War sie in PR-Fragen wirklich ein guter Ratgeber? Andererseits waren Journalisten, die Bilder schossen, etwas ganz anderes als Journalisten, die Fragen stellten und womöglich Antworten entweder verdrehten oder sie als Grundlage für wilde Spekulationen nutzten.

Inka beschloss, ihren Standpunkt zu verteidigen. »Gespräche, wie Sie es nennen, Herr Halverscheid, sind nichts als ein verkapptes Interview«, fuhr sie fort. »Fragen, die ein ganzes Redaktionsteam sorgfältig vorbereitet, und Antworten, die Sie spontan an die Menge verfüttern müssen. Und bei zwei Mordfällen werden die Fragen nicht gerade angenehm. Das ist eine echte Story, kein Kaminplausch mit ein paar Lieblingsjournalisten.«

Halverscheid sah sie unsicher an.

»Dann vielleicht doch lieber eine Pressekonferenz?«

»Nein, eine Nachrichtensperre. Wenn wir den Mörder gefasst haben, können Sie Konferenzen geben, so viele Sie für nötig halten. Aber vorher würde ich gerne tun, wofür mich dieses Land bezahlt. Nämlich die Leute da draußen vor einem Mörder schützen.«

Halverscheid atmete erschöpft durch, wandte sich vom Fenster ab und sah Inka an.

»Frau Luhmann, ich weiß Ihren Einsatz sehr zu schätzen. Und ich kann mir vorstellen, dass Sie von der Idee nicht begeistert sind. Aber einen Doppelmord hat es hier noch nie gegeben. Haben Sie eine Ahnung, was ich durchmache, seit wir die zweite Leiche gefunden haben? Von Schlafen will ich gar nicht reden. Mein Handy steht nicht mehr still, mein Diensttelefon habe ich dauerhaft auf das Sekretariat umgeleitet, und an meinen Privatanschluss traut sich nicht einmal mehr meine Frau. Ich werde mit Interviewanfragen nur so bombardiert. Irgendwas müssen wir denen geben.«

»Wie wäre es mit Kaffee und Einladungen zum Tag der offenen Tür?«, fragte Inka vielleicht ein wenig zu barsch. Ein Blick zu ihrem Vorgesetzten machte ihr umgehend klar, dass Ironie hier nicht weiterhalf. Halverscheid stand mit gesenktem Kopf hinter seinem Schreibtischstuhl und stützte sich darauf wie auf eine Krücke. Der Mann war offenbar mit den Nerven am Ende.

Inka atmete durch und zwang sich zu einem versöhnlicheren Ton.

»Herr Halverscheid, wir haben nichts, was wir der Presse geben könnten. Außer zwei Leichen, keinen Mörder und keiner Ahnung, wer es gewesen sein könnte.«

»Was ist mit Heiner Ried, ist der noch in U-Haft?«, fragte Halverscheid.

»Aber nur weil er ein Motiv und kein Alibi für den *ersten* Mord hat. Sobald feststeht, dass wir einen Serientäter haben, ist er raus.«

Halverscheid wand sich. »Dann sollten wir vielleicht nur kommunizieren, dass wir hart und professionell an der Lösung des Falles arbeiten.«

Inka holte mit mühsam unterdrückter Ungeduld Luft und wollte gerade etwas von Selbstverständlichkeiten erwähnen, als Halverscheid ihr zuvorkam.

»Frau Luhmann, ich war selbst jahrelang Ermittler. Gut, ich hatte nie einen Doppelmord zu klären, aber glauben Sie mir, ich weiß, was Sie denken. Sie sind neu hier, Sie sind neu als Chefermittlerin, und Sie wollen nur Ihren Job machen. Aber versuchen Sie doch, auch meine Seite zu verstehen. Was wäre denn die Alternative?« Er deutete mit einer vagen Geste über die Stadt und den Erdkreis vor seinem Fenster. »Dass die Meute da draußen ihre eigenen Mutmaßungen anstellt? Ich kann mir schon genau vorstellen, was morgen in der Boulevardpresse steht. ›Das Monster von Meschede‹, ›der Häscher vom Hennesee‹, der ›Näher‹. Was das für die Wirtschaft und den Tourismus hier bedeutet, brauche ich wohl nicht zu erwähnen.«

»Natürlich nicht. Aber könnten wir das mit einem Pressegespräch verhindern?«

Halverscheid überlegte einen Moment schweigend. Dann sah er Inka mit neuer Entschlossenheit an.

»Nein, aber wir können es zumindest in etwas kontrollierbarere Bahnen lenken. Und wir können alle entspannter arbeiten, wenn wir etwas Druck aus dem Kessel nehmen und der Presse ein paar Brocken hinwerfen.«

Inka war skeptisch. Egal, was Halverscheid der Presse hinwerfen wollte, sie fürchtete, es würde den Druck erhöhen, statt ihn zu mildern. An die Schlagzeilen des nächsten Tages würden Tausende von unausgesprochenen Erwartungen geknüpft sein. Aber mehr als warnen konnte sie ihren Chef nicht. Andererseits hatte Halverscheid mit seinen vielleicht etwas provinziellen Ansichten den ganzen ach so medienerfahrenen Managern, Machern oder sonstigen Selbstdarstellern da draußen aber auch etwas voraus: Bulleninstinkt und einen gesunden Menschenverstand. Vielleicht lag er ja doch gar nicht so falsch mit seiner Taktik der Ablenkung. Immerhin war das Sauerland sein Revier. Inka beschloss, es auf einen Versuch ankommen zu lassen.

»Okay, und wie haben Sie sich das vorgestellt?«, fragte sie.

Halverscheid sah auf. Der ganze Mann wirkte von einer Sekunde auf die andere wie von einer Last befreit. Nicht, dass er Inkas Einverständnis zu seinem Pressegespräch brauchte. Aber man sah ihm deutlich an, wie ungern er sich über die Meinung seiner Chefermittlerin hinweggesetzt und die Beziehung zu ihr belastet hätte.

»Wie ich schon sagte, ein offenes Gespräch mit ein paar Journalisten, ein paar Fakten, bei denen wir uns immer wieder auf Ermittlungstaktik berufen, und das gegenseitige Versprechen, die Arbeit der anderen Seite nicht über Gebühr zu erschweren.«

Halverscheid sah Inka an wie Tom, wenn er sie dazu bringen wollte, am Abend eine halbe Stunde länger aufbleiben zu dürfen. Inka konnte sich ein Lächeln nicht verkneifen. Halverscheid hatte – trotz seines Alters – neben Instinkt und Erfahrung auch noch etwas anderes: diesen blöden Jungencharme, dem man als Frau einfach nicht widerstehen konnte.

»Ich nehme an, Sie brauchen meine kompetente und attraktive Erscheinung für Ihren Auftritt. Wieviel Zeit habe ich, um mich vorzubereiten?«, fragte sie.

Halverscheid sah auf die Uhr.

»Genau zehn Minuten«, sagte er kleinlaut, und Inkas Lächeln verschwand.

22 Sonntag, 8:55 Uhr

»Wo ist Mama?«

Henne hatte den Kindern ein Wunschfrühstück zubereitet. Dabei kam es den Kindern traditionell weniger darauf an, aus welchen Zutaten es bestand, sondern vielmehr darauf, wo es eingenommen wurde. Mia, Tom und Henne hatten es sich auf dem Sofa bequem gemacht. Jeder hatte eine Schale Müsliflocken vor sich und 46 Zoll Animationsfilm im Blick. Böse lümmelte sich vor dem Sofa auf dem Rücken und ließ die Müslischalen der Kinder nicht aus den Augen. Vielleicht fiel ja etwas für ihn herunter.

»Mama muss arbeiten«, sagte Henne gegen das hochstimmige Geplärre einer Band aus singenden Eichhörnchen.

»Du nicht, sei froh. Du hast immer frei.«

Henne hatte aufgehört, seinen Kindern zu erklären, dass sein Job auch so was wie Arbeit war. An diesem Sonntag wäre es noch weniger sinnvoll gewesen, einen neuen Erklärungsansatz zu versuchen. Auch wenn Henne sich fühlte, als hätte er gar nicht geschlafen, die Form dieser Arbeit sah einfach zu gemütlich aus. Tom und Mia hätten nur gelacht.

»Wenn Mama hier wär, könnten wir das hier jetzt knicken, das wisst ihr schon, oder?«

Tom nickte nur. Seine Mutter hatte nicht nur was gegen übermäßigen Fernsehkonsum. Wenn dabei auch noch gegessen wurde, kam es regelmäßig zu kleineren bis größeren Ermahnungen.

»Ich sage es ihr nicht«, versprach Mia, die sich nicht viel aus

Fernsehen machte, sondern nur die Gemütlichkeit auf dem Sofa zu schätzen wusste.

»Das ist sehr klug von dir, Prinzessin.«

»Ich weiß, Papa!«

Als das Telefon schellte, machte Tom automatisch den Ton am Fernseher aus. Ein eingespieltes Team, das offensichtlich nicht zum ersten Mal so tun musste, als würde das Frühstück genau dort eingenommen, wo es nach Inkas Meinung einzunehmen war, in der Küche.

»Luhmann.« Henne gab sich besondere Mühe ausgeschlafen, fit und fröhlich zu klingen. Nur wenige Augenblicke später sah er dazu keine Veranlassung mehr.

»Spreche ich mit Hendrik Luhmann?«, fragte eine männliche Stimme.

Mit »Hendrik« hatte ihn schon seit Jahren niemand mehr angesprochen. Gut, außer Inka, wenn sie den Ernst einer Information für ihn unterstreichen wollte. Allerdings hörte sich Inkas Stimme selbst dann deutlich angenehmer an. Das, was da aus dem Hörer quoll, war definitiv männlich und triefte vor geheucheltem Interesse. Ein Fremder. Und zwar einer der unsympathischen Sorte. Irgendwo in einer abgelegenen Region von Hennes Hinterkopf sprang eine kleine rote Lampe an. Sein »Arschloch-Radar«, wie er es früher genannt hatte.

»Mal sehen. Mit wem spreche ich denn?«

»Winter, Markus Winter.«

»Und was kann ich für Sie tun?«

Henne gab den Kindern gestisch Entwarnung. Als das Eichhörnchengeplärre schlagartig wieder einsetzte, ging Henne in die Küche,

»Sie sind doch der Mann von Inka Luhmann, richtig?«

»Okay, hören Sie mir gut zu«, sagte Henne und klemmte sich den Hörer zwischen Schulter und Ohr, während er Tom per

Handzeichen davon abhielt, sein Müsli in die Sofaritzen zu verteilen. »Es ist Sonntagmorgen! Ich brauche keine Zeitungen, ich will keinen günstigeren Internettarif. Mein Strom kommt aus der Steckdose, das Wasser aus der Leitung, und die Heizung läuft. Okay, mein Riestersparvertrag ist die reine Abzocke, was mich aber nie dazu bringen würde, in eine andere Versicherung zu wechseln. Also, was auch immer Sie mir verkaufen wollen, no fucking way! Und wenn Sie mich jetzt bitte von Ihrer Telefonakquiseliste streichen würden, ich habe noch ein Leben zu leben.«

Henne wusste bis vor einiger Zeit noch nicht, dass die gefühlte Hälfte des Tages dabei draufgeht, mit Menschen am Telefon zu sprechen, die nur eines wollen – verkaufen. Allerdings lag Henne mit seiner Einschätzung diesmal falsch. Die überfreundliche Männerstimme am anderen Ende der Leitung wollte nichts verkaufen.

»Ich bin Redakteur der Bild-Zeitung.«

Die Überraschung verschlug Henne für einen Moment die Sprache. Wohl etwas zu lange für Winters Geschmack.

»Die Zeitung, Sie kennen die Bild-Zeitung?«, machte er sich bemerkbar. Sein Ton verriet, wie sehr er den Eindruck genoss, den die Nennung seines Arbeitgebers bewirkte.

Und ob Henne die Bild-Zeitung kannte. Allerdings nicht nur aus den Auslagen aller möglichen Kioske und Tankstellen, sondern auch aus leidvoller Erfahrung. Es gab da ein sehr unschönes Kapitel aus den Anfangstagen seiner aktiven Polizistenkarriere, und Henne hatte lange gebraucht, um sich danach wieder ins rechte Licht zu rücken. Zu lange, um noch einmal den gleichen Fehler zu machen. Auch wenn er den Verein zutiefst verachtete, wusste er, es war besser, mit der Bild zu kooperieren, als sie zu ignorieren.

»Was wollen Sie?«, fragte er grimmig.

»Ihre Frau ermittelt im Fall der beiden Leichen.«

»Das wissen Sie wahrscheinlich besser als ich, oder?«

»Natürlich.« Die Stimme lachte ohne jeden Humor. »Und ich würde mich gerne darüber unterhalten.«

»Wenn Sie so gut informiert sind, sollten Sie auch wissen, dass ich zur Zeit nicht im Dienst bin. Und wenn Sie mit meiner Frau sprechen wollen, müssen Sie in der Pressestelle anrufen, tut mir leid.«

Henne biss sich auf die Lippe. Seine für ihn fast übertriebene Höflichkeit kotzte ihn an. Unter anderen Umständen hätte er diesem Winter den Marsch geblasen, aber er war sich sicher, dass das keine so gute Idee war.

»Bitte entschuldigen Sie«, meinte der pflichtschuldig. »Ich habe mich wohl etwas unklar ausgedrückt. Ich möchte mich nicht mit Ihrer Frau unterhalten, sondern mit Ihnen. Wann würde Ihnen das passen?«

Hennes kleine rote Lampe im Hinterkopf hatte sich mit Unterstützung seines Arschloch-Radars in einen ausgewachsenen Alarm verwandelt. Aber er unterdrückte seine aufsteigende Wut. Es war definitiv besser, sich einmal auf die Zunge zu beißen, als sich monatelang in den Hintern zu treten.

»Ich habe zu tun, Herr Winter. Ist gerade ganz schlecht. Ich habe meinen Kindern einen Besuch im Schwimmbad versprochen. Wir sind schon auf dem Sprung.«

Im Wohnzimmer schwiegen die Eichhörnchen ebenso schlagartig, wie sie vor Sekunden wieder angefangen hatten zu plärren. Tom und Mia blickten synchron auf. Henne legte den Zeigefinger auf seine Lippen, um einen Freudenjubel der beiden zu unterdrücken.

»Gut, wie wäre es dann gleich morgen?« Verdammt, Winter ließ nicht locker. Henne sah zu Tom und Mia. Die Münder voller Müsli, Milchbärte und Augen voller Begeisterung. Er wusste nicht, was er einem Herrn Winter noch vor fünf oder sechs Jahren gesagt hätte. Heute stand in den Gesichtern seiner Kinder aber eine ganz andere Botschaft für ihn. Er war jetzt »Papa«, nicht mehr »Kommissar Luhmann«. Und er wusste aus Erfahrung, dass es nur einen Weg gab, einen Bluthund wieder loszuwerden. Man warf ihm ein Stück Fleisch hin und hoffte, er würde daran entweder ersticken oder sich damit zufriedengeben.

»Okay«, seufzte Henne. »Morgen. Ich nehme an, Sie haben eine Adresse und eine Uhrzeit …«

Natürlich hatte Winter bereits alles vorbereitet. Er gab Henne die Daten, bedankte sich überflüssigerweise und legte auf.

Henne starrte das Mobilteil in seiner Hand noch einige Sekunden voller unterdrückter Wut an. Als ihm klarwurde, dass das Gerät nach Tom und Mia wohl am wenigstens dafür konnte, lockerte er seinen Griff, und stellte es in die Ladestation, wo es mit einem zufriedenen Quittungston in den Auflademodus wechselte. Henne ertappte sich bei dem Wunsch, mit ihm tauschen zu können. Er hatte das sichere Gefühl, gerade einen Fehler gemacht zu haben.

»War das Mama?« Tom holte ihn zurück in das Hier und Jetzt.

»Nein, ein Arschloch«, knurrte Henne.

»Arschloch sagt man nicht«, meinte Tom.

»Manchmal schon.« Henne atmete durch und schluckte seinen Ärger hinunter. Schließlich konnten die Kinder nichts dafür.

»Wann gehen wir denn schwimmen?«, wollte Mia wissen.

»Wie, schwimmen? Das habe ich doch nur so gesagt.«

Tiefe Enttäuschung machte sich auf zwei kleinen Gesichtern breit.

»Dann hast du den Mann angelogen?«, fragte Tom.

»Und uns auch?«, brachte Mia den Vorwurf auf den Punkt.

Henne hob ratlos die Arme. Mia und Tom sahen ihn mit großen Augen und je einer identisch vorwurfsvoll vorgeschobenen Unterlippe an und sorgten endgültig für Schuldgefühle bei ihrem

Vater. Henne atmete noch einmal durch, setzte sich zwischen seine beiden Kinder und legte ihnen die Arme auf die Schultern.

»Nein, habe niemanden belogen«, seufzte er.

Was augenblicklich ein Strahlen auf die kleinen Gesichter zauberte. Verdammt, es gab Tage, da konnte man machen, was man wollte. Henne beschloss, es zu akzeptieren, verbuchte seine buddhistische Haltung als emotionalen Reifeprozess und nahm die einzige Ausfahrt, die ihm das Leben auf dieser Straße gelassen hatte.

»Wir gehen, wenn der Film vorbei ist, okay?«, sagte er mild und sorgte für Jubelschreie. Und für zwei halbleere Müslischalen, die ihren Inhalt punktgenau in die Sofaritze entleerten. Aber für Henne kein wirklicher Grund sich aufzuregen. Genauso wenig wie das Geplärre der Eichhörnchen-Band, zu dem Tom und Mia jetzt auch noch sangen. Irgendwie passte das, an einem Morgen wie diesem.

23 Sonntag, 9:05 Uhr

»Scheiße, ich hab mir den Ausweis nicht zeigen lassen.«

Der junge Mann hinter dem Tresen sah Kemperdick mit großen Augen an. Mit zu großen Augen, dachte Kemperdick. Zumindest für seine mindestens zwanzig Jahre und sein ansonsten cooles Äußeres mit gepflegt ungepflegter Frisur, Markenjeans und -sneakers. Er steckte zwar in einer Einheitsworkware-Jacke von »HSK Rent-a-car«, gab sich aber alle Mühe, dass die seinen Look nicht übermäßig ruinierte. Immerhin hatte der Kerl den Laden pünktlich geöffnet. Was zwar für einen Sonntag in einer Urlaubsregion nicht allzu ungewöhnlich war, wohl aber für einen Typen wie ihn.

Kemperdick holte mühsam Luft. Sofern das in dem stickigen, kleinen Büro möglich war. Hinter dem abgegriffenen Tresen füllte ein ebenfalls nicht mehr ganz taufrischer Schreibtisch samt Stuhl fast die Hälfte des Raumes. Das Einzige, was frisch und neu wirkte, waren die Abbildungen der »HSK rent-a-car«-Fahrzeugflotte an der Wand neben dem Tresen. Allerdings sah man auch hier auf den ersten Blick, dass »neu« wirklich nur die Fotos waren. Die Autos selbst waren dem TÜV alle mindestens zweimal gerade noch so von der Schippe gesprungen. Wer hier ein Auto mietete, war entweder selber schuld oder hatte einen triftigen Grund.

»War ein Fehler, ich weiß, aber … O Mann, es ist halt passiert, okay?«, flapste der Kerl hinter dem Tresen. Wieder der Blick zu Kemperdick. Und die dahinterliegende Gleichgültigkeit gepaart mit der selbstverständlichen Erwartung, man würde ihm die Schlamperei schon umgehend vergeben.

»Nein, es ist nicht okay!« Kemperdick haute mit der flachen Hand auf die Ladentheke und den fast unleserlichen Durchschlag eines Mietvertrages vor sich. Immerhin hatte der Typ, Sekunden nachdem Kemperdick seinen Polizeiausweis gezückt und nach dem smaragdgrünen Polo gefragt hatte, den entsprechenden Vertrag aus der Schublade gezaubert. Weitergebracht hatte es Kemperdick allerdings nicht. Wer die Kiste geliehen hatte, ließ sich nicht mehr genau überprüfen. Der Name, der auf den Mietunterlagen stand, war so falsch wie die dazugehörige Adresse. Entsprechend sauer sah Kemperdick den jungen Typen an.

»Es gibt doch Richtlinien für den Autoverleih, oder?!«, fragte er drohend.

»Ja klar, aber …« Der Typ wurde kleinlaut. So langsam dämmerte ihm das Ausmaß seiner Nachlässigkeit.

»Und warum werden die dann nicht eingehalten?!«

Kemperdick konnte nur eines weniger ausstehen als Nachlässigkeit im Job. Nämlich wenn die Nachlässigkeit anderer ihm seinen Job erschwerte. Andererseits war ihm natürlich auch klar, dass der Typ die falsche Adresse für seinen Ärger war. Wahrscheinlich bekam er als studentische Aushilfe einen Hungerlohn, und es hatte in der gesamten Firmengeschichte noch nie jemand nach einem einmal abgewickelten Auftrag gefragt. Unter normalen Umständen wäre ein fehlender oder falscher Ausweis also auch niemandem aufgefallen. Dumm nur, dass es seit der ersten Leiche rund um den Hennesee keine normalen Umstände mehr gab.

»Ich schwör Ihnen, das hat ein Nachspiel«, blaffte Kemperdick den jungen Mann an, der mittlerweile hinter der Ladentheke kauerte wie ein geprügelter Hund.

»Mann, es war kurz vor fünf am Freitag, als ich den Wagen

rausgegeben habe, wollte eigentlich schon zumachen. Nach fünf geht hier nämlich gar nichts mehr.«

»Und was gab's dafür? 'nen Fuffi?«

Volltreffer, der junge Mann nickte.

»Ich bin Student, Mann. Ich mach das nur nebenbei. Die Kohle kann ich echt brauchen. Und mal im Ernst, was soll denn mit so 'ner alten Gurke passieren? Außerdem hab ich der geglaubt, dass die ihre Handtasche vergessen hat.«

»Wie sah sie denn aus?«

»Keine Ahnung, nicht mein Typ.«

Kemperdicks Halsschlagader schwoll augenblicklich wieder an. Offenbar so deutlich sichtbar, dass der junge Aushilfsautoverleiher wieder in Deckung ging.

»Pass auf, mein Freund, wenn du jetzt nicht anfängst, dich zu erinnern, wie die Frau aussah, fange ich an mich zu erinnern, was in diesem Laden alles gegen irgendwelche Verordnungen verstößt, klar?! Ich will jedes verdammte Detail!«

»Okay, okay. Also schwarze Haare. Aber irgendwie komisch.«

Kemperdick sah von seinen Notizen auf.

»Mach mich nicht wahnsinnig, was heißt komisch?«

»Ja, keine Ahnung. Komisch halt.«

Kemperdick ballte die Faust, der junge Mann zerrte an seinen Nerven. Andererseits war er vielleicht ein wichtiger Zeuge. Mit plumper Einschüchterung kam er hier nicht weiter. Kemperdick seufzte und beschloss einen Strategiewechsel. Das alte »Guter Bulle, böser Bulle«-Spiel. Nur diesmal in Personalunion. Es gab Tage, da verlangte einem der Job alles ab.

»Wie heißt du, mein Junge?«

»Stein, Florian Stein«, kam es unsicher zurück.

Kemperdick hob die klappbare Oberfläche am Rand des Tresens an, gesellte sich zu Florian auf die andere Seite und legte ihm die Hand auf die Schulter.

»Okay, Florian, ich sag dir, was wir machen. Wir setzen uns jetzt mal ’ne Runde hin, und gehen die Sache noch mal ganz genau durch. Jeden Schritt. Wie sie reinkam, wie sie einen Wagen von dir verlangte, alles, okay?«

Der junge Mann nickte. Kemperdick setzte ihn auf seinen Stuhl, hockte sich auf die Ecke des Schreibtischs und hoffte, das gute Stück mochte sein betagtes Möbelleben nicht ausgerechnet jetzt aushauchen. Er gab Florian ein paar Sekunden zum Durchatmen, dann kniff er einmal die Augen zusammen. Das Startsignal für ein neues Kapitel »Erinnerungsbingo«.

»Also, die Tür ging auf, und sie kam rein«, eröffnete er.

»Sie kam rein. Ich hatte schon den Tagesreport abgeschlossen, war ziemlich mau. Gut, wer leiht sich hier schon ein Auto? Nur welche, die ihre eigene Karre geschrottet haben, oder Typen, die an einem Wochenende mal mit einem geilen Hobel irgendwelchen Mädels imponieren wollen. Selbst die hatten an diesem Tag keinen Bock auf ein Auto. Ich glaube, auf unserem Parkplatz stand fast die ganze Flotte, sogar der Porsche. Der ist geil, schon mal einen gefahren?«

Kemperdick war sich nicht mehr sicher, ob er langfristig die Geduld für die epischen Erinnerungen des Autoverleihers aufbringen würde. Er riss sich zusammen.

»Nein, leider nicht. Weiter, bitte.«

»Ich sag, ich hab eigentlich schon zu. Sie sagt, bitte. Ich sag, okay …«

»Okay.«

»Ich frag sie, was sie braucht. Sie sagt, ein Auto. Ich frag, was für ’n Typ? Wir haben drei Kategorien. Sie sagt, was Kleines. Ich zeig auf unseren Polo, sie nickt, und dann …«

Der junge Mann kam ins Grübeln. Kemperdick fragte sich, ob er ihn nur beeindruckt hatte oder ob er tatsächlich Vertrauen gefasst hatte. Jedenfalls schien er sich ernsthaft um eine präzise

Darstellung der Ereignisse zu bemühen. Für Kemperdick deutlich zu präzise, er musste Druck machen, sanften Druck, sonst würde das hier zu einer Lebensaufgabe.

»Ja?«, insistierte Kemperdick, so freundlich es ging.

»Dann sag ich, ist der wirklich okay? Sie nickt wieder. Ich sag, ich kann Ihnen den Wochenendtarif anbieten. Bis Montag. Sie sagt, danke. Ich sag, kein Thema und füll den Vertrag aus. Und als ich dann zum Kreuzchen mit dem Perso komme, frag ich sie danach. Kann ich bitte Ihren Personalausweis sehen? Und den Führerschein? Sie sagt, klar und kramt in ihrer Tasche. Und kramt und kramt. Und ich guck auf die Uhr und denk, Scheiße, ich will zum Sport. Dann zieht sie 'nen Lippenstift raus, Taschentücher, Nagelschere, noch 'nen Lippenstift …«

»Auch ein Feuerzeug, oder so?!«

»Nee, aber noch mehr Taschentücher.«

»Okay, jedes Detail brauch ich vielleicht dann doch nicht …«

»Ja, was denn jetzt?«

»Hat sie mit Kreditkarte bezahlt?«

»Nee, bar.« Er senkte den Kopf. »Ja, ich weiß. Ist auch gegen die Richtlinien. Zumindest unsere eigenen. Aber im Ernst, so viele Kunden haben wir hier auch nicht, dass wir da Ansprüche stellen können.«

Kemperdick schüttelte nur genervt den Kopf.

»Ihr Äußeres.«

Wieder kurzes Überlegen.

»Hm, nicht normal. Anders irgendwie, vielleicht 'ne Perücke.«

»Okay, weiter.«

»Nicht dick, eher dünn. Sah aus, als würde sie trainieren. Ich seh so was. Ich trainiere auch.«

»Weiter. Ist dir irgendwas Besonderes aufgefallen, eine Narbe, ein Muttermal, Hautveränderungen, hat sie das Bein nachgezogen, hat sie gelispelt …«

»Nee, sie hat einfach unterschrieben.« Florian stockte. »Aber Moment, ihre Hand …«

Kemperdick horchte auf. »Was war damit?«

»Die hat gezittert.«

»War sie nervös?«

»Nee, ich hatte das Gefühl, das war normal bei der. Also irgendwie krankhaft normal, so was!«

Kemperdick notierte sich alles und legte den Kopf in den Nacken. Eine Frau, deren Mietwagen in der Nähe eines Tatorts auftaucht, verschafft sich das Auto unter Verschleierung ihrer Identität. Das war zwar immer noch wenig, aber zu viel, um darüber hinwegzusehen. Er zog eine seiner Visitenkarten aus seiner Jacke und legte sie Florian auf den Tisch.

»Okay, wenn sie den Wagen am Montag zurückbringt, dann rufst du bitte sofort diese Nummer hier an, okay?«

Florian sah ihn verwirrt an. »Aber das hat sie doch längst. Auch wenn es so eigentlich gar nicht erlaubt ist.«

Jetzt war Kemperdicks Interesse endgültig geweckt.

24 Sonntag, 9:20 Uhr

»Gibt es sonst noch etwas, was ich nicht weiß?«

Inka sah Halverscheid mit dem angestrengt geduldigen Blick einer Mutter an, deren Bedarf an Überraschungen fürs Erste gedeckt ist. Die beiden durchschritten zügig den Verbindungsgang zum Kubus. Zwanzig Minuten zu spät für das Pressegespräch und nicht sehr gut vorbereitet. Entsprechend unwohl fühlte Inka sich in ihrer Haut. Es war eine Sache, vom eigenen Chef aus PR-Gründen an wichtiger Ermittlungsarbeit gehindert zu werden, aber es war eine andere, dies auch noch ohne wenigstens ein Minimum an optischer Wiederaufbereitung tun zu müssen. Klar, hatte Inka bei Halverscheid ein paar Minuten auf der Toilette eingefordert. Um aber die Spuren von zwei Tagen Ermittlungshölle und einer fast schlaflosen Nacht zu verdecken, hätten keine drei Tage vor dem Spiegel gereicht.

Und als wäre beides nicht schon ärgerlich genug, hatte Inka Marlies Röggen auch noch alleine zu Hesterkamps Schützenverein nach Meschede schicken müssen. Wobei sie ein weiteres Mal festgestellt hatte, wie ungerecht Mutter Natur die Regenerationszyklen von Gesichtshaut im Allgemeinen und Augenpartien und Mundwinkeln im Besonderen verteilte. Hatte Röggen sich mit ihrem Teflon-Teint wie das blühende Leben in ihren Dienstwagen geschwungen, schlurfte Inka wie eine Mumie durch die Katakomben des Polizeireviers. Ihrer öffentlichen Hinrichtung entgegen.

»Natürlich gibt es sonst nichts mehr«, beteuerte Halverscheid.

»Es werden nur zwei Herren der Lokalpresse anwesend sein, dann ein WDR-Team aus Dortmund und irgendjemand von der überregionalen Presse. Frau Luhmann, Sie dürfen mir das bitte nicht übelnehmen.« Er seufzte.

Als Inka und Halverscheid den Kubus betraten, hörten sie das gedämpfte Gemurmel schon, bevor sie den Medienraum erreicht hatten. Inka fiel auf, dass im Hintergrund ein kleiner, etwa vierzigjähriger Mann mit Halbglatze und Bauchansatz gerade ein Handytelefonat beendet hatte und sich offenbar einen Termin in einem Taschenkalender notierte. Als er Inka und Halverscheid bemerkte, kam er sofort auf sie zu.

»Sie sind Frau Inka Luhmann, die leitende Ermittlerin?«

Inka und Halverscheid musterten ihn. Trotz gutsitzendem Anzug ein unangenehmer Typ mit zurückgegeltem schulterlangem Haar, Bauchansatz und auffallend schlechten Zähnen. Halverscheid stellte sich sofort vor Inka.

»Darf ich fragen, wer Sie sind?«

»Winter, Markus Winter. Bild-Zeitung.« Er machte sich gar nicht erst die Mühe, den beiden die Hand zu geben, sondern hielt stattdessen sein Handy in Gesichtshöhe, das offenbar über eine Aufnahmefunktion verfügte. »Wären Sie bereit, mir ein Exklusiv-Interview zu geben?«

Statt einer Antwort drückte Halverscheid das Handy beiseite.

»Ich wusste gar nicht, dass ich Sie zu dem Gespräch gebeten hätte«, erwiderte Halverscheid. In Inkas Magengegend verbreitete sich augenblicklich ein ungutes Gefühl, das sich umgehend bestätigte.

»Dann darf ich davon ausgehen, dass hier eine Art selektive Öffentlichkeitsarbeit mit den Medien veranstaltet wird? Ist das noch Zensur oder schon Vertuschung?«, fragte Winter mit unbewegter Miene.

Halverscheid sah irritiert zu Inka.

»Sie dürfen vor allem erst mal reinkommen«, bemühte sich Inka, die Wogen etwas zu glätten und öffnete die Tür zum Medienraum.

Für das Sauerland waren zwei Morde eine Katastrophe. Für die Medien waren sie eine Sensation. Und das merkte man. Kaum hatten Inka und ihr Vorgesetzter den Raum betreten, klickten bereits die Kameras. Es waren doch ein paar Pressevertreter mehr, als Halverscheid angekündigt hatte. Inka nickte den beiden Journalisten zu, die schon auf Hesterkamps Grundstück Nathalie Brückners Fall dokumentiert hatten. Dazu drängten sich mindestens ein Dutzend Journalistenteams im Raum. Die limitierten Kaffeevorräte waren in Rekordzeit vernichtet worden. So viel zum Thema »Pressegespräch«.

Inka und Halverscheid setzten sich in die Mitte einer Reihe von Tischen, die jemand an die Kopfseite des Raumes gestellt hatte. Ganz wie auf einer konventionellen Pressekonferenz. Kaum saßen sie, stellten ein halbes Dutzend Techniker in Sekundenbruchteilen ein halbes Dutzend kleine Mikrophone vor ihnen auf. Halverscheid blickte unbehaglich darüber hinweg in die professionell erwartungsvollen Mienen der Journalisten und räusperte sich.

»Meine Damen und Herren, ich darf Sie zunächst einmal herzlich begrüßen. Wie ich Ihnen bereits sagte, ist dies keine offizielle Pressekonferenz, sondern ein informelles Gespräch. Alles Weitere dazu und zum aktuellen Fall wird Ihnen jetzt die leitende Ermittlerin, Frau Hauptkommissarin Inka Luhmann, erklären.«

Wieder klickten die Kameras. Wieder kamen die Techniker. Nur rückten sie die Mikrophone diesmal einen Platz weiter nach rechts. Zu Inka, die sich ebenfalls räusperte und den Anwesenden den Sachverhalt erklärte. Natürlich erntete sie damit die befürchteten Rückfragen und musste sich ein ums andere Mal auf ermittlungstaktische Gründe berufen, um den Erfolg ihrer Arbeit nicht zu gefährden. Eine Mauertaktik, die die Journalisten nicht gerade in einen kollektiven Freudentaumel versetzte. Irgendwann stand ein sichtlich gereizter Winter auf und fasste die peinliche Show zusammen.

»Unter dem Strich erzählen Sie uns also seit zwanzig Minuten, dass Sie zwei Leichen haben und keine Ahnung, wer es gewesen sein könnte?«

Inka sah Halverscheid an und merkte, wie sich unendliche Erleichterung in ihr ausbreitete, als im selben Moment ihr Handy vibrierte.

»Bitte entschuldigen Sie mich einen Moment«, sagte sie in die Mikrophone. Sie stand auf und ging nach draußen. Noch während sie die Tür hinter sich zuzog, nahm sie den Anruf an. Es war Kemperdick.

»Haben Sie was?«, fragte Inka gespannt.

»Sagen Sie es mir.« Kemperdick schilderte ihr das Ergebnis seiner Ermittlung.

Inka dachte laut nach. »Okay, ich finde, das reicht, um die Kiste wenigstens mal richtig unter die Lupe zu nehmen.«

»Ganz meine Meinung«, kam es aus dem Hörer.

»Rühren Sie sich nicht von der Stelle«, sagte Inka. »Ich bin in einer halben Stunde da. Ach ja, und gute Arbeit, Herr Kemperdick.«

Sie legte auf. Unter dem Klicken der Fotoapparate kehrte sie zurück an Halverscheids Seite hinter den Mikrophonen. Aber statt sich zu setzen griff sie nach ihrer Jacke über der Stuhllehne und flüsterte ihrem Vorgesetzten ins Ohr, dass sie gehen müsse. Seinen Gesichtsausdruck konnte sie nur erahnen. Aber er war anscheinend das ein oder andere Foto wert, wie das erneut hektische Klicken der Kameras bewies. Auf dem Weg nach draußen konnte sich Inka ein Schmunzeln gerade noch verkneifen. Halverscheid war wirklich kein PR-Mann. Aber lernte man neue Dinge nicht am besten, wenn man ins kalte Wasser gestoßen wurde? Gut, Halverscheids Wasser war *sehr* kalt. Aber irgendwie hatte er sich selbst hineingestoßen. Die Nachrichten würden zeigen, wie gut er schwimmen konnte.

25 Sonntag, 10:24 Uhr

Olsberg – Hochsauerlandkreis. Das gelbe Ortschild rechts der kurvigen Landstraße kündigte schwarz auf gelb an, dass Inka und Porbeck auf dem richtigen Weg waren. Nach Meschede. Sie nahmen einen Umweg, weil ein Unfall die B7 zwischen Bestwig und Brilon blockierte.

Nach Kemperdicks Anruf hatte Inka noch kurz im Labor Halt gemacht. Sie wollte sehen, wie weit Porbeck nach seiner Nachtschicht mit Hesterkamps Leiche war. Außerdem eröffnete sie dem Forensiker, dass sein Job mit Tagesanbruch leider nicht automatisch beendet war. Sie brauchte seine Expertise und seine Ausrüstung bei der erneuten und diesmal eingehenderen Untersuchung des Mietwagens, den Kemperdick aufgetan hatte. Porbeck hatte die Untersuchung von Hesterkamps Leiche gerade beendet und war wenig begeistert von der Aussicht auf eine Dreifachschicht. Allerdings konnte Inka ihn mit einem starken Kaffee aus dem Automaten und dem Versprechen einer erholsamen Fahrt an ihrer Seite besänftigen.

Angesichts von Porbecks Zustand und seinem anstehenden Kurzreport hatte Inka sich selbst hinter das Steuer gesetzt. Sie lenkte den Wagen durch den sauberen, liebevoll mit Blumen und frisch angelegten Beeten geschmückten Ortskern von Olsberg. Die teilweise bestens erhaltene Bebauung aus dem 19. Jahrhundert, die gepflegten kleinen Hotels, Cafés und Läden und die gesamte weitläufige Infrastruktur aus Sitzbänken, Brunnen und Gehwegen erinnerten sie eher an einen Kurort als an den verkehrstechnischen Moloch, vor dem Pfeil sie einmal gewarnt hatte. Offensichtlich galt das nicht für Sonntage.

Inka wandte sich an Porbeck, der neben ihr auf seinem Tablet-PC die Reiseroute überprüfte und gleichzeitig einen regen E-Mail-Austausch pflegte.

»Die Gerichtsmedizin in Dortmund hat gerade die Überprüfung meiner Obduktion von Hesterkamps Leiche und die endgültige Todesursache von Nathalie Brückner bestätigt«, sagte Porbeck und unterdrückte ein herzhaftes Gähnen. »Herzversagen, also die Brückner.«

Inka nickte.

»Und was hat Ihre Nachtschicht mit dem Holztycoon ergeben?« Porbeck schloss das E-Mail-Programm, verkleinerte den Navigationsausschnitt und holte seinen vorläufigen Obduktionsbericht aus den digitalen Tiefen seiner Wundermaschine. Sie hielten an einer Ampel.

»Tja, also, erst mal ist alles wie immer, natürlich noch nicht bestätigt.«

Inka nickte schmunzelnd. Irgendwann würde sie ihm mal ein T-Shirt drucken lassen: »Unter Vorbehalt«. Porbeck fuhr fort.

»Kommen wir zum Auffälligsten. Die Nähte sind abgesehen vom Muster absolut identisch, wenn auch etwas unsauberer ausgeführt. Einstiche, Nadel, Material, Technik. Sogar die Vorgehensweise von rechts nach links. Würde mich nicht wundern, wenn sie aus derselben Produktionscharge stammen. Der einzige Unterschied ist, dass bei Hesterkamp Kreuzstiche gemacht wurden.«

»Also haben wir tatsächlich ein und denselben Täter?«, fragte Inka.

Porbeck sah sie irritiert an.

»Zwei Leichen, zweimal zugenäht, Sie haben nicht ernsthaft daran gezweifelt, oder?«, fragte er.

»Mein Job ist es zu wissen und zu beweisen. Und wenn ich so wenig Zählbares habe, darf ich nichts ausschließen.«

»Stimmt auch wieder.« Porbeck war wieder bei seinem Bericht und betonte es noch einmal. »Also kein Nachahmungs-, sondern ein Serientäter. Hinzu kommt noch, dass Hesterkamp, genau wie Nathalie Brückner, stark alkoholisiert war. Inklusive Druckmale. Was genau er zu sich genommen hat, weiß ich noch nicht. Der Mageninhalt läuft noch durch das Analysegerät. Würde mich nicht wundern, wenn es auch Moskovskaja ist. Der Durchmesser des Flaschenkopfes stimmt jedenfalls.«

Inka sah nachdenklich auf die Ampel vor sich, die im selben Moment auf Grün sprang. Sie fuhren weiter.

»Was ist mit der Todesursache? Hesterkamp sah nicht aus, als wäre er im Wasser gewesen.«

»Nein. Und er ist auch nicht an Herzversagen gestorben.«

Porbeck drehte seinen Tablet-PC und hielt Inka ein hochauflösendes Bild von der Vorderseite eines menschlichen Halses hin. Inka konnte deutlich einen breiten roten Streifen in Höhe des Kehlkopfes erkennen.

»Sein Zungenbein und sein Kehlkopf sind gebrochen. Jemand hat ihn erdrosselt.«

»Einen solchen Mann, der groß ist wie ein Baum?!«

Porbeck nickte und gähnte, während Inka angestrengt nachdachte. »Dann haben wir einen Mörder, der bei zwei Morden in vier Details abweicht«, sagte sie. »Der Auffindungs- bzw. Ablageort sind unterschiedlich, die Todesursache, die Art der Nähte und die Tatsache, dass Nathalie Brückner schon tot war, als man sie ihr verpasste, und Wolfgang Hesterkamp noch nicht. Fragt sich nur, was uns der Mörder damit sagen will. Ich habe mich vorhin übrigens mal über diese drei Affen erkundigt.«

Porbeck sah sie an. »Sie meinen nichts sehen, nichts hören, nichts sagen?«

»Genau die«, bestätigte Inka. Sie hatte vergessen, dass Porbeck bei der morgendlichen Team-Besprechung gar nicht dabei gewesen war. Sie brachte den Forensiker auf den neuesten Stand und verschwieg ihm auch nicht, mit wem sie noch auf dem Weg zum Auto ein Telefonat geführt hatte. »Mein alter Polizei-Kampfsport-Trainer in Dortmund meint, dass es im Buddhismus wohl so etwas wie das ›Gesetz der Schönheit‹ gibt. Was im Prinzip nichts anderes ist, als sogenanntes ›angemessenes Verhalten‹ oder Tugendhaftigkeit. Der Grundsatz dahinter ist der, dass es für den tugendhaften Menschen Verhaltensregeln gibt, die in fast alle asiatischen und indischen Kulturen übernommen wurden.«

«Und die wären?«, fragte Porbeck.

Inka versuchte sich an die genauen Worte ihres Trainers zu erinnern.

»Was nicht dem Gesetz der Schönheit entspricht, darauf schaue nicht. Was nicht dem Gesetz der Schönheit entspricht, darauf höre nicht. Was nicht dem Gesetz der Schönheit entspricht, davon rede nicht.«

»Und was hat das mit diesen drei Affen zu tun?«

»Die wurden wohl in Japan eingeführt. Irgendwann kam diese Idee des Buddhismus über Indien und China nach Japan. Und weil die Japaner nun mal einen Hang zu netten Bildchen haben, haben sie drei Affen draus gemacht.«

Porbeck legte die Stirn in Falten. »Und Sie finden, das passt auf unsere Fälle?«

»Das habe ich ihn auch gefragt. Ohne die Details natürlich. Ich wollte wissen, was seiner Meinung nach die Botschaft dahinter wäre, wenn jemand eine andere Person im übertragenen Sinn in solch einen Affen verwandelt.«

»Und was sagte er darauf?«

»›Du sprichst von den Hennessee-Morden, oder?‹«, imitierte Inka gekonnt einen leicht asiatischen Akzent.

Porbeck kratzte sich am Kopf. »Tja, spricht sich ganz schön rum, was?«

»Kann man wohl sagen«, meinte Inka. »Er meinte, er wüsste nicht, welche Botschaft dahintersteckt. Es könnte aber sein, dass wir mit der Verbindung zu den Affen und dem Verstoß gegen die Tugendhaftigkeit vielleicht gar nicht so falsch liegen. Aber, sagt er, wir sollten uns davon lösen, immer nur das zu sehen, was wir sehen wollen.«

»Müssen Asiaten eigentlich immer in Rätseln sprechen?«, fragte Porbeck.

Sie schwiegen nachdenklich, bis sie kurze Zeit später über eine kleine Brücke fuhren. Ein Schild davor wies sie auf den Namen des Flüsschens hin, das sie gerade überquerten. Die Ruhr. Inka wunderte sich. Der bestenfalls etwas breitere Bach unter der Brücke plätscherte vor sich hin und hatte hier noch wenig von der veritablen Lebensader, zu der er einige Kilometer weiter westlich werden sollte. Porbeck schmunzelte.

»Was ist los?«, fragte sie.

Porbeck sah sie an.

»Kennen Sie die Legende nicht?«

»Nein, welche?«

»Die, dass das Ruhrgebiet eigentlich gar nicht ›Ruhrgebiet‹ heißen dürfte?«

Inka sah ihren Kollegen fragend an.

»Jetzt bin ich aber mal gespannt.«

Porbeck deutete ein Stück weiter voraus. »Wenn Sie an der Kreuzung da vorne weiter geradeaus fahren …«

Inka las die entsprechenden Schilder. »Kommen wir irgendwann nach Winterberg«, ergänzte sie.

»Genau«, sagte Porbeck. »Aber unsere Legende spielt sich weit vorher ab. Hinter dem Ortsausgang von Olsberg, kurz vor Assinghausen, fängt an der Abzweigung Wullmeringhausen eine Alternativroute nach Winterberg an. Sie wissen schon, für den Fall, dass unsere drei Naturgewalten mal wieder die Hauptroute lahmgelegt haben.«

Inka wusste nicht, was er meinte, riet aber trotzdem. »Sie meinen Schnee … LKW und …« Sie kam nicht drauf.

»Holländer«, grinste Porbeck und korrigierte sich sofort selbst. »Entschuldigung, ich meine natürlich niederländische Gäste.«

»Schon klar«, grinste Inka. »Und was ist jetzt mit dieser Abzweigung?«

»Na ja, mit der Abzweigung selber nichts. Aber mit dem, was dahinterliegt.« Er machte es spannend.

»Und das wäre?«, fragte Inka ebenso neugierig wie amüsiert.

»Eine Vereinigung«, sagte Porbeck und merkte im selben Moment, dass er rot wurde. »Also ich meine, ein Zusammenfluss von zwei Flüssen.« Er räusperte sich.

Inka erinnerte sich dunkel an den scheinbar Ewigkeiten zurückliegenden Erdkundeunterricht in der Grundschule. »Moment, ich hab's gleich. Der eine ist die Ruhr?«

»Bingo«, meinte Porbeck. »Sie entspringt oben kurz vor Winterberg.«

»Okay, und der andere Fluss?«

»Den nenne ich Ihnen gleich. Jetzt wird's nämlich heftig.« Er machte eine dramatische Pause. »Also das stammt jetzt nicht von mir, und ich habe es auch nicht nachgeprüft, weil die Legende einfach zu cool ist, um sie wissenschaftlich zu zerreden. Aber angeblich gibt es wohl in geologischen bzw. hydrologischen Kreisen den Grundsatz, dass beim Zusammenschluss von zwei Flüssen der entstehende neue Fluss nach dem größeren der beiden Urflüsse benannt wird.«

Inka nickte irritiert. »Also die Ruhr«, sagte sie.

»Eben nicht«, antwortete Porbeck triumphierend. »Es ist nämlich erwiesen, dass nicht die Ruhr der größere der beiden Flüsse ist, sondern ihr Schwesterfluss. Mit anderen Worten: Eigentlich hätte man bei der Namensgebung nicht nur einen der größten Flüsse Deutschlands anders benennen müssen, sondern auch das gleichnamige, am dichtesten besiedelte Gebiet ganz Europas.«

Er sah Inka erwartungsvoll an. Dramaturgisch begabt war er jedenfalls, dachte Inka.

»Und wie heißt er jetzt, der geheimnisvolle Fluss?!«

»Sie«, korrigierte Porbeck, »Und sie trägt den wunderschönen Namen ›Neger‹. Benannt übrigens nach irgendeinem altdeutschen Wort für ›die Wilde‹, oder so.«

Stille. Dann klappte Inka der Unterkiefer runter.

»Wollen Sie damit sagen, das gesamte Ruhrgebiet müsste eigentlich ›Negergebiet‹ heißen?!«

Porbeck nickte ernst. Dann brachen die beiden in schallendes Gelächter aus. Inka wusste, es war vielleicht nicht angebracht, aber ein befreiendes Lachen nach endlosen Stunden der Anspannung tat verdammt gut.

SIE Sonntag, 11:00 Uhr

Warum hatte er sie angesprochen, einfach so? Sie hatte gerade den Zimmerschlüssel an der kleinen Rezeption abgegeben und sich mit ihrer Sporttasche auf den Weg zum neuen Leihwagen gemacht. Sie brauchte Entspannung. Wasser, Wärme, Schwerelosigkeit. Und sie hatte es sich verdient. Und jetzt das. Er war aus dem Frühstücksraum gekommen und hatte sie von hinten angesprochen, einfach so. Ob sie denn keine Angst hätte, hatte er gefragt. Ausgerechnet sie, wenn er nur ansatzweise geahnt hätte, wen er da gefragt hatte. Ob sie denn nicht wüsste, was passiert sei? Nein, hatte sie gesagt. Sie wusste es nicht, sie war früh ins Bett gegangen, hatte kein Radio gehört.

Jetzt stand er vor ihr und begann zu erzählen, obwohl sie das nicht verlangt hatte. Nichts Genaues weiß man nicht. Ein zweiter Mord, so brutal wie der erste. Es fühlte sich nicht gut an, wie er ihr von den Morden berichtete, es klang nicht respektvoll, nicht anerkennend. Eine kühle Aufzählung der Fakten. Ohren, Mund und Augen vernäht, wem erzählte er das? Sie stieß die Tür nach draußen auf und ließ ihn stehen. Sie hätte es eilig. Sonntags? Hatte er gefragt. Warum nicht? Wo sie denn hin wolle, hat er gefragt. Das durfte er nicht. Sie musste niemandem mehr erklären, wo sie hinging. Niemandem! Nicht mehr!

Er ging ihr dennoch hinterher und zeigte auf ihre Tasche. Ob sie Sport mache, fragte er sie. Sie nickte nur knapp. Er fragte nach. Was für einen Sport? Es ging ihn nichts an, sie antwortete dennoch. Schwimmen!

Vor der Pension warteten ein paar Frauen auf ein Taxi. Sie lächelten ihm zu. Er lächelte zurück. Schnell, höflich, lieblos, unaufrichtig, nicht interessiert. Die Frauen hatten ihm schon öfter zugelächelt. Beim Frühstück, penetrant, offensichtlich, fast peinlich. Sie hatte es beobachtet. Ihr hatte er nicht höflich zugelächelt, sondern interessiert. Auch das war ihr nicht entgangen. Er sah gut aus, auffällig gut, aber ihr war das egal. Was er nicht merken wollte. Im Gegenteil, offenbar war es sogar genau das, was er suchte. Eine Herausforderung, kein leichtes Spiel. Wie bei den anderen. Er hatte ihr schon mehrfach zugelächelt. Sie war dann immer sofort aufgestanden, wollte den Kontakt vermeiden. Aber stattdessen hatte sie seinen Jagdtrieb nur noch mehr geweckt. Das war nicht ihre Absicht. Aber unvermeidlich, das wusste sie. Von früher.

Jetzt roch er nach teurem Aftershave. Es war so deutlich zu riechen, als hätte sie es sich selbst aufgetragen. Und dann fragte er sie, ob sie etwas dagegen hätte, wenn er sie begleitet. Er sei ein leidenschaftlicher Schwimmer, immer schon gewesen, von klein auf.

Natürlich hatte sie etwas dagegen, aber das konnte sie ihm nicht sagen. Sie musste unauffällig bleiben, sie durfte keine Spuren hinterlassen. Nichts, an das man sich erinnern konnte, wenn man gefragt wurde. Es fiel ihr schwer, sich zusammenzureißen. Das Aftershave, seine Penetranz, sein Jagdgeruch, es war ekelig. Sie treffe sich mit einer Freundin, hat sie ihm gesagt und es im gleichen Moment bereut. Sie wollte sich nicht mehr rechtfertigen müssen.

Umso besser, fand er. Zwei charmante Damen, er sei begeistert. Und er sei Arzt, fügte er hinzu, als würde dies alles besser machen. Was es nicht tat. Arzt, na und? Er wohne nur vorübergehend in einem Hotel in der Nähe, bis das neue Haus fertig ist, es gäbe Verzögerungen, der Architekt sei schuld. Was er dann in ihrem Frühstücksraum machte, fragte sie sich. Seine Antwort auf die ungestellte Frage war eine Lüge. Im Hotel frühstücke er nicht. In der Pension schmecke es viel besser. Familiärer, liebevoller. Sie lachte unmerklich bitter auf. Alles, was in ihrer Pension besser war, war die Quote an Frauen mit Lust auf Abenteuer mit Männern wie ihm. Vielleicht müsse er dem Architekten jetzt dankbar sein, versuchte er es weiter, er hätte sie doch sonst nie kennengelernt.

Warum hörte er nicht auf, warum ließ er sie nicht in Ruhe?

Sie traute sich nicht, zum Wagen zu gehen. Es erschien ihr zu gefährlich.

Dann klingelte sein Handy, er drehte sich zur Seite, um das Gespräch diskret zu führen. Ja, sagte er und war sofort in ein anscheinend wichtiges Gespräch vertieft, es ging um einen Intensivpatienten in einem Krankenhaus, das bekam sie noch mit.

Was er nicht mitbekam, war, wie sie verschwand.

Als er das Gespräch beendete, blickte er sich um. Von ihr keine Spur.

Sie hatte es geschafft. Wieder einmal.

26 Sonntag, 11:40 Uhr

Beim Anblick der Schlange im Kassenbereich wusste Henne sofort, dass er einen großen Fehler gemacht hatte. Sonntags freiwillig ins Schwimmbad zu gehen war grob fahrlässig, ins »Aqua-Olsberg« zu fahren, war Wahnsinn. Neben den unzähligen Touristen versprachen sich nämlich auch die Einheimischen eine Menge Spaß zwischen Entspannungsbecken, Textilsauna und Massagestrahlern. Und zwar nicht etwa, weil man sich hier auf den neuesten Rutschen oder coolsten Sprungtürmen sein Direktticket in die nächste Notfallambulanz buchen konnte. Im Gegenteil. Weil im »Aqua-Olsberg« nahezu alle diese scheinbaren Attraktionen fehlten, war das Bad deutlich weniger »teenagerverseucht«. Was bedeutete, dass keine halbstarken Hormonjunkies das Leben der eigenen Kleinkinder gefährdeten, um auffällig uninteressierte, pickelige Mädchen zu beeindrucken. Außerdem waren die Preise hier noch im Rahmen des Erträglichen, und es war keine zwanzig Fahrminuten von Brilon entfernt. Das Kassenproblem hatte es trotzdem in sich.

Das Grauen, dachte Henne und begann zu schwitzen. Kein Wunder, wenn man als verantwortungsvoller Vater zwei viel zu große Trainingstaschen mit dem Schwimmzubehör der Kinder nebst Bademänteln, Duschzubehör und einer Tupperbox mit geschältem Obst und Gemüsehappen halten muss, während gefühlte 30 Grad Vorwärmung und 100 Prozent Luftfeuchtigkeit dafür sorgen, dass jede Zelle des Körpers nach Erfrischung brüllt. Auf die Familien-Tupperbox hätte er verzichten können, denn die Pommes mit Currywurst vor Ort waren unschlagbar. Aber sie waren nicht gut genug, um dafür einen späteren fundamentalen Ernährungsstreit mit Inka vom Zaun zu brechen. Tom würde schweigen können, für Mia konnte Henne nicht garantieren.

Henne war genervt, wie er es früher nur gewesen war, wenn sein geliebter Heimatverein, der SV Brilon, verloren hatte oder er, statt Verbrecher zu jagen, Tonnen von polizeilichen Verwaltungsformularen auszufüllen hatte. Jetzt versuchte er, dabei aber so gelassen wie möglich auszusehen, damit Mia und Tom nichts von seiner Laune mitbekamen. Wieder einmal war Henne davon überzeugt, an der falschen Kasse zu stehen. Das passierte ihm in letzter Zeit immer wieder. Henne hatte die linke Kasse gewählt, weil er glaubte, dort schneller ans Ziel zu kommen. Die Frau an der anderen Kasse, mit ihren knallroten Bermudashorts und dem uniformartigen blauen Polohemd, hatte jedoch im Unterschied zu seiner Kassiererin keinerlei Probleme damit, den günstigsten Eintrittstarif für eine Familie mit zwei Erwachsenen und vier Kindern schnellstmöglich zu finden. Weshalb an der rechten Kasse ein stetiger Fluss an Badegästen ins Vergnügen entlassen wurde, während Henne, Tom und Mia froh sein konnten, wenn sie bis zum Einlass nicht dehydriert waren.

Als Henne endlich an die Reihe kam, drehte er sich kurz nach hinten, um zu sehen, wie lang die Schlange hinter ihm war. Er sah nur eine Frau, die seinem Blick auswich. Hinter ihr stand niemand mehr. Sie war das Ende seiner Schlange. Hätte man ihn nur etwas später gebeten, diese Frau zu beschreiben, wäre es ihm nicht möglich gewesen. Dabei hätte es wichtig sein können, sehr wichtig. Aber das konnte Henne nicht ahnen.

»20,50 Euro, wenn's geht, passend!«, wünschte die Kassiererin, während Henne nach dem Geld kramte, das er längst hätte passend in der Hand haben können. Irgendwie war es dann doch überraschend, als zahlungspflichtiger Kunde an der Kasse zu stehen und nicht mehr als Wartender in der Schlange.

Das leise, leicht genervte Aufstöhnen hinter sich hörte Henne nicht.

27 Sonntag, 11:42 Uhr

Das kalte Metall glänzte im Licht der Neonbeleuchtung an der Decke. Der Mann hielt die Automatikpistole in seiner rechten Hand, den Arm gestreckt und zu Boden gerichtet. Er konzentrierte sich. Dann atmete er aus, platzierte seine Beine leicht versetzt, etwa in Schulterbreite, und legte an. Es dauerte drei Sekunden, dann ließ der Rückschlag die Waffe nach hinten schnellen. Ein peitschender Schuss musste gerade die umgebende Stille zerrissen haben. Gehört hatte Röggen nur eine undefinierbare Mischung aus einem Zischen und einem Plopp. Der nagelneue Gehörschutz auf ihren Ohren isolierte einfach zu gut. Allerdings konnte Röggen sehen, dass der Schütze gar nicht übel war, denn nur eine Sekunde, nachdem sich eine leichte Rauchwolke aus dem Auswurf der Waffe verzogen hatte, tauchte auf einer digitalen Anzeigetafel neben dem Schützen eine rote »9« auf.

Röggen stand mit einer kopfhörerähnlichen »Mickymaus« auf der Schießanlage der »Schützenbruderschaft St. Johannes« in Meschede. Es hätte aber – abgesehen von der Schießanlage – genauso gut der Sitz eines erfolgreichen mittelständischen Unternehmens sein können. Weder der fast clubähnliche Eingangsbereich noch irgendeiner der Räume, den sie bisher betreten hatte, erinnerte auch nur entfernt an das, was man sich normalerweise unter einem »Schützenheim« vorstellte. Kein finsterer, renovierungsbedürftiger Backsteinbau aus den Niederungen des 20. Jahrhunderts, und keine miefige Kneipenatmosphäre aus Altmännerschweiß, Zigarettenrauch und Bierdunst. Stattdessen moderne

Glas- und Wandflächen, helle Flure und Flachbildschirme, über die wechselweise Live-Schießergebnisse von der Anlage oder ein Nachrichtensender flimmerten. Irgendwie fühlte sich Röggen an das FBI-Ausbildungscamp aus ihrem Lieblingsfilm »Das Schweigen der Lämmer« erinnert, den sie früher mit ihrem Mann angeschaut hatte. Es kam ihr vor wie Lichtjahre entfernt. Trotzdem erinnerte sie sich unwillkürlich daran, was ihr zukünftiger Ex-Mann einmal über Schützenvereine gesagt hatte. Schützenvereine sind die Golfclubs des Sauerlandes. Nur, dass die Brüder bewaffnet sind. Und auch wenn echte Golfclubs mittlerweile nur so aus dem Boden sprießten, musste Röggen ihm widerwillig recht geben. Nirgendwo trafen Geld und Macht so effizient, so hemdsärmelig und gefährlich diskret aufeinander wie in Schützenvereinen.

Jemand zog an ihrem Ärmel. Röggen schreckte auf, nahm ihren Gehörschutz ab und sah einem älteren Herren in das etwas zu rote Gesicht.

»Rainer hat jetzt Zeit für Sie«, sagte er gegen den plötzlich ohrenbetäubenden Lärm von mindestens fünfzehn Schießbahnen in Betrieb und nahm ihr den Gehörschutz vorsorglich ab. Auch wenn Röggen eine Sekunde brauchte, um sich klarzuwerden, wer damit gemeint war.

Drei Minuten später stand sie Rainer Löwe im Gemeinschaftsraum der Bruderschaft gegenüber. »Der Vorsitzende«, wie er sich selbst in bester Diktatorentradition nennen ließ, saß lässig zurückgelehnt in seinem Ledersessel am Kopf eines modernen Besprechungstisches. Röggen vermutete, der Stuhl musste auf maximale Höhe eingestellt sein, denn als unscheinbarer Mann von geringer Größe und noch kleinerer Ausstrahlung hätte Löwe sonst deutlich weniger weit über die Tischplatte sehen können. Was Röggens ersten Eindruck von ihm nur verstärkte: Sie mochte ihn nicht und war froh, dass sie es auch nicht musste. Vor Löwe ausgebreitet lag ein Wust von Listen, Übersichten und Plänen. Ein Faxgerät an der Wand spuckte unentwegt weitere Papiere aus. Darüber hing ein Whiteboard, auf dem Listen von Mitgliedernamen und Aufgaben standen.

»Sie müssen entschuldigen«, sagte Löwe. »Die Aufbauarbeiten für das Schützenfest haben begonnen. Das ist so ziemlich die stressigste Zeit des Jahres.« Er sah Röggen an.

»Und bevor Sie fragen, ich habe nichts gegen Schwule. Wie soll ich dann etwas gegen einen schwulen Schützenbruder haben?«, fragte er. Und auch wenn er es noch tausendmal wiederholt hätte, es hätte nicht einen Deut glaubwürdiger geklungen.

Mehr aus taktischen, denn aus inhaltlichen Gründen schrieb Röggen Löwes Lüge in ihr Notizbuch. Es sah offizieller aus. Und wenn man jemanden wie Löwe befragte, konnte das nicht falsch sein. Sie sah sich um. Auch im Gesellschaftsraum spiegelte sich das moderne Bild der Anlage wider. Helle Einrichtung, zwei riesige bodentiefe Fenster mit Blick auf den vereinseigenen Biergarten, ein entsprechend hoher Tageslichtanteil und ein eleganter Teppich. Es sah aus, als hätte die Moderne den Muff der Tradition tatsächlich erfolgreich verdrängt.

Allerdings entlarvte eine ganze Batterie blitzblank geputzter Vitrinen, die an den Wänden rund um den Tisch standen, das als kosmetischen Akt. Man hatte die Tradition einfach in gläserne Sarkophage verpackt. In den Vitrinen buhlten nämlich zahllose sorgfältig drapierte Pokale, Trophäen, Urkunden und Auszeichnungen um die Aufmerksamkeit des Betrachters. Wohl aus optischen Gründen immer mal wieder aufgelockert durch künstliches Eichenlaub, die ein oder andere Patronenhülse und Erinnerungsfotos von stolzen, rotgesichtigen und übergewichtigen Männern. Entweder mit Schusswaffen aller Art oder dem, was sie damit erlegt oder gewonnen hatten.

»Sind das alles Auszeichnungen und Siegerpokale?«, fragte

sie. Die Beeindruckte zu geben war bei Egomanen meist der sicherste Weg, das Eis zu brechen. Anscheinend auch bei Löwe.

»Die Schützenbruderschaft St. Johannes gibt es seit Mai 1897. Da sammelt sich schon mal ein bisschen Lametta«, sagte er jovial. »Aber wenn wir vielleicht zur Sache kommen könnten …«

Röggen nickte nur. »Wir sind bei der Sache, Herr Löwe.« Mehr als Löwes Worte hatte ein Foto in einer der Vitrinen Röggens Aufmerksamkeit erregt. Zwischen einer Auswahl an Siegermedaillen an lächerlich bunten Bändern lachte ihr die rotgesichtige und etwas jüngere Version von Rainer Löwe entgegen. In einem Bierzelt. Neben ihm ein deutlich größerer Mann. Beide standen stolz vor einer Bühne. In der einen Hand je einen Vereinskrug mit Bier. Aber es waren nicht die beiden Schützen, die Röggens Polizistinneninstinkt geweckt hatten, sondern der Hintergrund. Genauer gesagt, die Personen an einem Brauhaustisch links hinter den Helden im Vordergrund. Dort servierte eine junge Kellnerin drei Männern und einer weiteren Frau ein Tablett mit Bier. Einer der Männer im Hintergrund war Hesterkamp. Und die Kellnerin war unverkennbar Nathalie Brückner.

»Wann wurde das hier aufgenommen?«, fragte Röggen.

Löwe sah fragend auf das Foto in der Vitrine. »Auf dem Schützenfest vor drei Jahren«, sagte er und setzte sich wieder. »Wollen Sie einen Abzug?«

»Bitte«, sagte Röggen bestimmt und wandte sich wieder Löwe und dem Konferenztisch zu. Auch wenn sie nicht wusste, welchen konkreten Nutzen das Foto hatte, es war der erste konkrete Hinweis, der die beiden Opfer miteinander verband.

»Wie trinken Sie Ihren Kaffee, Frau Röggen?«, hörte man eine Stimme aus der offenen Tür zu einem Nebenraum. Eine hochmoderne, kleine Küche, wie Röggen wusste. Und sie wusste auch, wem die Stimme gehörte. Ming Kaih, einer höchstens zwanzigjährigen, bildhübschen Vietnamesin, die Löwes Tochter hätte sein können. Stattdessen war sie seine Frau. Röggen wusste nicht, was sie unangenehmer fand.

»Schwarz. Ohne Milch, ohne Zucker«, antwortete Röggen und fügte noch ein »Danke« hinzu, das aber im Lärm des prompt angeworfenen Kaffeevollautomaten unterging. Anscheinend war Ming Kaih Höflichkeiten nicht gewohnt.

»Natürlich war ich nicht begeistert, als Hesterkamp damals den Vogel abgeschossen hat. Aber was passiert, passiert, oder?«, fragte Löwe rhetorisch und setzte ein Lächeln auf. Röggen war sicher, gerade die Untertreibung des Jahres gehört zu haben. Zumal Löwe allgemein als Manipulator und Meister der Intrige bekannt war und sich nur aus einem einzigen Grund einer gewissen Beliebtheit erfreute – weil er reich war. Gut, keiner der Schützenbrüder von St. Johannes musste beim Discounter einkaufen. Aber im Gegensatz zu den ansonsten eher scheuen, bodenständigen und sparsamen Sauerländern gab Löwe sein Geld gerne aus. So gerne, dass es ihm mühelos gelungen war, sich innerhalb weniger Jahre zwei Dinge zu kaufen: das Amt des Vorsitzenden der Schützenbrüderschaft und seine Frau.

Löwe war Erbe eines Steinbruchimperiums, das sein Vater ihm hinterlassen hatte. Vor zwei Jahren hatte er einen dieser Steinbrüche verkauft. Über zwanzig Millionen Tonnen Abbaukapazität waren der Grund dafür, dass eine Baufirma ihm eine Summe überwies, die es ihm möglich machte, nie mehr das Licht ausmachen zu müssen, wie Löwe ungefragt und unbescheiden verkündete. Dass die Verkehrsadern des Ruhrgebietes ohne seinen Stein nicht fließen würden, war eine weitere Behauptung, die er gerne in den Raum stellte. In der Küche verstummte der Kaffeeautomat, und Geschirrgeklapper kündigte an, dass der Kaffee bald kommen würde.

»Tut mir übrigens leid mit Ihrem Mann«, sagt Löwe mit geheuchelter Betroffenheit. »Er wohnt nicht mehr bei Ihnen, richtig?«

»Ich bin weder gekommen, um mit Ihnen über Privates zu reden, Herr Löwe, noch um mir Märchen anzuhören.«

Löwe tat irritiert. »Was genau meinen Sie mit Märchen?«, fragte er und setzte eine interessierte Miene auf.

»Zum Beispiel die Tatsache, dass Sie sich alle Mühe geben, mir bloß kein Motiv für den Mord an Herrn Hesterkamp zu liefern. Ich sage Ihnen mal, was ich denke.«

Löwe beugte sich vor. Diesmal aufrichtig interessiert, wie ein diskretes Raubtierlächeln zeigte.

»Wenn ich mich hier so umsehe, gibt es genau drei Dinge, die eine Schützenbruderschaft wie diese ausmachen.«

»Ich bin gespannt.«

»Tradition, Tradition und nochmals Tradition«, fuhr Röggen fort. »Herr Hesterkamp hatte den Mut oder auch nur die Unverfrorenheit, sich in mindestens zwei Fällen gegen diese Traditionen aufzulehnen. Erstens, weil er schwul war, und zweitens, weil er sich mit dem eigenmächtigen Abschuss des Vogels über eine offenbar eiserne interne Regel hinweggesetzt hat.«

»Und deshalb meinen Sie, ich würde ihn gleich umbringen?«, fragte Löwe fast enttäuscht.

»Sagen Sie es mir. Wo waren Sie zur Tatzeit?«

Von Röggen kaum bemerkt, hatte Ming Kaih ein Tablett mit frischem Kaffee, einer Schale Kekse, Zucker und frischer Sahne auf den Tisch gestellt, ohne dabei ihren Mann aus den Augen zu verlieren. Wie jemand, der Fehler vermeiden will, und aus diesem Grunde aufpassen muss, denjenigen nicht aus den Augen zu lassen, der diese Fehler sanktioniert.

»Vielleicht sagen Sie mir zunächst, wann die Tatzeit war, damit ich ehrlich antworten kann. Ich müsste sonst raten.«

Röggen spürte, wie die Wut in ihr aufstieg. Sie musste kämpfen, um sich das nicht anmerken zu lassen. Ihr war aber klar, dass sie sich nicht nur über Löwes Jovialität ärgerte, sondern auch und besonders über die Frage nach ihrem Mann. Im Laufe der Zeit hatte sie es geschafft, private Empfindungen von ihren beruflichen Verpflichtungen zu trennen. Hier fiel es ihr schwerer denn je. Sie wusste zwar noch nicht, ob es inzwischen eine Bestätigung für die Serientäter-Theorie gab, beschloss aber, Löwe nach zwei Alibis für zwei Tatzeiten zu fragen.

»Sagen wir Freitag nach 20:00 Uhr und gestern zwischen 17:00 und 19:00 Uhr.«

»Ich war hier«, sagte Löwe, ohne groß zu überlegen. »Sie können gerne meine Frau und etwa drei Dutzend Vereinskollegen fragen. Ich bin amtierender Schützenkönig. Und schon ohne diese Ehre quasi rund um die Uhr im Einsatz für das bevorstehende Schützenfest. Außerdem sind wir satzungsmäßig in einer kleinen Ausnahmesituation.« Er lehnte sich angemessen betroffen in seinem Sitz zurück, um den kommenden Worten ihre eigene Tragkraft zu verleihen.

»Wie Sie vielleicht wissen, habe ich mich bereit erklärt, meinen diesjährigen Abschiedsball zusammen mit Herrn Hesterkamp auszurichten. Quasi als Geste der Versöhnung für den damaligen Vorfall.«

»Sie meinen seinen Raub der Königswürde durch den unplanmäßigen Abschuss des Vogels?«, fragte Röggen.

»Genau. Und ich denke, diese Geste zeigt, dass weder ich noch irgendwer anders hier einen Groll gegen Herrn Hesterkamp gehegt hat.«

Röggen nickte wenig überzeugt. »Was genau war denn der Grund, warum Herr Hesterkamp den Abschiedsball während seiner Regentschaft abgesagt hatte?«

Löwe räusperte sich und lehnte sich wieder etwas vor. Sein Ton wurde vertraulicher, diskreter. »Ich weiß es nicht genau, aber wir alle vermuten psychische Probleme. Er zog sich immer mehr zurück. Ich denke, das Jahr seiner Regentschaft hat ihm wohl gezeigt, dass die Königswürde in einem renommierten Schützenverein auch mit ziemlich viel Arbeit verbunden ist.«

»In konservativen Kreisen wie diesen glich es wohl eher einem Spießrutenlauf, oder?«, fragte Röggen trocken.

Löwes Miene versteinerte sich. »Die Absage seines Balles damals war seine freie Entscheidung. Genau wie der Entschluss, den Vogel abzuschießen«, sagte er distanziert. »Warum sollten wir alle hier mit ihm den Schulterschluss suchen, wenn wir ihn eigentlich lieber umbringen wollten?«

»Vielleicht weil das genau die Art ist, wie man Könige beseitigt. Indem man sie umarmt und ihnen ein Messer in den Rücken sticht«, sagte Röggen. »Oder in diesem Fall erst eine Leiche in seinen Garten legt.«

Löwe atmete hörbar aus. Seine Geduld schien auf eine harte Probe gestellt. »Ich schlage vor, entweder Sie verhaften oder Sie entschuldigen mich«, lächelte er mühsam.

Röggen ignorierte seine Bemerkung. »Kommen wir zu Nathalie Brückner«, sagte sie. »Ich nehme an, Sie war trotz aller Weltoffenheit kein Mitglied hier, oder?«

Auf Löwes Blick legt sich zum ersten Mal so etwas wie der Anflug eines aufrichtigen Gefühls. War das Trauer?

»Trotz aller Weltoffenheit sind wir immer noch eine Bruderschaft«, lächelte Löwe nun etwas unsicher. »Aber wenn Sie nach einer Verbindung zwischen den beiden Opfern suchen, dann haben Sie sie bereits gefunden.« Er deutete auf die Vitrine mit dem Foto. »Das stammt von dem Schützenfest, auf dem Herr Hesterkamp König wurde. Und wenn Sie schon so gut vorbereitet sind, wissen Sie sicher auch, dass wir alle unsere Feierlichkeiten und Feste vom Cateringservice Ried ausrichten lassen, für den Frau Brückner gearbeitet hat.«

Röggen sah auf. »Dann war sie also bei so gut wie jeder Feier mit dabei?«

»Sie war eine der fähigsten Mitarbeiterinnen, die man sich vorstellen kann.« Röggen glaubte, einen kurzen Moment des Sinnierens zu erahnen. Dann setzte Löwe wieder die Maske des großen Vorsitzenden auf. »Alles weitere müssten Sie besser Herrn Ried fragen«, sagte er offiziell und sah von seiner Uhr auf die Papiere vor sich. »Und wenn Sie dann nichts mehr brauchen … Der Aufbau wartet.«

Röggen sah ihn an.»Zwei Dinge brauche ich tatsächlich noch«, sagte sie. »Eine Liste aller Vereinsmitglieder, und eine Kopie des Fotos in Ihrer Vitrine.«

Löw stand auf, ging zur Vitrine, holte das Foto heraus, und gab es Röggen. Dabei achtete er darauf, dass Ming Kaih in der Küche nichts mitbekam.

»Ich weiß, Sie halten mich für einen machtbesessenen Widerling, Frau Röggen. Aber das macht nichts. Ich will trotzdem, dass Sie den Mörder finden«, sagte er in ebenso vertraulichem wie deutlichem Ton. »Ich möchte nicht, dass irgendein Verdachtsmoment an meinem Verein hängenbleibt.«

»Sie waren nicht eher zufällig Nathalie Brückners Kunde?«, fragte Röggen.

»Nicht ich«, sagte Löwe und klang plötzlich sehr diskret. »Aber wenn Sie die Liste unserer Mitglieder bekommen, könnte es sein, dass Sie den ein oder anderen Namen auf einer möglichen Kundenliste von Frau Brückner wiederfinden. Einflussreiche Namen. Namen wie der Ihres Mannes. Ich wäre Ihnen dankbar, wenn das nicht öffentlicher werden würde, als es unbedingt sein muss«, sagte er.

Röggen sah ihn nur an und ließ ihn stehen.

28 Sonntag, 11:55 Uhr

Der smaragdgrüne Polo stand unscheinbar in einer Parklücke auf dem nicht gerade repräsentativen Fuhrparkgelände von »HSK rent-a-car«. Genau genommen, war es ein besserer Hinterhof. Inka und Kemperdick sahen auf eine seltsame Mischung aus Gewerbebrache und Obstgarten. Im hinteren Teil des etwa hundert Meter langen Grundstücks standen ein halbes Dutzend Kirsch-, Apfel- und Birnbäume, die ebenso nach der Hand eines Gärtners zu schreien schienen wie die Reste des Rasens um sie herum. Davor erstreckte sich eine Wüste aus offenbar mehrfach planiertem Schotter, der sich mindestens genauso oft wieder gelockert hatte und entsprechende Schlaglöcher warf.

Ein Großteil der Autos, die Kemperdick auf den Abbildungen im Büro gesehen hatte, verteilte sich auf improvisierte Parkplätze vor einem löchrigen Bretterzaun. Nicht gerade ein Zeichen für rege Nachfrage. Der Zaun umgab das Gelände eher symbolisch und ließ eine nagelneue Sanitärausstellung zu seiner Rechten ebenso gut erkennen wie eine Frittenbude zu seiner Linken. Ein betagter Hochseecontainer, der in der Mitte des Geländes stand, rundete den Eindruck von Vergänglichkeit perfekt ab. Offenbar zu einer Art Werkstatt mit angrenzendem Autowaschplatz umfunktioniert, wartete er darauf, dass der Rost seinem jämmerlichen Leben endlich ein Ende machen würde. Ein Blick auf diverse Eimer und Fässer mit fragwürdigem Inhalt neben dem Waschplatz sagte Inka, dass ein Anruf bei der Umweltbehörde den Container und die gesamte Firma in wenigen Stunden erlösen würde. Zumal das Thema Grundwasserverunreinigung, gerade in der Nähe des Hennesees, kein Kavaliersdelikt war.

»Kann ich dann loslegen?« Das war Porbecks Stimme. Der Forensiker stand hinter dem Polizeikombi, den Inka in sicherem Abstand zu den HSK-eigenen Fahrzeugen abgestellt hatte, und zog sich den Reißverschluss eines Tatortoveralls zu.

»Hauen Sie rein«, sagte Inka und beobachtete, wie Porbeck mit zwei Aluminiumkoffern und seinem unverzichtbaren Tablet-PC zum Polo schlich.

»Normalerweise waschen wir die Autos immer sofort, wenn wir sie zurückkriegen«, verteidigte sich Florian Stein. »Nur nicht am Wochenende. Und schon gar nicht, wenn die Kundin sie einfach hier abstellt. Ich meine, wir hatten ja nicht mal 'ne richtige Rückgabe. Was ist denn, wenn die Karre irgendwie im Arsch ist oder so?«

Der Gedanke schien ihm gerade erst gekommen zu sein. Und mit ihm das, was ihm dafür von seinem Chef blühte.

»Der Eigentümer von HSK ist übrigens nicht erreichbar. Kommt erst morgen früh aus Holland zurück«, erklärte Kemperdick Inka.

»Dann sind wir ja quitt, was das gegenseitige Verstopfen der Straßen angeht«, grinste Inka, merkte aber, dass Kemperdick den »Insider« nicht verstand. »Holländer? Im Sauerland?«, versuchte sie eine Erklärung. Sie erntete ein Nicken, das eher um Nachsicht bat als Verständnis signalisierte und winkte ab. »Erkläre ich Ihnen nachher«, sagte Inka und wandte sich an den Aushilfsstudenten.

»Wie genau hat diese Frau, oder wer auch immer, das Auto denn zurückgegeben?«

»Das hab ich doch schon gesagt«, meinte Stein. »Gar nicht.«

Er ging vor in Richtung des etwa zwei Meter hohen Maschendrahttores, das Inka gerade mit Porbeck im Polizeikombi passiert hatte und das unmittelbar neben dem Büro Eindringlinge vom Platz fernhalten sollte. Inka fand, es hinderte wahrscheinlich eher die Autos und den Container an der Flucht.

»Hier hat er gestanden.« Florian deutete auf einen ungepflegten kleinen Grünstreifen neben dem Tor. »Und den Schlüssel hat sie in den Briefkasten geworfen.«

Sie gingen das Gelände nach weiteren verwertbaren Spuren ab. Vergeblich. Inka ließ ihren Blick in Richtung Dächer der umgebenden Gebäude schweifen.

»Ich nehme mal an, so was wie Zeugen wird es hier nicht gegeben haben, oder?«

Florian schüttelte den Kopf. »Außerhalb der Geschäftszeiten garantiert nicht. Ich meine, hier lässt sich ja schon kaum einer blicken, wenn auf ist.«

»Und so was wie Überwachungskameras gibt es wohl auch nicht, oder?«, fragte sie in Richtung des Studenten, der nur spöttisch lächelte.

»Mann, ich bin froh, wenn mir der Stuhl nicht unterm Arsch zusammenbricht«, sagte er. »Und die Sanitärausstellung macht, glaube ich, erst nächsten Monat auf«, fügte er an. Immerhin war er aufmerksam genug, Inkas suchenden Blick zum Nachbargrundstück zu bemerken.

Inka wollte gerade wieder in Richtung Platz gehen, um wenigstens von Porbeck einen brauchbaren Hinweis zu erflehen, als ein kurzes Hupen sie innehalten ließ. Die Polizisten und Stein wandten sich um und sahen, dass Röggens Wagen am Straßenrand angehalten hatte. Röggen schlug die Tür zu und war schon auf dem Weg zu ihnen.

»Die Zentrale hat gesagt, ihr seid hier. Und? Seid ihr weitergekommen?«

Inka seufzte. »Wir hatten gehofft, du würdest uns sagen, einer der Schützenbrüder hat alles gestanden.«

Röggen lächelte und berichtete über ihre Befragung des großen Vorsitzenden, inklusive seiner versuchten Einflussnahme. Inka war irritiert.

»Aber Nathalie Brückner hatte gar keine Kundenliste.«

»Ich weiß«, lächelte Röggen. »Aber das muss Löwe ja nicht wissen. Ein bisschen Respekt tut dem Kerl mal ganz gut.«

»Aber trotzdem bedeutet das ja, dass Nathalie Brückner in Schützenkreisen ziemlich bekannt war«, überlegte Kemperdick. »Und dass sich mit Sicherheit auch einige der Herren bei ihr ausgetobt haben. Was dann wohl auch einige Motive ergibt, sie möglicherweise umzubringen.«

»Aber nicht auch Hesterkamp«, warf Inka ein. »Und wir haben nur einen Täter«, sagte sie und fügte für Röggen mit an: »Sagt Porbeck.« Sie sah in die nachdenklichen Gesichter ihrer Kollegen. »Gut«, gab sie zu, »ich traue den Schützenbrüdern auch einiges zu. Aber wenn ich Nathalie Brückner und Wolfgang Hesterkamp umbringen wollte, dann würde ich sie doch irgendwo in meinen Steinbruch werfen oder durch die Holzsägemaschine jagen und ihnen nicht aufwendig Nähte verpassen und fast öffentlich zur Schau stellen. Überlegt doch mal, wie groß der Aufwand und das Entdeckungsrisiko dabei sind.«

Röggen und Kemperdick nickten.

»Tja, dann können wir das hier wohl in die Akte legen«, sagte Röggen und reichte Inka und Kemperdick das Foto, auf dem Hesterkamp und Nathalie Brückner zu erkennen waren.

»Und was ist das?«, fragte Inka.

»Der optische Beweis, dass es die Verbindung zwischen der Bruderschaft und beiden Opfern gibt. Stammt vom Schützenfest, auf dem Hesterkamp König wurde.«

Inka sah von dem Foto zu Röggen.

»Besser als nichts«, sagte sie. Was schon eine Sekunde später als Untertreibung entlarvt wurde.

»Das ist die Frau!«

Die drei Polizisten wandten sich um und sahen Florian Stein an, von dem der Ausruf gekommen war und der jetzt mit großen Augen auf das Foto deutete.

»Die da«, sagte er. Die Polizisten folgten der Richtung seines Fingers zu dem Foto in Inkas Hand.

»Die Frau, die den Wagen geliehen hat? Welche? Die?«, fragte Inka und deutete auf Nathalie Brückner.

»Nee, nicht die«, meinte Stein. »Die am Tisch neben dem fetten Holzfällertypen.«

Die drei Polizisten starrten auf das Foto. Links neben Hesterkamp erkannte man am Bildrand die Gestalt einer jungen Frau. Offenbar in ein Gespräch vertieft, schloss sich ihre Hand um ein Bierglas auf dem Tisch.

»Woher willst du das wissen?«, fragte Kemperdick. »Hast du nicht gesagt, die hat eine Perücke getragen?«

»Klar, aber der Ring, Mann. Jetzt erinnere ich mich, die hatte genau denselben Ring wie die.«

Inka ging alarmiert zum Polo, der mit weitgeöffneten Türen auf dem Parkplatz stand. »Herr Porbeck, wäre schön, wenn Sie da irgendwas für uns finden. Wäre echt wichtig.«

Porbeck sah sie von unter seiner Papierkapuze aus an. »Da muss ich Sie leider enttäuschen, der Wagen sieht innen aus wie frisch gereinigt.«

29 Sonntag, 12:04 Uhr

»Henne?«, fragte eine überraschte Stimme.

Manche Dinge erscheinen selbst aus dem Blickwinkel eines bekennenden Hausmannes und Vaters unwürdig. Zum Beispiel, in einem viel zu warmen Lernschwimmbecken zu liegen. Und zwar so, dass nur maximal die Hälfte des Körpers wohlig warm bedeckt ist, während die andere an der viel zu kalten Luft bibbert. Dass ausgerechnet jetzt Sandra Meerbaum, seine erste große Liebe, mit ihrem jüngsten Spross ins Becken stieg, machte die Sache nicht besser. Mia und Tom, deren Körper vollständig mit Wasser bedeckt waren, paddelten in Sichtweite. Für Henne zu nah, denn vor allem seine Tochter war nicht nur außergewöhnlich schlau, sondern auch äußerst kommunikativ. Und wenn sie abends ihrer Mutter davon berichten würde, dass er mit einer sehr attraktiven, jungen Dame im Lernschwimmbecken gelegen hatte, müsste er einiges erklären.

»Was machst du denn hier?«, wollte Sandra wissen.

»Du, schwimmen. Auch wenn es nicht so aussieht. Und du?«

»Auch. Kennst du Justin?«, fragte Sandra und täschelte den etwas dicklichen Jungen mit einer unvorteilhaften Chlorbrille neben sich.

Henne kannte ihn nicht. Justin war zwar im gleichen Alter wie Mia, aber genauso wenig an ihr interessiert wie Henne an Sandra.

»Nee. Ist das deiner?«

»Klar. Mensch, wie lange haben wir uns jetzt nicht gesehen?«

»Keine Ahnung.«

»Ich aber: zehn Jahre.«

Sandras zeitliche Einordnung war schnell und präzise. Zu präzise, um sie einem Zufall zuzuschreiben. Henne war sich sicher, dass sie sich im Unterschied zu ihm an jedes Detail ihrer Beziehung erinnern konnte. Er hatte das meiste davon verdrängt. Auf der Suche nach der Frau fürs Leben war Sandra eine unnötige Abzweigung gewesen, die er besser ausgelassen hätte.

»Bist du noch bei der Polizei?«

»Ja«, antwortete Henne, so knapp es ging, und musste dabei auch leider feststellen, dass Mia direkt auf ihn zupaddelte. Sandras Blick wurde ernst.

»Hast du mit den Morden zu tun? Schreckliche Sache, weiß man schon mehr?«

»Äh …eigentlich ….«

»Nein, mein Papa weiß nichts. Er ist nicht mehr bei der Polizei.«

»Darf ich vorstellen, Mia. Meine Tochter … Und natürlich bin ich noch bei der Polizei, aber zur Zeit …«

»Ist er Hausmann«, ergänzte Mia, sachlich völlig korrekt. »Mein Papa hat sich entschlossen, zu Hause zu bleiben, aber meine Mama ist dafür bei der Polizei. Hauptkommissarin. Sie heißt Inka, und Sie?«

»Sandra.«

Sandra wunderte sich, dass ein Kind, das höchstens so alt war wie ihr Justin, ihm in intellektuellen Dingen und möglicherweise auch in vielen anderen so überlegen war.

»Und wer sind Sie?«, setzte Mia noch eins drauf.

»Ich bin …«

»Wir kennen uns aus der Schule«, beeilte sich Henne zu erklären.

»Dein Vater und ich, wir waren mal …«

»Papa, kommst du? Ich will vom Meterbrett springen.«

»Echt?«

Henne wuchtete seinen athletischen Körper aus dem Lernschwimmbecken, was Sandra zum Anlass nahm, zu überprüfen, ob die vergangenen zehn Jahre einen schädlichen Einfluss auf ihn genommen hatten. Offensichtlich war Sandra noch immer zufrieden mit dem was sie sah, sie grinste Henne an.

»Du, ein Hausmann, hätte ich nie gedacht.«

»Ja, ich auch nicht.«

»Papa, komm!«

Während Sandra ihm noch nachschaute, beeilte sich Henne, Tom zu holen und das Lernschwimmbecken so schnell wie möglich hinter sich zu lassen. Auf dem Weg zum Sprungbrett fiel Henne eine Frau auf, die auf einer Liege lag und deren linke Hand zitterte. Auch Tom bemerkte die Frau, nicht wegen des Zitterns, sondern wegen der hektischen Atembewegungen.

»Was hat die?«, fragte Tom und blieb stehen.

»Keine Ahnung.«

Sie gingen weiter Richtung Sprungturm, aber der Moment der Ablenkung hatte gereicht. Ein fetter Platscher im Becken machte Henne klar, dass er Mias Sprung schon verpasst hatte. Die tauchte zwar im selben Moment strahlend und prustend zugleich auf, aber das Geräusch des Aufpralls oder das Glucksen seiner Tochter ließen eine undefinierbare dunkle Ahnung durch Hennes Kopf schießen, die die freudige Leichtigkeit des Augenblicks schlagartig vertrieb.

»Mist!«, sagte er, als ihm klar wurde, was es war.

»Was ist, Papa?« fragte Mia erstaunt.

»Ich hab Böse im Schlafzimmer vergessen.«

»Oh, oh«, war alles, was Mia dazu sagte.

30 Sonntag, 12:58 Uhr

Das satte Zuschlagen der Autotür holte Inka in die Realität zurück. Wie so oft, wenn sie sich gedanklich in einen Fall vertiefte, hatte sie nahezu alles um sich herum vergessen. Henne nannte das ihre »Autopilot-Phase«. Aber hinter dem leisen Vorwurf darüber, dass er die eine oder andere Frage an seine Frau wiederholen oder über ein Erlebnis mit den Kindern ein zweites Mal berichten musste, steckte auch ein ordentliches Stück Anerkennung. In einer Welt, in der Multitasking als Wundermittel zur Bewältigung der allgemeinen Überlastung galt, bewunderte er Inkas Fähigkeit, sich einzig und allein auf einen Sachverhalt zu konzentrieren. Henne wusste aus Erfahrung, dass es hundertfach effektiver war, eine Sache richtig zu machen als ein ganzes Dutzend nur halb. Vielleicht gerade weil er in seiner neuen Rolle als Hausmann inzwischen notgedrungen zum König der Multitasker mutiert war.

Eine zweite Autotür schlug zu, und Marlies schloss zu Inka auf. Gemeinsam gingen die beiden Frauen vom Parkplatz des Polizeireviers den kurzen Weg zum Haupteingang.

»Für wann hast du Halverscheid um ein Meeting gebeten?«, fragte Röggen.

Inka sah auf die Uhr. »In genau in drei Minuten.«

»Sportlich«, meinte Röggen. »Aber immerhin sparen wir uns schon mal das Öffnen der Tür.«

Sie deutete mit dem Kopf Richtung Haupteingang, in dem im selben Moment Porbeck und Kemperdick aufgetaucht waren und die Tür aufhielten. Allerdings weniger aus charmanten, denn beruflichen Motiven. Noch auf dem Hof der Autovermietung hatte Inka Kemperdick und Porbeck gebeten, die deutlich stärkere Motorisierung von Röggens Auto zu nutzen und »im Tiefflug« zum Polizeirevier zurückzufahren. Mit der ersten halbwegs konkreten Spur in diesem Fall wollte sie keine Minute verschenken. Die beiden Männer sollten das von Röggen erbeutete Foto schon einmal vergrößern und optisch aufbereiten, während sie sich auf der etwas langsameren Rückfahrt von Röggen auf den kompletten Ermittlungsstand in Sachen Schützenverein bringen ließ. Irgendwo zwischen Bestwig und Nuttlar hatte Inka Halverscheid und Pfeil telefonisch unterrichtet und um die bevorstehende Unterredung gebeten. Wo genau, hätte Inka nicht mehr sagen können. Sie beschloss, ihre Autopilot-Phase als ein gutes Omen für weitere konzentrierte Arbeit zu deuten.

»Sorry, aber besser ist es nicht zu machen.«

Porbeck hielt Inka mit entschuldigend hochgezogenen Augenbrauen einen DIN-A4-großen Fotoausdruck entgegen. Die vergrößerte Teildarstellung des Fotos, auf dem Florian Stein seine seltsame Kundin wiedererkannt hatte. Während alle vier durch das Treppenhaus in den ersten Stock stiegen, betrachteten Inka und Röggen den Ausdruck. Am linken Bildrand erkannte man eine verschwommene grüne Fläche, die Inka im Vergleich mit dem Originalfoto als Ärmel von Löwes Schützensakko identifizierte. Den oberen Rand zierte eine verpixelte Vergrößerung des Pokalhenkels, den die beiden Kleinkaliberhelden hielten. Das Entscheidende aber lag nun in der Mitte des Bildes. Der Tisch, an dem Nathalie Brückner Bier servierte.

»Ich habe den fraglichen Ausschnitt vergrößert und durch alle Bildbearbeitungsprogramme laufen lassen, die unsere IT hergibt. Sogar den LKA-Server in Düsseldorf habe ich angezapft«, sagte Porbeck.

Inka betrachtete den Ausdruck genauer und erkannte den Grund für die etwas defensiven Worte des Forensikers. In Filmen konnte man mit entsprechender Software nahezu jedes Problem dieser Art lösen. Wenn die Geschichte mies genug war, brauchte der Held nur einen handelsüblichen Computer und konnte Satellitenaufnahmen aus 30 000 Kilometern Höhe per Mausklick und ohne Qualitätsverlust so weit vergrößern, dass der Bösewicht an einem Leberfleck auf seinem Hintern überführt wurde. Die Wirklichkeit sah ernüchternder aus. Die Tatsache, dass Nathalie Brückner ein Tablett mit Bier auf einem Tisch abstellte, ließ sich auf der grobkörnigen Darstellung nur deshalb erahnen, weil man es auf dem Originalfoto gut erkennen konnte. Vor einem rauschend bunten Hintergrund aus Zeltwand, einer Holzvertäfelung und Schützenfestgästen in unterschiedlichster Kleidung nahm Holztycoon Hesterkamp am Kopf des Tisches zwei verpixelte länglich gelbe Gegenstände entgegen. Zwei Gläser Bier, wie das Originalfoto im Vergleich zeigte. Der wichtigste Teil des Bildes aber saß links neben ihm. Die Kundin aus der Autovermietung. Oberhalb der Tischkante konnte man lediglich erkennen, dass sie eine weiße Bluse mit kurzen Ärmeln und tiefem Ausschnitt trug. Den Kopf nach links geneigt, lachte sie jemandem zu, der irgendwo außerhalb des Bildes sitzen musste. Dabei verdeckte eine Strähne ihrer aufwendigen Hochsteckfrisur aus vollem, dunklen Haar den größten Teil ihres Gesichtes. Lediglich die Nasenspitze und ein Lächeln waren zu erkennen. Zu wenig für eine prägnante Personenbeschreibung. Genug, um zu ahnen, dass die junge Frau Spaß hatte. Auf dem Tisch vor ihr legten sich ihre Hände um ein halbleeres Glas Bier, vor dessen hellem Hintergrund sich am Ringfinger ihrer linken Hand deutlich das abzeichnete, was der Student in der Autovermietung identifiziert hatte. Ihr Ring. Wenn auch nicht in jedem Detail sichtbar, so konnte man dessen charakteristischstes Merkmal doch erkennen. Ein rechteckiger, etwa vier mal vier Zentimeter großer, smaragdgrün schimmernder Stein, in dessen Mitte etwas Rundes Rotes eingearbeitet war. Vielleicht ein weiterer Stein, vielleicht auch nur eine Verzierung. Zumindest verstand Inka, warum der Student den Ring sofort wiedererkannt hatte. Geschmacklich war das Ding sicherlich grenzwertig, aber kriminalistisch hochinteressant, weil alles andere als Modeschmuck.

»Wir haben den Ring noch einmal extra vergrößert.« Diesmal gab Kemperdick Inka ein weiteres Foto. Dasselbe Format, derselbe Effekt. Wenn man feine Details brauchte, wirkte zu starke Vergrößerung eher kontraproduktiv. Eben noch ein gerade so erkennbares Schmuckstück, war der Ring auf dem zweiten Ausdruck nur noch eine Ansammlung unterschiedlich hell gefärbter grüner und roter Rechtecke. Trotzdem hatten Kemperdick und Porbeck ihr Möglichstes getan.

»Und was den Mietwagen unserer Unbekannten angeht, haben Sie wirklich nicht den kleinsten Hinweis?«, versicherte sich Inka.

»Nur einen«, sagte Porbeck. »Niemand säubert einen Mietwagen selbst, wenn er nicht einen verdammt guten Grund dafür hat. Übrigens haben wir auch außen nichts Verwertbares gefunden. Außer den Fingerabdrücken des Studenten.«

Inka nickte. Mehr hatte sie nach seiner Einschätzung auf dem Parkplatz auch nicht erwartet. Aber zum ersten Mal in den aufreibenden Stunden, die dieser Fall sie jetzt beschäftigte, war »nichts« endlich mal ein Fortschritt. Sie hatten jemanden, der sich ziemlich verdächtig verhielt.

»Gute Arbeit«, sagte Inka und sah vor allem den jungen Forensiker an. Er hatte sich nicht nur die vergangene Nacht um die Ohren geschlagen, sondern auch sein ausgewiesenes Fachgebiet verlassen, um Kemperdick computertechnisch zu unterstützen. Höchste Zeit, dem Mann ein bisschen Ruhe zu gönnen.

»Und jetzt fahren Sie mal nach Hause und holen Sie sich ein paar von den Stunden wieder, die Sie im Labor verbracht haben.« Porbeck nickte dankbar.

»Aber wenn sich irgendwas Neues ergibt ...«

»Springt Ihr Handy Ihnen schneller vom Nachttisch, als Ihnen lieb ist«, unterbrach Inka ihn. Sie sagte das mit einem Lächeln, nahm sich aber fest vor, nur im äußersten Notfall Gebrauch davon zu machen. So, wie die Sache sich entwickelte, würde sie aufpassen müssen, dass sie die Kräfte ihres Teams sorgfältig dosierte. Mit Kemperdick konnte sie erst einmal weniger zimperlich umgehen.

»Und Sie sehen bitte mal zu, ob Sie nicht irgendeine Art von Zeichnung von dem Ding anfertigen können. Wir müssten das ein paar Leuten vorlegen.« Und während Porbeck sich erleichtert verabschiedete, zückte Kemperdick sein Handy und ließ Inka und Röggen den Vortritt in Halverscheids Büro.

Diesmal bat Inka Röggen und Kemperdick, den Polizeichef und Pfeil auf den neuesten Stand zu bringen. Sie hatten es sich bei einer Tasse Kaffee und Supermarktkeksen aus Halverscheids Besprechungsschrank in den guten alten Polstern der Besucherecke bequem gemacht. Waren schon alle Einrichtungsgegenstände um den Chef herum auf Teufel komm raus ins 21. Jahrhundert katapultiert worden, so hatte Halverscheid energisch auf dem Verbleib seines letzten treuen Begleiters durch die zurückliegenden Dienstdekaden bestanden. Inka fand, das Ding gab dem Büro genau das, was alle anderen modernen und streng ergonomischen Einrichtungsgegenstände ihm nahmen: das Gefühl von Verlässlichkeit, von Persönlichkeit und von Konstanz.

Inka tunkte einen Keks in ihren Kaffee und genoss für einen kurzen Moment den Geschmack buttrig bitterer Süße. Das Geheimnis lag darin, den Keks wirklich nur einen Sekundenbruchteil einzutauchen, damit er im Kern noch knusprig blieb und sich bloß nicht im Kaffee auflöste. Wenn das passierte, war für Inka nicht nur ein Moment perfekter Entspannung dahin, die entstandene koffeinhaltige Teigplörre sah auch so ekelhaft aus, dass man sich Kaffee und Kekse abgewöhnen konnte. Oder sich, wie Pfeil, gleich den ganzen Keks in den Mund schaufeln, so dass sich beide Backen ausbeulten wie die eines Feldhamsters in der Woche vor der Kornernte. Pfeil schluckte hörbar und berichtete, was seine Recherche zu Hesterkamps Umfeld ergeben hatte. Der Holzbaron war ein respektierter mittelständischer Chef gewesen, hatte im Ruhrgebiet einen großen Freundeskreis gepflegt und ansonsten am Hennesee so gut wie zurückgezogen gelebt.

Sie kamen zurück zu dem Ring der Unbekannten.

»Brilon hat mindestens zwei gute Juweliere, die sich die Fotos und die Zeichnung mal ansehen sollten. Wann können wir damit rechnen?« Halverscheid hatte den letzten Satz an Kemperdick gerichtet, der aufsah.

»Ich habe eine der Polizeischülerinnen gebeten, sich drum zu kümmern. Heute Abend müssten wir etwas haben, was wir morgen rumzeigen können.«

Halverscheid nickte und wandte sich an Inka. »Und was haben wir bis dahin?«

Inka hielt mit dem Keks in der Hand inne.

»Zumindest mal ein paar Erkenntnisse. Erstens hatten wir Günther Nagel immer noch vage als Verdächtigen im Auge. Das können wir jetzt ausschließen«, sagte Inka. »Beide Morde wurden von ein und derselben Person begangen. Und zum ungefähren Zeitpunkt des zweiten Mordes saß er in seinem Panic Room«, fasste Inka zusammen. Und merkte im selben Moment, dass die untere Hälfte des Kekses schon im Kaffee steckte. Natürlich viel zu lange. Die ersten schweren graubraunen Stückchen bröckelten schon.

»Sie dürfen den nur ganz kurz reinhalten, sonst wird er seifig.« Das war Pfeil, wieder mit vollem Mund. »Oder Sie essen ihn gleich ganz.« Inka seufzte und schob den Kaffee zurück. So viel zu ihrem Moment der Entspannung.

»Aus demselben Grund ist Heiner Ried aus dem Rennen«, übernahm Röggen. »Den hatten wir zum selben Zeitpunkt gerade verhaftet. Alles, womit er rechnen muss, sind diverse Anzeigen wegen Hausfriedensbruch und der Bedrohung von Nagel.«

»Und ziemlichem Ärger mit seiner Frau«, bemerkte Pfeil,

»Die Mitglieder des Schützenvereins würde ich zumindest mal als sehr fraglich einschätzen«, sagte Inka. »Es sei denn, wir finden bei einem der Herren etwas, was wir noch nicht wissen. Aber dafür brauchen wir erst die Mitgliederliste. Wir wissen also schon mal, wer es nicht war. Der Frage, wer es war, könnte uns das hier näher bringen.« Sie deutete auf die von Porbeck vergrößerten Fotos, die Halverscheid eingehend betrachtete. Kemperdick übernahm.

»Unsere Unbekannte ist etwa 30 bis 40 Jahre alt und als die Mieterin eines Wagens identifiziert, der zur fraglichen Zeit in der Nähe des zweiten Tatorts war. Die Beschreibung des Mitarbeiters aus der Autovermietung ist ziemlich dürftig. Wir nehmen an, sie hat sich bei der Anmietung des Wagens verkleidet. Was ja an sich zumindest schon mal auffällig ist. Außerdem sprechen die Art und Weise der Rückgabe des Autos auch nicht gerade für eine reguläre Alltagskundin. Dieselbe Unbekannte war offenbar vor drei Jahren auf einem Schützenfest ganz in der Nähe der Tatorte, wo sie nachweislich mit beiden Opfern zumindest in Kontakt gestanden haben könnte, wie das Foto beweist«, fasste Inka zusammen. »Das Schützenfest, auf dem Hesterkamp sich selbst zum König gemacht hat. Für einen Zufall ist das alles ein bisschen viel.«

Halverscheid ließ die Worte einen Moment auf sich wirken und nickte.

»Wie wollen Sie weiter vorgehen?«

Inka sah in die Gesichter ihrer abgekämpften Kollegen. Eigentlich wollte sie Röggen, Kemperdick und Pfeil direkt mit den nächsten Ermittlungsschritten beauftragen. Aber irgendwie erinnerte sie die träge Runde, die sich an Kaffee, Keksen und weichen Sitzpolstern jetzt förmlich festzuhalten schien, an die Wandertouren mit ihren Eltern in den Bergen. Inka war noch ein Kind gewesen. Im Gegensatz zu den meisten Altersgenossinnen hatte sie die ausgedehnten Touren und Naturerlebnisse immer sehr genossen. Und sie hatte eines dabei gelernt. Wenn man wirklich wollte, konnte man viel weiter laufen, als man selber gedacht hatte. Die Müdigkeit überkam einen immer erst dann, wenn man sich eine Pause gönnte. Auch wenn Halverscheids Büro nichts mit den österreichischen Alpen gemeinsam hatte, war der Effekt derselbe. Der Fall war nicht einmal ganz zwei Tage alt, aber die Wucht und die Intensität der Eindrücke und der fast pausenlose Einsatz aller hatten ihre Wirkung nicht verfehlt. Die Müdigkeit einer langen Einzeletappe hatte sich eingeschlichen, und es würde schwer werden, sich zum nächsten Ziel aufzuraffen. Inkas Vorsatz mit der Dosierung der Teamkräfte kam ihr wieder ins Gedächtnis. Porbeck schlief wahrscheinlich schon, und angesichts der Tatsache, dass man an einem Sonntagnachmittag ohnehin nicht mit herausragenden Ermittlungsergebnissen rechnen konnte, entschloss sie sich, die Schlagzahl ein wenig zurückzunehmen.

»Eine wichtige Zeugin könnte die große Unbekannte in jedem Fall sein. Ich schlage vor, ich schreibe sie noch zur Fahndung aus. Und dann fahren wir alle nach Hause, schlafen ein paar Stunden und treffen uns morgen früh um acht.« Sie sah Pfeil an. »Kollege Pfeil, da Sie heute Nacht ja schon etwas mehr Schlaf bekommen haben, würde ich Sie gerne um etwas bitten.«

Pfeil sah sie irritiert an und lächelte unsicher. »Darum, dass ich mein Handy eingeschaltet lasse?«

»Darum, dass Sie morgen als Erster hier sind und schon einmal die restlichen Autoverleiher der Gegend abtelefonieren, ob sich vielleicht eine Kundin mit einem auffälligen Ring auch um den Zeitpunkt des ersten Mordes ein Auto geliehen hat.«

Er nickte erstaunlich gelassen, während Inkas Team sich mühsam aus Halverscheids Besuchersitzecke wuchtete und sich auf ein paar wenige, wohlverdiente Stunden Ruhe freute.

31 Sonntag, 15:07 Uhr

Als Inka vor ihrem Wohnhaus aus dem Dienstwagen stieg, hatte sie keine Autopilot-Phase hinter sich. Wenn sie selber fuhr, ließ ein Teil ihres Gehirns immer noch so viel Speicherkapazität in Reserve, dass einer sicheren Fahrt nichts im Wege stand. Wofür Inka besonders dankbar war, seit sie nach Brilon gezogen war. Es war eine Sache, knapp 1,5 Tonnen Auto mit 180 PS durch eine Stadt zu bewegen. Es war eine völlig andere, dasselbe in einer Kleinstadt wie Brilon zu tun. Zwar gab es hier dieselben Verkehrsregeln wie überall sonst, aber auch eine Besonderheit, die Autofahren hier zu einer Herausforderung machte. Die Kollegen von der Schutzpolizei nannten das Phänomen ganz technokratisch »die vergleichsweise hohe Zahl an landwirtschaftlichen Verkehrsteilnehmern«. Inka nannte es »Bekloppte auf Treckern«. Sie konnte sich noch erinnern, dass es irgendwann in ihrer Kindheit mal kleine Traktoren mit freundlichen Landwirten gab, die ein bis zwei Anhänger wie in Zeitlupe hinter sich herzogen und die man bequem mit dem Fahrrad überholen konnte. Heute saßen zum Teil dieselben Landwirte, inzwischen längst im rentenfähigen Alter, mit todesverachtendem Blick auf Monstermaschinen, deren Hinterreifen größer waren als Inka selbst und deren PS-Zahl im vierstelligen Bereich lag. Wie man mit so einem Ding mit 60 Sachen durch eine schmale Dorfstraße brettern konnte, war Inka schleierhaft. Noch schleierhafter war ihr, wie man so ein Ding im Notfall zum Stehen bringen wollte. Andererseits war vielleicht genau das der Punkt. Man brauchte es gar nicht zum Stehen zu bringen. Denn von einer lächerlichen Kleinigkeit wie einem Unfall würde man am Steuer eines solchen Ungetüms wahrscheinlich erst erfahren, wenn man es abends in die Scheune stellte und sich über die Schneise der Verwüstung wunderte, die irgendein Vollidiot in die Stadt geschlagen hatte.

Trotz der allgegenwärtigen, meist grüngelben Gefahr hatte Inka noch genug Zeit gehabt, sich während der Heimfahrt ihre Strategie für die kommende Woche zu überlegen. Die Erfolgsaussichten von Pfeils Befragung der Autoverleiher konnte sie schwer einschätzen. Aber sie würde auf jeden Fall Röggen mit den Fotos und der Zeichnung des Rings zu diversen Juwelieren schicken und sich selbst, vielleicht mit Kemperdick, daran machen, das Schützenfest vor drei Jahren zu rekonstruieren. Mit etwas Glück würden sie jemanden finden, der sich an die große Unbekannte erinnerte. Was auch immer sie ab morgen unternahmen, eines war klar: Es mussten Erfolge her. Und zwar schnell. Nicht nur die Bevölkerung wurde, völlig zu Recht, langsam ungeduldig. Auch die Presse hatte ziemlich verärgert auf Halverscheids etwas eigenwillige PR-Taktik reagiert.

Als Inka im Präsidium noch die ziemlich dürftigen Fahndungsdaten in den Computer eingegeben hatte, war Halverscheid noch bei ihr vorbeigekommen und hatte ihr stolz berichtet, dass er den Pressevertretern als Gegenleistung für das »etwas missglückte« Pressegespräch eine offizielle Konferenz für den Montagabend angekündigt habe, auf der alle Fragen geklärt werden sollten. Inka hatte nur durchgeatmet. Sie war zu müde für eine erneute Konfrontation. Tatsächlich hatte Halverscheid mit dem Anberaumen seiner Konferenz den Druck auf seine neue Ermittlungsleiterin erhöht, statt sich, wie es sein sollte, schützend vor sie zu stellen und ihr die Zeit und den Raum für ihre Arbeit zu ermöglichen.

Wenig später, im Auto, hatte Inka sich bei einem tiefen Seufzer ertappt. An diesem Punkt waren Kleinstädte wie Brilon wahrscheinlich sogar noch schlimmer als Großstädte wie Dortmund. In Dortmund konnte es auch jederzeit passieren, dass einem der Vorgesetzte den Job schwerer machte als nötig. Aber meistens war das politisch motiviert und damit zumindest ansatzweise kalkulierbar. In Kleinstädten wie Brilon geschah das leider öfter mal aus purer Unwissenheit. Sie beglückwünschte sich mit einem »Willkommen in der wunderbaren Welt der Kleinstadt« zu ihrem neuen Lebensmittelpunkt. Und fluchte schon im nächsten Augenblick, weil ein »Bekloppter auf einem Trecker« ihr die Vorfahrt genommen und sie zum Dank auch noch übel angehupt hatte. Dass sie die nächsten zehn Fahrminuten hinter ihm und seiner überbreiten Maschine festhing, verstand sich von selbst.

Umso froher war Inka, als sie endlich die Wagentür zuschlug. Nach fast achtundvierzig Stunden Dauerdienst und vielleicht zwei Stunden Schlaf war die Aussicht auf ein paar Stunden Freizeit im Kreis ihrer Familie fast ein Wellnessversprechen. Allerdings nur, bis Inka den Haustürschlüssel ins Schloss steckte.

Dass etwas nicht stimmte, merkte sie gleich an der Geräuschkulisse. Beziehungsweise daran, dass es keine gab. Zumindest nicht von zwei johlenden Kindern, die um die Wohnzimmerecke gestürmt kamen und sich ihr in die Arme warfen. Auch nicht von einem Ehemann, der lautstark fluchte, weil ihm der Auflauf im Ofen verbrannt war. Das Einzige, was stimmte, war Böses Hundegebell. Nur, dass das nicht wie gewöhnlich aus dem Wohnzimmer kam, sondern irgendwo anders her. Und es klang gedämpft und kam nicht näher.

Inka hängte wie gewohnt ihre Jacke an die Garderobe. Das ebenfalls gewohnte »Endlich zu Hause«-Gefühl wollte sich aber nicht einstellen. Im Gegenteil. Stattdessen kroch Misstrauen in Inka hoch. Irgendetwas stimmte nicht. Inka horchte erneut und wusste nach dem nächsten Durchgang, woher das Hundegebell kam. Aus dem Schlafzimmer. Und dort hatte Böse sich wohl kaum selbst eingesperrt …

Dafür hatte er aber ganze Arbeit geleistet. Das Schlafzimmer als Schlachtfeld zu bezeichnen wäre die Untertreibung des Jahres gewesen. Positiv betrachtet, glich der Echtholzparkettboden einer Schneelandschaft. Eine, wie sie das Sauerland als Lockmittel für Hollandtouristen und Naherholungssuchende aus dem Ruhrgebiet geschickt zu nutzen wusste. Faktisch handelte es sich dabei aber nur um eine Daunenfederapokalypse, in die Böse die vormals als Kissen und Decken bekannten Bettauflagen verwandelt hatte. Die hölzernen Nachttischchen, die Inka von ihren Eltern beim ersten Auszug aus dem Dortmunder Reihenhaus geschenkt bekommen hatte – und die nur aus diesem Grunde für sie von hohem Wert waren –, hatte Böse in ihren atomaren Urzustand zurückversetzt. Selbst die Schubladen der beiden Kommoden hatte der Hund irgendwie aufbekommen und alles darin im Raum verteilt: T-Shirts, Socken und sogar Inkas rosa Wäsche. Beeindruckend, wie viel Gebisstätigkeit und Ausdauer ein ausgewachsener Hund in das Zerlegen von Schlafzimmerinventar investieren konnte, wenn er verlassen wurde. Es gab Verhaltensforscher, die behaupteten, dass Hunde frei von Gefühlen wie Rache, Missgunst oder plumper Heimtücke waren. Würden sie Böse kennen, wären diese Behauptungen im Nu pulverisiert. Das Schlimmste für Inka war allerdings nicht der Schaden oder die Tatsache, dass der Versicherungsvertreter sie auslachen würde, wenn sie mit Fotos bei ihm vorstellig würde. Das Schlimmste war auch nicht der Hund, der gerade vor ihr saß, sie mit großen treuen Augen ansah und ihr fast stolz zu sagen schien: Guck mal, ich hab nirgendwo hingemacht. Das Schlimmste war die Wut in Inka. Eine Wut, die sich wohl kaum gegen das unschuldige Wesen mit der langen hechelnden Zunge vor ihr richten konnte. Nein, an diesem Fiasko war jemand ganz anderes schuld.

Hennes Pech, dass er genau in diesem Moment mit den Kindern vom Schwimmen kam. Und noch unglücklicher, dass er auch noch mit einer Begrüßung eintrat, die man deutlich passender hätte wählen können.

»Hallo. Du, sorry, bin nicht zum Aufräumen gekommen.«

Angesichts ihres Nervenzustandes hatte Inka Mühe, einen akuten Wutausbruch zu unterdrücken.

»Tja, das Aufräumen hat wohl Böse übernommen«, sagte sie und öffnete die Schlafzimmertür, damit Henne einen Blick hineinwerfen konnte. »Beziehungsweise derjenige, der ihn im Schlafzimmer eingesperrt hat, um schwimmen zu gehen.«

»Oh, oh«, war alles, was Henne hervorbrachte.

»Hab ich ja gesagt«, kommentierte Mia. Inka atmete durch und bat Mia und Tom, so ruhig es ihr Stresslevel, ihre Übermüdung und ihr Ärger zuließen, in ihre Zimmer zu gehen. Die Kinder verschwanden wortlos. Inka bedankte sich mit einem schwachen Lächeln, bevor sich ihre Miene verhärtete.

»Hendrik, so geht das nicht«, sagte sie zu ihrem Mann, der in seinem spätsommerlichen T-Shirt zwischen den Resten der Daunenkissen seltsam verloren aussah. Auch weil sie ihn gerade mit seinem vollen Namen angesprochen hatte.

»Wenn du glaubst, ich bin stolz drauf, dann muss ich dich enttäuschen«, sagte er heiser.

»Danke. Zumindest das hast du geschafft«, entgegnete Inka, auch wenn sie wusste, dass ihr Ton vielleicht unangebracht war. Henne musterte sie ernst, woraufhin Inka sich um Sachlichkeit bemühte. »Wir haben eine Abmachung, Hendrik. Ich kann meinen Job nur machen, wenn ich weiß, dass du deinen machst. Und wenn ich weiß, dass es meiner Familie gutgeht.«

Jetzt mischte sich verletzter Stolz in Hennes Blick.

»Sieht das vielleicht aus, als ginge es deiner Familie nicht gut?«, fragte er. »Okay, Schlafzimmer und Küche haben schon bessere

Zeiten gesehen. Aber wenn man den ganzen Tag mit Kochen, Waschen, Bügeln, Einkaufen, Putzen und Fahrdienst beschäftigt ist, bleibt auch schon mal das ein oder andere auf der Strecke. Vor allem, wenn man unnötigerweise nagelneue Autos von Hundehaaren säubern muss.«

Inka massierte sich genervt die Schläfen. Gab es eigentlich ein Gesetz, das gestressten Polizisten auch noch den letzten Rest Entspannung verbot? Alles, was sie wollte, waren ein paar Stunden Ruhe. Stattdessen stand ein Mann vor ihr, der sie einfach nicht verstehen wollte.

»Ich rede hier nicht von rosa Unterwäsche, Broten mit grober Leberwurst oder zerlegten Schlafzimmern. Ich rede von Dingen wie vergessenen und eingesperrten Hunden!«

»Das war ein Versehen, Inka«, sagte er deutlicher und lauter als nötig.

»Das weiß ich. Ich frage mich nur, ob beim nächsten Versehen vielleicht eins der Kinder in der Waschmaschine oder an noch schlimmeren Orten landet.«

Das hatte gesessen. Henne schluckte und nickte stumm. Dann stapfte er an ihr vorbei ins Wohnzimmer.

»Na, super«, sagte er trotzig. »Schön, so was von jemandem zu hören, der sich vierundzwanzig Stunden am Tag statt mit seiner Familie mit Verbrecherjagd beschäftigt. Und der selbst dann nicht richtig bei uns ist, wenn er mal frei hat.«

Inka schüttelte angesichts dieser Ungerechtigkeit fassungslos den Kopf und folgte ihm ins Wohnzimmer.

»Erstens«, brauste sie auf, »ist es kein Hobby, einen irren Mörder zu jagen, und zweitens weißt du verdammt genau, wie hart es da draußen zugeht. Oder hast du vergessen, dass du auch mal Bulle warst?!«

Wieder ein Volltreffer. Diesmal musste Henne tief durchatmen.

»Nein«, sagte er bemüht ruhig. »Weil ich immer noch Bulle *bin*, nur nicht aktiv.« Dann holte er zum Gegenschlag aus. »Aber vielleicht hast du vergessen, dass du mal Mutter warst.«

Jetzt hatte er getroffen. Wie konnte er so etwas fragen? Keine Sekunde hatte sie vergessen, dass sie Mutter war. Im Gegenteil. Die endlosen Ermittlungen der vergangenen Tage hatten ihr nur umso schmerzhafter bewusst gemacht, dass sie dieser Rolle nicht gerecht wurde. Sie hatte ein ziemlich schlechtes Gewissen gegenüber Henne und den Kindern. Aber was sollte sie machen? Die Ermittlungen schleifen lassen? Sie konnte es nun mal nicht allen recht machen.

Sie spürte, wie Tränen der Enttäuschung ihr in die Augen stiegen. Was auch Henne nicht entging. Aber als er den Versuch unternahm, seine Hand auf ihre zu legen, um sie zu trösten, zog sie sie weg.

»Weißt du was?«, fragte Inka unendlich müde und verletzt. Doch dann unterbrach sie sich selber, zu groß waren die Enttäuschung und die bleierne Müdigkeit. Sie winkte ab. »Vergiss es. Ich habe einfach keine Kraft dafür.«

Sie stapfte ins verwüstete Schlafzimmer, wo sie irgendetwas einzupacken schien. Einige Sekunden später kam sie wieder heraus. Sie ignorierte Henne und ging stattdessen in Mias Zimmer, wo sie sich liebevoll an die Kinder wandte. »Mama ist nur mal kurz raus«, hörte Henne sie sagen. Dann ging Inka zur Garderobe und schnappte sich ihre Jacke und die Autoschlüssel. Henne überlegte kurz aufzustehen, blieb aber dann demonstrativ sitzen. Auch er hatte seinen Stolz. Wenn Inka ihm noch etwas mitteilen wollte, könnte sie auch zu ihm kommen. Aber der Einzige, der seinen Kopf noch einmal ins Wohnzimmer steckte, war Böse. Mit einem Blick, als wollte er fragen, ob Henne Inka wirklich so gehen lassen wollte. Und wenn ja, wieso sie ihn dann bitteschön nicht mit nach draußen nahm.

Aber statt des leisen metallischen Klirrens, das die Haken und Ösen der Hundeleine verursachten, wenn man sie von der Garderobe nahm, hörten Henne und Böse nur noch das satte Klappen der Wohnungstür, die ins Schloss fiel. Inka war gegangen. Mit Jacke und Autoschlüssel, aber ohne Hund. Was Sekunden später die zufallende Haustür unten im Treppenhaus bestätigte. Wohin sie wollte, war Henne ein Rätsel.

Er hätte zum Fenster gehen können, um sich zu vergewissern, aber er verzichtete darauf, weil er nicht ihrem Blick begegnen wollte. Er war sicher, sie würde sich, wohin sie auch unterwegs sein mochte, noch einmal unauffällig zum Fenster umdrehen. In der Hoffnung, er würde versuchen, sie aufzuhalten. Aber diesen Gefallen würde er ihr nicht tun. Henne fühlte sich im Recht. Er würde warten, bis er den anspringenden Motor von Inkas Dienstwagen hörte und erst dann, ebenfalls unauffällig, zum Fenster sprinten. Unten knallte die Wagentür zu, und Henne machte sich startbereit. Aber der Motor wurde nicht gestartet. Stattdessen legte sich die gewohnte Vorstadtstille über Haus und Straße. Henne war irritiert. War sie doch zu Fuß unterwegs? Warum hatte sie dann die Autoschlüssel mitgenommen und Böse hier gelassen?

»Papa, was macht Mama da unten?« Mia und Tom beendeten seine Überlegungen. Die Frage war aus Mias Zimmer gekommen. Wie immer, wenn es einen Streit zwischen Inka und Henne gegeben hatte, hatte Mia Tom zu sich in ihr Zimmer geholt, um sich und ihn zu trösten. Henne stand auf und ging rüber. Die beiden Kinder standen aneinandergekuschelt am Fenster zur Straße und sahen hinunter. Henne trat hinter sie und folgte ihren Blicken nach unten, wo man neben den Nachbarhäusern und dem Straßenverlauf Richtung Zubringer zur Innenstadt auch Inkas Dienstwagen neben ihrem neuen Auto sehen konnte.

»Was meinst du?«, fragte Henne.

Statt einer Antwort deutete Mia auf Inkas Dienstwagen. Und jetzt sah Henne, warum Inka die Autoschlüssel mitgenommen hatte. Und auch, was sie sich aus dem Schlafzimmer geholt hatte. Die neue Dezernatsleiterin Abteilung Kapitalverbrechen der Kriminalpolizei Brilon hatte völlig erschöpft den Beifahrersitz in Liegestellung gebracht und war offenbar auf der Stelle eingeschlafen.

Henne legte seinen Kindern liebevoll die großen Hände auf die kleinen Schultern. Seine sonst so toughe und lebendige Frau derart überarbeitet und verletzlich zu sehen verwandelte seinen Stolz in Rekordzeit in das schlechteste aller Gewissen. »Tja«, sagte er kleinlaut, »sieht aus, als müssten wir unsere Mama ein bisschen besser pflegen.«

»Kochen wir ihr was?!« Mia und Tom wandten sich mit strahlenden Gesichtern zu ihrem Vater um.

Hennes Lächeln wirkte ein wenig angestrengt. Das Chaos in der Küche war noch immer nicht beseitigt und die Schäden im verwüsteten Schlafzimmer noch nicht einmal grob begutachtet. »Wie wär's, wenn wir erst ein bisschen aufräumen und dann den Pizzadienst rufen?«

SIE Sonntag, 19:09 Uhr

Sie hatte geahnt, dass er so schnell nicht aufgeben würde. Nicht einer wie er. Kaum hatte sie sich zum Abendessen in den »Frühstücksraum« der Pension gesetzt, war der Mann wieder da gewesen. Vielleicht musste sie diesmal deutlicher werden. Er hatte sich umgezogen. Er trug jetzt ein verwaschenes, dunkelrotes Poloshirt und modern geschnittene, beigefarbene Chinos. Die golden umrandete Designer-Sonnenbrille hatte er lässig über die Stirn geschoben. Wie einen Haarreif, der seine dunkelgrauen, halblangen Locken bändigen sollte. Seine Füße steckten in Edelmokassins, um sein Handgelenk rankte sich das lederne Armband eines glänzenden Chronographen. Wie bei allen Menschen, die die Aura von Geld und Bildung verströmten, waren die dezenten Label-Logos an Kleidung und Accessoires eigentlich unnötig. Sie erkannte sofort, welche Investition hinter seiner Garderobe stand. Der aufrechte, lässig-sportive Gang und die Miene entspannten Selbstbewusstseins taten ihr Übriges. Auch in einem alten Kartoffelsack hätte er die Blicke aller Frauen wie ein Testosteron-Magnet auf sich gezogen. Nur nicht ihren. Ihr schauderte.

Noch mehr als seine Attraktivität ließ den Mann ein anderer Umstand auffallen. Seine Deplatziertheit. Hatten seine Erscheinung und sein Geschlecht ihr schon bei ihrer ersten Begegnung klargemacht, dass er nicht hierher gehörte, heute stach er aus dem Durchschnittsbrei aus grauen Gästen und abgenutzter Einrichtung hervor wie ein Diamant aus einem Misthaufen.

Sie hatte kein Problem damit, nur Durchschnitt zu sein. Sie hatte ein Problem mit ihm, und es wurde größer, je näher er ihr kam. In jeder Hinsicht.

Natürlich war er nicht ohne Grund hier. Es war schlimm genug, dass er sich offenbar für sie interessierte. Vielleicht hätte sein Interesse an ihr eine Chance gehabt. Früher. Damals. Davor … Immerhin sah er gut aus. Ein Sahneschnittchen, wie die wenigen und allesamt weiblichen Durchschnittsgäste um sie herum mit ihren Blicken schon seit gestern feststellten. Dass sein Interesse an ihr heute, danach, erst recht aussichtslos war, konnte er nicht wissen. Es war genug Platz im Raum. Er hätte sie nicht fragen müssen. Getan hatte er es trotzdem.

»Ist hier noch frei?«

Was hätte sie antworten sollen, ohne Aufmerksamkeit zu erregen? Sie nickte stumm, und er setzte sich zu ihr.

»Haben Sie bereits gegessen?«

»Nein.«

»Nette Atmosphäre hier, finden Sie nicht?«

»Wenn Sie meinen.«

Die Atmosphäre war ebenso lausig wie das Essen. Unter anderen Umständen hätte sie ihm widersprochen. Doch sie hatte Angst vor einer Unterhaltung. Er hatte bereits genug Aufmerksamkeit unter den anderen Gästen erregt. Dass er sie ausgewählt hatte und keine der anderen Frauen im Raum, war schlimm genug. Sie hätte es als ein Kompliment verstehen können, aber für sie war es nur eine Bedrohung. Die anderen Frauen mussten sie nun zwangsläufig wahrnehmen, weil er mit seiner Präsenz wie ein Flutlicht auf ihren Tisch strahlte. Sie spürte das Getuschel hinter ihrem Rücken. Den Soundtrack der Verliererinnen, dachte sie für einen Moment und hatte sogar Spaß an diesem Gedanken. Als sie es merkte, verflüchtigte sich das Gefühl sofort. Spaß war nicht angesagt. Noch lange nicht.

»Und, was nehmen Sie?«

»Ich hab schon bestellt.«

»Irgendwas, was Sie empfehlen könnten?«

Er ließ nicht locker. Es machte sie wütend. Weniger seine selbstgefällige Penetranz, als vielmehr die Aussichtslosigkeit, dieser Situation unauffällig zu entkommen. Das Gespräch würde jetzt schon Spuren hinterlassen, das war klar und nicht mehr zu ändern. Wenn sie nicht wollte, dass es noch weitere Ausmaße annahm, musste sie etwas tun. Sie überlegte fieberhaft, wie sie alles verhindern könnte, das den anderen Gästen später die Möglichkeit geben würde, sich an sie zu erinnern. Wie würden die anwesenden Frauen ihre Rolle in dieser zufälligen Begegnung mit dem Mann interpretieren? Mit ihrem abweisenden Verhalten war sie entweder das frustrierte Mauerblümchen, das sich der Charmeoffensive eines Mannes nicht hingab, oder die Wellness-Emanze, die im Unterschied zu allen anderen hier wirklich nur die Landschaft und die wunderbare Luft des Sauerlandes genießen wollte. An einem Ort wie diesem war beides auffällig. Zu auffällig.

Sie sah sich verstohlen um. Die Pension schien eine Art Basiscamp für männersuchende Frauen zu sein. Neben den üblichen neudeutschen Freizeitaktivitäten Hiking, Mountainbiking (im Winter Skiing) und Extrem-Wellnessing hatte sich hier in den letzten Jahren auch ein Hot-Spot für Singles und One-Night-Stand-Suchende entwickelt. Eine Art Ü-30-Ballermann-Szene, auf deren gepflegte Exzesse sich mittlerweile ein ganzer Gastronomiezweig spezialisiert hatte. Es gab diverse verschwiegene Restaurants mit Séparées, Tanzlokale, die peinlich genau auf einen ausgewogenen Geschlechtermix achteten, und es gab die entsprechenden Unterkünfte. Meist Pensionen wie diese. Und meist hatten sich diese Pensionen, der Unverfänglichkeit halber, auf eines der Geschlechter eingestellt. Immerhin konnte es ja sein, dass ganz zufällig mal der zu Hause verbliebene Ehepartner anrief oder – Gott mochte es verhindern – gar überraschend vorbeischaute. In solchen Fällen war es immer besser, wenn man ihn oder sie damit beruhigen konnte, dass im Haus vorwiegend Geschlechtsgenossen wohnten und man wirklich nur der Erholung nachging.

Dieses Haus war ein Haus, in dem vorwiegend Damen wohnten. Natürlich war das der Grund, warum der Mann genau hier war. Zum Wohnen kam diese mittelmäßige Klitsche für einen wie ihn nicht in Frage. Aber für die Jagd war sie perfekt. Er war fast allein unter Frauen, wenn man vom Pensionswirt absah, der nach ihrer Einschätzung schwul, desinteressiert oder beides war. Aber immerhin vertrauenswürdig.

Früher hätte sie sich unter Gleichgesinnten wohlgefühlt. Damals, als sie zum ersten Mal an diesen Ort kam, hätte sie mit ihm genau den Mann getroffen, den sie für ein Wochenende suchte. Vielleicht hätte sich mehr ergeben, aber das wäre nicht wichtig gewesen, wichtig war nur die Erfüllung ihrer Leidenschaft. Eine kurze Safari des Urtriebs. Ein Abenteuer von Freitagmorgen bis Sonntagnachmittag. Ein emotionaler Strahl warmen, bunten Lichts, an den man sich erinnern konnte, wenn die Routine des Alltags das Leben wieder in bleierne Grautöne färbte. Und die Jagd nach diesen Erinnerungen hatten sich auch die Frauen um sie herum auf ihren Trophäenzettel geschrieben.

Sie sah, dass die meisten von ihnen genau das gefunden hatten, was sie suchten. Sie strahlten es aus. Manche prahlten offen damit, wie Partygäste am Morgen danach mit den Unmengen Alkohol, die der Grund für ihren Kater waren. Ihre Männer zu Hause würden nichts davon erfahren. Denn neben dem gemeinsamen Ziel der Jagd und dem gierigen Auffressen der Beute gab es noch eine weitere unausgesprochene Übereinkunft zwischen den Wochenendgästen: »Was auf der Piste geschieht, bleibt auf der Piste.« Alle pikanten Details würden in den wohlbehüteten Tresoren der Erinnerung verschwinden wie die Heerscharen von mittelgroßen Reisetrolleys in den Kofferräumen von Taxis, Bussen und Privat-Pkw am Sonntagnachmittag. Wenn es Zeit war, in die Wirklichkeit zurückzureisen. Bleiben würden vorübergehende Befriedigung, gut aufeinander abgestimmte Alibis und das Versprechen, bald mal wieder herzukommen.

Vor drei Jahren war sie auch an einem Freitag hier angekommen. Allein. Ihre Freundin hatte abgesagt, obwohl sie es gewesen war, die die Idee zu dem Trip ins Sauerland gehabt hatte. Plötzlich war sie krank geworden, einfach so. Sie hatte ihr nicht geglaubt. Später hatte sie sich oft gefragt, was passiert wäre, wenn ihre Freundin dabei gewesen wäre.

Heute säße sie dann nicht hier, da war sie sich sicher.

Dass sie damals alleine gefahren war, hatte sie anfangs stolz gemacht. Sie hatte es sich nicht zugetraut. Wer alleine auf die Jagd geht, läuft Gefahr, selbst zur Beute zu werden. Sie hatte ihre Angst überwunden. Es war gut, dass sie niemandem gegenüber Rechenschaft ablegen oder sich falsche Alibis ausdenken musste. Das war nicht nötig, niemand hatte zu Hause auf sie gewartet. Niemand, dem sie irgendwas hätte erklären müssen.

Aber selbst wenn jemand gewartet hätte, wäre sie nicht mehr in der Lage gewesen, über das zu sprechen, was damals geschehen war. Es hatte lange gedauert, bis sie sich selbst davon ein Bild geschaffen hatte, mit dem sie zwar nicht ruhig leben konnte, aber das zumindest zu einer Erinnerung wurde, die sie antrieb.

»Nein, ich kann nichts empfehlen. Außer einem anderen Restaurant.«

Er grinste. Sie wollte ihm diesen Triumph nicht schenken. Sie sah ihm an, was er dachte – dass es schnell gegangen war, dass es immer noch funktionierte. Und, wie verzweifelt sie wohl sein musste, wenn sie sich ihm schon nach ein wenig Plauderei über das Essen ergab.

Sie konnte ihm nicht sagen, wie sehr er sich irrte. In allem. Es steigerte ihre Wut, und sie hoffte, dass niemand es ihr ansah. Eigentlich war es unmöglich, ihr etwas anzusehen. Sie war unfähig, Emotionen zu zeigen, seit damals. Und zum ersten Mal war sie froh darüber.

Es hätte ihn irritieren können, ihre Ausdruckslosigkeit war auffällig. Er hatte es nicht mitbekommen. Das war ein Fehler. Vermutlich der größte in seinem Leben.

32 Sonntag, 20:04 Uhr

Inka lehnte sich satt und zufrieden in ihrem hölzernen Klappstuhl auf dem Balkon zurück. Die riesige Familienpizza war eine gute Idee gewesen. Genau wie die Versöhnung mit Henne und die paar Stunden Schlaf, die sie im Auto gefunden hatte. Überraschenderweise war sie erfrischt, statt mit Rückenschmerzen, aufgewacht, und Henne und die Kinder hatten sich rührend um sie gekümmert. Die Küche war blitzblank geputzt, und alles, was an Schlafzimmereinrichtung zu retten gewesen war, stand oder lag aufgeräumt an Ort und Stelle.

Inka atmete tief durch und ließ ihren Blick schweifen. Über den von Henne als Kräutergarten gedachten, aber mangels Pflege inzwischen wild wuchernden Urwald aus Basilikum, Rosmarin, Petersilie und »Maggikraut« in den Blumenkästen der Balkonumrandung sah sie in die Abenddämmerung. Sunset in Brilon. Die Häuserzeilen unter ihr verloren sich im schwindenden rötlichen Licht. Die Bauernhöfe, Gewerbehallen und Einfamilienhäuser jenseits der Vorstadt waren schon nur noch schemenhaft zu erkennen, die Felder, die sanften Hügel und der Wald dahinter nur noch Schattierungen in Grau. Die Luft war für Sauerländer Verhältnisse noch angenehm warm, und eine sanfte Brise wehte Inka würzigen Spätsommerduft in die Nase. Sie roch das abgeerntete Heu, die trockenen Äcker und darunter einen Hauch von etwas Feuchtem, Erdigem. Die Vorboten des Herbstes? Trotz ihrer fast überbordenden sinnlichen Aufladung hatte die Luft eine angenehme, frische Klarheit.

Vielleicht war diese Klarheit der Grund, weswegen Inka mit einem Mal etwas auffiel. Etwas, das sie in den wenigen ungestörten Balkonstunden seit ihrem Einzug hier immer unbewusst irritiert hatte. Brilons Kleinstadtpanorama aus Dächern, Hinterhöfen, Ladenzeilen, Straßen und Autos hatte auf sie immer unwirklich gewirkt. Ohne zu wissen, warum, hatte sie das Städtchen vor ihrem Balkon mehr als zweidimensionale Panoramatapete betrachtet denn als echte Realität. Die abendliche Brise auf ihrer Haut machte ihr den Grund klar. Als »Großstadtpflanze« mit Geburtsort Dortmund kannte Inka nur die Dortmunder Sommer aus schwerer, schwüler Wärme und niemals ganz versiegendem Großstadtlärm. Sobald die Sommersonne ab Anfang Juni den Beton und den Asphalt ihrer ehemaligen Heimat auf Betriebstemperatur geheizt hatte, kühlte sie bis Mitte September nicht mehr ab. Klar, der ein oder andere Gewitterschauer sorgte für ein kurzes Aufatmen, aber länger als ein bis zwei Stunden ließ sich die schwüle Wärme nicht vertreiben.

Hier im Sauerland war das anders. An Lärm hörte man nach Geschäftsschluss allenfalls noch den ein oder anderen Zweitaktroller in den Straßen knattern, das leise, diffuse Rauschen des Fernverkehrs auf den Landstraßen weiter draußen und das mit dem Wind auf- und abebbende Dieselbrummen der Traktoren auf den Feldern. Unauffälliger, aber entscheidender war das Spiel der Temperaturen. Egal, wie warm die Tage hier waren, die Nächte brachten immer eine spürbare Abkühlung. Und sorgten dafür, dass die Sonne am nächsten Tag ihr Werk bei null beginnen musste. Als achtete eine höhere Macht sorgfältig darauf, dass jeder Tag für sich etwas Eigenes, Unverwechselbares, Selbständiges hatte. Ein kleiner Neuanfang, dachte Inka. Jeden Morgen. Sie wusste nicht, ob der Gedanke tröstlich oder erschreckend war, aber sie merkte, dass er sie ihrer neuen Heimat Sauerland wieder ein kleines Stück näher gebracht hatte.

Das leise Knarzen der Balkontür holte sie in die Gegenwart zurück. Böse stürmte mit zufriedenem Schnaufen auf sie zu und begrüßte sie schwanzwedelnd. Die Leine hatte er noch um den Hals. Henne war offenbar von der kurzen abendlichen Gassirunde zurück. Inka begrüßte den Hund mit ausgiebigem Streicheln, nahm ihm die Leine ab und fragte sich, was Henne so Wichtiges trieb, dass der Hund noch in voller Montur durch die Wohnung gejagt war. Die Antwort bekam sie umgehend.

»Du siehst müde aus«, sagte Henne und streichelte Inka im Vorbeigehen über den Kopf.

Sie zuckte kurz zusammen und verkniff sich einen Kommentar. Hatte er nach zwei Morden in 48 Stunden eine tiefenentspannte Wellnessqueen erwartet? Er war doch wohl immer noch Bulle genug, um zu wissen, was sie gerade durchmachte.

»Vielleicht hilft dir das hier, ein bisschen zu entspannen.« Erst jetzt sah Inka, dass er ihr ein großzügig gefülltes Weinglas hinhielt. »Dein Lieblings-Shiraz«, sagte er und setzte sich mit einem zweiten Glas auf den Stuhl neben ihr. Etwas beschämt über ihre zickigen Gedanken nahm Inka das Glas und zwang sich zur Nachsicht. Er hatte es nicht so gemeint.

»Die Kinder hatten nicht mal den Kopf auf dem Kissen, da waren sie schon eingeschlafen«, lächelte sie. Henne zuckte grinsend die Schultern und zog auch noch eine Decke unter seinem Arm hervor, die er Böse auf dem Boden vor Inka ausbreitete. Der Hund rollte sich darauf ein und stieß einen tiefen, fast menschlichen Seufzer aus.

»Irgendjemand hatte die brillante Idee, sie sich müde schwimmen zu lassen«, sagte Henne und setzte sich neben Inka.

Die beiden lächelten sich an, ließen ihre Gläser sanft aneinanderstoßen und genossen das leise Klingen mit dem darin liegenden Versprechen auf ein paar Momente Entspannung inmitten der Kleinstadtruhe. Allerdings nur für einige Sekunden.

»Reden wir drüber?«, fragte Henne.

Inka senkte den Blick eine Sekunde und überlegte. Dann nickte sie. So viel zur Entspannung. Diesmal war Hennes Timing alles andere als oscarreif. Andererseits machten die wachsenden Spannungen der letzten beiden Tage und die zunehmenden Kollateralschäden an Auto, Hund und Schlafzimmer Inka klar, dass es statt ständiger, oberflächlicher Versöhnungen vielleicht doch mal Zeit war, das Problem an der Wurzel zu packen.

»Okay, reden wir drüber.« Inka nahm einen kräftigen Schluck Shiraz, setzte sich auf und wandte sich ihrem Mann zu.

»Ich weiß, dass es im Moment nicht leicht für dich ist. Ehrlich gesagt, kann ich mir keine härtere Umstellung vorstellen als von Bulle auf Hausmann.« Sie sah ihn an und hoffte, ihr müder Blick drückte die Bewunderung aus, die sie für Henne tatsächlich empfand. Henne hob eine Hand zum Einspruch, aber Inka ging darüber hinweg.

»Wie viele Frauen können wohl von sich sagen, dass sie einen Mann zu Hause haben, der sich so um seine Familie kümmert? Ich weiß, wie schwer das für dich ist. Und ich weiß, dass man dabei Fehler macht, weil ich den Schritt in die genau andere Richtung gemacht habe. Aber ich weiß auch, dass du das alles verdammt gut machst.« Der Anflug eines Lächelns huschte über Hennes Gesicht. Wieder hob er die Hand, wieder ignorierte Inka es.

»Bitte lass mich ausreden«, sagte sie. »Ich meine, gut, das mit dem Auto ist ein bisschen schiefgegangen, ich habe nur noch rosafarbene Unterwäsche, und wir brauchen dringend neue Nachttische und Kissen. Aber das sind alles Dinge, die passieren. Keiner von uns ist perfekt. Aber weißt du, was mir beweist, dass du es gut machst?«

Er sah sie schweigend an. Inka lächelte.

»Zwei Gläser mit meinem Lieblings-Shiraz, Grobleberwurstbrote, die ich zwar nicht mag, aber zu schätzen weiß, und vor allem zwei rundum glückliche Kindergesichter, die selig in ihren Betten liegen und schlafen.« Sie strich ihm zärtlich mit der Hand über seine leicht stoppelige Wange. »Dass wir uns im Moment auch mal streiten, das liegt nicht an dir. Und vielleicht noch nicht mal an mir und dem ganzen Stress, den ich habe. Sondern an etwas anderem.« Sie sah ihm in die Augen und hoffte fast, er würde es sagen. Nur damit sie wusste, dass er es auch so sah. Aber Henne erwiderte nur ihren Blick. Selber schuld, dachte Inka, schließlich hatte sie ihn zweimal abgewürgt. Sie nahm den Faden wieder auf.

»Ich glaube, es liegt daran, dass jeder von uns schon mal den Job des anderen gemacht hat, Henne. Und weil das so ist, hat jeder von uns auch seinen eigenen Weg, bestimmte Sachen zu regeln. Und wenn wir dann sehen, dass der andere mit seinem Weg vielleicht ein bisschen danebenliegt, neigen wir automatisch dazu, ihm den eigenen Weg aufzudrängen. Nur macht es das nicht besser. Im Gegenteil. Letztendlich müssen wir jeder für uns selbst zurechtkommen, und wenn wir bis dahin nicht das Recht haben, auch mal etwas falsch zu machen, werden wir es nicht schaffen, etwas richtig zu machen.« Inka atmete durch. »Ich glaube, wir sollten das mit dem Job und dem Privatleben ein bisschen besser trennen und uns lieber mehr auf den eigenen Job konzentrieren, als auf den des anderen. Was meinst du?«

Henne schwieg und nahm einen Schluck Wein. Was Inka irritierte.

»Henne? Du wolltest drüber reden«, sagte sie und betonte das »du«.

»Ja, aber nicht über meinen Fall«, sagte er heiser und deutete unbestimmt auf die Wohnung hinter sich. »Sondern über deinen.«

Inka fluchte innerlich. Scheiße, so perfekt konnte man aneinander vorbeireden. Aber erstens konnte sie es nicht mehr zurücknehmen, und zweitens wollte sie es auch gar nicht. Falls Henne ihr Wunsch nach einer strikteren Trennung ihrer beider Jobs verletzen sollte, konnte er es wenigstens ihr zuliebe akzeptieren.

»Tut mir leid, Henne. Aber ehrlich gesagt bin ich froh, wenn ich mal ein paar Stunden nicht daran denken muss. Und zweitens will ich dich nicht auch noch mit meinen Problemen belasten. Ich finde es toll, dass dich das alles immer noch interessiert und dass du versuchst, mir zu helfen, aber …«

Sie zuckte die Schultern und beendete den Satz nicht. Es war alles gesagt.

»Hast recht«, unterbrach Henne sie. Auch wenn in seinen Worten mehr Beschwichtigung lag als Überzeugung. Er rang sich ein Lächeln ab, bevor er ihr versöhnlich sein Glas hinhielt.

»Mein Job, dein Job. Kann ja wohl nicht so schwer sein, den Bullenalltag aus unseren vier Wänden herauszuhalten.«

Die beiden lächelten sich an, als ein wohlbekanntes Geräusch von der Terrasse unter ihnen den frischen Vorsatz ad absurdum führte. Die Werbemelodie einer nahegelegenen Brauerei ging in die wohl bekannteste Titelfanfare des deutschen Fernsehens über: der Tatort-Vorspann. Frau Lugner schaute sich bei geöffneter Tür ihren Sonntagskrimi an. Inka und Henne sahen sich ungläubig an, bevor sie in schallendes Gelächter ausbrachen.

SIE Sonntag, 20:19 Uhr

Es war ein Rückschritt, eine herbe Enttäuschung. Was ihre Mission anging, war sie immer besser geworden, immer präziser. Und jetzt musste sie sich auf einem Nebenschauplatz wie eine blutige Anfängerin verhalten. Situativ, affektiv, fast kopflos. Sie verfluchte sich innerlich. Nicht nur, weil sie sich tatsächlich von ihm zu einem Edelitaliener hatte einladen lassen, sondern weil sie sich immer noch nicht darüber klar war, wie sie das hier beenden sollte. *Dass* sie es würde beenden müssen, war klar. Und dass es auf eine Weise geschehen würde, die ihr nicht gefiel, wurde immer wahrscheinlicher. Seit über einer Stunde dachte sie an nichts anderes. Vielleicht musste sie ihn genau so behandeln wie die anderen. Darin hatte sie Routine. Es war nur ein flüchtiger Gedanke, der schnell verflog, weil er falsch war. Der Mann, der ihr gegenübersaß, hatte mit *damals* nichts zu tun, er verdiente es nicht, so behandelt zu werden wie die Schlampe und der Fettsack. Dass er mehr von ihr wollte als nur Gesellschaft beim Essen, war kein Grund, ihn zu töten.

»Noch ein Dessert?«, fragte der Mann.

»Nein, danke, ich würde jetzt gerne gehen.«

Der Mann bedeutete dem Kellner mit einer Geste, dass er zahlen wollte.

Sie hatte sich auf viele Eventualitäten akribisch vorbereitet, nur auf den Zufall nicht. Und dieser Zufall saß ihr nun gegenüber und bezahlte das Essen mit einer goldenen Kreditkarte. Es hatte ihr nicht geschmeckt, sie hatte es heruntergewürgt, um ihn nicht misstrauisch zu machen. Sie wollte so normal wie möglich wirken. Nicht nur ihm gegenüber. Niemand sollte sich über das normale Maß des Interesses an sie erinnern. Sie war eine durchschnittlich attraktive Frau mit einem überdurchschnittlich attraktiven Mann bei einem Italiener der gehobenen Preisklasse. Mehr nicht. Vielleicht würden sich ein paar Gäste daran erinnern, dass sie einer Frau wie ihr einen Mann wie ihn nicht zugetraut hätten. Für einen kurzen Moment war sie stolz darauf, dass andere so etwas denken konnten. Doch dann fiel ihr wieder ein, woran es lag, dass sie auf so etwas Unwichtiges stolz war. Ihr hatte man ein ganzes Leben nicht viel zugetraut. Das hier am allerwenigsten. Und damit meinte sie nicht das Essen beim Italiener, sondern ihre Mission.

»Komisch, jetzt verbringen wir schon fast den ganzen Abend miteinander, und ich weiß immer noch nicht, wie Sie heißen.«

Der Mann riss sie aus den Gedanken. Jetzt war sie wieder voll da. Das hatte sie gelernt. Sie gestattete sich gelegentlich kleine Ausflüge in Gedankenwelten, aber sie konnte diese blitzschnell verlassen, um sich auf situative Herausforderungen einzustellen. Sie überlegte eine Sekunde, ihm einen falschen Namen zu nennen, es wäre kein Problem gewesen, sie hatte sich diverse Identitäten zurechtgelegt, aber dann überwog der Spaß an der Vorstellung, dass er ihren richtigen Namen nicht lange benutzen würde.

»Astrid.«

»Und was machen wir jetzt, Astrid?«

Zum ersten Mal sah sie ihn direkt an und legte entschlossen ihre Serviette neben den Teller. In diesem Augenblick ging es ihr besser. Weil sie einen Entschluss gefasst hatte. Ich werde dich töten, dachte sie. Aber das konnte sie ihm unmöglich sagen. Stattdessen fragte sie ihn nach seinem Namen.

»Ludger«, antwortete der Mann. »Dr. Ludger Röggen.«

33 Sonntag, 21:20 Uhr

»Okay, das ist vielleicht nicht Tausendundeine Nacht, aber mindestens neunhundertfünfundsiebzig, oder so.« Henne hielt die Shirazflasche gegen das Licht eines großen orientalischen Windlichts. Inzwischen war es fast dunkel geworden, und die dicke Stumpenkerze im Windlicht warf in der leichten Abendbrise abenteuerliche Schatten an die Wand des Hauses. Dazu der Duft des Kräuterwildwuchses in den Blumenkästen … Mit ein bisschen Phantasie konnte man sich tatsächlich auf das Dach eines Lehmhauses irgendwo im marokkanischen Norden träumen. Böses Träume schienen sich eher um die Jagd nach Hundedamen zu drehen. Jedenfalls ließen das unwillkürliche Zucken seiner Pfoten im Schlaf und der ein oder andere Seufzer darauf schließen. Er lag noch immer auf seiner Decke zu Inkas Füßen.

»Neunhundertfünfundsiebzigundeine Nacht«, verbesserte Inka, und fragte sich, ob Henne leicht schwankte oder ob die tanzenden Schatten des Windlichts an der Hauswand hinter ihm es nur so aussehen ließen. Egal. Das Windlicht war jedenfalls ein Muss bei jedem Balkonabend. Inka hatte es voller Stolz vor ein paar Jahren von einem Trödelmarkt in London mitgebracht. Die Tatsache, dass es die Dinger inzwischen sogar bei Aldi zu kaufen gab, störte sie nicht im Geringsten. Inka betonte, dass keines der Billigteile auf ihrem trostlosen Containertrip aus Fernost auch nur annähernd eine so illustre und bewegte Herkunft hatte wie ihres, das ein vietnamesischer Händler in Soho für sie angefertigt hatte.

»Bei Shiraz kennst du echt keine Freunde, was? Leer«, sagte Henne, was er im Dämmerlicht eher am Gewicht der Flasche, als an ihrem Pegel erkannte. Er überlegte einen Moment, ob er eine neue Flasche holen sollte, aber Inka hatte seine Gedanken erraten und hielt ihn zurück.

»Lass mal, ich muss morgen fit sein. Und die eine merke ich schon mehr als genug.«

Henne lehnte sich wieder zurück. Die beiden hatten ihre Stühle enger nebeneinandergerückt und sich unter eine Filzdecke gekuschelt, die Henne aus Polizeibeständen gekauft hatte. Es war deutlich kühler geworden. Die Vorbereitungen für den täglichen Neuanfang im Sauerland liefen auf Hochtouren, dachte Inka.

Sie wusste nicht mehr, ob es der Wein, die Tatortmelodie oder der versöhnliche Frieden nach der Aussprache mit Henne gewesen war. Es hatte nur das gemeinsame Lachen über den Tatortvorspann gebraucht, und Inka war etwas klargeworden: Zum einen war es ihr unmöglich, den einzigen Menschen auf dem Planeten, dem sie blind vertraute, nicht in ihre beruflichen Sorgen, Nöte und Überlegungen einzuweihen. Und zum anderen konnte man als Polizistin tatsächlich seinem Job nicht entfliehen. Nicht mal auf ein geträumtes Dach im Norden Marokkos.

Unten, in der Fernsehwelt von Frau Lugner und ihren TV-Kommissaren, spielte solche Erkenntnis selten eine Rolle. Wenn zuviel Privates über die Ermittler erzählt wurde, stöhnte die Fernsehgemeinde auf, weil es zu Lasten des Falles ging. Klar, der musste ja auch in neunzig Minuten durcherzählt werden. Im Leben konnte das gerne auch mal eine halbe Ewigkeit dauern. Und je länger die wurde, desto tiefer fraß sich der Fall auch in das Privatleben des Ermittlers.

Der Entschluss, Henne quasi offiziell einzuweihen, kam eher aus ihrer Müdigkeit, gepaart mit ihrer Unzufriedenheit über die mageren Fortschritte in dem Fall. Vielleicht war es auch ihr Wunsch nach Bestätigung, wirklich nichts falsch gemacht zu haben. Außerdem hatte sie ihm gestern Nacht im Bett in ihrer Ratlosigkeit ohnehin schon mehr gesagt als nötig. Was auch immer, es hatte gereicht, die Alarmglocken in ihrem Hinterkopf zu ignorieren. Inka wusste aus Erfahrung, welche Gefahren darin lagen, die Grenzen zwischen Job und Privatleben aufzuweichen. Wie oft hatte sie in Dortmund von älteren Kolleginnen und Kollegen gehört, deren Beziehungen genau an dieser Frage gescheitert waren. Vor allem die männlichen Beamten neigten zu Hause eher zum Schweigen. Mit zunehmender beruflicher Belastung schwiegen sie sich über Ängste, Zweifel und Probleme aus und zogen sich in eine eigene Welt zurück, in der ihre Partnerinnen sie nicht mehr erreichen konnten. Die Konsequenz war ein Gefühl der Ausgrenzung und eine schleichende Entfremdung, die irgendwann zu der Erkenntnis führte, dass man sich überhaupt nichts mehr zu sagen hatte. Der umgekehrte Fall betraf meist Kolleginnen. In dem Versuch, sich Luft zu verschaffen und Probleme offen anzugehen, neigten manche Frauen zu übertriebener Einbeziehung ihrer Partner. Die Folge war ein anderer schleichender Prozess. Viele männliche Partner taten sich schwer damit, dass die toughe Polizistin, die sie mal bewundert hatten, nur noch in ihren schwachen Momenten bei ihnen anklopfte. Das Ergebnis auch hier: Desillusionierung, Isolierung, Trennung. Fand man nicht die richtige Balance zwischen Job und Privatleben, konnte ein Bulle in einer Beziehung eine echte Belastung sein.

Fragte sich nur, ob das bei zwei Bullen noch schlimmer oder eher leichter war. Vor allem bei zweien, die sich gerade geschworen hatten, ihre Reviere neu und deutlich getrennt aufzuteilen. Der Ex-Bulle am Herd. Die Ex-Hausfrau an der Front. Inka hatte entschieden, dass sie das Risiko eingehen musste. Auch wenn der Preis, den sie dafür zahlen würde, möglicherweise höher sein könnte als ein zerkratztes Auto und ein zerlegtes Schlafzimmer.

Inka erzählte Henne alles, jedes Detail, jeden Hinweis, ein Schnelldurchlauf der Ereignisse. Bis zum aktuellen Stand der Ermittlungen. Und je mehr sie erzählte, desto erleichterter merkte sie, wie sie beide in einen professionellen Modus aus detaillierten Fragen und präzisen Antworten verfallen waren. So routiniert und fast tröstlich konstruktiv, dass Inka sich insgeheim wunderte, warum sie überhaupt überlegt hatte, Henne nicht einzuweihen. Er kannte sich hier aus. Das waren sein Revier, seine Leute, seine Geschichte. Wie hatte sie da ernsthaft auf seine Sicht der Dinge verzichten wollen?

Das letzte Licht des Tages schwand, die Schatten des Windlichts verschmolzen mehr und mehr mit der umgebenden Dunkelheit. Nur Hennes Schoß war in gleißendes Licht getaucht. Henne hatte sich seine LED-Taschenlampe, ebenfalls aus Polizeibeständen, zwischen die Zähne geklemmt und begutachtete die Fotos, die Inka vor ihnen beiden auf der Polizeidecke ausgebreitet hatte. Die mittlerweile fertige Zeichnung des Rings hatte man ihr als Bilddatei auf ihr Handy geschickt. Auch die nahm Henne unter die Lupe. Und wie. Inka beobachtete ihn. Hinter seiner Konzentration und dem immer schlechter werdenden Licht war deutlich zu erkennen, dass er innerlich strahlte. Wie ein Jagdhund, den man nach monatelangem Schafehüten zum ersten Mal wieder im Wald streunen ließ. Vielleicht war das auch ein wenig der Moment, vor dem Inka sich gefürchtet hatte. Die Sekunde, in der man dem cleanen Ex-Junkie seine ehemalige Droge vorsetzte, war auch die Sekunde, in der man ihm vertrauen musste, dass er nicht wieder rückfällig wurde. In ihrem gemeinsamen Fall würde der Bulle in ihm den Hausmann verdrängen und das so sorgfältig ausgearbeitete Familienkonstrukt einfach mal aus den Angeln heben. Andererseits war der Rollentausch ja schließlich auch sein Wunsch gewesen. Nein, der ehemalige Jagdhund Henne war zu geerdet, um dem erstbesten Reh nachzusteigen und nie wieder gesehen zu werden. Und was den Fall anging, war es gar nicht so schlecht, dass aus ihm über Nacht kein reiner Hütehund geworden war.

»Und, was siehst du?«

Henne schüttelte den Kopf. »Nicht viel.«

»Und die Frau? Irgendwo schon mal gesehen?«

Henne überlegte. »Wann war das? Vor drei Jahren? Gut, da war meine Schützenfestzeit schon ein paar Jährchen vorbei. Habt ihr mal die Polizeiakten der in Frage kommenden Tage auf besondere Vorkommnisse überprüft?«

»Machen wir gleich morgen früh«, sagte Inka. »Die Routine haben wir ganz gut abgedeckt. Ich dachte, dir fällt vielleicht irgendwas anderes auf. Etwas, woran man als normaler Ermittler nicht denkt, weil man zu sehr unter Druck steht, oder was man sich nicht zu sagen traut, weil es vielleicht zu weit hergeholt klingt.«

»Na ja.« Er zögerte. Offenbar fiel es ihm nicht ganz leicht, akribische Ermittlungsarbeit gegen pures Brainstorming zu tauschen. Er versuchte es mit einer Mischung.

»Die Gute verkleidet sich offenbar gerne, sieht auffällig aus, hat anscheinend kein Problem damit, ohne Begleitung unterwegs zu sein …«

»Wenn ihre Begleitung nicht daneben sitzt«, erinnerte Inka und deutete auf den Rand des Bildes, der den Blick auf weitere Personen abschnitt. »Oder gerade auf dem Klo ist.«

Henne zuckte mit den Schultern.

»Du hast mich nach anderen Ideen gefragt. Für mich sieht die Frau nach Reviermücke aus.«

»Reviermücke?« Inka sah ihn irritiert an. Henne erwiderte ihren Blick.

»Kommen aus dem Nichts, stechen kurz zu, wenn es Beute gibt und sind schlagartig wieder weg. Meistens aus dem Ruhrgebiet.«

Inka schaute immer noch ratlos drein.

»Kann sein, dass ich als Ruhrgebietlerin etwas schwer von Begriff bin, aber könntest du etwas konkreter werden?«

»Es gibt Frauen, die weniger wegen der Natur ins Sauerland kommen, sondern wegen der Naturburschen.«

»Ach, etwa so wie ich?«

»Mit dem Unterschied, dass du nicht wegen einer schnellen Nummer hier warst, sondern geblieben bist. Gut, andererseits kein Wunder, bei einem Typen wie mir.«

Er grinste sie an, und Inka konnte seine Zähne in der Dunkelheit aufblitzen sehen. Alles andere konnte sie noch immer nicht recht glauben. »Wir reden jetzt aber nicht über Sextourismus?«

Henne nickte trocken. »Doch. Aber die offizielle Beschreibung lautet, glaube ich, ›Party mit den Mädels‹.« Er malte Gänsefüßchen in die kälter werdende Luft.

Inka unterdrückte ein ungläubiges Lachen. »Ich dachte, das ist Brilon, nicht Bangkok.«

»Ich rede ja auch von Winterberg, Willingen und der ganzen Partyecke oben in den Skiorten. Oder von größeren Schützenfesten in den anderen Touristenorten. Und wenn du meinst, das klingt übertrieben, dann stell dich mal freitags an den Bahnhof. Die kommen meistens im Rudel. Kegelclubs, Handarbeitsvereine, Volleyballmannschaften. Immer im Team. Das fällt nicht so auf.«

»Und wie passt das zu unserer Mrs. X? Die sieht nicht gerade nach Kegelclub aus.«

»Nee, aber Einzelgängerinnen gibt es natürlich auch. Und die sind meistens noch zielstrebiger, weil sie nicht mal den Anschein erwecken, dass sie vielleicht nebenbei auch noch Party wollen.«

»Sondern nur Sex …«

»Schöne Wälder gibt's auch im Ruhrgebiet.«

»Was du mir nie geglaubt hast. Und was ist mit den ganzen Männern, die da so im Rudel auflaufen?«

»Die sind das passende Gegenstück. Wobei die Kennerin wohl auf knackige Einheimische steht.« Inka warf ihm einen raschen Blick zu, den er mit einer Unschuldsgeste abwehrte. »Habe ich mir sagen lassen. Aber erstens gibt es solche Männer überall, und zweitens suchst du nach einer Frau, oder?«

Inka nickte. »Ich habe sie schon zur Fahndung ausgeschrieben. Selbst wenn sie tatsächlich nichts mit allem zu tun hat und nur eine …«, sie suchte kurz nach Hennes Fachbegriff, »… Reviermücke ist, bin ich gespannt, wie sie ihre Verbindung zu beiden Opfern, ihre Anwesenheit in der Nähe des zweiten Tatortes und die Rückgabe des Mietwagens erklärt.«

Henne grinste sie an. »Das ist der Bluthund, den ich geheiratet habe.« Er küsste sie auf die Wange. Wie auf Kommando schreckte Böse auf und hob den Kopf. Er schnupperte kurz und entschied offenbar, dass ihm das spätsommerliche Balkonklima langsam zu kühl wurde. Er stand umständlich auf und trottete ins Wohnzimmer.

»Was ist jetzt? Noch einen Shiraz, oder nicht?«, fragte Henne. Er pellte sich aus seiner Seite der Decke und ließ einen Schwall empfindlich kühler Luft zu Inka durchdringen. Inka sah mühsam auf die Uhr und war gerade drauf und dran, der Versuchung zu erliegen, als wieder ein Geräusch sie in die Realität zurückholte. Wieder die Tatortmelodie aus Frau Lugners Wohnung. Nur diesmal der Abspann. Es schien fast, als wollte das öffentlich-rechtliche Schicksal Inka mit aller Macht auf den Pfad der Tugend drängen. Inka ergab sich.

»Der Bluthund braucht morgen eine frische Nase«, sagte sie und stand auf. »Trotzdem danke.«

Henne lächelte, soweit Inka das im Kerzenschein des Windlichts erkennen konnte. »Kein Thema. Der Shiraz wird ja nicht schlecht.«

»Auch für deine Hilfe, meinte ich.«

Wieder das Lächeln, während er die Decke zusammenlegte. »Ich danke *dir*. Tut irgendwie doch gut, nicht ganz einzurosten.« Dann wurde sein Blick ernst. »Hey, ich weiß, was das für dich bedeutet, mich einzuweihen. Und keine Sorge, der Kommissar in mir bleibt zu Hause.«

Inka pustete erleichterter, als sie sich zugestand, das Windlicht aus und schnappte sich die leere Flasche, während Henne die Stühle zusammenklappte und ordentlich verstaute. Dann fiel ihr etwas ein.

»Ach so, wer ist eigentlich das Arschloch?«, fragte sie Henne.

Er hielt inne. Unmöglich zu sagen, mit welchem Gesichtsausdruck.

»Welches Arschloch?«, fragte er.

»Als ich Tom und Mia vorhin Gute Nacht gesagt habe, meinten sie, sie hätten die Idee mit dem Schwimmengehen irgendeinem Arschloch am Telefon zu verdanken.«

Henne winkte ab.

»Ach das«, sagte er. »Nur ein alter Kumpel, der sich was ausborgen wollte. Wenn du lieb bist, darfst du auf der Matratze schlafen, die Böse nur halb entkernt hat.«

Er küsste sie auf die Wange und ging hinein.

34 Montag, 8:14 Uhr

Pfeil war bedient. Kein werktägliches Frühstück im Bett, kein Stöbern im Internet, mit dem Laptop auf der Decke, kein Frühstücksfernsehen, um das Wetter zu checken. Er war nun mal ein Gewohnheitsmensch. Und nichts drückte Gewohnheitsmenschen mehr auf das Gemüt als ein Abweichen von der Routine. Vor allem, wenn es rein willkürlich von jemand anderem angeordnet wurde. Jemandem, wie der Leiterin einer Sonderkommission zum Beispiel.

Pfeil saß an seinem Schreibtisch im Revier in Brilon. Als Erster, wie befohlen. Statt seinem gewohnten Brötchen unterwegs und dem Pläuschchen mit der niedlichen Bäckereiverkäuferin, bei der er jeden Morgen eines mit Salami und eines mit Lachsersatz und Remoulade kaufte, bestand sein Frühstück heute aus bitterem Automatenkaffee und noch weniger erfreulichen Pläuschchen mit diversen Autoverleihern. Inkas Hausaufgaben, die er seit fast einer halben Stunde abarbeitete. Auch wenn er viele seiner Telefonkandidaten persönlich kannte, war acht Uhr morgens weder eine geeignete Zeit, alte Bekanntschaften zu pflegen, noch neue zu machen. Die meisten Autoverleiher erreichte er nämlich nur privat, weil man in dieser Gegend 24-Stundendienste nur aus dem Fernsehen kannte.

»Nein, es ist nicht zu früh, und wenn es sein muss, ruf ich Sie beim nächsten Mal auch mitten in der Nacht an, oder ich lasse Sie einbestellen. Haben wir uns verstanden?«, knurrte Pfeil ins Telefon. Eine ergiebige Antwort bekam er trotzdem nicht.

»Was … Belohnung?«

Pfeil knallte den Hörer auf. Er hatte die Nase voll von Hobbypolizisten und Denunzianten, die, sobald eine Belohnung ausgesetzt wurde, die Polizei mit Details und Informationen versorgten. Noch nie war etwas Brauchbares dabei gewesen. Es war zusätzliche Arbeit, mehr nicht.

Aber die war hiermit getan. Er machte einen Haken hinter den letzten Namen auf seiner Liste und überlegte, ob er bis zum Eintreffen der Kollegen vielleicht doch noch zur Bäckerei fahren sollte, um wenigstens den Rest des verlorenen Morgens zu retten. Ein Blick auf die Uhr sagte ihm allerdings, dass dafür keine Zeit blieb. Er rührte in seinem Kaffee und dachte darüber nach, wie sich sein Zusammenspiel mit Inka wohl entwickeln würde. Im nächsten Moment flog die Tür auf, und ein aufgebrachter Halverscheid stapfte herein. Sein hochroter Kopf verriet nichts Gutes.

»Morgen. Chef!«, brachte Pfeil noch heraus, bevor eine Zeitung quer durch den Raum flog und genau vor Pfeil auf der frisch abtelefonierten Liste landete. Mit einer Blitzreaktion konnte er gerade noch seinen Kaffee in Sicherheit bringen. Ohne Gruß und mit tiefverärgerter Miene baute sich der Dienststellenleiter vor ihm auf.

»Schon gelesen?« Halverscheid tippte mit dem Zeigefinger auf die erste Seite des Regionalteils der Zeitung, als wollte er alles, was in breiten Lettern darauf stand, an Pfeils Schreibtisch pinnen.

»Eine Region in Angst!«, las Pfeil um Halverscheids Zeigefinger herum. »Na ja, stimmt ja irgendwo schon«, kommentierte er trocken. Halverscheid unterdrückte einen Wutausbruch und sah sich stattdessen um. Neben Pfeils Schreibtisch im Gemeinschaftsbüro, das er sich mit Kemperdick und Röggen teilte, führte eine Tür in ein separates Einzelbüro. Das der Dezernatsleiterin. Seit

Inka ihren Dienst in Brilon angetreten hatte, hatte sie darauf bestanden, dass diese Verbindungstür immer offen stand. Nicht nur eine symbolische Geste. Halverscheid sah Inkas noch verwaisten Schreibtisch.

»Wo ist Frau Luhmann?«, fragte er.

Pfeil strich sich genüsslich über den dicken Bauch und hob die Arme. Vielleicht nahm der Morgen doch noch eine angenehme Wendung.

»Tja, vielleicht noch im Bett? Keine Ahnung. Ich bin jedenfalls seit zwei Stunden hier.«

»Nun warten Sie mal nicht auf Fleißkärtchen, Herr Pfeil. Wann kommt sie?«

Statt einer Antwort griff Pfeil nach dem Telefonhörer.

»Ich kann sie gerne anrufen, Chef.«

»Nicht nötig. Sagen Sie mir Bescheid, wenn sie da ist.«

Kaum hatte Halverscheid die Tür hinter sich zugezogen, stellte Pfeil seinen Kaffee zur Seite, legte die Beine auf den Schreibtisch und lehnte sich mit der aufgeschlagenen Zeitung entspannt in seinem Stuhl zurück. Wenn der Morgen schon nicht mehr zu retten war, konnte man wenigstens mitnehmen, was er einem von sich aus bot.

»Was gibt's Neues von den Autoverleihern?« Pfeil schreckte hoch und unterdrückte einen Fluch. Diesmal war es Inka, die in der Tür stand. Allerdings in der zu ihrem Büro. Pfeil hatte nicht bemerkt, dass sie vom Flur aus direkt dort hineingegangen war.

»Morgen«, knurrte er ertappt und setzte sich enttäuscht wieder auf, während Inka nur schnell Jacke und Tasche über ihren Stuhl legte und schon wieder vor ihm stand. Pfeil hob seine Liste der Autorverleiher hoch. Auch von Inka hatte er keine Fleißkärtchen zu erwarten, aber immerhin hatte er seine Hausaufgaben erledigt. Es würde also wenigstens nichts zu meckern geben.

»Ich habe alle im Umkreis abtelefoniert. An eine Frau mit unseren Beschreibungen hat vor dem ersten Mord weder ein Vermieter ein Auto verliehen, noch kann sich jemand an sie erinnern.«

Inka sah ihn konsterniert an, ließ sich die Liste geben und sah sie durch, als wäre mit bloßem Betrachten etwas an Pfeils Ergebnis zu ändern.

»Verdammt. Ich war mir sicher, dass wir was finden.«

»Ehrlich gesagt braucht man aber auch 'ne Menge Abstraktionsvermögen, wenn man auf dem Foto was erkennen will.«

Inka ging darüber hinweg.

»Okay, konzentrieren wir uns nur auf den Zeitraum vor dem ersten Mord. Was ist da mit anderen Mietern in der Fahrzeugkategorie oder in denen darüber? Vielleicht hat ja ein Dritter etwas für unsere Unbekannte gebucht.«

Pfeil konsultierte seine Notizen, die er auf einem Block neben dem Telefon liegen hatte.

»Habe ich überprüft. Es gab sieben Vermietungen, die zeitlich gepasst hätten. Aber vier davon sind Langzeitmieten an einen Reiseveranstalter, den ich schon überprüft habe, und zwei Vermieter haben die entsprechenden Autos an auswärtigen Mietstationen zurückbekommen, was beweist, dass die Mieter mit ihnen zu den fraglichen Zeitpunkten unterwegs waren. Der einzige Fall, der sonst noch passen würde, war ein älterer Herr aus Bestwig, der mit seinem Mietwagen aber keinen umgebracht hat, sondern bei seiner Tochter in Köln war. Die Kilometerleistung stimmt haargenau, und er hat bei der Fahrzeugrückgabe einen Tankbeleg aus Köln mit in die Unterlagen gelegt.«

Inka sah enttäuscht auf. Dann sammelte sie sich. »Ist Herr Halverscheid schon da?«

»Und wie er da ist«, meinte Pfeil mit dem Anflug eines genießerischen Lächelns um den Mund. »Und er hat das dringende Bedürfnis, Sie zu sprechen.«

Zwanzig Minuten später hatte sich das gesamte Team in Halverscheids Büro versammelt. Inka war die Letzte, die mit einem Tablett Kaffee dazukam, mit dem sie die Runde machte. Halverscheid lenkte Inkas Blick mit einem Räuspern und einer ungeduldigen Kopfbewegung auf das Titelblatt der Zeitung. Was Pfeil wieder ein Lächeln ins Gesicht zauberte. Inka nickte Halverscheid zu.

»Vielleicht könnten wir das später klären. Ich würde gerne erst die weiteren Schritte besprechen«, sagte sie. Halverscheid nickte.

Pfeil verzog das Gesicht. Mist, der Alte ließ sich um den Finger wickeln. Inka informierte ihr Team über Pfeils wenig erfreuliche Ergebnisse der Autoverleiher-Spur. Die Fahndung nach der großen Unbekannten verlief erwartungsgemäß auch nicht erfolgreicher. Die Kollegen der Nachtschicht hatten Inka nichts Greifbares liefern können. Dann erklärte Inka Hennes Vermutung, die Unbekannte könnte eine »Reviermücke« sein. Sie sah in skeptische Gesichter und erntete Schweigen.

»Ich weiß, dass das alles reine Vermutung ist, aber mehr Zählbares haben wir im Moment nicht.« Inka merkte, dass sich das fast schon nach aufkommender Resignation anhörte.

»Tut mir leid, dass ich auch keine besseren Neuigkeiten habe.« Röggen meldete sich zu Wort. »Ich habe wegen des Rings gestern Abend noch einen befreundeten Juwelier angerufen und heute Morgen im Internet recherchiert. Unter dem Strich ist der Ring in der Größe entweder ein Vermögen wert oder 08 / 15-Modeschmuck, den sie überall gekauft haben konnte. Mit 99%iger Tendenz zu Letzterem.«

»Vor allem, wenn man ihn auf einem Schützenfest und beim Autoverleiher trägt«, ergänzte Kemperdick, der trotz Inkas verordneter Schlafpause ein Gähnen nicht unterdrücken konnte.

»Okay, bleiben wir bei den Fakten, und denken noch mal neu.«

Inka massierte sich die Schläfen und hoffte, dass sie nicht auch noch Kopfschmerzen bekam. Ein Wunder wäre es allerdings nicht. Porbeck räusperte sich.

»Was die Fakten betrifft, da könnte ich immerhin mit der Bestätigung der Todesursache von Hesterkamp dienen. Erdrosselt, wie vermutet.«

»Aber wenn man bedenkt, wie Hesterkamp hergerichtet war, vor dem Boot, meine ich, und was er wog …«, überlegte Pfeil.

»Dann haben wir es also mit jemandem zu tun, der ziemlich kräftig und geschickt sein muss. Definitiv jemand, mit dem nicht gut Kirschen essen ist. Passt das zu unserer Verdächtigen?«, fragte Röggen.

»Der Student in der Autovermietung meinte jedenfalls, sie trainiert.«

»Trainiert, kräftig, geschickt, nicht gut Kirschen essen …« Die Worte hallten in Inkas Kopf nach. Und ließen sie plötzlich stutzen.

»Man könnte auch sagen, jemand, vor dem man Respekt hat. Vielleicht sogar Angst.«

Die Runde nickte irritiert, als Inka sich plötzlich mit neuer Energie an Pfeil wandte.

»Erinnern Sie sich noch, was Nathalie Brückners Chef Ried über sie gesagt hat?«

»Er meinte, sie wäre in den letzten Wochen nervös, irgendwie fahrig gewesen«, gab Pfeil wieder. »Und? Bei Frauen passiert so was doch mit gewisser Regelmäßigkeit, wenn Sie verstehen, was ich meine.« Er sah beifallheischend in die Runde, erntete aber keine Reaktionen. Inka schnappte sich kommentarlos die mittlerweile dick angeschwollene Akte zum Fall und zog die Fotos der Spurensicherung von Nathalie Brückners Wohnung heraus. Sie verteilte sie auf dem Tisch wie ein überlegenes Gewinnerblatt beim Poker: Detailaufnahmen der Sicherheitsbalken an der

Tür, die abschließbaren Fenster, der Feldstecher im Schlafzimmer. Dann zog sie noch die Rechnung der Sicherheitsfirma aus der Akte und legte sie daneben.

»Als wir Nathalie Brückners Wohnung untersucht haben, dachten wir, sie hätte sich eine kleine technische Aufrüstung gegönnt, um sich gegen, sagen wir mal, die unangenehmen Seiten ihres kleinen Nebenjobs zu schützen.«

»Zudringliche Freier …«, brummte Pfeil im Brustton der Überzeugung. Doch fast im selben Moment sah er auf. »Aber das war es nicht« sagte er, als wäre die Erkenntnis unvermittelt aus den sahnebraunen Fluten seines Kaffees aufgetaucht. Inka nickte und tippte auf die Bilder vor sich. »Nein, sie hatte verdammt große Angst.«

»Weil sie sich bedroht fühlte«, führte Kemperdick Inkas Gedanken weiter. Man konnte förmlich spüren, wie ein Ruck durch das Ermittlerteam ging. Alle waren mit einem Mal hellwach. Innerhalb von Sekunden hatte sich eine drohende kollektive Depression in eine neue, wenn auch noch zaghafte Aufbruchstimmung verwandelt. Inka nutzte den Schwung des Moments.

»Wir müssen unbedingt wissen, wie. Und wir sollten bedenken, dass es etwas ziemlich Persönliches gewesen sein musste, sonst hätte sie Ried oder vielleicht ihren Vermieter eingeweiht.«

»An die Polizei konnte sie sich schon wegen ihrer Nebentätigkeit nicht wenden.« Die Feststellung kam von Halverscheid.

»Sieht ganz so aus«, bestätigte Inka ihren Chef und dann fiel ihr noch etwas ein. »Als ich Hesterkamp und Nagel nach dem Auffinden von Nathalie Brückner befragt habe, da zitterte Hesterkamp fast unmerklich. Und er wirkte so aufgesetzt entspannt.« Sie wurde ernst. »Marlies? Kollege Pfeil? Sie fahren bitte nach Meschede ins Krankenhaus zu Nagel. Ich habe nachgefragt. Er ist nach seinem Schock mittlerweile wieder ansprechbar. Fragen Sie ihn vor allem nach möglichen Drohungen, die sein Mann in letzter Zeit erhalten hat, ob er vielleicht wirklich irgendwie angespannter war als gewöhnlich und woran das gelegen haben könnte.«

Marlies nickte und trank ihren Kaffee aus. Pfeil verzog das Gesicht. Inka wandte sich an Porbeck.

»Und wenn Sie im Labor fertig sind, fahren Sie bitte noch einmal mit Herrn Kemperdick zu Nathalie Brückners Wohnung und suchen nach allem, was sich mit dem Gedanken der Bedrohung in Verbindung bringen lässt. Was weiß ich, Drohbriefe, tote Ratten im Briefkasten, Schmierereien an den Wänden, Sie wissen schon.«

Die Kollegen standen auf, um aufzubrechen. Nur Pfeil blieb brummig sitzen. »Und was machen Sie?«, fragte er.

»Ich kümmere mich noch mal um die Spur unserer Unbekannten.« Inka sah Halverscheid an. »Vielleicht könnten wir zusammen das Archiv durchgehen, um irgendwelche Verbindungen zum Schützenfest vor drei Jahren zu finden. Wenn wir tatsächlich jemanden mit einem solchen Gewaltpotential suchen, wäre es doch möglich, dass er bei der Gelegenheit schon mal auffällig und aktenkundig geworden ist.«

SIE Montag, 8:55 Uhr

Das Frühstück schmeckte ihr. Auch weil außer ihr niemand im Raum war. Die Karawane der Lustsuchenden hatte das im Übernachtungspreis inbegriffene Pauschalfrühstück bis auf den letzten Krümel abgeweidet und war auf dem Weg nach Hause. Wenn ab Montag 15:00 Uhr die Zimmer bezugsfertig waren, kamen die echten Touristen. Wanderer und Erholungssuchende, meistens ohne Kinder, denn die Schulferien waren gerade erst beendet.

Sie schnitt ihr Brötchen auf und musste an das entsetzte Gesicht denken, das Röggen gemacht hatte, als sie zum ersten Mal zustach. Er hatte das Messer kommen sehen und dann vermutlich nur einen stumpfen Schmerz gespürt. Sie hatte die Bauchaorta getroffen und angenommen, dass Röggen, dank seiner Ausbildung, das auch sofort wusste. Er hatte nichts gesagt, nur gestammelt. Die Frage nach dem Warum erschien ihr in dem Moment so sinnlos. Was hätte ihm eine Antwort gebracht, er wusste doch, dass er sterben würde.

Als er zu Boden gesackt war, war sie kurzzeitig in Panik verfallen. Röggens Tod war nicht geplant gewesen und barg eine potentielle Gefahr. Alles, was sie nicht planen konnte, barg Gefahren. Fehler passierten schließlich auch den Besten. Aber es war unumgänglich gewesen. Warum musste er sie auch anmachen und Aufmerksamkeit auf sie lenken? Aufmerksamkeit, die sie nicht gebrauchen konnte. Er war ein Kollateralschaden. Lästig, mehr nicht. Gut, jetzt war er tot, und die Verantwortung dafür trug der Arzt selbst.

Dank ihrer Therapie hatte sie gelernt, die Panik zu bekämpfen. Ein Ritual, das sie unendliche Qualen gekostet hatte, bis sie es beherrschte, das ihr aber heute in nur zwei Minuten ihren wertvollsten Besitz zurückgab. Ihren klaren Verstand. Zunächst hatte sie sich gratuliert, nicht in ihre Pension gegangen zu sein, sondern in sein Hotel. Das lag zwar nur ein paar Querstraßen von der Pension entfernt, aber in der Anonymität einer Touristenhochburg war das egal.

Sie hatte peinlich genau darauf geachtet, nicht gesehen worden zu sein, nichts angefasst zu haben, keine Spuren hinterlassen zu haben. Dafür hatte sie seine Uhr und seine prall gefüllte Brieftasche mitgenommen und anschließend sicher entsorgt. Ein Raubmord. Sie war sich sicher, dass man nicht auf sie kommen konnte. Auch, weil Frauen schließlich nicht so mordeten. Sie schauten ihrem Opfer nicht ins Gesicht. Nicht aus Scham, sondern aus Angst davor, an ihrer Tat noch gehindert zu werden. Frauen mordeten hinterlistig. Mit Gift, mit Betäubung, mit Angriffen aus dem Hinterhalt. So was. Nur damit nichts schiefging. Sie hatte das mal gelesen. Und es nicht geglaubt.

Schließlich war sie der beste Gegenbeweis. Frauen mordeten natürlich auch von vorne. Aber das durfte sie niemandem sagen. Nur einem. Ihm. Ihm würde sie es sagen. Und jetzt verspürte sie große Sehnsucht, mit ihm zu sprechen. Es gab schon so viel, was sie ihm hätte sagen können. Es war mehr, als sie in den zahlreichen Sitzungen gesagt hatte. In den Sitzungen, in denen sie so oft nur geschwiegen hatte und das Gefühl bekam, ihn zu enttäuschen. Jetzt hatte sie ihn schon lange nicht mehr enttäuscht. Im Gegenteil. Wenn er erführe, welche Fortschritte sie machte, wäre er stolz auf sie, da war sie sich sicher.

»Darf es noch was sein? Wir räumen in ein paar Minuten das Büfett«, sagte der Pensionswirt.

»Haben Sie Kirschmarmelade?«

»Selbstverständlich. So rot wie Ihre Lippen«, sagte der Mann mit einem Anflug von Spott und stellte vor ihr eine Einwegportion in einem silbernen Alubecher ab, bevor er ging.

Nein, so rot wie das Hemd von Dr. Röggen, dachte sie und freute sich darüber, dass sie wieder Scherze machen konnte, ganz heimlich, innerlich, nur für sich selbst.

Von draußen hörte sie das näher kommende Martinshorn eines Notarztwagens. Mit ein bisschen Übung hörte man das. Das Martinshorn der Feuerwehr war lauter, dröhnender, das der Polizei meist langgezogener, welliger, irgendwie anstrengender. Sie konnte nicht genau ausmachen, ob der Notarztwagen zu Röggens Hotel unterwegs war. Wenn, dann würde er in wenigen Sekunden an dem Fenster vorbeirasen, hinter dem sie gerade ihr Brötchen aß. Auf der schmalen Straße vor der Pension fuhren schon die ersten Autos an die Seite, um dem lauter werdenden Martinshorn Platz zu machen. Keine zehn Sekunden später sah sie den Wagen, keine fünfzehn Sekunden später war er vorbei, und keine dreißig Sekunden später verstummte die Sirene. Er war am Hotel angekommen. Offenbar hatte man Röggen gefunden.

Sie musste wieder lächeln. Zufrieden und ein wenig abschätzig. Wie naiv die Menschen doch waren. Selbst, wenn die Lage erwiesenermaßen aussichtslos war, wurde immer erst der Notarzt gerufen. Als ob es noch etwas zu retten gab.

Doch plötzlich war da wieder dieses Kribbeln im Kopf. Dieser Tunnelblick. Diese Schweißausbrüche. Ihr Herz klopfte bis zum Hals, sie zitterte, Panik! Irgendetwas stimmte nicht! Ein Blick auf die Uhr gab ihr die niederschmetternde Gewissheit. Zehn nach neun. Nachdem sie Röggen verlassen hatte, hatte sie das »Bitte nicht stören«-Schild an die Tür seines Zimmers gehängt. Er hätte niemals vor Mittag gefunden werden dürfen.

Es sei denn, etwas Unvorhergesehenes war dazwischengekommen.

Sie zwang sich zur Ruhe, beendete ihr Frühstück und ging Richtung Aufzug. Das Ritual, sie musste dringend auf ihr Zimmer und das Ritual vollziehen.

35 Montag, 9:44 Uhr

»Luhmann«, sagte Henne. »Wie man es spricht. Mit ›h‹ nach dem ›u‹. Das ist Tom …« Er strich seinem etwas eingeschüchterten Sohn väterlich über den Kopf.

»Und ich bin Mia«, ergänzte Mia, die neben ihrem Bruder stand, der sich jetzt ängstlich an Hennes Beine presste. Mia hatte der Betreuerin hinter dem Empfangstresen von »Kortmanns Märchenland« nicht nur bereits einen Namensaufkleber samt Filzstift stibitzt, sondern auch schon ihren Namen darauf geschrieben. Wenn auch etwas krakelig.

»Um Tom brauchen Sie sich keine Sorgen zu machen, der hat nur Angst vor der Rutsche«, sagte Mia, und Henne erschrak ein wenig darüber, wie viel Mütterlichkeit bereits in dem kleinen Mädchen steckte. Er kniete sich neben seinen Sohn und tröstete ihn.

»Du brauchst keine Angst zu haben. Erstens bin ich nur ein paar Minuten weg, zweitens ist Mia bei dir, und drittens musst du nirgendwo raufklettern, wo du nicht rauf willst.« Tom sah ihn an und war zumindest so weit beruhigt, dass er Hennes Beine losließ und sich von Mia seinen Namensschriftzug aufs Sweatshirt kleben ließ. Das schien Wunder zu wirken.

«Danke, Mia«, sagte die Betreuerin und schob Henne ein Formular über den Tresenstamm. »Wenn Sie bitte noch Ihre Handynummer eintragen könnten. Ist Vorschrift«, lächelte sie. Henne füllte den »Anmeldezettel mit Haftungsausschlusserklärung« gewissenhaft aus und schob ihn zurück. Die Betreuerin bedankte sich erneut und gab per Knopfdruck ein Zugangstor neben dem Tresen frei, durch das Tom und Mia augenblicklich ins Märchenreich der Hüpfburgen, Bobbycars und Klettergerüste verschwanden.

»Lasst den großen, bösen Wolf leben«, rief Henne ihnen nach. »Ich bin direkt nebenan. Und kann euch sehen.« Die Betreuerin nickte Henne mit professionell beruhigendem Blick zu, bevor sie sich den nächsten Neuankömmlingen zuwandte.

Henne sah seinen Kindern noch einen Moment zu. Als wäre nichts gewesen, ließ Tom sich von seiner großen Schwester zu einer bunten Holzrutsche begleiten, kletterte lachend mit ihr die Treppenstufen hoch und verschwand kreischend im Bällebad. Henne wandte sich kopfschüttelnd ab. Frauen und ihr Einfluss auf die Männer. Erleichtert, dass die Kinder gut aufgehoben waren, fragte er sich unwillkürlich, was seine Mutter damals eigentlich mit ihm gemacht hatte, während sie einkaufen ging. Er meinte, sich entweder an Einkaufswagen mit viel zu engen Kinderklappsitzen zu erinnern, aus deren Enge es kein Entrinnen gab. Oder an den schraubstockartigen Haltegriff um seinen Arm, so dass er weder weglaufen noch irgendetwas anfassen konnte, was man am Ende vielleicht würde bezahlen müssen. Sein Vater war praktischer veranlagt gewesen und hatte Henne einfach im Auto eingesperrt. Das war, gerade im Sommer, zwar nicht immer angenehm, aber man hatte wenigstens an Schaltern und Hebeln herumspielen können, die unter normalen Umständen unerreichbar gewesen waren.

Henne atmete durch. Die Kinder waren versorgt und Böse diesmal bei Frau Lugner bestens untergebracht. Er stand mitten in der Wohnzimmerabteilung von »Möbel Kortmann«. Das riesige Möbelhaus hatte vor nicht mal zwei Monaten am Stadtrand eröffnet. Henne konnte sich seitdem an keinen Moment erinnern, an dem der große Parkplatz nicht bis auf den letzten Platz belegt gewesen war. Die branchenüblichen Schnäppchenwochen mit bis zu 75% Rabatt auf »alles, außer Markenware« konnten nicht allein der Grund für den regen Besucherverkehr sein. Henne kannte ihn. Er hatte gerade seine Kinder darin abgegeben: »Kortmanns Märchenland«. Nach der Eröffnung des Ladens hatte es genau achtundvierzig Stunden gedauert, bis sich in Brilons Junge-Mütter-Kreisen herumgesprochen hatte, dass man bei »Kortmanns« fast ungestört ein Damengedeck, bestehend aus einem Hefeteilchen mit einem Glas Sekt, zum Schnäppchenpreis von zwei Euro genießen konnte, während der Nachwuchs schalldicht hinter einer Panoramascheibe die Altersgenossen oder die Betreuer nervte, statt die jeweilige Mama. Und die genoss ihre Auszeit ihrerseits mit mindestens drei weiteren Leidensgenossinnen.

Henne selbst mied das Café. Zwar hatte er nicht das Geringste gegen Frauengesellschaft, auch nichts gegen die von Müttern mit Kindern. Aber er hatte schon nach wenigen Tagen Hausmannsdasein seine erste Lektion gelernt. Wenn die Damen nicht gerade auf ein Abenteuer aus waren, traten sie ausschließlich rudelweise auf. Und das sorgte bei Henne aus mehreren Gründen für Unwohlsein. Zum einen waren da die Gespräche. Zwar konnte er zu kindbezogenen Themen wie Krankheiten, Entwicklungsstand und lustigen Anekdoten noch den ein oder anderen sinnvollen Beitrag leisten, aber spätestens wenn es in Richtung Kosmetik, »Bauch-Beine-Po« und Partnerschaftsprobleme ging, erstarb die Unterhaltung und er sah in schweigende Gesichter, die ihn unausgesprochen fragten, ob er nicht noch irgendein Auto zu reparieren oder ein Fußballspiel zu gucken hatte.

Henne war klar, dass er dank seines Geschlechts in Mütterkreisen nun mal ein Alien war. Zwar ein attraktiver, wie ihm die Blicke der Frauen durchaus signalisierten, aber trotzdem blieb es dabei, dass man ihn gerne über den Zaun hinweg ansah, aber niemals wirklich zur weiblichen Menschengruppe zuließ.

Henne umkurvte die letzte ultramoderne Sitzlandschaft der Wohnzimmerabteilung und trat in den gefliesten Eingangsbereich des Cafés. Der Laden war im Kolonialstil eingerichtet und verströmte mit seinen dunklen Holzmöbeln, den riesigen echten Palmen und der ein oder anderen Dekoinsel mit Sand und künstlichen Schätzen tatsächlich so etwas, wie unaufdringlichen Charme in der ansonsten eher rustikalen sauerländischen Gastronomieszene.

Henne hörte sie, bevor er sie sah. Drei Mütterclubs hatten sich an den größeren Tischen zu Damengedecken und Plausch verabredet. Er blieb stehen und sah sich um. Dann ein Blick auf die Uhr. Okay, er war knapp fünf Minuten zu spät, aber Reporter waren es gewohnt, zu warten. Was Henne wirklich beunruhigte, war die Tatsache, dass der Ort des Treffens einfach perfekt gewählt war. Einerseits kam er Hennes Bedürfnis nach Wohnungsnähe und Kinderbetreuung nach, andererseits war er gut besucht und doch so abgeschirmt, dass man sich diskret und ungestört unterhalten konnte. Was bedeutete, dass Markus Winter, der Bild-Redakteur, sich nicht nur seine Gedanken zu dem Treffen mit Henne gemacht haben musste, sondern sich hier auch noch verdammt gut auskannte. Keine angenehme Vorstellung.

Winter saß an einem Tisch hinter einer großen Palme. Abseits des Frauentrubels, aber immer noch so zentral, dass er den Eingang jederzeit im Blick hatte. Er machte Henne ein Zeichen. Unnötig, wie Henne feststellte. Der Mann war Ende vierzig. Seinen leichten Bauchansatz versteckte ein gutsitzender Anzug. Aber seine Hakennase und sein ausgeprägter Adamsapfel, in Verbindung mit dem etwas zu langen Hals, verliehen ihm etwas Geierartiges. Er saß bei einem Glas Latte Macchiato in einer Sitzecke und beobachtete das Café mit zusammengekniffenen Augen.

Wäre die Situation nicht so ernst, Henne hätte laut lachen müssen. Allerdings wusste er aus Erfahrung, dass das, was wie das billige Abziehbild eines Klischeereporters aussah, tatsächlich etwas viel Gefährlicheres war. Ein Mann, der seine Macht und seine zweifelhafte gesellschaftliche Stellung so stolz und selbstbewusst verinnerlicht hatte, dass er keinen Anlass sah, die damit verbundenen Insignien zu verstecken.

Hennes Unbehagen wuchs. Auch wenn er hier ein Heimspiel hatte, fühlte er sich, als würde er auf klebrigen Fäden geradewegs in das Zentrum eines Spinnennetzes klettern, dessen Erbauer genau in der Mitte saß und nur darauf wartete, ihn zu umgarnen, auszusaugen und als leere, vertrocknete Hülle wieder auszuspucken.

Winter stand auf, als Henne sich grußlos an den Tisch setzte.

»Schön, dass Sie es einrichten konnten«, lächelte Winter und entblößte zwei Reihen ungepflegter Zähne.

»Warum ich?«, fragte Henne tonlos. Es gab keinen Grund für Höflichkeitsfloskeln.

Wieder das Geierlächeln auf der anderen Tischseite.

»Sie kommen gerne schnell zur Sache, Herr Luhmann. Ich schätze das.« Winter setzte sich wieder. »Nun, wie ich Ihnen bereits am Telefon sagte, schreibe ich für eine große Boulevardzeitung. Sie können sich sicher vorstellen, dass zwei bestialische Morde in einem idyllischen Urlaubsparadies unsere Leser geradezu elektrisieren.«

Henne hätte beinahe verächtlich gelächelt. Die Schlagzeilen der Lokalpresse heute morgen waren schon schlimm genug, aber überregionale Boulevardblätter würden sicher »Das Monster vom Hennesee« aus seinen schlammigen Fluten steigen lassen. Inklusive der entsprechenden Fotos. Henne biss sich auf die Lippe. Menschen wie Winter durfte man keine Angriffsfläche bieten, keine Emotionen.

»Waren wir schon bei dem Umstand, der Sie an mich verwiesen hat?«

»Sagen wir mal, die offizielle Informationspolitik der Polizei ist in diesem Fall etwas unorthodox. Sie kennen Herrn Halverscheid ja ziemlich gut. Ist er immer so konfus im Umgang mit der Presse?«

Winter zückte einen Kugelschreiber und nahm einen schwarzen Moleskin-Notizblock aus einer modischen Umhängetasche, die er griffbereit neben sich auf einer Sitzbank liegen hatte. Henne verzog keine Miene.

»Zu Herrn Halverscheid kann ich Ihnen nicht viel sagen. Wenn Sie schon so gut informiert sind, wissen Sie wohl auch, dass ich seit einem halben Jahr nicht mehr im Dienst bin.«

Winter hob beschwichtigend die Hände und blätterte in seinem Block.

»Oh, natürlich. Entschuldigung. Sie sind ja inzwischen ... Was genau? Hausmann, richtig? Nette Kinder übrigens. Wie alt: fünf und sieben?«

Mist, Henne verfluchte sich innerlich. Erster Fehler. Aber mehr würde er Winter nicht liefern.

»Bleiben wir doch bei Ihrem Anliegen«, sagte Henne betont gleichmütig, auch wenn schon die bloße Erwähnung von Tom und Mia eine kalte, instinktive Wut in ihm aufkochen ließ.

»Wie Sie sich vorstellen können, brauchen unsere Leser Informationen«, sagte Winter. »Und damit meine ich mehr als die offiziellen Pressemeldungen von Herrn Halverscheid und das hier.« Er reichte Henne einige DIN-A5- große Schwarzweißfotos aus seiner Tasche. Henne betrachtete sie. Detailaufnahmen der beiden Mordopfer. Dieselben Aufnahmen, die Inka ihm gezeigt hatte.

»Wo haben Sie die her?«, fragte Henne.

Winter reichte der kurze Moment Überraschung in Hennes Gesicht für ein zufriedenes Schmunzeln.

»Von zwei lokalen Kollegen. Die sagten mir, Ihre Frau …«, er sah wieder auf den Moleskin-Notizblock, »Inka, richtig? Nun ja, Ihre Frau hat den Herrschaften wohl gestattet, diese Fotos zu machen. Ich finde die Kooperationsbereitschaft mit der lokalen Presse generell sehr lobenswert. Allerdings auch ein wenig unfair den überregionalen Medien gegenüber.«

»Irgendwas sagt mir, dass Sie es verschmerzen werden«, sagte Henne und schob die Bilder zurück.

»Das ist mein Job, Herr Luhmann. Genau wie das Auftun alternativer Informationsquellen.«

»Heißt das, Sie sind mit einer Anfrage bei meiner Frau abgeblitzt?«, fragte Henne.

»Das heißt, ich habe erst einmal gar nicht vor, sie zu befragen«, log Winter. »Erstens haben das die Kollegen von mindestens zwei Dutzend Zeitungen und Magazinen bereits erfolglos versucht, und zweitens bin ich mir sicher, eine wesentlich verlässlichere Quelle für die wirklich exklusiven Informationen zu haben. Sie, Herr Luhmann.«

Jetzt musste Henne doch erstaunt lächeln. »Nur mal angenommen, meine Frau würde mich tatsächlich in ihre Ermittlungen mit einbeziehen, Herr Winter. Was in aller Welt sollte mich dazu bewegen, ausgerechnet mit Ihnen darüber zu reden?«

Diesmal lächelte Winter nicht. Stattdessen beugte er sich fast beiläufig nach vorne. »Erst mal glaube ich keine Sekunde, dass Ihre Frau Sie nicht in die Ermittlungen mit einbezieht. Sie sind verheiratet, also eine Vertrauensperson. Sie sind Kommissar. Gut, in Elternzeit, aber Einheimischer mit jahrelanger Reviererfahrung, und, wenn ich die Lage richtig einschätze, hat die Polizei bisher nur eine vage Spur. Sagen Sie mir also lieber, warum Ihre Frau nicht jede Hilfe annehmen sollte, die sie kriegen kann.«

Henne schwieg. Winter fuhr fort.

»Und zweitens kann ich nur hoffen, dass Sie mit mir ein wenig über den Fall plaudern, weil ich ansonsten das verbreiten werde, was ich mir so über den Fall denke, und es als Ihren Kommentar darstelle.«

Der Reporter lehnte sich zurück und genoss die Wirkung seiner Worte. Henne sah ihn einen Moment entgeistert an. Dann fing er sich und stand auf.

»Ich denke, unser Gespräch ist hiermit beendet, Herr Winter.«

Henne wandte sich zum Gehen.

»Wissen Sie, was ich an Kleinstädten wie Brilon so herrlich finde, Herr Luhmann?« Er wartete gar nicht erst auf eine Antwort. »Wenn ich in Dortmund, Köln, Hamburg oder Berlin Informationen brauche, ist das relativ einfach. Die richtige Summe Geld an der richtigen Stelle öffnet jede Tür. Ich finde das langweilig. Geld als Schmiermittel beleidigt meine journalistische Kreativität.«

»Kommt da noch eine Botschaft, oder sind wir fertig?« Henne sah ihn angewidert an.

»Da kommt noch was. In Kleinstädten wie Brilon läuft das nämlich anders. Hier kennen sich die Leute, hier hat man viel zu reden, und hier hat man vor allem eins: etwas zu verlieren. Und wenn es nur der gute Ruf ist. Zum Beispiel der eines Kriminalkommissars in Elternzeit.«

Henne schnappte nach Luft. Zeit, die Karten auf den Tisch zu legen. Gleich würde er erfahren, warum Winter sich an ihn gewandt hatte. Dass er Informationen wollte, war klar, aber es musste Winter auch klar gewesen sein, dass Henne sie ihm nicht geben würde. Es sei denn, Winter wusste etwas, was er besser nicht gewusst hätte.

»Laut meinen Informationen haben Sie als ermittelnder Kommissar vor ziemlich genau dreieinhalb Jahren als Kronzeuge in einem Indizienprozess gegen einen serbischstämmigen Zuhälter ausgesagt.«

Henne wich die Farbe aus dem Gesicht. Er wusste es. Wie konnte das sein? Gut, aber das hieß noch lange nicht, dass Winter auch etwas gegen ihn in der Hand hatte. Henne hielt die Fassade aufrecht und musterte den Reporter mit todernstem Blick.

»Das ist kein Geheimnis. Der Mann hat fast zwei Dutzend minderjährige Mädchen aus ihren Heimatländern nach Deutschland geschleust, ihnen die Pässe abgenommen und sie zur Prostitution gezwungen.«

»Wollen Sie damit sagen, ein Zuhälter hat kein Recht auf einen fairen Prozess?«

»Er hatte einen fairen Prozess. Und ich will damit sagen, dass er die Strafe verdient hat, zu der ihn das Gericht verurteilt hat.«

»Auf welcher Grundlage eigentlich?«, fragte Winter übertrieben interessiert. Sein Ton ließ keinen Zweifel daran, dass er die Antwort bereits kannte. Henne wurde unruhig.

»Ich wüsste nicht, was das für eine Rolle spielt.«

»Dann können wir ja offen drüber reden. Man hat den guten Mann ausschließlich aufgrund Ihrer Aussage und der einiger Ihrer Kollegen verurteilt, weil es keine direkten Beweise für seine Schuld gab.«

»Konnte es auch nicht. Weil seine Leute massiv Beweise vernichtet und mögliche Zeugen bedroht haben.«

»Wofür es natürlich auch keine Beweise gab, oder?« Jetzt wurde Winters Grinsen wieder breiter. Henne reichte das Katz-und-Maus-Spiel.

»Warum sagen Sie nicht einfach, was Sie wollen, Winter?«

»Nur Ihr Bestes, Herr Luhmann. Ich habe nämlich Beweise. Und zwar dafür, dass Ihre Aussage, genau wie die Ihrer damaligen Kollegen, abgesprochen war. Mit dem einzigen Zweck, den bösen Zuhälter damit hinter Gitter zu bringen, weil Sie es mit Ihren Ermittlungsergebnissen niemals geschafft hätten.«

»Netter Versuch.« Henne sah ihm unverwandt in die Augen.

Winter hielt seinem Blick stand. Dann griff er in seine Tasche, holte einen Stapel Fotokopien heraus und ließ sie vor Henne auf den Tisch klatschen.

»Die vollständigen Kopien Ihrer Ermittlungsakten von damals. Nur für den Fall, dass Ihre Erinnerung da ein wenig lückenhaft sein sollte.«

Henne sah entsetzt auf den Stapel fein säuberlich zusammengehefteter Blätter, lächerlicherweise auf Umweltpapier gedruckt. Er zweifelte nicht eine Sekunde an deren Echtheit. Wie war Winter daran gekommen? Aber weiter als zu einem verdammt unguten Gefühl in der Magengegend kam er nicht, weil sein Handy klingelte. Im Display eine Festnetznummer, die Henne zwar bekannt vorkam, die er aber nicht sofort einordnen konnte. Ein instinktiv ängstlicher Blick Richtung Kinderparadies bestätigte seine Befürchtungen. Hinter der Panoramaglasscheibe stand die Mitarbeiterin mit dem Telefon am Ohr. Neben ihr stand Mia, den Arm besorgt tröstend um Tom gelegt. Dessen kleines Gesicht wirkte aus der Entfernung für Henne zunächst wie eine groteske Karnevalsmaske. Erst nach einigen Sekundenbruchteilen erkannte er, was es wirklich war. Eine unschöne Mischung aus Blut und Tränen.

»Scheiße«, sagte Henne und rannte los.

36 Montag, 10:00 Uhr

Das Archiv des Polizeireviers war trotz der Umbaumaßnahmen und dem Einbau von Deckenlampen, die angeblich Tageslicht verbreiteten, noch immer der unwirtlichste Ort des Reviers. Statt alter Regale und Backsteinmauern hatte man zwar neue Betonwände, Brandschutz und moderne Archivierungsmethoden mit rollengelagerten Aktenschränken eingebaut, aber all das machte aus einem miefigen, alten Verlies eben nicht mehr als ein steriles, neues Verlies. Niemand, der nicht unbedingt musste, verbrachte mehr Zeit als notwendig »im Bunker«, wie das Archiv genannt wurde.

Inka und Halverscheid waren da keine Ausnahme. Sie hatten sich per Computer alle in Frage kommenden Strafanzeigen im Zeitraum des Schützenfestes in Meschede vor drei Jahren herausgesucht. Weil aber die vollständige Digitalisierung aller Daten eher ein langfristiges Projekt war, mussten alle Akteninhalte noch immer auf dem guten alten Weg gesichtet werden. Also hatte Inka sich einen Aktenwagen geschnappt, um im Bunker die entsprechenden Unterlagen zu besorgen. Jetzt ächzte Halverscheids Tisch in der Besprechungsecke unter der Last Dutzender von Aktenordnern.

Es war ein Stochern im Nebel, aber irgendwo mussten sie ansetzen. Warum also nicht bei den »Klassikern«, die sich im Rahmen eines jeden sauerländischen Schützenfestes fast zwangsläufig ergaben. Anzeigen wegen Ruhestörung, Zechprellerei und vor allem Körperverletzung. Darunter fielen die üblichen Prügeleien zwischen angetrunkenen Kampfhähnen, aber auch etwas amüsantere Vorfälle wie der einer Frau, die ihren Angebeteten hinter einem Bierkühlwagen beim Techtelmechtel mit einer anderen erwischt hatte. Daraufhin hatte die Gute nicht ihren Mann zur Rechenschaft gezogen, sondern ihre Konkurrentin mit einem Bierfass überrollt. Inka seufzte. Es war mühsame Arbeit.

»Was ist das eigentlich mit Ihnen und Pfeil?«, fragte Inka unvermittelt, während sie eine weitere Akte ergebnislos schloss. Halverscheid sah sie an.

»Was meinen Sie?«

Inka erinnerte sich an die Blicke, die Pfeil Halverscheid bei jeder Gelegenheit zuwarf. Jeder ein stummer Kommentar zu einer seiner Entscheidungen. Und sie erinnerte sich an sein mürrisches Schweigen, wenn Pfeil, wie so oft, etwas nicht zu passen schien.

»Das wüsste ich gerne von Ihnen«, sagte Inka vorsichtig. »Irgendwie habe ich bei Pfeil das Gefühl, man kann ihm nichts recht machen. Gut, nicht dass man das als seine Vorgesetzte müsste, aber er hat entweder gegen alle Anweisungen Bedenken und Einwände, oder befolgt sie fast mit ironischem Gehorsam. Ich finde es nicht nur mühsam, gegen seinen permanenten Widerstand anzuarbeiten, ich frage mich auch, woher der kommt.«

Halverscheid schwieg. Er schien zu überlegen. Inka nahm sich die nächste Akte vom Stapel.

»Okay, ich bin die Neue hier. Und okay, ich bin eine Zugereiste. Beides nicht gerade Voraussetzungen für einen leichten Start. Aber der Kollege Pfeil ist ja nicht nur mir gegenüber abweisend, sondern auch Ihnen. Was Ihnen wohl kaum entgangen sein dürfte. Vor allem, weil Sie mich erst gestern gefragt haben, wie es mit ihm läuft.«

»Das hat man dann wohl davon, wenn man sich eine fähige Ermittlerin ins Boot holt, was?«

Halverscheid sah von seiner Akte auf und lächelte versöhnlich. Inka beschloss, ihren Chef nicht mit diesem billigen Manöver davonkommen zu lassen. Lächeln, Thema wechseln? Nicht mit ihr.

»Gibt es vielleicht etwas, was ich wissen sollte?«, beharrte sie.

»Also schön.« Halverscheid klappte seine Akte zu, seufzte und lehnte sich zurück. »Ich hatte ohnehin vor, es Ihnen zu erzählen. Es war letzten Sommer. Ziemlich genau ein Jahr her. Ich war mit meiner Frau drüben in Warstein. Montgolfiade, dieses große Heißluftballonfestival. Sie verstehen. Sehen, gesehen werden, reden, Kontakte pflegen, hier ein Bierchen und da eins. Ich war damals gerade erst ein paar Wochen Dienststellenleiter und musste mich ein bisschen profilieren. Nicht, dass das eine Entschuldigung sein soll.«

Er räusperte sich und nahm einen Schluck Kaffee. Eine Verlegenheitsgeste, wie Inka bemerkte.

»Ich weiß nicht, was ich mir dabei gedacht habe. Vielleicht, dass ich irgendwie über den Dingen stand. Zumindest über so profanen Dingen wie Verkehrsregeln. Jedenfalls war es irgendwann weit nach Mitternacht. Es fing an zu regnen, alle waren müde und angetrunken. Mit anderen Worten, plötzlich wollten alle nach Hause. Und versuchen Sie mal ein Taxi zu bekommen, wenn alle eins bestellen. Am Ende warteten wir über eine Stunde vergeblich in unserem Auto. Meine Frau war auf dem Beifahrersitz eingeschlafen, und ich wurde langsam ungeduldig. Außerdem sorgte die Kälte wohl dafür, dass ich mich nüchterner fühlte. Jedenfalls wurde mir plötzlich klar, dass ich ja nur einen Dreh des Zündschlüssels von der Lösung meines Problems entfernt war. Also ließ ich den Wagen an und fuhr los.«

»O nein.« Inka ahnte Böses. »Und wen oder was haben Sie überfahren?«

»Nichts und niemanden. Das ist es ja. Ich bin nur in eine Verkehrskontrolle geraten.«

»Sie?! Als neuer Dienststellenleiter?«

»Ich weiß, wie lächerlich sich das anhört, weil ich die Dienst- und Einsatzpläne hätte kennen müssen. Aber ich war damals gerade aus dem Urlaub zurückgekommen und hatte noch genug mit dem Einarbeiten in den Job zu tun. Jedenfalls fahren wir nachts um zwei auf der B516, als vor uns eine Straßensperre auftaucht, die uns auf einen Rastplatz neben der Straße lotst. Und als ich das Fenster runterkurbele, sehe ich in wessen Gesicht?«

»Pfeils.«

Halverscheid nickte. »Keine Ahnung, wer von uns überraschter war. Aber ich weiß, wem sofort klar war, dass ich mindestens vier bis fünf Pils über der Grenze lag.«

Inka wurde ernst. Sie wusste nicht, ob sie den Rest der Geschichte hören wollte. Bei ihrem Einstellungsgespräch hatte sie Halverscheid als erfahrenen, fähigen und vor allem integren Polizisten kennengelernt, der ihr sofort ein Gefühl vermittelt hatte, ein echter Mentor zu sein. Jemand, der sich professionell sachlich für ihre Fähigkeiten, für ihre Stärken und Schwächen und für ihre weitere Entwicklung interessierte. Inka sah in ihm etwas, was sie bis dahin bei jedem ihrer Vorgesetzten vermisst hatte: Verantwortungsbewusstsein. Für Inka war er niemand, der sich an der Machtfülle seines Jobs aufgeilte, sondern darin eine Verpflichtung sah, der er mit Augenmaß und Kompetenz nachkam. Halverscheid jetzt, vor allem auch nach der Panne mit der Pressearbeit, womöglich noch als Strippenzieher zu erleben, würde ihn in einem völlig anderen Licht erscheinen lassen. Und damit auch ihren neuen Job hier. Halverscheid erriet ihre Gedanken.

»Keine Sorge, Frau Luhmann. Ich habe nicht versucht, irgendetwas etwas zu vertuschen. Im Gegenteil, ich habe alles zugegeben und Pfeil ausdrücklich darum gebeten, die erforderlichen Schritte einzuleiten.«

»Und was hat er getan?«

»Er ging mit meinem Führerschein zum Aufnahmefahrzeug, während meine Frau aufgewacht war und heulte, weil uns klar wurde, dass wahrscheinlich gerade meine Karriere den Bach hinunterging. Dann kam Pfeil mit dem Alkoholmessgerät aus dem Bully zurück und ließ mich pusten.«

»Wie viel?«

»1,4. Genug, um meinen Führerschein zu kassieren. Aber wissen Sie, was er stattdessen tat? Er schaltete das Gerät ab und meinte: ›Sie sehen etwas müde aus, Herr Halverscheid, warum ruhen Sie sich nicht etwas aus und lassen Ihre Frau fahren?‹«

Inka sah ihn entgeistert an.

»Hatte die nichts getrunken?«

»Doch. Aber deutlich weniger, und sie hatte schon eine Mütze Schlaf. Und wenn Pfeil mich offenbar schon davonkommen lassen wollte, konnte er wohl kaum einen Streifenbeamten bitten, mich nach Hause zu fahren. Also fuhr meine Frau, und ich behielt meinen Führerschein.«

»Und danach? Was tat Pfeil?«

»Nichts. Wir grüßten uns jeden Morgen, aßen in der Kantine zu Mittag und arbeiteten auch sonst völlig normal weiter. Wie sagt man neudeutsch? Business as usual.«

»Sie meinen, er hat nicht versucht, Sie zu erpressen?«

Halverscheid atmete durch und setzte ein schwaches Lächeln auf.

»Ach, diese Provinzklischees … Seitensprünge, alte Fehden, Erpressungen … Und irgendwann geht ein Bauer dem anderen mit der Mistgabel an den Kragen. Irgendwie ist die Vorstellung nicht auszurotten.« Er wurde ernster. »Aber die Wirklichkeit läuft um einiges subtiler. In Kleinstädten, Frau Luhmann, kennen alle die Regeln. Derjenige, der etwas verbockt, genauso, wie derjenige, der ihn dabei erwischt. Deshalb muss auch niemand mit dem Finger auf den anderen zeigen. Wenn es an der Zeit ist, zu handeln, weiß jeder, was er tun muss.«

Inka ahnte, was nun kam, wollte es aber aus seinem Mund hören.

»Können Sie das einer Großstadtpflanze etwas deutlicher erklären?«

»Pfeil war gerissen genug, mich nicht dranzuhängen. Er wusste, dass irgendwann eine Gelegenheit kommen würde, in der ich mich für seine Großzügigkeit revanchieren könnte. Und er zählte auf das ungeschriebene Kleinstadtgesetz, dass ich das in diesem Fall auch tun würde.«

»Und die Gelegenheit kam, als mein jetziger Job ausgeschrieben wurde.«

Halverscheid senkte den Blick.

»Nur, dass ich das Kleinstadtgesetz brach. Ich weiß, ich habe unverantwortlich gehandelt, als ich betrunken gefahren bin. Und ich weiß, dass ich gegen so gut wie alle ethischen, dienstlichen und eine Menge strafrechtlicher Grundsätze verstoßen habe. Aber glauben Sie's, oder glauben Sie's nicht: Ich konnte es einfach nicht mit meinem Gewissen vereinbaren, Pfeil den Job zu geben. Egal, was mich das irgendwann kosten könnte, Frau Luhmann. Ich wollte nicht den Erstbesten für den Job, sondern den Besten. Verzeihung, die Beste. Sie.«

Er sah Inka an, die schweigend den Blick senkte. Sie hoffte nur, Halverscheid würde sie nicht auch noch um Absolution oder sonst eine Art der Vergebung bitten. Der Verlust über die Untadeligkeit ihrer Mentorenfigur wog schon schwer genug. Oder war es doch eher eine Art Wut? Wut auf sich selbst. Darüber, dass sie tatsächlich naiv genug gewesen war zu glauben, dass der Schmutz, die Verkommenheit und die menschlichen Abgründe, mit denen jeder Polizist täglich in Berührung kommt, nicht automatisch irgendwann auch Flecken auf der weißesten Weste hinterließ. Jeder Bulle hatte irgendwo eine Leiche im Keller. Die Grenzen zwischen Schwarz und Weiß verliefen nun mal nicht in einer Linie, sondern in unendlich vielen kleinen Abstufungen. Inka betrachtete Halverscheid einen kurzen Moment. Mit seinem grauen Haar und der seltsam gebeugten Sitzhaltung auf dem betagten Sofa sah er fast zerbrechlich aus. Inka fragte sich, ob das ein Zeichen war. Natürlich waren es eher Alterserscheinungen, aber der Gedanke milderte Inkas Wut. Immerhin saß sie einem Mann gegenüber, der sich seiner Fehlbarkeit nicht nur bewusst war, er gab sie sogar zu.

»Ich bin keine Anklägerin, Herr Halverscheid«, sagte sie ein wenig heiser. »Aber ich tendiere dazu, an Ihr Gewissen zu glauben. Sie hätten es mir ja auch nicht sagen müssen.«

Er nickte deutlich erleichtert und setzte sich wieder gerade auf.

»Ich finde es wichtig, dass Sie das wissen. Und wenn Sie sich jetzt fragen, was ich wegen der Situation mit Pfeil zu tun gedenke … Ich werde mich wegen dieser Trunkenheitsfahrt selbst anzeigen und verantworten. Strafrechtlich und dienstrechtlich. Aber erst, wenn dieser Fall hier abgeschlossen ist.«

Diesmal war es Inka, die erleichtert nickte. Es war genau das, was sie hören wollte.

Ihr Blick fiel wieder auf den Berg von Akten vor ihr, der keinerlei Anhaltspunkte für besondere Vorkommnisse um die Schützenfeste der letzten Jahre lieferte. Es gab nichts, was sie weiterbrachte. Das Klingeln ihres Handys schreckte sie auf.

»Luhmann«, meldete sie sich. Und dann wurde sie blass.

»Verstanden«, sagte sie mit professioneller Fassung. »Ich bin unterwegs.«

Sie legte auf und sah in das besorgte Gesicht Halverscheids, dem Inkas Reaktion nicht entgangen war.

»Dr. Ludger Röggen wurde niedergestochen. In Winterberg.«

SIE Montag, 10:12 Uhr

Es tat weh. Alles tat ihr weh. Jeder Muskel, jede Sehne, jede Synapse ihres durchtrainierten Körpers ächzte unter der Last. Nicht unter einer körperlichen Last, wie den hundertfünfzig Kilo Lebendgewicht des Fettsacks, den sie am Hennesee erdrosselt und vor das pinkfarbene Boot gesetzt hatte. Diese Lasten meisterte sie. Regelmäßiges Training in Kombination mit der richtigen Technik wirkten Wunder.

Ihre Last war schwerer zu tragen. Sie wusste aus bitterer Erfahrung, warum. Weil das Training dafür eine Qual war. Es war die Last der Schuld, die sie trug. Tragen musste. Sie hatte einen Fehler gemacht. Und daran war nur dieser verdammte Dr. Röggen schuld.

Sie schlug mit der flachen Hand auf das Lenkrad vor sich. Einmal, zweimal, dreimal. Am liebsten hundertmal, bis die Schmerzen in der Hand ihr die Befriedigung einer verdienten Strafe geben würden. Aber sie musste sich bremsen. Blinde Wut, egal, ob gegen andere oder gegen sich selbst, war genau der Faktor, der sie noch mehr Fehler würde machen lassen. Und der eine Fehler war schon schlimm genug gewesen.

Sie raste die kurvige Bergstraße hinunter. Geschwindigkeitsbeschränkungen konnte sie vernachlässigen. Es gab nur vereinzelte, kleine Ortschaften auf ihrem Weg. Die breit ausgebaute Landstraße führte meist durch Wald oder vorbei an Wiesen und Feldern, auf denen verwaiste Skilifte aus dem Boden ragten wie Knochengerüste verendeter Tiere in einer grünen Wüste.

Sie achtete darauf, immer mindestens zweihundert Meter zwischen sich und dem Wagen zu lassen, den sie verfolgte. Eine Verfolgung dieses Wagens war schwer genug. Denn er hatte einen Vorteil, den ihr Auto nicht kompensieren konnte: Blaulicht. Es war der Rettungswagen, der mit Dr. Röggen an Bord ins nächstgelegene Krankenhaus raste.

Wie das passieren konnte, wusste sie nicht. Ihr Stich in seine Aorta und der darauffolgende Blutverlust hätten tödlich sein müssen. Aber irgendwie hatte es der Mann geschafft. Entweder weil er selber Arzt war, oder weil er unverschämtes Glück gehabt hatte.

Ihr Ritual hatte gewirkt. Vorübergehend zumindest. Nach dem unguten Gefühl darüber, dass der Notarztwagen so früh zu Röggens Hotel kam, hatte sie sich wieder unter Kontrolle gehabt. Allerdings nur kurz. Denn ein Blick auf die Szenerie vor Röggens Hotel hatte ihr klargemacht, dass sich die Notärzte nicht auf eine gemächliche Rückfahrt vorbereiteten, weil sie nichts mehr für ihren Patienten tun konnten, sondern auf eine rasende Abfahrt unter Blaulicht. Weil es etwas zu verlieren gab. Ein Menschenleben hing an einem seidenen Faden, der längst hätte gerissen sein müssen.

Ihre Schmerzen waren eine Sekunde nach der Erkenntnis gekommen. Wenn Röggen tatsächlich durchkam, würde er sich erinnern. An sie, an die Tat, ihren ausdrucklosen Blick, als sie zustach. Das Risiko war zu groß. Sie musste hinterher und die Sache zu Ende bringen. In ihrem eigenen Sinne.

Etwa zweihundert Meter vor sich sah sie jetzt die Kreuzung. Sie kannte die Gegend nur zu gut. Die Bremsleuchten des Notarztwagens leuchteten heller als das Rot der Ampel, auf die er zufuhr. Er würde nicht anhalten. Blaulicht stach Rotlicht. Sie hoffte nur, dass er nicht nach links abbog, denn das würde ihre Schmerzen noch steigern. Die Richtung kannte und fürchtete sie.

Doch der Notarztwagen fuhr auf die Linksabbiegerspur! Eine letzte, verzweifelte Hoffnung. Vielleicht wich er nur den wartenden Geradeausfahrern aus, um sie zu überholen. Dann neigte sich der Aufbau des Wagens leicht nach rechts und der Notarztwagen beschleunigte nach kurzem Abbremsen weiter nach links. Ihre Hände verkrampften, der Pulschlag beschleunigte sich. Das hatte nichts mit Röggen und ihrer Angst vor seinem Überleben zu tun. Ihr Körper reagierte auf das, was ihr Gehirn verzweifelt zu verdrängen versuchte.

Der Wagen vor ihr beschleunigte, vorbei an einem weißen Verkehrsschild am Rande der Kreuzung. Ein weißer Pfeil, der ihr Inneres schmerzhaft zu durchbohren schien. Ein Pfeil mit einem roten Kreuz unter einem Dach aus zwei schwarzen Balken. Der Name daneben machte endgültig klar, wohin man Dr. Röggen bringen würde: »St.-Walburga-Krankenhaus«. Ausgerechnet der Ort, an den sie niemals wieder zurück wollte. Nicht nach allem, was sie dort durchgemacht hatte.

Aber das Schicksal wollte sie offenbar auf die nächste harte Probe stellen.

Ein Hupen holte einen Teil ihres gepeinigten Ichs in die Realität zurück. Im Rückspiegel gestikulierte ein Bauerntrampel wild herum. Die Ampel war auf Grün gesprungen. Sie wusste nun endgültig, wohin die Reise gehen würde. Sie fuhr los.

37 Montag, 10:28 Uhr

»St. Walburga?!«, fragte Mia. »Warum sind wir denn nicht zum Maria-Hilf-Krankenhaus nach Brilon gefahren? Das wäre viel näher gewesen.«

Henne stellte fest, dass der ausgeprägte Orientierungssinn seiner Tochter nicht immer ein Vorteil war. Aber er konnte ihr kaum erklären, dass es eigentlich keinen zwingenden Grund gab, warum man mit einem verletzten Kind etwa zwanzig Kilometer in ein Krankenhaus fahren sollte, wenn das nächstgelegene gerade mal fünf Kilometer entfernt war. Entsprechend schwer lastete das leise Wimmern Toms von der Rückbank auf Hennes väterlicher Seele.

Aber sie lebten nun mal in Brilon. Und Henne wusste genau, dass Dr. Röggen im Maria-Hilf-Krankenhaus arbeitete. Wenn sich Notfälle wie Toms Verletzung in Kleinstädten ohnehin schon verbreiteten wie Lauffeuer, wäre seine Behandlung dort der Turboföhn hinter dem Feuer gewesen. Alle wären in Windeseile im Bilde gewesen und hätten sich gefragt, was für ein Rabenvater es fertigbringt, seinen Sohn, der noch dazu Angst vor der Rutsche hatte, in Kortmanns Kinderparadies abzugeben, um sich ins Café zu setzen. Natürlich war Hennes Termin kein Vergnügen gewesen, und natürlich nutzten fast alle Mütter die Vorzüge des Möbelhauses. Aber die hatten nun mal das Glück, dass bei ihren Sprösslingen nichts passierte. Und noch ein weiterer Umstand machte Henne zu schaffen. Als Ex-Bulle und Hausmann fühlte er sich ohnehin schon wie unter der Lupe der Erwartungen seiner Nachbarn, Freunde und Ex-Kollegen. Gut, natürlich hatte er mit seinen großspurigen Versprechungen von reibungslosem Familienleben unter seiner Regie auch für Erwartungsdruck gesorgt. Hielt man sich dann noch vor Augen, dass er den neuen Familienwagen am Tag eins vor einen Hydranten gesetzt hatte und dass der doofe Hund aufgrund von Hennes Nachlässigkeit das Schlafzimmer zerlegt hatte, waren das zusammen Nachrichten, die das Experiment »Bulle sucht Haushalt« in der Öffentlichkeit zumindest erst einmal ernsthaft in Frage stellten. Und dann stand auch noch Inka wegen der Morde mächtig unter Druck. Nein, Hennes einzig mögliche Entscheidung war gewesen, den Namen Luhmann etwas aus der Schusslinie zu nehmen. Nur gut, dass Frau Lugner keine Fragen gestellt und sich bereit erklärt hatte, Böse auch noch ein, zwei weitere Stunden zu verwöhnen.

Hätte Tom eine ernstere Verletzung davongetragen, wären all diese Überlegungen natürlich gar nicht erst aufgekommen.

»Das St. Walburga hat aber eine viel bessere Unfallchirurgie und weniger Wartezeiten«, sagte er seiner Tochter. Was zu einem neuen Schluchzer von Tom führte.

»Will keine Schirogie«, sagte er mit tränenerstickter Stimme. »Will nach Hause.«

Zu Hennes Erleichterung hatte sich Toms Verletzung als weit weniger dramatisch herausgestellt als befürchtet. Nach dem Abwaschen von Unmengen von Tränen und Blut war eine kleine Platzwunde an seiner linken Augenbraue zurückgeblieben. Allerdings waren das die »Arschlöcher unter den Wunden«, wie Mia wusste. Sie bluteten nämlich stark und mussten genäht werden. Das hatte bei Tom prompt für noch mehr Tränen gesorgt.

»Danke, Dr. Mia«, hatte Henne seiner Tochter gesagt, während er Tom zum Auto trug. »Sonst noch was, womit wir deinem Bruder helfen können?«.

»Ja, er braucht bestimmt auch so eine Tetanusspritze!«

Mia kannte sich aus. Woher auch immer sie ihr viel zu breit aufgestelltes Allgemeinwissen hatte, in der Sache hatte sie recht. Auch wenn das Wort »Spritze« ihrem Bruder den Rest gab. Aus dem Schluchzen und Wimmern wurde eine ernstzunehmende Heulattacke. Henne musste sich eingestehen, dass man mit Ironie bei kleinen, schlauen Mädchen nicht weit kam.

Henne setzte den Blinker. Sie bogen auf einen leicht ansteigenden Parkplatz. Am oberen Ende des Parkplatzes thronte ein Gebäude, das Henne schon immer an eine Art moderner Ritterburg erinnert hatte. Das St.-Walburga-Krankenhaus. Ein einstöckiges, würfelförmiges Gebäude mit einem Walmdach prägte die Front. An seiner Stirnwand hingen, wie Henne wusste, drei überdimensionale Figuren. Jesus am Kreuz in der Mitte, eingerahmt von der Muttergottes und Jesus' Lieblingsjünger Johannes. In scheinbar respektvollem Abstand dahinter ragte ein Turm auf. Mit etwa denselben Grundmaßen, aber deutlich höher als das Frontgebäude. Der Turm war die eigentliche Quelle für Hennes Ritterphantasie. Sein Flachdach war umrandet von einem massiven Sims, das man durchaus als Burgzinne bezeichnen konnte. Hinter den beiden Gebäuden hatte man die ursprünglichen Stationen rechts und links des Eingangs über die Jahrzehnte in fast alle Richtungen erweitert, so dass heute eine imposante moderne und weit über Meschede hinaus bekannte Klinik auf die Stadt und den Hennesee blickte, dessen ruhiger blauer Spiegel in der Ferne glänzte.

Henne parkte das Auto so nah am Krankenhaus wie möglich. Sorgfältig darauf bedacht, bloß nicht noch ein Hindernis zu übersehen. War der Hydrant in Brilon schon eine Peinlichkeit allererster Güte gewesen, ein Begrenzungsgitter oder eine Parkplatzbeleuchtung hier in Meschede würde noch unangenehmere Fragen aufwerfen. Er stellte den Motor ab, stieg aus, öffnete die hintere Tür und sah auf ein kleines Häufchen Elend in der Gestalt seines Sohnes. In dem monströs gepolsterten Kindersitz, der fast mehr Testsiegel als kindgerechte Motive trug, kam ihm Tom heute noch verlorener vor als sonst. Die mitleiderregende Miene des kleinen Mannes tat ihr Übriges.

»Trägst du mich, Papa?«, fragte seine dünne, eingeschüchterte Stimme.

»Klar«, sagte Henne, befreite Tom umständlich aus dem Wirrwarr von Gurten und Polstern und nahm ihn auf den Arm. Die Mischung aus Zerbrechlichkeit und Schutzbedürfnis, mit der Tom sich an seine breite Schulter schmiegte, ließ Hennes schlechtes Gewissen wieder aufkochen. Nur gut, dass Mia ihren Teil des Abschnallrituals bereits erledigt hatte und um das Auto herum dazu gekommen war.

»Wird bestimmt nicht schlimm«, sagte sie zuversichtlich. Henne zog wieder einmal geistig den Hut vor Mias ausgeprägtem Gespür für Stimmungen. Wenn es ernst wurde, verzichtete sie auf alle ihre üblichen Belehrungen. Und was am Beeindruckendsten war: Henne wusste nicht mal, welchen ihrer beiden Männer sie mit ihrer Aufmunterung gemeint hatte.

38 Montag, 10:32 Uhr

Pfeil und Röggen standen am Empfang des St.-Walburga-Krankenhauses in Meschede und warteten. Ein zierliches, grauhaariges Seniorenpärchen im Partnerlook aus beigefarbenen Outdoorjacken, beigefarbenen Outdoorhosen und weißen Joggingschuhen hatte seine Rollatoren neben dem Empfangstresen geparkt und es offenbar nicht eilig, den Krankenhausaufenthalt des Mannes zu beenden. Wahrscheinlich musste er einfach nur die Entlassungspapiere unterschreiben. Stattdessen ließ er es sich nicht nehmen, der korpulenten Dame hinter dem Tresen seine komplette Krankheitsgeschichte darzulegen. Röggen seufzte. Pfeil verdrehte die Augen, und beide warteten ungeduldig, bis das Ehepaar endlich den Tresen freigab.

Als es endlich so weit war und die zwei Rollatoren gemächlich Richtung Ausgang geschoben wurden, lehnte sich Röggen über die Verblendung aus grobgehauenem Granit und präsentierte ihren Dienstausweis einer freundlichen Mitarbeiterin in gepflegter Zivilkleidung.

»Röggen, Kriminalpolizei Brilon. Das ist mein Kollege Pfeil.«

»Wir würden gerne mit Herrn Nagel sprechen. Günther Nagel. Er ist gestern eingeliefert worden«, ergänzte er.

Die langen Fingernägel der Mitarbeiterin huschten mit vernehmlichem Klacken über eine Computertastatur.

»Günther mit »th«, richtig? Ah, hier. Zimmer 342.« Sie lehnte ihre üppige Oberweite über den Tresen und deutete Richtung Aufzüge. »Das ist dritter Stock. Aus dem Aufzug rechts, und …«

»Danke.« Pfeil unterbrach sie barsch und wandte sich in Richtung zweier großer doppelflügeliger Edelstahltüren am Ende der Eingangshalle. Die Taste mit der Aufschrift »3 – Innere Medizin I«, betätigte er schon, als Röggen noch gar nicht ganz in der Kabine war. Die Aufzugtüren schlossen sich hinter den beiden Polizisten. Röggen und Pfeil hörten noch das lauter werdende Martinshorn des ankommenden Krankenwagens, maßen ihm aber keine Bedeutung bei. Es gehörte nicht nur fest zu ihrem Berufsbild, es war in einem Krankenhaus auch das Normalste der Welt.

SIE Montag, 10:48 Uhr

Sie wartete bereits. Und sie hörte ihn, bevor sie ihn sah. Logisch, bei der Lautstärke. Der Rettungswagen, in dem vermutlich ein Arzt fieberhaft damit beschäftigt war, ihre Arbeit zunichtezumachen und Röggen das wertlose Leben zu retten, bog um die Ecke des Parkplatzes auf den Schederweg.

Sie hatte den Notarztwagen auf dem Weg zum Krankenhaus überholt. Eine Abkürzung genommen, die die Rettungskräfte entweder nicht fahren wollten oder durften. Sie kannte den Weg zu diesem Krankenhaus genau. Die Zeit bis zum Eintreffen des Wagens konnte sie gut gebrauchen, um ihren Leihwagen abzustellen und sich zu überlegen, wie sie ihren Fehler wieder ausbügelte. Sie ärgerte sich. Diese Aktion hatte sie weder gewollt noch geplant. Und sie hinderte sie daran, ihren dritten und letzten Job vorantreiben zu können.

Nur gut, dass sie sich dank ihres Rituals wieder unter Kontrolle hatte. Auch wenn es sie beunruhigte, dass sie in immer kürzeren Abständen darauf zurückgreifen musste. Die Dinge nahmen eine Eigendynamik an, die ihr nicht gefiel. Aber sie wollte und konnte ihr Projekt nicht einfach unterbrechen. Nach der Schlampe und dem Fettsack hatte auch der Schleimer seine Nachrichten erhalten. Sie konnte nur hoffen, dass er die Zeitungsberichte der letzten Tage gelesen hatte und sich bereits vor Angst in die Hosen schiss. Er konnte schließlich eins und eins zusammenzählen, und er wusste genau, was er damals getan hatte. Nein, kurz vor dem Ziel gab man seine Projekte nicht auf.

Das hatte er sie gelehrt. Im Gegenteil, man zog sie notfalls mit Gewalt durch. So schmerzhaft sie auch waren.

Wenigstens kannte sie sich hier aus. Sie kannte die große Lobby, die Notaufnahme, die langen Flure, die Wartezeiten, die Ausstattung der Behandlungszimmer und die Ärzte und Schwestern, die sie damals behandelt hatten. Auch wenn die Erinnerung an jene Nacht ihr noch immer wie in einem Nebel verschwamm, wusste sie dank ihrer harten Arbeit an sich und ihrem Erinnerungsvermögen inzwischen, was passiert war. Und wer daran schuld war. Und sie wusste, wohin man Röggen bringen würde.

Die Liegendanfahrt der Notaufnahme lag ein Stück rechts des Eingangsgebäudes. Eine breite Einfahrt fiel vom Schederweg ab und endete vor einem kastenförmigen zweigeschossigen Altbau, an den man eine Art Halle angebaut hatte, in der man Notfallpatienten bei jedem Wetter sicher und diskret aufnehmen und versorgen konnte. Sie konnte nur hoffen, dass das Personal sich nicht an sie erinnerte. Aber dafür war das Krankenhaus wohl zu groß und ihr Fall hoffentlich zu lange her. Der Rettungswagen stellte das Martinshorn ab und bog unmittelbar vor ihr in die Einfahrt zur Notaufnahme ab. Sie vermied jeden Augenkontakt zu dem Fahrzeug und machte sich auf den Weg. Auffallen würde sie in der Notaufnahme kaum. Dafür liefen hier zu viele Menschen herum. Und alle waren im permanenten Ausnahmezustand. Die Patienten meist unter Schock oder bewusstlos, die Angehörigen verzweifelt und das medizinische Personal unter Dauerstress. Erstklassige Arbeitsbedingungen. Auch wenn sie noch keine Ahnung hatte, wie sie Röggen den Rest geben würde, eines war klar: Je schneller er ging, desto besser für alle.

39 Montag, 10:50 Uhr

Als sich die Aufzugtüren im dritten Stock öffneten, brauchten Röggen und Pfeil eine Sekunde, um sich zu orientieren. Der Flur, auf den sie traten, bot zwar den typischen Krankenhaus-Geruchemix aus Desinfektionsmitteln, Medikamenten und allerlei Elend, seine Einrichtung erinnerte jedoch mehr an ein Hotel. Edle Materialien, wohin man sah, dezente Farben, angenehmes Licht. Die beiden wandten sich nach rechts und folgten einem Schild mit den Zimmernummern 320 bis 350 auf einem Messingschild.

»Willkommen in der Champions League der Gebrechlichkeit«, lächelte Röggen. Durch die Ehe mit ihrem Mann waren ihr die Annehmlichkeiten einer Station ausschließlich für Privatpatienten offensichtlich vertraut.

»Pah«, brummelte Pfeil. »Wenn du am Arsch bist, bist du am Arsch. Da hilft auch keine Schicki-Micki-Medizin mit Chefarzt und Einzelzimmer.«

Der Anblick von Günther Nagel schien Pfeil recht zu geben. Blass und eingesunken saß er vor der aufgestellten Rückenlehne seines Bettes und sah die Polizisten mit ausdruckslosen, rotgeränderten Augen an. Röggen und Pfeil zweifelten nicht eine Sekunde, dass Nagels Trauer tief und aufrichtig war. Als er die beiden Polizisten sah, fuhr er hoch.

»O Gott, haben Sie ihn?«, wollte er wissen.

Röggen schüttelte den Kopf, woraufhin Nagel wieder in seine Trauerstarre zurückfiel.

»Noch nicht. Aber es gibt noch ein paar Fragen, die uns weiterbringen könnten.«

Pfeil war deutlich anzumerken, was er von dem verheulten Mann im Bett hielt. Ein Weichei, den eine Laune der Natur auf die falsche Seite des Ufers gespült hatte. So wie er dachten nicht wenige in dieser Gegend. Pfeil war nicht homophob, nicht im strengen Sinne, aber es gab nun mal Dinge, die nicht in sein Weltbild passten und an die er sich nie gewöhnen würde. Dazu gehörten Männer, die sich aufführten wie Frauen und bei denen er nie wusste, wie er ihnen gegenübertreten sollte. Unsicherheit, die Männer wie Pfeil mit Abweisung kompensierten.

»Dann haben Sie wenigstens eine Spur?«, fragte Nagel.

»Ja, aber wir können noch nicht darüber sprechen.«

Während Röggen sich alle Mühe gab, so einfühlsam wie möglich zu klingen, machte Pfeil aus seiner Verachtung keinen Hehl.

»Wir müssen aber noch mal über die Zeit vor dem Mord an Ihrem … an Herrn Hesterkamp reden.«

Pfeil fiel es schwer, in Gegenwart eines Mannes von dessen Lebensgefährten, seinem Ehemann oder ähnlich konkreten Beziehungsbeschreibungen zu sprechen.

»Aber ich habe Ihnen doch schon alles erzählt«, seufzte Nagel.

»Dann wiederholen wir das eben«, knurrte Pfeil unhöflich. »Wir sind nicht zum Spaß hier.«

»Es haben sich ein paar Hinweise ergeben, die das nötig machen«, ergänzte Röggen und versuchte, wenigstens einen Teil von Pfeils unverhohlener Verachtung aufzufangen. Vermutlich war das die sauerländische Version von »Guter Bulle – Böser Bulle«, dachte sie.

Nagel nickte schwach, während Röggen an seinem Bett Platz nahm, um auf Augenhöhe mit ihm zu sprechen, Pfeil blieb mit gezücktem Notizblock am Fußende des Bettes stehen. Röggen fiel auf, dass Nagels Bettschränkchen ohne die üblichen Dekorationen auskam, die wohlmeinende Besucher gerne hinterließen. Es standen keine Blumen darauf, die in alten Marmeladengläsern oder ähnlichen Behelfsvasen den Hauch von Natürlichkeit suggerieren sollten. Es fehlten auch Obstsäfte irgendwelcher Premiummarken oder Süßigkeiten. Nagel hatte keinen Besuch bekommen. Er war ein einsamer Mann, und vermutlich würde er es auch lange bleiben, dachte Röggen. Auch wenn sein Erbe ihm wohl finanzielle Unabhängigkeit sichern würde.

»Gab es etwas, was Ihrem Mann in letzter Zeit besondere Sorgen gemacht hat?«, wollte sie wissen.

»Sie meinen, außer dem, was man als unerwünschter, reicher und schwuler Ex-Schützenkönig hier so durchmachen muss?«

»Ich kann mir vorstellen, dass das für Sie beide nicht einfach war, Herr Nagel.«

Nagel sah auf.

»Ach, Sie können sich das vorstellen?«, fragte er provokant. »Entschuldigen Sie bitte, aber ich glaube, Sie haben nicht die geringste Ahnung. Es geht nicht um blöde Schwulenparolen, die jemand auf Häuserwände schmiert, oder Schimpfworte, die man uns nachruft. Damit kann ich leben. Was ich nicht ertrage, Frau Röggen, das ist die Sauerländer Art, mit Schwulen umzugehen.«

»Und die wäre?« Pfeil mischte sich wieder ein, sein Ton war unverhohlen aggressiv. Die beiden Männer musterten sich wortlos.

»Genau das«, sagte Nagel mit dünnem Mund. »Das Schweigen. Die Blicke. Und diese feige Verachtung dahinter.«

Röggen wusste, was Nagel meinte. Als die ersten Geschichten über ihren Mann erzählt wurden, verstummten die Gespräche auch immer genau dann, wenn sie dazu kam. Schlimmer als das vielsagende Schweigen konnte keine Wahrheit der Welt sein.

Pfeil funkelte Nagel an. »Sie haben es ja offenbar verstanden. Was ist daran also feige?«

»Das kann ich Ihnen sagen. Genau dieselben Menschen, die einen abends und am Wochenende nur anschweigen, sind von Montag bis Freitag die scheinheiligsten und freundlichsten Geschäftspartner, Kunden und Arbeitnehmer der Welt. Im Sauerland beißt man ja nicht in die Hand, die einen füttert. Oder, Herr Pfeil?«

Pfeil ließ seinen Notizblick sinken. Man konnte förmlich sehen, wie seine Halsader schwoll.

»Nein, Herr Nagel. Anscheinend gibt es Menschen, die auch zu radikaleren Lösungen greifen.«

»Georg …« Röggen sah Pfeil entgeistert an. Das Gespräch war völlig aus dem Ruder gelaufen. Sie musste die Situation schnellstens unter Kontrolle bringen.

»Könntest du uns vielleicht einen Kaffee holen?«, fragte sie Pfeil. Einen Moment lang starrte Pfeil fast entrüstet seine Kollegin an. Dann nickte er knapp und verließ das Zimmer.

»Ich kann mich für meinen Kollegen nur entschuldigen, Herr Nagel«, sagte Röggen, als die Tür sich schloss.

»Warum? *Das* war doch wenigstens mal ehrlich.« Nagel lächelte schwach. »Wissen Sie, was mein Wolfgang jetzt gesagt hätte? ›Lass doch, Schatz‹, hätte er gesagt.« Jetzt lief eine dicke Träne seine Wange runter. »Aber er wäre stolz auf mich gewesen«, schluckte er. »Mehr als an ihn denken kann ich für ihn ja auch nicht mehr tun, oder?« Er sah Röggen traurig an.

»Doch, Sie können uns helfen, seinen Mörder zu finden.«

Nagel atmete mit einem tiefen Seufzer durch, zog ein Taschentuch von irgendwo unter seiner Decke hervor und schnäuzte laut hinein, bevor er sich die Augen trocknete.

»Es tut mir leid«, sagte er mit leiser Stimme.

Röggen glaubte fast sich verhört zu haben. Aber Nagel sah sie mit einer Mischung aus tiefer Entschlossenheit und Reue an.

»Was tut Ihnen leid, Herr Nagel?«

»Das mit Nathalie Brückner«, erklärte er. »Als man sie in unserem Garten fand, habe ich Frau Luhmann gesagt, dass ich nicht weiß, wer die Frau ist. Und das stimmte auch. Zumindest an dem Morgen. Ich stand unter Schock, und mit diesen … Nähten im Gesicht habe ich sie nicht erkannt. Und ich dachte, Wolfgang hätte das auch nicht.«

»Aber das hat er doch …«, mutmaßte Röggen.

»Ich habe ihm angesehen, dass er wusste, wer das war. Ich meine, immerhin kannten wir Nathalie seit Jahren aus dem Schützenverein. Sie hat fast überall gekellnert …«

Röggen nickte nur. Nagel fuhr fort.

»Und als ich dann am nächsten Tag in der Zeitung gelesen habe, dass es Nathalie war, habe ich ihn gefragt, warum er der Polizei nichts gesagt hat.«

Nagel senkte seinen Blick, als würde ihm gerade klar, dass er von seinem Lebensgefährten von nun an immer in der Vergangenheitsform würde sprechen müssen. Er schluckte und tupfte sich neue Tränen aus den Augen.

»Was hat er gesagt?«, fragte Röggen leise.

»Das, was er in letzter Zeit häufig zu mir gesagt hat. Er meinte, das müsse ich nicht wissen.« Nagel blickte traurig auf. »Wolfgang und ich, wir hatten nie Geheimnisse voreinander. Aber seit er vor drei Jahren Schützenkönig geworden war, hatte er sich irgendwie verändert. Er wurde stiller. Zog sich zurück. Ich kam gar nicht mehr an ihn ran. Und in den letzten Wochen wurde es besonders schlimm. Zum Beispiel, wenn er die Post geholt hat.«

»Können Sie das vielleicht etwas genauer sagen?«

»Er hat irgendwie eine richtige Show daraus gemacht.« Röggens fragender Blick reichte, um ihn fortfahren zu lassen. »Also eigentlich war es gar nicht der Rede wert. Ich durfte immer seine Post öffnen und er meine. Aber in den letzten Wochen hat er zwei Briefe bekommen und so getan, als wäre es Werbung. Ich hab aus Spaß gesagt, zeig doch mal, da wurde er wütend. Ob ich ihm nicht glauben würde, dass es nur Werbung ist, hat er gefragt.«

Wieder lief eine Träne über seine Wange, die Nagel aber sofort abtupfte.

»Und dann?«

»Nichts. Die Briefe hat er mir nicht gezeigt. Ich hab erst gedacht, vielleicht war es Post von einem anderen.«

»Einem anderen …«, sie zögerte kurz, »… Mann?«

Nagel nickte tapfer.

»Aber mittlerweile glaube ich das nicht mehr. Wenn es das gewesen wäre, hätte er ihn mir irgendwann gezeigt. Wir gehen offen mit so was um, verstehen Sie?«

Röggen nickte. Nagels Blick verschwamm förmlich in Trauer.

»Nein, es gab immer nur zwei Gründe, warum Wolfgang abweisend zu mir war. Wenn in der Firma einer Mist gebaut hatte, und wenn er Angst hatte.« Er lachte leise in zärtlicher Erinnerung. »Können Sie sich das vorstellen? Ein Kerl wie Wolfgang? Angst? Er sah aus wie ein Drachentöter, aber er war sehr sensibel. Und ich glaube … Ja, diese Briefe haben ihm Angst gemacht.«

Nagel begann wieder zu weinen. Röggen wusste nicht recht, was sie tun sollte. Spontan nahm sie ihn in den Arm.

»Herr Nagel. Hat Ihr Mann diese Briefe aufgehoben?«

Nagel schüttelte den Kopf wie ein kleiner Junge.

»Er hat sie verbrannt. Im Kamin. Und keinen Tag später lag diese Leiche bei uns am Ufer.«

40 Montag, 11:04 Uhr

Halverscheid hielt sich entsetzt die Hand vor den Mund. Inka stand neben ihrem Chef im kleinen Flur von Zimmer 217 des Hotels »Zum goldenen Schwan« in Winterberg und musste selbst kurz durchatmen. Sie hatte einmal in einem fleischverarbeitenden Betrieb in Duisburg ermittelt. Die unglaublichen Mengen von Blut und der entsetzliche Geruch von Eisen und sonstigen Körperflüssigkeiten hatten ihr damals beim Betreten der Zerlegehalle fast die Sinne geraubt. Ein Keulenschlag. Aber am meisten schockierte Inka die fast surreale Deplatziertheit von menschlichem Blut an einem Ort der Erholung und des Wohlfühlens. Vor allem, weil beide Polizisten Dr. Ludger Röggen kannten, der hier fast sein Leben verloren hatte. Inka flüchtig, Halverscheid seit vielen Jahren.

Der kleine Flur führte von der Zimmertür vorbei an einem Wandschrank und dem Eingang des Badezimmers und öffnete sich nach hinten zu einem geräumigen Schlafbereich mit Schreibtisch, einer TV-Konsole mit Flachbildschirm, zwei bequemen Sesseln und einem Doppelbett. Von der gediegenen Behaglichkeit, die das Zimmer im Normalzustand der gehobenen Kundschaft vermittelte, war allerdings nicht mehr viel übrig. Das stark blutende Opfer, die Notärzte, die es mit allen erdenklichen medizinischen Maßnahmen versorgt hatten, und schließlich das Tatortteam der Polizei hatten dafür gesorgt, dass das Zimmer sicher erst nach einer grundlegenden Renovierung wieder vermietbar war. Weil Porbeck mit Kemperdick noch immer in Nathalie Brückners Wohnung arbeitete, hatte Inka seinen inzwischen pensionierten Vorgänger und Urlaubsvertreter Karlheinz Graul direkt aus seinem Rosenbeet telefoniert. Nicht nur, weil es für Graul wie immer eine willkommene Abwechslung war, sondern auch, weil er selbst in Winterberg wohnte und mit dem Fahrrad zum Tatort geeilt war.

»Röggen muss sich irgendwie ins Badezimmer geschleppt haben …«, mutmaßte Halverscheid und deutete auf eine Spur aus roten Fußabdrücken auf dem Boden des Flurs, die sich langsam bräunlich verfärbten. An der Wand fanden sich die entsprechenden verschmierten Handabdrücke. Ein größerer Fleck auf dem Boden unmittelbar vor der Badezimmertür ließ vermuten, dass Röggen hier noch einmal zusammengebrochen war. Die beiden stiegen über kleine Standschilder mit Nummern und Maßstabskärtchen in den Wohnbereich des Zimmers, wo sich ihnen ein noch unangenehmerer Anblick bot. Unmittelbar vor dem zerwühlten Doppelbett war eine beträchtliche Menge Blut in den Teppich gesickert und hatte eine Pfütze gebildet. Neben dem Bett führte eine Spur von der Pfütze zu einem Nachttisch, vor dem ein blutverschmiertes Telefon lag. Von dort führten die Spuren an der Wand entlang zum Flur und zum Badezimmer. Das Blut, die Hitze der Scheinwerfer und die Gerüche ließen Inka wieder an den Schlachthof denken.

»Was wissen wir denn, Karl?«, rief Halverscheid Richtung Badezimmer, aus dem im selben Moment ein älterer Mann im Overall trat. »Ich meine, außer, dass es eine verdammte Sauerei ist.«

»Ich weiß nicht, wie der Kollege Porbeck das inzwischen alles so handhabt«, sagte Graul mit gesenktem Kopf über seine Halbbrille hinweg, »aber ich sage euch einfach mal, was ich mir so zusammengereimt habe. Das Opfer liegt im Bett und sieht fern. Lässt sich anhand der Buchung auf dem Pornokanal nachvollziehen. Irgendwann vor etwa drei bis fünf Stunden klopft es an die Tür. Das Opfer geht hin, öffnet und kommt mit einer zweiten Person wieder rein.«

»Also jemand, den er kannte?«

»Vermutlich. Es gibt jedenfalls keine Abwehrverletzungen, und der Stich erfolgte aus nächster Nähe. Vermutlich ein Messer. Glatte Klinge, etwa zwanzig Zentimeter lang. Der Stich durchbohrt seine Bauchdecke, und verletzt punktgenau seine Aorta. Deshalb die Sauerei. Daraufhin verlässt der Täter das Zimmer und lässt ihn liegen.«

Halverscheid und Inka wechselten Blicke.

»Dann hat er ihn verbluten lassen?«, fragte Inka.

»Ganz offensichtlich. Offenbar jemand, der eine gewisse Erfahrung im Umgang mit Messern hat. Es war nur ein Stich, und der war ein Volltreffer.«

»Und Selbstmord können wir ausschließen, weil …?«, fragte Inka.

Graul sah auf. Inka bemerkte erst jetzt das tiefe Braun seiner Augen, das im krassen Gegensatz zu seiner ansonsten durch und durch ergrauten Erscheinung stand. Der freundlichen Güte, die in seinem Blick lag, merkte man an, dass er die Frage keineswegs persönlich nahm. »Weil wir eindeutige Spuren einer zweiten Person haben, weil wir keine Tatwaffe haben, und weil der Stich in einem Winkel erfolgte, den das Opfer sich selbst in der Wucht nicht zugeführt haben kann.«

»Wie kommt es, dass Röggen es überlebt hat?« Das war Halverscheid.

Graul zuckte die Schultern. »Das könnte der Kollege Porbeck genauer sagen, wenn er ihn auf dem Tisch hatte. Aber hoffen wir mal, dass es nicht so weit kommt. Der Notarzt sagte etwas von Glück und Zähigkeit und einer alten Narbe. Irgendetwas in Verbindung damit muss den Stich wohl abgemildert haben, so dass er nicht ganz so viel Blut verloren hat. Jedenfalls ist er wohl zunächst ohnmächtig geworden.« Er deutete auf die Blutlache am Bett. »Dann kam er irgendwann mehr oder weniger zu sich und schleppte sich erst zum Telefon, von wo aus er die Rezeption anrief, und dann ins Bad, wo er sich sogar noch eine Wundkompresse angelegt hat.«

»Weiß Marlies schon Bescheid?«, fragte Halverscheid besorgt. Er sah zu Inka hinüber. Die zuckte die Schultern.

»Von uns nicht. Und ehrlich gesagt, würde ich es ihr auch lieber selbst mitteilen.«

»Gute Idee«, nickte Halverscheid. »Wenn das hier das Werk des nächsten Verrückten ist, dann haben wir schon zwei.«

Diesen Gedanken hatte Inka bisher verdrängt. Ein Mörder war schon schlimm genug. Wenn Röggen starb und damit auch noch ein zweiter sein Unwesen trieb, wurde es ungemütlich. Es würde keine fünf Stunden dauern, bis der Landesinnenminister mit dem Chef des Landeskriminalamtes und dem Regierungspräsidenten in Arnsberg telefonierte. Als Ergebnis würde, öffentlich wirksam, eine Sondereinheit eingesetzt, die den Provinzlern mal zeigte, was richtige Polizeiarbeit war. Inka wäre ihren Fall los. Ihren ersten Fall, wohlgemerkt. Wie viele weitere sie als Chefermittlerin danach bekommen würde, konnte sie sich ausrechnen.

»Verdammt. Ich weiß jetzt schon nicht mehr, wo uns der Kopf steht«, fluchte sie. »Und nach der Handschrift unseres Nähers sieht das nicht gerade aus.«

Halverscheid legte ihr eine Hand auf die Schulter. »Ich weiß Ihre Offenheit zu schätzen, Frau Luhmann. Aber Sie sind nicht alleine. Den Druck von oben kann ich eine Zeitlang abfedern. Lassen Sie uns die Zeit nutzen. Sie informieren Marlies und kümmern sich weiter um Ihren Fall. Ich kümmere mich hier um die Befragung der Angestellten und so weiter.«

Inka überlegte einen Moment und nickte erleichtert.

»Danke«, sagte sie und ging zum Ausgang. »Ich halte Sie auf dem Laufenden.« Halverscheid sah ihr nach. Im Rausgehen hielt sie noch einmal inne und wandte sich an Graul. »Danke auch für Ihre Hilfe, Herr Graul. Sie haben nicht zufällig auch noch eine Telefonnummer, unter der Marlies im Krankenhaus nach ihrem Mann fragen kann?«

Graul sah sie an, als hätte sie ihn gefragt, ob am nächsten Tag die Sonne aufging. Seine braunen Augen lächelten wieder väterlich über seine Brille hinweg, und er zog einen Zettel aus seiner Overalltasche. »Wenn ich was mache, mache ich es gewissenhaft. Fragen Sie meine Rosen.«

Inka lächelte schwach zurück, sah auf die Karte und stutzte. Darauf war nicht die Rufnummer einer der kleineren Kliniken in Winterberg, Bad Fredeburg oder Olsberg. Nicht einmal die des Maria-Hilf-Krankenhauses in Brilon, das die nächste größere Unfallchirurgie hatte, sondern eine Nummer mit der Vorwahl 0291. Der Vorwahl von Meschede. Inka sah Graul irritiert an.

»Moment, haben die ihn denn nicht nach Brilon gebracht? Da arbeitet er doch und ist bekannt.«

Graul zuckte die Schultern.

»Der Notarzt sagte, im St. Walburga in Meschede arbeitet ein neuer Gefäßchirurg, der sich darum kümmern sollte.«

Inka fluchte innerlich und warf Halverscheid noch einen Blick zu, bevor sie losrannte. Zu allem Übel fehlte nur noch, dass Marlies ihren Mann selbst fand.

41 Montag, 11:12 Uhr

Der Plastikbecher klackte einen Tick zu laut, als Pfeil ihn wütend auf einen Glastisch in der Wartezone der Krankenhauslobby stellte. Eine Welle heißen Kaffees schwappte über den Rand, verteilte sich auf Pfeils Handrücken und tropfte von dort auf den Tisch. Pfeil unterdrückte einen Fluch. Er fand eine alte Serviette in seiner Jacke und beseitigte notdürftig die Schweinerei. Mist, das tat weh. Fast so sehr wie seine Wut. Zum einen auf Röggen, die ihn doch tatsächlich aus dem Zimmer geworfen hatte. Zum anderen auf Nagel, der es geschafft hatte, ihn aus der Reserve zu locken. Aber am zornigsten war Pfeil auf sich selbst. Schließlich war er der Bulle und hätte cool genug sein müssen, über die Provokationen der Schwuchtel hinwegzugehen.

Wenigstens hatte Röggen die Kontrolle bewahrt. Pfeil wurde bewusst, dass sie mit ihrem Rausschmiss zwar seinen Stolz gekränkt, aber wahrscheinlich seinen Dienstausweis gerettet hatte. Ein Dienstaufsichtsverfahren wäre weit unangenehmer geworden als ein Rauswurf zum Kaffeeholen. Zumal sein Verhalten gegenüber Nagel tatsächlich ungebührlich war. Provokationen wegen sexueller Orientierung gingen über das gesunde Maß an Distanz zu einem Zeugen hinaus. Er war voreingenommen, wertend und arrogant gewesen. Für einen Polizisten war jede Eigenschaft für sich die falsche Einstellung.

Fragte sich nur, woher das kam. Vermutlich war es seine verdammte Unzufriedenheit, dachte Pfeil und sah mit grimmiger Miene in seinen Kaffee. Vielleicht musste er einfach offener auf die Dinge zugehen. Allerdings: Als der verdammte Halverscheid ihm damals in die Polizeikontrolle gefahren war, *war* er offen an die Sache herangegangen. Sogar positiv. Zugegebenermaßen hatte er nicht ganz uneigennützig gehandelt, aber er hätte den Mann genauso gut auflaufen lassen und eine langjährige Karriere beenden können. Stattdessen hatte er ihn davonkommen lassen. Und was hatte er vom Leben dafür bekommen? Die Höchststrafe. Nicht nur hatte Halverscheid ihn bei der Besetzung des Chefermittlerpostens eiskalt übergangen, er hatte ihm sogar noch eine Frau vor die Nase gesetzt. Der heiße Kaffee auf seiner Hand erschien ihm jetzt fast wie eine Art Wecksignal. Er, der Hauptkommissar, degradiert zum Kaffeekellner, statt befördert zum Chefermittler. Es war offiziell. Er war ein Verlierer. Was hatte er denn noch? Eine kleine Wohnung in Brilon, in der niemand auf ihn wartete außer den eingetrockneten Resten des letzten Mikrowellenessens. Einen Job, den er zwar liebte, in dem er aber nicht vorankam. Und die gelegentlichen aber erkauften Freuden des Urlaubs und der Besuche bei Helena. Sein Fazit fiel bitter aus: Das war kein Leben, das war eine verdammte Sackgasse mit Pensionsansprüchen.

Er gönnte sich einen Schluck Kaffee. Keine Frage, er war unzufrieden. Aber was konnte man dagegen tun? Gut, man konnte die Schuld bei anderen suchen. Halverscheid war nun mal ein Idiot und Inka der Auslöser für sein berufliches Scheitern. Aber wenn er ehrlich war, trug die wahre Schuld nur er alleine. Weil er alles zuließ. Und weil er ohnehin nichts anderes erwartete als das Schlechteste.

Plötzlich sah er jemanden, den er kannte. Jemanden, der einen kleinen Jungen auf dem Arm trug, während ihm ein etwas größeres Mädchen den Weg Richtung Notfallambulanz zeigte.

»Henne?«, fragte Pfeil überrascht.

»Georg.« Die Überraschung war eindeutig gegenseitig.

»Was machst du denn hier?«, fragten sie beide gleichzeitig.

Henne wollte gerade die krankenkassentechnischen Formalitäten in der Verwaltung abwickeln. Keine Sekunde hätte er erwartet, dass er dabei auf einen Kollegen treffen konnte. Ihm wurde schlagartig heiß.

»Du, nichts Wildes«, sagte er schnell und hoffte, er hörte sich nicht halb so schuldbewusst an, wie er sich fühlte. »Tom hat sich bei Möbel Kuhlmann den Kopf gestoßen. Kleiner Unfall, echt nicht der Rede wert. Wir sind gleich an der Reihe für die Untersuchung.« Er sah sich nervös um und bemühte sich um souveräne Sachlichkeit. »Ist Inka auch hier?«

»Nee, die sichtet Akten. In Brilon.« Pfeil musterte die Kopfwunde des Jungen. »Autsch. In Brilon wärst du wohl besser auch geblieben. Das ›Maria-Hilf‹ ist doch viel näher.«

Der neugierige, fast genießerisch heitere Unterton in Pfeils Kommentar blieb Henne nicht verborgen. Sie waren beide Bullen genug, um zu wissen, dass der eine den anderen bei etwas ertappt hatte.

»Ach, hier ist nicht so voll«, winkte Henne ab.

»Und das St. Walburga hat eine viel bessere Unfallchirurgie«, ergänzte Mia, was bei Tom wieder ein Schluchzen hervorrief.

»Will keine Schirogie.« Henne seufzte und warf seiner Tochter einen vorwurfsvollen Blick zu, bevor er sich mit Ironie an Pfeil wandte.

»Du siehst: Hausmannsfreuden. Und was führt dich her?«

Pfeils angedeutetes Lächeln zeigte Henne, dass er ihm nicht glaubte. In unzähligen gemeinsamen Einsätzen hatte Pfeil gelernt, in Hennes Gesicht zu lesen wie in einer öffentlichen Bekanntmachung.

»Wir sprechen noch mal mit Nagel«, sagte er. »Schätze, deine Frau hat dich schon auf den aktuellen Stand gebracht.«

»Zumindest auf den von gestern Abend. Üble Sache.«

»Und noch übler, dass wir immer noch keine echte heiße Spur haben. Aber wir arbeiten dran.«

Mia und Tom kannten Pfeil, mochten ihn aber nicht besonders, was besonders Mia durch konsequentes Weggucken zum Ausdruck brachte. Doch Henne war nicht der Typ Vater, der seinen Kindern in solchen Situationen unbedingt das richtige Benehmen beibringen musste. Er ließ sie gewähren. Sie zog an seiner Hand.

»Du, Georg, wir müssen los zur Untersuchung. Lass uns mal wieder ein Bier trinken gehen oder so«, schlug Henne vor.

Pfeil sah ihn irritiert an. In ihrer gemeinsamen Dienstzeit hatten er und Henne kein einziges Mal zusammen ein Bier getrunken. Dann gab er sich einen Ruck.

»Okay, warum nicht?«, hörte er sich sagen. Er sah Henne mit den beiden Kindern im Flur zur Ambulanz verschwinden und drehte sich um, als er einen kräftigen Ruck spürte. Pfeil war mit einer Frau zusammengestoßen, die an ihm vorbei ebenfalls in Richtung Ambulanz eilte. Fahrig, abwesend, ohne ihn auch nur eines Blickes zu würdigen. Geschweige denn, sich zu entschuldigen. Pfeil spürte, wie die nächste Ladung heißen Kaffees über sein Handgelenk schwappte, und fluchte.

»Oh, keine Ursache. Nichts passiert«, rief er der Frau spöttisch nach. Als er keine Reaktion erntete, wandte er sich kopfschüttelnd Richtung Aufzüge ab. Erst jetzt merkte er, dass auch seine Schulter schmerzte. Genau an der Stelle, an der die Frau ihn getroffen hatte. Was für eine Welt, dachte Pfeil. War Nagel oben im Bett ein echtes Weichei, hätte die Frau gerade locker als Eishockeyspieler durchgehen können.

42 Montag, 11:28 Uhr

»Mist, nichts.«

Kemperdick seufzte, schraubte sich unter einem leichten Knacken seiner Knie aus der Hocke und betrachtete sein Werk. Nathalie Brückners Wohnzimmer sah aus, als wäre ein Umzugsunternehmen darüber hergefallen. Die Sitzecke war beiseitegeräumt und umgekippt, die Polster abgenommen und auf dem Tisch gestapelt, und die Türen aller Schränke standen offen. Ihr Inhalt oder besser der, den die Spurensicherung noch nicht mitgenommen hatte, verteilte sich in Stapeln auf dem Boden.

Porbeck kam aus der Küche dazu. Kemperdick erkannte an seiner Miene, dass auch er keine Erfolgsmeldung hatte. Er fragte trotzdem.

»Und bei dir?«

Porbeck zuckte die Schultern. »Bis auf eine ziemlich fette Spinne in der Abzugshaube nichts, was eine Frau irgendwie in Angst oder Besorgnis versetzen sollte.«

Kemperdick sah unzufrieden zu Boden. »Dabei war ich mir sicher, dass wir was finden würden. Gut, andererseits kann ein Brief oder eine Nachricht überall sein.«

»Wenn sie ihn nicht sogar direkt nach Erhalt vernichtet hat«, ergänzte Porbeck. »Ihren Laptop haben wir übrigens auch gecheckt. Negativ. Keine verdächtigen Mails, auch keine gelöschten.«

Kemperdick hockte sich wieder hin. Zeit zum Aufräumen, zumindest provisorisch. »Sagst du es ihr? Der Chefin, meine ich. Scheinst irgendwie einen ganz guten Draht zu ihr zu haben.«

Porbeck bemerkte ein leichtes Grinsen auf dem Gesicht seines Kollegen. Was als Nächstes kam, war ihm in ebenso verhasster wie in unabänderlicher Routine klar. Wie immer eine Zehntelsekunde, bevor es passierte. Ihm würde heiß werden, eine gesunde Röte würde auf seine Wangen treten, Kemperdick würde es merken und sich in seiner Annahme bestätigt fühlen. Bingo. Schon merkte er das typische Kribbeln unter der Gesichtshaut. Aber Kemperdick war bereits mit der Beseitigung seines Chaos beschäftigt. Porbeck ging zu Nathalie Brückners Sekretär. Auch hier hatte Kemperdick ganze Arbeit geleistet. Alle Schubladen waren herausgezogen, der Inhalt durchwühlt, die leeren Höhlen der Schubladenkästen starrten Porbeck irgendwie vertraut an. Wie eine Leiche auf seinem Seziertisch, dachte er. Er lehnte sich an die Schreibplatte, zog sein Touchscreen-Handy aus der Tasche und tippte Inkas Nummer einhändig in das Display.

»Siehst du? Sogar ihre Handynummer kannst du schon auswendig.« Kemperdick genoss offenbar doch die Chance, den Kollegen aus dem Labor ein bisschen aufzuziehen.

»Nur weil ich grundsätzlich keine Nummern speichere«, verteidigte Porbeck sich fast trotzig und ertappte sich prompt dabei, wie seine Finger nervös in den Schubladenhöhlen herumfuhren.

»Und was machst du sonst mit den Nummern?« Kemperdick sah ihn erstaunt an.

»Ich merke sie mir. Irgendwann brauchst du sie mal und hast keinen Kontakte-Ordner, der dir alle Arbeit abnimmt. Und dann?« Kemperdick überlegte einen Moment, fand den Gedanken an so viel Denksport aber wohl zu anstrengend.

»Ich sehe lieber zu, dass mein Akku immer voll ist«, sagte er und widmete sich dem nächsten Stapel mit Unterlagen. Porbeck bestätigte Inkas Nummer in seinem Display mit einem Fingertipp auf den Anrufknopf und zog die andere Hand aus der Schublade. Das leise, hölzerne Klacken hinter ihm hörte nur Kemperdick. Er fuhr zu Porbeck herum.

»Frau Luhmann? Porbeck, hier. Wir haben die Wohnung von Nathalie Brückner noch mal komplett auf den Kopf gestellt.«

Das »Und?« am anderen Ende der Verbindung war förmlich zu hören.

Gerade wollte Porbeck mit einem enttäuschten »Nichts« antworten, da fing er Kemperdicks angespannten Blick auf. Zunächst dachte Porbeck, der Blick gelte ihm, merkte aber sofort, dass Kemperdick an ihm vorbei auf den Sekretär starrte. Der trat jetzt neben ihn und schaute mit zusammengekniffenen Augen in die dunkle Höhle der untersten Schubladenöffnung des Sekretärs.

»Sind Sie noch da, Porbeck?« Inkas Stimme dröhnte dumpf, aber deutlich vernehmbar aus dem Telefon.

»Äh, ja, einen Moment bitte«, sagte er schnell.

Kemperdicks Hand verschwand in der Schublade und tastete darin herum. Wieder hörte man ein hölzernes Klacken. Dann schien Kemperdick etwas zu greifen und sah Porbeck mit gespannter Miene an.

»Porbeck, ich sitze im Auto. Was haben Sie denn jetzt?!« Inkas Stimme klang deutlich ungeduldiger. Im selben Moment zog Kemperdick die Hand aus der Schublade und öffnete sie. Die beiden Männer starrten auf den kleinen Gegenstand, der auf Kemperdicks Handfläche lag. Sie sahen einander an und schluckten.

Porbeck hob wie in Trance das Handy an sein Ohr. Seine Stimme klang ein wenig heiser.

»Ein Ring. Wir haben einen Ring gefunden, Frau Luhmann. Und ich gebe meinen Metzgergesellenbrief zurück, wenn der nicht genau so aussieht wie der an der Hand unserer Unbekannten auf dem Foto.«

43 Montag, 11:43 Uhr

Die Cafeteria des St.-Walburga-Krankenhauses in Meschede war nicht gerade Inkas Idealplatz für ein Team-Meeting. Aber die Zeit drängte, und so saß sie an einem Resopaltisch, umgeben von Menschen in Thrombosestrümpfen und knallbunten Bademänteln. Inka versuchte sich zu konzentrieren. Sogar die Entdeckung von Kemperdick und Porbeck musste hinter der Hiobsbotschaft zurückstehen, die sie gleich Marlies Röggen zu überbringen hatte. Gleich nach dem Telefonat mit Porbeck hatte sie sich nach Röggens Befinden erkundigt und von einer OP-Schwester erfahren, dass sein Zustand stabil war. Er stand kurz vor einer Notoperation. Jetzt konnte Inka nur hoffen, dass sie es Marlies Röggen sagen konnte, bevor ihrer Kollegin wilde Gerüchte oder Mutmaßungen zu Ohren kamen.

Inka schwieg in ihren nur noch lauwarmen Kaffee und sah Pfeil zu, der ihr gegenüber in aller Gemütsruhe eine Kuchengabel in ein Stück Frankfurter Kranz versenkte.

»Gut, kann sein, dass ich mich Nagel gegenüber etwas im Ton vergriffen habe«, sagte er mit vollem Mund. »Aber Marlies hat das ganz gut gelöst. Klar werde ich nicht gerne rausgeschmissen, aber wer weiß, wozu die Schw…, der Kerl mich noch gebracht hätte.«

Inka wunderte sich über so viel ungewohnte Einsicht, beschloss aber, nicht weiter zu fragen. Unruhig sah sie auf ihre Uhr.

»Was gibt es denn so Aufregendes?«, wollte Pfeil wissen.

»Einen Moment müssen Sie sich noch gedulden«, antwortete

Inka. Sie hatte auch Kemperdick und Porbeck auf dem schnellsten Weg hierherbestellt. Plötzlich schwenkte Pfeil seine Kuchengabel senkrecht zwischen Daumen und Zeigefinger, als wäre ihm etwas eingefallen. Inka entging nicht, dass sich dabei ein genüssliches Lächeln auf seine Miene gelegt hatte. So unangebracht sie das in dieser Situation auch empfand, Pfeil schien auskosten zu wollen, was er zu sagen hatte.

»Ach so, ganz vergessen. Wussten Sie eigentlich, dass …« Weiter kam Pfeil nicht, denn im selben Moment sah Inka, wie sich die Glastür der Cafeteria öffnete und Röggen den Blick über das Gewimmel von Patienten und Besuchern im Saal schweifen ließ.

»Moment«, unterbrach Inka ihn und stand auf. Röggen bemerkte sie und kam mit einem Lächeln auf sie zu. Inka atmete durch. Jetzt stand ihr der Teil der Polizeiarbeit bevor, den sie am meisten verabscheute. Es war ihr eine nahezu körperliche Qual, schlechte Nachrichten zu überbringen. In ihrem Job bedeutete das meist, das Leben eines eben noch unbeschwerten Menschen für immer zu trüben. Inka hatte schlechte Nachrichten zwar noch nie selbst erfahren müssen, aber sie stellte sich vor, dass es in etwa so sein musste, wie von einem Auto angefahren zu werden. Ein Knall, ein Schock. Ohne Vorwarnung, aus heiterem Himmel. Und binnen weniger Sekunden war nichts mehr wie vorher. Routine würde das für Inka nie werden. Nicht bei unbekannten Zivilisten und erst recht nicht bei einer Kollegin, die sie im Grunde gerade erst kennen- und schätzen gelernt hatte. Inka ging mit ernstem Blick auf Röggen zu. Und allein das schien zu reichen, um die Besorgnis der Ermittlerin zu wecken. Ihr Lächeln verschwand, ihre Stirn legte sich in Falten.

»Kann ich dich kurz sprechen?«, fragte Inka, nahm sie sanft am Arm und führte sie Richtung Garderobe. Es war mehr eine Feststellung als eine Frage. Röggen sah sie an.

»Wenn Pfeil irgendwas wegen Nagel gesagt hat: ja, ich habe ihn rausgeschmissen, weil er …«

Inka unterbrach sie mit einer beschwichtigenden Geste. »Darum geht es nicht.« Sie sah Röggen fest an.

»Marlies, es tut mir leid, aber ich habe vor einer guten Stunde erfahren, dass dein Mann niedergestochen wurde.«

Es dauerte eine Sekunde, bis die Worte sich in Röggens Kopf zu einem Satz zusammengefunden hatten, dessen Tragweite sie begriff. »Okay …«, sagte sie zögerlich. Was Inka als Signal betrachtete, ihr weitere Details zu berichten. Sie erzählte Röggen vom Tatort, den ersten Erkenntnissen, dem Zustand ihres Mannes und der Tatsache, warum sie es ihr persönlich sagen wollte. Sie endete mit einem leisen »Es tut mir leid« und einer hilflos mitfühlenden Hand auf der Schulter ihrer Kollegin. Röggen senkte den Blick. Inka zog ein Taschentuch aus einer frischen Packung und wollte ihr gerade eines reichen, als Röggen aufsah. Allerdings ohne die erwarteten Tränen in den Augen.

»Okay«, sagte sie wieder, nur diesmal entschlossener. »Ich sehe später nach ihm. Was gibt's Neues im Fall?« Inka sah sie fassungslos an.

»Marlies, ich wollte dir eigentlich vorschlagen, dass du vielleicht eine Auszeit vom Fall nimmst und dich um deinen Mann kümmerst«, sagte Inka.

»Warum? Hat er sich je mal um mich gekümmert? Ich glaube nicht. Und wenn er stabil ist, ist er auch in einer halben Stunde noch da. Also, machen wir uns an die Arbeit?«

Sie drückte Inka den Arm und ging an ihr vorbei in Richtung des Polizeitisches. Inka betrachtete sie nachdenklich. Natürlich hatte Marlies nicht zwingend einen Grund zur Trauer. Dennoch überraschte es Inka, dass sie so gar kein Mitgefühl zu haben schien. Immerhin kämpfte ihr Mann gerade um sein Leben. Dr. Ludger Röggen musste seine Frau tief verletzt haben.

Inka konnte nur hoffen, dass ihr das bei der weiteren Arbeit an dem Fall nicht irgendwann zum Problem, vielleicht sogar zum Verhängnis wurde. Gerade jetzt brauchten alle einen klaren Kopf.

SIE Montag, 12:03 Uhr

Ein Blick auf die Uhr sagte ihr, dass es Zeit wurde. Sie hatte noch einiges zu tun. Und das konnte sie erst jetzt, nachdem sich die Hektik um den geilen Bock vorerst gelegt hatte. Die Ärzte hatten ihre ganze Arbeit zunichtegemacht. Sie hatten ihn stabilisiert, um ihn auf die rettende OP vorzubereiten. Und damit alles sinnlos durcheinandergebracht. Vor allem ihren Zeitplan.

Sie musste aufpassen, dass sie nicht »überdrehte«, wie *er* ihr erklärt hatte. Man durfte nicht zu verbissen werden, sonst machte man Fehler. So, wie gerade eben in der Lobby, als sie den dicken Typen mit dem Kaffeebecher fast umgerempelt hätte.

Sie zog die Tür des Wäscheraumes hinter sich zu und schob den Wäschewagen den Flur hinunter Richtung Ambulanz. Entschlossen, nicht zu schnell, aber auch ohne jede übertriebene Vorsicht. An einem Ort, der mit Adrenalin, Blut und Schweiß betrieben wurde, könnte jede zaghafte Bewegung auffallen.

Der blaue Kittel des Raumpflegepersonals war ein wenig zu eng, aber auch das würde in der allgemeinen Hektik niemand merken. Sie hoffte nur, dass die OP-Kleidung, die sie sich aus dem Regal mit sauberer Wäsche gegriffen hatte und die jetzt in Folie eingeschweißt vor ihr im Wagen lag, besser passte. Für ihr Vorhaben brauchte sie ein gewisses Maß an Bewegungsfreiheit.

Sie kannte die Notaufnahme. Aus eigener Erfahrung. Der Eingangsbereich erinnerte dank der Glaseinfassung der Anmeldung eher an ein Kassenhäuschen als an die Pforte zur Erlösung von Schmerz und Leid. Vielleicht war das einer der Gründe, warum das medizinische Personal die Notaufnahme auch »den Zoo« nannte, wie sie wusste. Eine zynische wenn auch treffende Beschreibung der Atmosphäre, die einen hinter dem Eingang erwartete. Betätigte man den Öffnungsmechanismus der breiten, blickdichten Glastür, trat man auf einen überheizten Flur. In dessen seitlichem Wartebereich, mit schwarzen Kunstlederstühlen und den üblichen bunten Kunstdrucken an den Wänden, saß zu jeder Tages- und Nachtzeit ein Sammelsurium unterschiedlicher Verletzungen und Krankheiten in ebenso vielfältigen Stadien. Vom Hypochonder bis zum Scheintoten. Ein Eldorado für jeden Arzt im Praktikum.

Sie war zu konzentriert auf ihre beiläufige Geschäftigkeit. Deshalb nahm sie es mehr aus dem Augenwinkel wahr, statt es wirklich zu sehen. Vor ihr erschien ein Arzt in der Tür eines der Behandlungsräume. »Der kleine Tom, bitte«, rief er. Ein großer Mann, mit einem kleinen Jungen auf dem Arm und einem Mädchen an der Hand, kreuzte daraufhin den Flur vor ihrem Wäschewagen. Sie wusste nicht, warum, aber irgendwie kamen die drei ihr bekannt vor. Ach ja, auch die hatte sie in der Lobby gesehen. Bei dem dicken Kaffee-Typen. Oder kannte sie sie noch von einer anderen Gelegenheit? Egal, im Moment gab es Wichtigeres. Ohne den Blick zu heben, schob sie den Wagen weiter.

An den Wartebereich schlossen sich auf der rechten Seite fünf Behandlungsräume an, von denen der letzte auf gynäkologische Untersuchungen vorbereitet war, wie sie nur zu gut wusste. Dahinter lagen die Patiententoiletten. Erst die der Frauen, dahinter die der Männer. Die linke Seite des Flures war den Untersuchungen und der Diagnose vorbehalten. Ein Raum für Ultraschalluntersuchung, ein Röntgenraum, der Sozialraum für das Personal und ein kleines Labor, in dem man Schnelltests durchführen konnte. So wie bei ihr damals.

Ohne innezuhalten schritt sie den Flur entlang, der hinter dem Zugang zum Röntgenbereich und den Toiletten an einer weiteren blickdichten Glastür endete. Was sie verbarg, verriet ein großes gut lesbares Schild in Augenhöhe: »OP-Bereich – Kein Zutritt«. Dieses Verbot würde sie nicht von ihrem Plan abbringen.

Sie stoppte den Wagen vor den Toiletten, nahm eine frische Textilhandtuchrolle und die OP-Kleidung aus dem Wäschewagen und betrat unbemerkt die Männertoilette. Es war besser, die Männertoilette zu nutzen. Männer waren zwar Abschaum, hatten aber wenigstens klare Regeln. Hier gab es weniger Gezicke, weniger Gerede, kürzere Aufenthaltszeiten. Außerdem suchten selbst die größten Machos beim Pinkeln schnell das Weite, wenn eine Frau unvermittelt das »Allerheiligste« betrat. Gut so.

Keine dreißig Sekunden später hatte sie den blauen Putzfrauenkittel gegen einen Satz grüner OP-Kleidung getauscht und musste unwillkürlich lächeln. Von der Putzfrau zur Chirurgin in nicht mal einer Minute. Ein rasanter sozialer Aufstieg, der etwas von Aschenputtel hatte. Oder von ihrer eigenen Geschichte. Vom Opfer zur Kämpferin.

Im Schutz des Wäschewagens trat sie auf den Flur zurück und öffnete die Tür zum OP-Bereich. Es war eine Strecke von vielleicht zwei Metern, aber der Eintritt in eine komplett andere Welt. Hier war es schlagartig kühler, die Luft, fast klinisch rein, roch nach Desinfektionsmitteln. Der Flur war menschenleer und komplett gefliest, nur unterbrochen von Edelstahlrahmen, die auf der linken Seite in ein Schwesternzimmer und einen Aufwachraum führten. Auf der rechten Seite gab es zwei kleinere Türrahmen und eine große Edelstahltür, von der sie ahnte, dass es die Schleuse zum OP-Bereich sein musste. Alles in allem ein geradezu surrealer Eindruck, als würde man hinter die Kulissen des Lebens selbst schauen. Wie alle Kulissen wirkte es ziemlich ernüchternd, selbst auf sie. Und wer wusste besser, wie surreal selbst die Realität manchmal sein konnte?

Sie ermahnte sich zur Konzentration. Hier kannte sie sich weniger gut aus. Sie musste vorsichtiger sein. Ein weiterer Fehler konnte sie alles kosten. Und damit wären nicht nur die ersten beiden Opfer keine Genugtuung mehr, sondern es kämen auch Röggen und der Schleimer davon.

Sie horchte angestrengt in ein undefinierbares Grundgeräusch aus Surren, Piepen und Röcheln irgendwelcher, vermutlich lebenserhaltender Maschinen. Woher es kam, war nicht genau zu erkennen. Plötzlich mischten sich Stimmen darunter. Zwei Schwestern, die den Ablauf einer bevorstehenden Operation besprachen und näher kamen. Sie sah sich um und schaffte es gerade noch in den Aufwachraum, bevor sich die Tür zum »Zoo« öffnete.

Hinter ihr wartete eine alte Dame, angeschlossen an Schläuche und Kabel, in einem Bett entweder auf ihr Aufwachen oder den Tod. Sie konnte nur hoffen, die Schwestern würden sich nicht um sie bemühen. Aber die Stimmen verharrten vor der Schleuse, ein elektrisches Surren ließ sie leiser werden, bevor ein zweites Surren sie komplett verschluckte. Die OP-Schleuse.

Sie holte Luft und trat wieder auf den Gang. Wenn Röggen kurz vor der Not-OP stand, musste er hier irgendwo sein. Vermutlich in einem Vorbereitungsraum. Sie beschloss, die beiden Türen rechts der Schleuse zu überprüfen. Sie legte eine Hand auf die Klinke der ersten und horchte wieder. Kein Geräusch von innen. Sie öffnete vorsichtig die Tür und stand in einer Art Versorgungsraum, in dem sich in hohen Regalen Verbrauchsmaterial aller Art stapelte. Sie schloss die Tür wieder und wandte sich dem zweiten Raum zu. Wieder horchte sie, bevor sie eintrat. Gerade als sie die Klinke herunterdrücken wollte, hörte sie die Stimme eines Mannes.

»Okay, sediert. Gib mir zwei Minuten, dann können wir loslegen.« Der Anästhesist, vermutete sie und wartete, bis drinnen die Stimme und Schritte mit einem leisen Klack verhallten. Das musste der Vorbereitungsraum sein. Mit Zugang zum OP. Sie betätigte vorsichtig den automatischen Öffnungsmechanismus der Tür. Immer bereit, notfalls sofort zu flüchten. Aber alles blieb still. Sie trat in den Raum und konnte ihr Glück kaum fassen.

Der etwa drei mal drei Meter kleine Raum, dessen Deckenleuchte seine Edelstahlausstattung in gleißend helles Licht tauchte, erinnerte mit seinen hohen Wandschränken, seiner beidseitigen Arbeitsplatte und den Unterschränken eher an eine Restaurantküche als an einen Vorraum zu einem OP. Links führte eine weitere breite automatische Tür mit einem Bullauge in den Operationssaal. Das hatte den Nachteil, dass man sie jederzeit sehen könnte. Andererseits würde auch sie bemerken, wenn es Zeit wäre zu fliehen. Sie sah in die Mitte des Raumes, in der ein fahrbares Bett mit einem männlichen Körper stand. Röggen, der geile Bock. Sie versicherte sich, dass sie niemand durch das Bullauge sehen konnte und trat neben ihn. Er schlief und wirkte deutlich blasser und ausgemergelter, als bei ihrer letzten Begegnung. Aber er war es. Unverkennbar. OP-Kleider machten selbst aus Halbgöttern wieder Menschen, dachte sie zufrieden.

Dann wurde es Zeit, es zu beenden. Und wieder spielte ihr das Glück in die Hände. Hatte sie bis gerade eben noch vorgehabt, den Kerl einfach zu ersticken, fiel ihr Blick jetzt auf eine elegantere Methode. Aus einer Kanüle in Röggens Handrücken führte ein Schlauch zu einem Ständer mit einem Plastikbeutel, in dem sich das Anästhetikum befand, das Tröpfchen für Tröpfchen durch einen Kontrollzylinder in die Blutbahn des geilen Bocks sickerte. Sie öffnete die Stellschraube für die Dosierungskontrolle und beobachtete zufrieden, wie sich die Tropffrequenz steigerte. Keine zehn Sekunden später kam das gleichmäßige Heben und Senken von Röggens Brustkorb friedlich zum Erliegen.

Niemand sah das Lächeln unter ihrem Mundschutz.

44 Montag, 12:09 Uhr

Inka war Marlies Röggen zum Tisch gefolgt, wo Porbeck und Kemperdick mittlerweile eingetroffen waren. Anscheinend wussten die beiden schon über den Mordversuch an Dr. Röggen Bescheid und hatten ihrerseits Pfeil informiert. Alle drei Männer begrüßten Röggen mit kollegialem Mitgefühl. Jeder auf seine Art. Porbeck drückte ihr distanziert und ein wenig schüchtern die Hand, während Kemperdick und Pfeil sie mitfühlend in den Arm nahmen. Inka trat dazu, und alles setzte sich beklommen. Röggen selbst brach das Eis.

»Wenn ich das richtig verstanden habe, hat Herr Halverscheid die Ermittlungen im Fall meines Mannes übernommen. Dann können wir uns ja auf des Wesentliche konzentrieren, oder?!«, sagte sie und sah in die Runde.

Die verstohlenen, aber vielsagenden Blicke der Männer untereinander sagten Inka, dass sie mit ihrer Einschätzung von Röggens Gemütslage nicht alleine war. Ihre betonte Gleichgültigkeit war ein wenig zu offensichtlich, um echt zu sein. Andererseits war es Röggens Privatangelegenheit, wie sie damit umging. Und Inka hatte einen Job zu erledigen. Sie nickte und wandte sich an die Runde.

»Ich halte Sie auf dem Laufenden, sobald Herr Halverscheid etwas in der Sache hat.« Inka atmete durch, während ihr Blick an Kemperdick und Porbeck hängenblieb. »Haben Sie das, wovon Sie mir am Telefon erzählt haben?« Kemperdick nickte mit angemessen wichtiger Miene und legte einen transparenten

Asservatenbeutel in die Mitte des Tisches, in dem ein kleines buntes Schmuckstück alle Aufmerksamkeit auf sich zog. Andächtiges Schweigen war die Folge.

»Das hier klebte von innen an der Rückwand einer Schublade von Nathalie Brückners Sekretär. Und ich will verdammt sein, wenn es nicht der Ring ist, den unsere Unbekannte auf dem Foto vom Schützenfest trägt.« Inka und die anderen betrachteten den Inhalt der Tüte. Nicht, dass es einer Bestätigung bedurft hätte, aber Inka ließ die Zeichnung des Rings und die Vergrößerung des Fotos noch einmal herumgehen, um eventuelle Zweifel auszuschließen.

»Herr Porbeck, Sie prüfen das bitte noch genauer. Die Frage ist, was sagt uns das?« Inka sah in die Runde.

»Dass unsere große Unbekannte wohl langsam zu einer Verdächtigen wird«, meinte Pfeil, während er den Ring im Beutel eingehend betrachtete und dann an Porbeck weitergab. »Sie steht nämlich jetzt nachweislich mit beiden Morden in Verbindung.«

»Im Fall Hesterkamp gibt es keinen Beweis für ihre Tatbeteiligung. Alles, was wir, dank des Mietwagens, haben, ist ihre vermutliche Anwesenheit in der Nähe des Tatorts«, widersprach Porbeck.

»Zur ungefähren Tatzeit«, präzisierte Kemperdick. »Und ihr Ring, versteckt in der Wohnung des zweiten Mordopfers, ist zwar eine Verbindung, aber auch noch kein Beweis für eine Straftat.«

»Es fehlt noch der Zusammenhang«, nickte Inka und sah Röggen an. »Was sagt denn Nagel hinsichtlich unserer Bedrohungstheorie?«

Röggen sah ein wenig abwesend von dem Ring auf, der jetzt bei ihr gelandet war, hatte sich aber schnell gesammelt. »Darauf wollte ich gerade kommen«, sagte sie und blätterte in ihrem Notizbuch. Sie erzählte der Runde von Hesterkamps Schweigen, vom Gefühl der Bedrohung, das Nagel bei seinem Lebenspartner erkannt zu haben glaubte, und von den Briefen, die angeblich dafür verantwortlich gewesen waren. Als Röggen fertig war, sah Inka nachdenklich zu Porbeck und Kemperdick.

»Dann wissen wir jetzt, warum Hesterkamp bei meiner Befragung nervös war. Aber Briefe oder ähnliche Drohungen habt ihr in der Wohnung von Nathalie Brückner nicht gefunden, oder?«

Kopfschütteln bei den Männern. Inka lehnte sich zurück.

»Ich fasse mal zusammen«, sagte sie. »Wir haben zwei fast identische Morde, die wir ein und demselben Täter zuordnen können. Und wir haben bei beiden Opfern Hinweise auf eine vorherige Bedrohung. Hesterkamp wurde offenbar mit Briefen unter Druck gesetzt, und Nathalie Brückner auf eine Art, die wir noch nicht kennen.«

»Aber wenn die Vorgehensweise identisch ist, müsste sie auch Briefe bekommen haben«, kombinierte Pfeil.

Alle nickten. Inka fuhr fort.

»Eben. Vielleicht haben wir sie nur nicht gefunden, weil sie sie vernichtet hat. Wie Hesterkamp. Was wir aber gefunden haben, ist ein persönlicher Gegenstand unserer Verdächtigen.«

»Den das Opfer dazu noch gut versteckt hat«, ergänzte Porbeck. »Als wollte sie es nicht wahrhaben.«

»Vielleicht ist ja das der Zusammenhang, der uns noch fehlt«, beendete Inka ihre Überlegung.

Die Runde schwieg, während alle Inkas Theorie gedanklich auf Plausibilität abklopften. »Sie meinen, der Ring war Teil der Drohung?«, fragte Kemperdick.

Inka nickte und sah ernst in die Runde. »*Ihr* Ring«, betonte sie. »Wir haben keinen Täter, sondern eine Täterin: unsere Unbekannte.« Inka spürte ein Kribbeln in sich aufsteigen. Der Fall nahm Fahrt auf.

»Rein psychologisch könnte es Sinn ergeben«, überlegte Röggen, jetzt ebenfalls unter Strom. »Eine intelligente Frau, die ihre Opfer erst in Angst und Schrecken versetzt und dann tötet. Anscheinend will sie sie leiden sehen. Warum dann nicht eine Art Dramaturgie in ihre Vorgehensweise einarbeiten? Erst eine vage Drohung per Brief, dann eine zweite, etwas konkreter, und schließlich etwas, was keine Zweifel mehr lässt. Etwas wie den Ring.«

»Und wenn sie trainiert, wie der Student gesagt hat, könnte es auch körperlich hinkommen«, ergänzte Kemperdick. Stummes Nicken der Kollegen.

»Okay, wie gehen wir weiter vor? Erstens: Wir brauchen Beweise für die Verbindung der beiden Bedrohungsszenarien.« Sie wandte sich an Kemperdick und Pfeil. »Sie fahren bitte in Hesterkamps Haus. Die Briefe hat er zwar vernichtet, aber vielleicht nicht die dritte Phase der Bedrohung. Vielleicht auch eine Kopie des Rings, oder irgendetwas anderes. Nehmen Sie das Foto mit. Das könnte helfen.«

Die Männer machten sich unverzüglich auf. Inka sah Röggen an.

»Zweitens: das Motiv der Täterin. Sie will ihre Opfer leiden sehen. Marlies, wenn du immer noch lieber arbeiten willst, kümmern wir beide uns darum. Es muss irgendetwas geben, womit Nathalie Brückner und Hesterkamp erpressbar waren, oder so etwas. Die einzige Verbindung ist der Schützenverein und besonders das Schützenfest vor drei Jahren, da haken wir noch mal nach. Und drittens: die Identität der Täterin …«

Das Klingeln ihres Handys unterbrach sie.

»Was Neues von Halverscheid?«, vermutete Porbeck. Inka sah auf das Display und schüttelte den Kopf, bevor sie das Gespräch annahm.

»Nein, die Zentrale. Luhmann?« Sie horchte kurz. »Im St.-Walburga-Krankenhaus in Meschede.« Wieder ein kurzes Horchen, diesmal leicht irritiert. »Warum trifft sich das gut?«, fragte sie. Ihr Blick weitete sich voller Entsetzen, als ihr die Beamtin den Grund nannte. Dann legte sie auf und sah sprachlos zu Röggen. Sie brauchte eine Sekunde, bis sie sich gefangen hatte.

»Marlies, kommst du bitte mit?«, sagte sie heiser. »Und Sie auch, Herr Porbeck.«

45 Montag, 12:20 Uhr

Der zehn Jahre alte Kleinwagen stoppte mit quietschenden Reifen in der Einfahrt der Doppelhaushälfte. Andreas Watterott schnallte sich fahrig ab und sah sich um. Alles ruhig. Der ebenfalls nicht ganz unbetagte Kombi seiner Frau stand nicht unter dem Carport, der die Einfahrt überdachte. Das war gut. Während der Fahrt hierher hatte er keine fremden Autos, Personen oder sonstige verdächtigen Dinge bemerkt. Das war noch besser. Er schnappte sich seine Tasche vom Beifahrersitz und eilte mit ängstlichem Blick Richtung Haustür.

Das neue Schuljahr war noch jung. Andreas Watterott war der neue Stundenplan noch nicht in Fleisch und Blut übergegangen, aber er hatte es sich schon angewöhnt, nach der Schule so schnell wie möglich nach Hause zu kommen. Nicht aus einem übertriebenen Bedürfnis nach Freizeit, sondern aus nackter Angst um sein Leben. Und davor, was eventuell jemand in seinen Briefkasten gesteckt haben könnte. Um sicherzugehen, dass nur er es fand, beeilte er sich seit Tagen, zu Hause der Erste zu sein. Was nicht allzu schwer war. Sein Stundenplan sah nur an zwei Wochentagen Unterricht nach 13:15 Uhr vor. Seine Frau Sabine arbeitete halbtags in der Stadtverwaltung von Meschede. Einkäufe und Kinderversorgung mit eingerechnet, kam sie deshalb nie vor 14:00 Uhr zu Hause an. Und in den Tagen, in denen Nachmittagsunterricht, Fortbildungen oder Konferenzen Andreas' Anwesenheit in der Schule verlangten, konnte er sich zumindest auf Sabines Vertrauen verlassen. Er öffnete ihre Post nicht, sie nicht die seine. Jedenfalls noch nicht. Vor ein paar Wochen, als Sabine krank war, hatte sie einen Brief ohne Absender gefunden, ihn aber nicht geöffnet, weil Andreas' Name auf dem Umschlag stand. Sonst nichts, keine Marke, keine Adresse. Und natürlich kein Absender. Und viel hatte auch in dem Brief nicht gestanden. Nur drei Worte: *Erinnerst du dich?*

Er hatte zunächst keine Ahnung gehabt, was gemeint war. Auch nicht, wer der Absender des Briefes hätte sein können. Er war Lehrer genug, um zu wissen, zu welch derben Scherzen die richtigen Schüler aufgelegt sein konnten. Zumal er auch wusste, dass er nie wirklich beliebt gewesen war. Es gab also genug Gründe, an einen harmlosen Streich zu glauben und den Brief fein säuberlich zerhäckselt im Altpapier verschwinden zu lassen. Doch die Ruhe hatte nur zwei Wochen gehalten.

Genau vor einer Woche war ein zweiter Brief gekommen. Wieder hatte Sabine keinen Verdacht geschöpft, und wieder war kein Absender auf dem Umschlag gewesen. Dafür ließ der Inhalt an Klarheit diesmal keine Fragen offen.

Bald ist Schützenfest …

Andreas Watterott hatte sich gefühlt, als hätte man ihm den Boden unter den Füßen weggezogen. Denn mit der Erwähnung des Schützenfestes war ihm in einem entsetzlichen Moment der Klarheit aufgegangen, von wem die beiden Briefe stammten. Von ihr. Wie war das möglich? Er konnte sich einfach nicht vorstellen, wie sie das damals überlebt haben konnte. Aber irgendwie hatte sie es offenbar geschafft. Und noch schlimmer, sie hatte ihn gefunden! Die blanke, kalte Angst hatte ihn gepackt. Und sie steigerte sich zu völliger Panik, als Sabine ihm vor drei Tagen von dem Mord an Nathalie Brückner am Hennesee erzählt hatte. Er hatte alle entsprechenden Pressemeldungen gelesen. Und er fühlte sich einer Ohnmacht nahe, als die Polizei Wolfgang Hesterkamp gefunden hatte.

Die Tage danach waren die Hölle gewesen. An Schlaf war nicht mehr zu denken, ständig fühlte Andreas Watterott sich verfolgt. Und das Schlimmste war, er konnte mit niemandem darüber sprechen. Bis ihm ein weiteres Detail der Berichte über die Morde aufgefallen war. Die ermittelnde Kommissarin der Fälle war Inka Luhmann. Luhmann, wie sein ehemals bester Kumpel Henne. Das konnte kein Zufall sein, zumal Henne damals auf die Polizeihochschule gegangen war. Er hatte keine zehn Minuten gebraucht, um im Internet seine Adresse in Brilon zu finden. Und es war ihm gelungen, den Kontakt wieder herzustellen. Aber noch war nicht der richtige Moment gekommen, um mit seinem alten Freund nach Jahren der Trennung über diese Sache zu sprechen. Er musste das vorbereiten. Erst das Vertrauensverhältnis wiederbeleben.

In der Schule häuften sich seitdem die Schwierigkeiten. Er war mit jedem Tag unkonzentrierter, fahriger, aufbrausender. Als ein Schüler Andreas mit einer zerplatzenden Brottüte erschreckt hatte, kam es zu einem Eklat. Er war ausgerastet, vor der gesamten Klasse, und musste zu einem »Vieraugengespräch« zum Rektor der Schule, wo er sich gerade noch mit gesundheitlichen Problemen hatte herausreden können. Nichts in Richtung Burn-out, hatte er beschwichtigt. Etwas Organisches. Er würde sich untersuchen lassen. Der Rektor hatte Verständnis gezeigt. Andreas Watterott fragte sich, wie lange noch.

Jetzt steckte er mit zitternden Fingern einen kleinen Schlüssel in das Schloss des Edelstahlbriefkastens direkt neben der Haustür. Als er die Klappe öffnete, wich die Anspannung. Der Briefkasten war leer. Er spürte die Woge der Erleichterung, wusste aber, sie würde nicht lange anhalten. Diesmal sogar nur wenige Sekunden. Bis die Haustür direkt vor ihm von innen aufgerissen wurde.

»Papa! Mama hat Pfannkuchen gemacht. Willst du einen mit Nutella oder Marmelade?«

Sein Sohn Lars. Andreas musste sich an der Hauswand abstützen und kurz durchatmen, bevor er den Schrecken überwunden hatte. Als ihm die Beine wieder gehorchten, folgte er seinem Sohn durch den kleinen Flur in die offene Küche. Sabine stand am Herd zwischen zwei Pfannen, einer Schüssel mit Teig und einem Schlachtfeld aus Eierschalen und Mehl. Die gequält surrende Abzugshaube hatte keine Chance gegen die schweren Duftschwaden brutzelnden Fetts.

»Ihr seid schon da?«, fragte Andreas ebenso überrascht wie besorgt und bemühte sich, seiner Stimme einen normalen Klang zu geben. Sabine seufzte angestrengt.

»Wir hatten eine Personalratsversammlung, habe ich dir heute Morgen gesagt.«

Andreas erinnerte sich dumpf an eine Unterhaltung am Frühstückstisch. Nicht aber an deren Inhalt. Er hatte nicht zugehört, wie so oft.

»Und dein Auto?«, fragte er vorsichtig, und erntete einen weiteren verständnislosen Blick seiner Frau.

»Ist in der Inspektion. Ich bin mit dem Bus gefahren. Aber auch das habe ich dir heute Morgen gesagt.« Ohne ihn anzusehen, trug sie einen Stapel mit Pfannkuchen auf einem Teller zum gedeckten Esstisch und wandte sich in Richtung Wohnzimmer. »Lars, Erik, Essen ist fertig!«, rief sie, bevor sie ihn ernst ansah. Sie sprach jetzt gedämpfter, und ihr eindringlicher Ton ließ keinen Zweifel an der Ernsthaftigkeit ihres Anliegens: »Wir sollten heute Abend mal miteinander reden, Andreas. Du bist seit Wochen nicht mehr du selbst. Und ich hoffe, du hast eine verdammt gute Erklärung dafür. Vor allem, weil ich glaube, dass es mit diesen Briefen zusammenhängt.«

Andreas schluckte und setzte ein schwaches Lächeln auf. »Das ist nur der übliche Stress nach den Ferien«, beschwichtigte er. »Neues Schuljahr, neue Schüler, neue Richtlinien. Da muss sich alles erst wieder finden. Und das mit den Briefen sind Schülerscherze, weiter nichts.« Er musterte ihren Gesichtsausdruck. Weil er darin aber keinen Hinweis auf irgendeine Form von Verständnis fand, legte er nach. »Außerdem ist es sicher bald vorbei. Es ist seit Tagen kein neuer Brief mehr gekommen, und gerade eben war auch nichts in der Post«, sagte er und deutete mit dem Daumen Richtung Haustür.

Er wusste nicht, ob es der bloße Wille war, an seine eigenen Worte zu glauben, oder tatsächlich ein vager Hoffnungsschimmer, der da in ihm aufstieg. Jedenfalls fühlte er, wie ein zarter Sonnenstrahl ein Loch durch eine tiefhängende Regenwolkendecke seines Geistes riss. Es war in der Tat inzwischen ein paar Tage her, dass der letzte Brief gekommen war. Jedenfalls länger als der Zeitraum zwischen den beiden ersten Briefen. Vielleicht war es ja wirklich vorbei. Vielleicht hatte sie ihre Pläne aufgeben müssen. Oder besser, vielleicht war sie ja tatsächlich geschnappt worden. Er beschloss, Henne anzurufen und ihn vorsichtig darauf anzusprechen.

Sabine holte ihn unsanft in die Realität zurück.

»Der Briefkasten war leer, weil *ich* die Post rausgeholt habe«, sagte sie und deutete auf den Schreibtisch in Andreas' Arbeitszimmer. »Aber du hast recht. Es war kein anonymer Brief drin. Sondern ein Päckchen.«

Als Andreas keine fünf Sekunden später an seinem Schreibtisch stand und auf den Inhalt des anonymen Päckchens starrte, musste er gegen eine Welle der Übelkeit ankämpfen, die in ihm aufstieg. Die kalte Angst war wieder da. Überwältigender als je zuvor. Er hatte sich etwas vorgemacht. Es war nicht vorbei. Im Gegenteil, es fing gerade erst an. Nur in einem Punkt hatte er recht gehabt. Er würde Henne anrufen müssen. Dringend.

46 Montag, 12:25 Uhr

Inka und Röggen standen in den obligatorischen Besucherkitteln auf dem Flur des OP-Bereichs. Die unangenehme Kühle und das leise Piepen und Zischen irgendwelcher Maschinen verbreiteten eine fast unmenschlich sterile Atmosphäre. Umso wärmer wirkte die Geste der zierlichen asiatischen Schwester, die Röggen mitfühlend eine Hand auf den Arm legte.

»Es tut mir sehr leid«, sagte sie einfühlsam und erstaunlich akzentfrei und sah Röggen an. Sie schien auf eine Reaktion zu warten. Röggen rührte sich nicht und blickte stattdessen zu Boden. Die Schwester sah hilfesuchend zu Inka.

»Falls Sie Herrn Röggen sehen wollen, können wir das sicher einrichten«, fügte sie hinzu.

Röggen schüttelte schwach den Kopf. »Danke, ich weiß, wie er aussah. Eine Messerstecherei und ein Kreislaufversagen kurz vor der OP haben das sicher nicht besser gemacht.«

»Wir haben alles versucht«, sagte die Schwester. »Dr. Korting wird gleich hier sein und Ihre Fragen beantworten, wenn Sie möchten.«

Inka bestand sogar darauf. Dr. Röggen war möglicherweise an den direkten oder indirekten Folgen des Mordanschlages gestorben. Insofern blieb Inka gar keine andere Wahl, als die üblichen polizeilichen Automatismen bei einem Tötungsdelikt einzuleiten. Was kriminaltechnische Untersuchungen, die Beschlagnahme und den Abtransport der Leiche zur Obduktion einschloss. Inka hatte all das auf dem Weg in den OP-Bereich bereits eingeleitet und mit

Porbeck abgesprochen, dass er nach Brilon zurückfuhr, sobald man die Leiche Dr. Röggens dorthin gebracht hatte. Bis dahin bat sie den Kollegen noch zu bleiben. Irgendjemand musste Röggen trotz allen Fahndungsdrucks nach Hause bringen. Und Porbeck schien von allen Kollegen der mit dem meisten Einfühlungsvermögen zu sein. Was er damit bewies, dass er ohne Absprache vor dem OP-Bereich wartete. Er und Inka wussten, was Röggen erwartete und wollten der ohnehin schon schrecklichen Situation nicht auch noch eine größere Öffentlichkeit geben als nötig.

Die Schwester versprach, Dr. Korting zu benachrichtigen, und ging. Im nachfolgenden Schweigen wurden die Geräusche der Maschinen fast unwirklich laut. So laut, dass Inka es nicht mehr aushielt.

»Tut mir leid, Marlies«, sagte Inka hilflos. »Ich wollte es dir nicht vor den Kollegen sagen. Die Zentrale hat mich gerade angerufen, weil die es vom Krankenhaus erfahren haben.«

»Schon okay, danke«, antwortete Röggen tonlos. Wieder wirkte sie unangemessen gefasst, fast so unterkühlt wie der Flur, auf dem sie standen.

»Sind Sie Frau Röggen?« Inka war fast froh, als plötzlich ein gutaussehender Arzt mit graumeliertem, vollem Haar und dem obligatorischen weißen Kittel vor ihnen stand. Offenbar machte Inka eine weitaus betroffenere Miene als Röggen. Er hatte sie statt Röggen angesprochen. Röggen sah auf.

»Nein, ich.« Der Arzt reichte ihr die Hand. »Korting, Dr. Rudolf Korting. Ich bin der Chefarzt hier. Mein aufrichtiges Beileid. Wir haben getan, was wir konnten. Mein Kollege sagte mir, dass Ihr Mann kurz vor einem gefäßchirurgischen Eingriff stand. Nun, es sieht alles danach aus, als wäre sein Kreislauf zu schwach für eine Operation gewesen.«

»Danke.« Röggen nickte und wandte sich in Richtung Ausgang. Was scheinbar auch Dr. Korting irritierte, der Inka einen fragenden Blick zuwarf.

»Wenn ich sonst noch etwas für Sie tun kann, lassen Sie es mich wissen.« Röggen nickte und wandte sich schweigend zum Gehen. Inka verabschiedete sich stellvertretend mit kurzem Dank bei Dr. Korting. Der Arzt ging, und Inka folgte Röggen den Flur hinunter zur Notfallambulanz.

»Und du bist immer noch sicher, dass du keine Auszeit willst?«, fragte Inka.

»Ja«, sagte Röggen. »Nur für heute. Ich muss das mit den Formalitäten regeln. Aber dann bin ich wieder dabei.«

»Marlies, dein Mann ist gerade gestorben.«

»Das habe ich mitbekommen.«

Inka ließ nicht locker. »Und du meinst nicht, dass es vielleicht auch im Interesse des Falles ist, wenn du einfach mal …«

»Was?«, unterbrach Röggen sie. »Eine Auszeit nehmen? Um was zu machen? Ihn wieder zum Leben erwecken?«

»Trauern wäre vielleicht mal ein Anfang«, sagte Inka bedrückt.

Marlies hielt einen Moment inne, während die automatische Tür sich vor ihnen öffnete und einen Schwall stickiger Wärme und gedämpften Stimmengewirrs in den OP-Bereich schwappen ließ. Porbeck bemerkte die beiden Frauen und stellte sich schweigend und mit betretener Miene zu ihnen. Inka sah in den Flur voller Kassenpatienten in Not und wollte Röggen noch etwas sagen, als sie stutzte. Die Tür eines der Behandlungszimmer war aufgegangen, und in der Tür verabschiedete sich ein gutaussehender Mann von einem Arzt. Inkas zweiter Blick machte ihr klar, dass es ihr eigener Mann war.

»Nicht weglaufen. Ich bin sofort wieder da«, sagte sie irritiert und bedeutete Porbeck, bei Röggen zu bleiben, während sie zur Tür des Behandlungszimmers eilte. Henne hatte sie noch nicht bemerkt und schüttelte dem Arzt die Hand.

»Henne?!«, fragte Inka überrascht. Er drehte sich um.

»Oh, hallo Schatz.« Die Überraschung in seiner Miene wurde nur übertroffen von der lächerlich hohen Tonlage seiner Stimme. Außerdem, »Schatz« nannte er sie nie. Es sei denn, er hatte etwas ausgefressen.

»Was machst du hier?«, fragte sie besorgt. Eine überflüssige Frage, denn im selben Moment kam Mia aus dem Behandlungszimmer und begrüßte ihre Mutter.

»Hallo, Mama. Ist alles halb so wild, nur drei Stiche«, sagte sie und ließ Inkas Besorgnispegel rapide in die Höhe schießen. Und dann stapfte Tom durch die Tür. Mit einer Tüte Gummibären in der Hand, einem breiten Grinsen auf dem Mund und einem dicken Verband quer über seinem Kopf.

»Tom! Was ist passiert?!«, rief Inka entsetzt. Sie eilte zu ihrem Sohn, hockte sich vor ihn und betrachtete ihn kreidebleich von allen Seiten.

»Sieht schlimmer aus, als es ist«, beschwichtigte Henne. »Er hat sich den Kopf gestoßen und eine Platzwunde geholt.«

»Musste genäht werden«, sagte Tom gedehnt. Ein Gummibärchen hatte sich zwischen seine Zähne geklebt. Aber es waren seine Worte, die Inka endgültig die Fassung verlieren ließen.

»Hendrik, was hast du mit Tom gemacht?!«

Henne lächelte schwach in Richtung des Arztes und hob die Augenbrauen angesichts der offensichtlichen Ungerechtigkeit in Inkas Vorwurf.

»Ich habe gar nichts gemacht. Höchstens mal eine Minute nicht aufgepasst. Und da war es schon passiert.«

Inka strafte ihn mit einem wütenden Blick und sah dann voller Sorge den Arzt an.

»Wie schlimm ist es?!«

»Kaum der Rede wert«, sagte der Arzt. »Wie Ihr Mann schon sagte. Eine kleine Platzwunde. Kein Trauma, keine Gehirnerschütterung. In zehn Tagen können die Fäden raus, und er wird vermutlich nicht mal eine große Narbe zurückbehalten.«

»Schade«, sagte Tom kauend. Inka küsste ihren Sohn erleichtert, bevor sie sich aufrichtete und Henne einen weiteren Blick voller Zorn schenkte.

»Wir reden später!«, zischte sie. »Wenn ich zu Hause bin.«

»Da gibt es nichts zu reden, Inka. Ein Unfall. Das kann passieren.« Inka hatte eigentlich gehen wollen, aber Hennes Worte ließen sie innehalten. Ihr Bedarf an Katastrophen war gedeckt. Sie baute sich vor ihrem Mann auf und stemmte die Hände in die Hüften.

»Ja, kann es. In normalen Familien passiert so was tatsächlich mal!«

»Und das heißt?« Der Ausdruck in Hennes Miene wandelte sich von Irritation zu Ärger. Den letzten Streit mit seiner Frau hatte Henne noch lebhaft in Erinnerung.

»Dass ganz normale Familien ihre Ration an Unfällen auf ein ganzes Jahr verteilen. Nicht auf vierundzwanzig Stunden!«, platzte es aus Inka heraus.

»Ja gut, wir sind nun mal keine ganz normale Familie«, sagte Henne etwas kleinlauter. Auch er musste zugeben, dass seine Liste an häuslichen Pannen langsam auffällige Ausmaße annahm.

»Eben«, fauchte Inka erregt. »Und ich frage mich, ob es wirklich so eine gute Idee war, das auszuprobieren!«

Henne sah sie mit großen Augen an.

»Du willst jetzt aber nicht ernsthaft unsere ganze Familienkonstellation in Frage stellen, oder?«

»Ich will nur eins, Hendrik. Wissen, dass es meinen Kindern gutgeht. Und ich will einen Mann, der hält, was er mir verspricht. Keine Versehen mehr, hast du gesagt! Aber statt in der Waschmaschine landen meine Kinder jetzt direkt in der Notaufnahme!« Der unschuldige Anblick von Tom, der sein Gummibärchen jetzt mit den Fingern langzog, gab ihr den Rest. »Und das Schlimmste ist«, fuhr sie fort, »ich erfahre es hier und jetzt per Zufall! Du hast mich nicht mal angerufen!«

»Ich wollte dich nicht auch noch mit privaten Problemen belasten. Und ich hätte dich angerufen, sobald wir hier fertig sind. Mit einer Diagnose. Oder meinst du, ich kann dir einen Kopfverband verheimlichen?«

Henne sah sie komplett überfordert an. Die entstandene Stille war förmlich greifbar. Selbst das immerwährende Gestöhne und das Stimmengewirr im Wartebereich hatten sich gelegt. Scheinbar waren Schmerzen deutlich uninteressanter als ein waschechter Ehekrach ein paar Meter weiter.

»Wenn Sie möchten, kann ich Ihnen gerne mein Sprechzimmer zur Verfügung stellen.« Inka und Henne sahen den Arzt an und atmeten durch.

»Danke, nicht nötig«, sagte Inka noch immer schwer atmend. »Wir reden später, Hendrik!« Sie wandte sich mit Tom Mia zu. »Schatz, könntest du bitte dafür sorgen, dass meine Familie heil zu Hause ankommt?«, fragte sie. Mia sah sie an.

»Ich bin erst sechs«, antwortete sie verwirrt.

»Ich weiß«, sagte Inka, nicht ohne Seitenblick auf ihren Mann. »Aber irgendwas sagt mir, dass du die einzig Vernünftige bist.« Sie streichelte Tom ein weiteres Mal und küsste ihre beiden Kinder mit schrecklich schlechtem Gewissen.

Damit ließ sie Henne stehen und ging zurück zu Röggen, der Porbeck gerade einen Becher Wasser an einem Spender im Wartebereich zog. Inka musste erst einmal durchatmen, um ihren Adrenalinpegel etwas zu senken.

»Männer!«, fluchte Inka, »die brauchst du nur einen Moment aus den Augen zu lassen.« Sie merkte eine Sekunde zu spät, dass das, was sie von Röggen als zustimmendes Nicken auf ihre Bemerkung gedeutet hatte, etwas ganz anderes war. »Marlies?«

Inka legte erschrocken den Arm auf Röggens Schulter, drehte sie zu sich um und sah in ihr tränenüberströmtes Gesicht. »Weinst du?«

Diesmal nahm Röggen Inkas Tuch dankbar an und schnäuzte sich leise. »Sieht so aus«, sagte sie schwach und kam Inka auf einmal ganz zerbrechlich vor. Keine Spur mehr von der unzerstörbaren Teflonbeschichtung, der emotionalen Unberührbarkeit. Röggens Fassade hatte keine Kratzer bekommen, sie war lautlos in sich zusammengefallen. Vor ihr stand eine Frau, der man plötzlich nicht nur ihr Alter ansah und den Schmerz der letzten Monate, sondern auch eine tiefe Verletzlichkeit. Inka empfand nicht nur Respekt, sondern eine spontane Zuneigung. Porbeck reichte Inka wortlos den Becher Wasser und zog sich zurück.

»Ich bin froh, dass du es zulässt, Marlies. Das ist wichtig«, sagte Inka mit einem zaghaften Lächeln. Röggen nickte und gewann langsam die Beherrschung zurück.

»Weißt du, was das Schlimmste ist?«, fragte sie und tupfte sich die letzten Tränen aus den Augen. »Nicht, dass er tot ist. Das war er für mich eigentlich schon seit Monaten. Auch nicht, dass ich jetzt alleine bin. Das war ich auch schon länger. Das Schlimmste ist, dass er sich einfach so aus der Welt gestohlen hat. Durch die Hintertür, wie immer. Es geht zu Ende, ohne dass ich ihm sagen kann, was er mir angetan hat! Was für ein erbärmlicher kleiner Wicht er war! Und das macht mich nicht traurig, sondern einfach nur verdammt wütend!«

Inka nickte. Sie wusste nicht, ob sie Röggens Standpunkt verstehen konnte. Aber war das wichtig? Wohl kaum, dachte Inka. Röggen hatte einen kleinen Spiegel aus ihrer Handtasche geholt und richtete notdürftig ihr Make-up, dann sah sie Inka an.

»Und wegen Henne und eurer Situation zu Hause. Hört sich vielleicht blöd an, aber man streitet sich nur, solange man sich wichtig ist.« Sie steckte ihr Schminkzeug bedächtig zurück in ihre Tasche und verschloss sie. »Schlimm wird es erst, wenn das Schweigen anfängt.« Sie lächelte schwach und sah Inka an. »So, und jetzt haben wir einen Fall zu knacken, oder? Wo ist eigentlich Porbeck?« Sie ließ Inka stehen und ging Richtung Ausgang. Inka sah ihr nach und hatte das paradoxe Gefühl, dass eine Frau, die gerade ihren Mann verloren hatte, ihr mehr Trost gespendet hatte als sie umgekehrt ihr. Sie ging Röggen nach.

»Übrigens, der kleine Unfall war wirklich halb so schlimm.« Inka drehte sich in Richtung der Stimme und merkte, dass der Arzt, der Tom behandelt hatte, sie noch einmal angesprochen hatte. »Sauerländer sind hart im Nehmen«, sagte er lächelnd. »Wir machen nicht gleich aus jeder Bagatelle eine Staatsaffäre.«

Inka sah den Arzt irritiert an und stutzte. Ihr war plötzlich ein Gedanke durch den Kopf geschossen. So wichtig, dass er sie innehalten ließ, aber noch zu vage, um ihn greifen zu können. »Was haben Sie da gerade gesagt?!«, fragte sie.

Das Lächeln auf dem Gesicht des Arztes gefror, als befürchte er einen neuen Ausbruch Inkas.

»Nichts. Nur, dass wir hier auch mal die Zähne zusammenbeißen.«

Inka sah ihn todernst an. Jetzt wusste sie, was die Alarmglocken in ihrem Kopf ihr mitteilen wollten. »Rufen Sie mir bitte sofort Dr. Korting.«

47 Montag, 13:59 Uhr

Wie anscheinend jedes Aktenarchiv dieser Welt befand sich auch das des St.-Walburga-Krankenhauses im Keller. Inka, Röggen und Porbeck folgten dem wehenden Kittel von Chefarzt Dr. Rudolf Korting, der einen nur spärlich beleuchteten Gang entlangschritt. An der Decke liefen Rohrleitungen von unterschiedlichster Dicke und Farbe, die den Flur fast wie einen Schiffsmaschinenraum aussehen ließen. Die abgestandene Luft erinnerte dagegen eher an die Grabkammer einer ägyptischen Pyramide. Inkas Adrenalinpegel konnte das aber kaum senken.

»Der Arzt, der Tom behandelt hat, hat mich auf die Idee gebracht«, sagte sie aufgeregt zu Porbeck und Röggen neben ihr. »Sauerländer machen nicht gleich aus jeder Bagatelle eine Staatsaffäre«, zitierte sie. »Vielleicht gilt das auch für gewisse Vorfälle auf Schützenfesten.«

»Ja gut, da kann es schon mal ziemlich rau zugehen, ohne dass gleich die Polizei eingeschaltet wird«, überlegte Porbeck.

»Und du meinst, das könnte der Grund sein, warum wir keine Anzeige zu einem Vorfall in unserem Archiv gefunden haben?«, fragte Röggen.

»Ich meine, dass man für zwei sadistische Morde ein verdammt emotionales Motiv braucht. Vielleicht gab es ja doch einen gravierenden Vorfall auf dem Schützenfest damals, der der Auslöser war. Und wir haben ihn nur nicht in den Akten, weil die Polizei gar nicht hinzugezogen wurde«, erklärte Inka. »Aber wenn der Vorfall so gravierend war, könnte ein Arzt hinzugezogen worden sein.«

»Das St. Walburga ist das nächste Krankenhaus am Festplatz«, überlegte Röggen.

»Und damit wäre ein solcher Vorfall mit Sicherheit hier im Archiv«, nickte Porbeck.

»Eben.« Inka wedelte mit ihrem Handy. »Ich habe sicherheitshalber Kemperdick und Pfeil gebeten, auch mal die in Frage kommenden Krankenhäuser der näheren Umgebung und die niedergelassenen Ärzte im Notdienst überprüfen zu lassen.«

»Da wären wir.« Dr. Korting zückte einen Schlüsselbund. Das Schloss einer massiven, feuersicheren Metalltür klickte hörbar, und Korting öffnete die Tür unter mit leichtem Quietschen, während er innen nach dem Lichtschalter tastete.

Es dauerte zwei Sekunden, bis der Raum vor ihnen erwachte. Mehrere Reihen von Leuchtstoffröhren an der Decke schalteten sich mit leisem Klirren und Brummen ein, wobei sie ein kurzes Blitzlichtgewitter veranstalteten, bevor der Raum in greller, kühler Arbeitsatmosphäre vor ihnen lag.

»Voilà. Das Gedächtnis unseres Hauses«, sagte Korting, während er eintrat. »Sie werden entschuldigen, dass dies nicht gerade unser repräsentativster Raum ist, aber hierher kommt nicht oft jemand.«

Inka erinnerte der Raum in Größe und Gesamteindruck an das Archiv des Polizeireviers, allerdings reihten sich hier Dutzende metallener Aktenschränke aneinander, jeweils durch einen Gang voneinander getrennt. Jede Reihe war an ihrer Kopfseite mit Schildern versehen, auf denen Abkürzungen und Zahlenreihen nur dem Eingeweihten verrieten, was sich in ihrem Inneren verbarg.

»Wie Sie sehen, nehmen wir unsere Aufzeichnungspflichten sehr ernst. Was genau darf ich Ihnen denn zeigen?«

»Die Patientenakten«, sagte Inka. »Genauer gesagt, die Einlieferungen und akuten Notfallbehandlungen rund um das Schützenfest in Meschede vor drei Jahren.«

Porbeck schaltete sich mit einem entschuldigenden Blick zu Inka ein. »Das heißt, wenn Sie für alle Behandlungen eine Akte anlegen.«

»Selbstverständlich«, nickte Korting und ging zum Kopf einer Reihe. »Bedienen Sie sich. Es ist alles nach den Patientennamen sortiert.«

Die drei Ermittler wechselten einen Blick.

»Genau das könnte unser Problem sein. Wir kennen den Namen der Patientin nicht.«

»Auch für den Fall sind wir nicht ganz verloren«, sagte Korting und trat zu einem Schreibtisch neben der Tür, auf dessen Arbeitsfläche eine staubige, betagte Wolldecke einen kastenartigen Gegenstand verhüllte.

»Und was verstehen Sie unter ›nicht ganz‹?«, fragte Porbeck.

Anstelle einer Antwort zog Dr. Korting an der Decke. Darunter kam ein Computer zum Vorschein, der aus den Anfängen des digitalen Zeitalters stammen musste. Alles an ihm, was in den frühen Neunzigern mal elfenbeinfarben gewesen sein musste, war im Laufe der Zeit durch Abnutzung zu Grau- oder zu Ockertönen mutiert. Dr. Korting bemerkte die skeptischen Blicke.

»Im täglichen Betrieb oben sind wir längst auf dem neuesten Stand, aber die Digitalisierung der Altdaten wird leider erst im nächsten Jahr in Angriff genommen. Bis dahin behelfen wir uns mit einer Art Ablageregister auf diesem PC, in das jede eingelagerte Akte eingetragen wird. Sie finden die persönlichen Daten der Patienten und Art und Zeitraum der Behandlungen in den Spalten hinter dem jeweiligen Namen.«

Wieder wechselten Inka, Porbeck und Röggen einen Blick.

»Das heißt, wir müssen alle Patientendaten mit dem Ding da durchgehen und abgleichen?«

»Keine Sorge, der Kollege ist nicht ganz so langsam, wie er aussieht.«

»Selbst wenn er nur halb so langsam ist, dauert das ewig«, raunte Porbeck Inka zu und wandte sich ein wenig offizieller an Korting. »Von wie vielen Datensätzen reden wir denn?«

Korting dachte nach. »Hier sind nur die Altbestände gespeichert, die älter als zwei und jünger als zehn Jahre sind. Alles, was aktueller ist, wäre im System oben, alles was älter ist, vernichten wir«, überlegte Korting laut.

»Könnten Sie das auch in Zahlen ausdrücken …?«, fragte Inka.

»Für Ihren Zeitraum vielleicht ein paar Tausend.« Ein Piepen ertönte. Dr. Korting sah auf sein Telefon. »Ein Notfall. Wenn Sie mich brauchen, rufen Sie einfach noch einmal durch«, sagte er, winkte mit dem Telefon und verschwand mit einem satten Zuschnappen der Archivtür. Inka, Porbeck und Röggen sahen von der Tür auf die Aktenwände und weiter zu dem ehemaligen Hightech-Gerät.

»Haben wir eine Wahl?«, seufzte Inka.

»Vor allem haben wir keine Zeit«, sagte Porbeck und hatte bereits einen Knopf gedrückt, der den alten Computer mit einem wenig verheißungsvollen Piepen aus seinem digitalen Winterschlaf weckte.

Keine halbe Stunde später war der Rechner durch. Inka, Röggen und Porbeck sahen angenehm überrascht auf elf Akten, die sich neben ihnen auf dem Schreibtisch stapelten. Unterlagen, an denen sich der Ablauf des Schützenfestes wie in einem Programmheft rekonstruieren ließ. Wie Inka bereits von Halverscheid wusste, hatte das Schützenfest drei Tage gedauert. Am Freitagnachmittag hatte eine Tanzveranstaltung im Festzelt die Feierlichkeiten eröffnet. Nach dem offiziellen Abschiedsball mit den Schützenbrüdern eine Woche vor dem Schützenfest gab der scheidende Schützenkönig offenbar noch eine Art Abschied von den gemeinen Untertanen. Die entsprechenden Behandlungen waren mit zeitlicher Verzögerung penibel im Archiv vermerkt: Kreislaufprobleme zweier Senioren, ein Knochenbruch durch einen Ausrutscher beim Tanz und zwei übermäßig alkoholisierte Jugendliche, denen man den Magen ausgepumpt hatte. Der Samstag verlief verletzungstechnisch anders. Vermutlich Restalkohol in Verbindung mit dem traditionellen Schützenumzug am Vormittag hatte erneut für zwei kollabierende Kreisläufe gesorgt. Im Tagesverlauf waren dann die Schützenwettbewerbe in den unterschiedlichen Altersgruppen gestartet, was sich im Krankenhaus als eine harmlose Kleinkaliberschussverletzung und eine Quetschung von Gliedmaßen niederschlug. Irgendjemand hatte beim Laden seines Gewehrs den Finger als Munition mit in den Kolben gedrückt. Der Abend war weniger friedlich verlaufen. Bei einer Schlägerei unter echten Kerlen hatte der Unterlegene einen Nasenbeinbruch und eine schwere Rippenprellung davongetragen. Für Inka eine Bestätigung ihrer Theorie.

»Sieht aus, als lägen wir mit unserer Vermutung nicht ganz falsch«, bemerkte sie. »Wenn überhaupt, dann geht man hier lieber zum Arzt als zur Polizei.«

»Fragt sich nur, was da noch alles an den Polizeiakten vorbeigegangen ist«, sagte Röggen nachdenklich.

Der abschließende Sonntag des Schützenfestes war der friedlichste Tag gewesen. Lediglich eine Knöchelverstauchung aufgrund des aufgeweichten Festplatzbodens. Inka ließ die letzte Akte sinken. und sah Porbeck an.

»Das ist alles?«, fragte sie und deutete auf den Computer. »Und der Kollege da hat auch nichts geschlabbert?« Porbeck zuckte die Schultern.

»Ich kann nur rausholen, was andere eingegeben haben«, sagte er.

Fünf Minuten später hatte Inka Dr. Korting wieder ins Archiv gebeten und von Kemperdick und Pfeil per Telefon ähnliche Nachrichten erhalten. Weder in den umliegenden Krankenhäusern noch bei Ärzten im Notdienst gab es zum fraglichen Zeitraum besondere Vorkommnisse. »Verdammt, ich war mir sicher, dass wir etwas finden«, sagte Inka enttäuscht, als Korting wieder hereinkam.

»Dann hat sich meine Frage nach Ihrem Erfolg ja schon erübrigt«, sagte er fast ebenso enttäuscht.

Inka überlegte fieberhaft und hatte eine Idee.

»Vielleicht nicht ganz«, sagte sie und wandte sich an Korting. »Haben Sie hier auch so etwas, wie Sandra oder Stefan Schmitz?« Diesmal stand dem Arzt die Frage ins Gesicht geschrieben. Porbeck nahm den Gedanken auf und war froh, dem Chefarzt auch einmal etwas erklären zu können.

»So nennen wir unsere unbekannten Kunden. Es kommt immer mal wieder vor, dass wir Personen obduzieren, die nicht identifizierbar sind. In 99 Prozent der Fälle klärt sich das innerhalb der ersten Tage meist durch Dokumente, Angehörige, Kollegen oder Zeugen auf. Aber manchmal bleibt ein Fall auch ungelöst. Und dann bekommt er bei uns den Namen Schmitz.«

Dr. Korting überlegte und ging zu einem Schrank am Ende der Reihe mit den Patientenakten. »Dann sind Ihre Schmitzakten wohl unsere X-Akten.« Er lachte kurz. »Ist nicht von mir, hat sich unsere Verwaltung überlegt.« Er öffnete den Schrank, holte nach einigem Suchen eine Akte heraus und sah hinein. Es dauerte ein paar Sekunden, bis seine Miene einen ernsten Ausdruck annahm und er mit bedeutender Miene aus der Akte vorlas.

»Eine schwer traumatisierte junge Frau ist am frühen Sonntagmorgen des Schützenfestes eingeliefert worden. Unvollständig bekleidet, alkoholisiert, unterkühlt, nass.« Er blickte von der Akte auf und sah Inka an.

»Volltreffer!«, sagte sie wie elektrisiert. »Aber das war nicht alles, oder?«

»Nein«, sagte Korting langsam. Er überlegte einen Moment. »Wissen Sie, jetzt, wo ich genauer darüber nachdenke, erinnere ich mich sogar an den Vorfall. Üble Sache. Die Frau litt an posttraumatischer Amnesie und war schwer misshandelt und vergewaltigt worden. In welcher Reihenfolge, kann ich Ihnen nicht sagen.«

Inka wechselte einen ungläubigen Blick mit den Kollegen, bevor sie Korting entgeistert ansah.

»Verdammt, das ist ein Kapitalverbrechen. Warum haben Sie das nicht der zuständigen Polizeidienststelle gemeldet?«

»Frau Luhmann, wenn wir hier alles genau nach Vorschrift machen würden, wäre ein geregelter Betrieb überhaupt nicht möglich. Außerdem hat die junge Frau damals fast darum gefleht, niemandem etwas zu sagen.«

»Und ihre Daten? Name, Adresse, Krankenkasse, Hausarzt?«

»Tja, das wollte sie alles nachreichen. In solchen Fällen steht bei uns das Wohl des Patienten vor den betriebswirtschaftlichen Erwägungen. Wir sind ein Krankenhaus, das sich den christlichen Werten verschrieben hat. Nur leider hat sich unser Vertrauensvorschuss nicht ausgezahlt. Die Frau ist nach zwei Tagen Aufenthalt in unserem Haus verschwunden.«

»Einfach so?«, fragte Porbeck.

»Wir sind ein Krankenhaus, kein Gefängnis.«

»Dann haben Sie nichts weiter als die Aufzeichnung über die Behandlung?«

»Doch. Offene Rechnungen in beträchtlicher Höhe und diese Fotos«, sagte Korting und deutete auf einen Pappeinschub am unteren Deckblatt der Akte. »Wir haben Aufnahmen der Verletzungen gemacht. Für den Fall, dass es mal gerichtlich verwertet werden muss.«

Inka nahm die Fotos aus der Akte und sog den Atem ein.

»Sehen Sie das?«, fragte sie Porbeck und Röggen heiser. Die beiden blickten in das Gesicht einer Frau, die nur entfernte Ähnlichkeit mit der Frau auf dem Foto des Schützenvereines hatte. Ihr Gesicht war geschwollen, ihr Blick von Scham und Schmerz gepeinigt. Um den Mund herum hatte sie exakt dieselbe halbkreisförmige Rötung, die auch die Leichen von Nathalie Brückner und Wolfgang Hesterkamp unter den Nähten aufgewiesen hatten.

»Wurde ihr Mageninhalt überprüft?«, fragte Inka. Korting sah abermals in die Akte.

»Nein, das war nicht möglich. Ihr Magen war leer, sie hatte sich vor ihrer Einlieferung offenbar mehrfach übergeben.«

»Und von wem sie vergewaltigt wurde, lässt sich vermutlich auch nicht mehr feststellen?«

»Wenn Sie damit Sperma- oder Haarspuren meinen, muss ich Sie leider enttäuschen. Nach ihren Angaben war der Täter maskiert, komplett rasiert und trug bei der Tat ein Kondom.«

Inka und Porbeck sahen Korting vorwurfsvoll an. »Hoffen Sie lieber, dass Sie sich damit nicht der Beihilfe zu einer Straftat oder ihrer Verschleierung schuldig gemacht haben. Die Akte und die Fotos sind hiermit beschlagnahmt.«

Korting war erstaunlich gefasst. »Frau Luhmann, wir waren kooperativ, und wir werden das auch weiterhin sein. Wir könnten uns auch auf die ärztliche Schweigepflicht berufen. Aber das haben wir im Interesse der Patientin nicht getan. Wir sind im Sauerland. Da wäscht eine Hand die andere. Vielleicht sollten wir es dabei belassen.«

Inka war schon auf dem Weg zur Tür. Für einen Zornesausbruch war ihr ihre Zeit zu schade. Trotzdem drehte sie sich in der Tür noch einmal um.

»Wie ist sie überhaupt eingeliefert worden? In ihrem Zustand wird sie wohl kaum hierher gelaufen sein?«

»Wenn ich mich richtig erinnere, hat ein Taxifahrer sie aufgelesen.«

SIE Montag, 14:20 Uhr

Sie war stolz auf sich. Gut, sie hatte einen Fehler gemacht. Aber diesen Fehler hatte sie aus eigener Kraft behoben. Sie fühlte eine Art Hochgefühl in sich aufkommen. Fast so wie in der Zeit vor dem Zwischenfall damals. Aber die Freude dauerte nicht lange. Kaum hatte sie nur den Gedanken daran zugelassen, setzte unwillkürlich das Schuldgefühl wieder ein. Durfte sie das? Durfte sie sich gut fühlen, solange ihr Werk noch nicht vollendet war? Natürlich nicht. Sie zwang sich zur Konzentration. Auf ihre Mission und auf den Straßenverkehr vor sich. Der Frühnachmittagsverkehr in Meschede war zwar übersichtlich, aber ein weiterer Fehler war nicht drin. Den würde sie vermutlich nicht so virtuos ausbügeln können.

Ein Lächeln schlich sich auf ihr Gesicht. Es war etwas völlig anderes gewesen, den geilen Bock zu beseitigen, als die anderen beiden. Als sie die Schlampe und den Fettsack fertiggemacht hatte, war sie voller Adrenalin gewesen, voller Wut, voller dunkler Energie. So voll davon, dass sie sich an die meisten Einzelheiten der Tat gar nicht mehr erinnerte. Erst als sie ihr Werk mit den toten Körpern und den Nähten betrachtet hatte, war sie zur Ruhe gekommen. Eine tiefe Befriedigung hatte sie erfüllt. Bei dem geilen Bock war das anders gewesen. Als sie den Hahn des Tropfes auf volle Durchflussmenge gestellt hatte, hatte sie es fast genossen zuzusehen, wie das Leben langsam aus ihm wich. Mit jedem Tropfen Sedativum mehr.

Sie merkte, sie war ein Stück gewachsen. Im übertragenen

Sinn natürlich. Er hatte recht gehabt. Er hatte ihr beigebracht, wie es ihr gelingen konnte, in bestimmten Situationen die Kontrolle zu behalten. Es hatte schon oft funktioniert, mit jeder Sitzung ein bisschen besser. Aber noch nie so gut wie heute. Bedeutete das, sie war auf dem Weg zur Heilung? Sie wusste es nicht. Aber sie wusste, sie würde ihn das gerne fragen. Jetzt und hier. Wie gerne würde sie seine vertraute Stimme hören und ihm erzählen, was sie geschafft hatte. Das war es doch immer, was er gesagt hatte. Nicht er konnte sie gesund machen, nur sie selbst.

Sie sah auf ihr Handy neben sich auf dem Beifahrersitz. Sollte sie ihn anrufen, ihm von ihrer Metamorphose erzählen? Sie war schon mehrfach kurz davor gewesen, seine Notfallnummer zu wählen. Die Nummer, die nur seine Patienten bekamen. Und auch nur im äußersten Notfall anrufen sollten. In der Pension hatte sie mehrfach diese Nummer gewählt. Aber jedes Mal hatte sie wieder aufgelegt, noch bevor er den Anruf angenommen hatte.

Sie sah auf die Straße vor sich. Und auf das Schild. »Festplatz«. Sie folgte ihm nach links und bog in die Straße ein, die direkt zum See führte. Sie verwarf den Gedanken an den Anruf. Es würde sie nur ablenken. Erst musste sie vollenden, was sie vorhatte. Und das dauerte nicht mehr lange. Das dritte Päckchen war verschickt und vermutlich schon bei dem Schleimer angekommen. Sie freute sich angesichts der Ängste, die er gerade durchstehen würde.

Sie stellte das Auto am Straßenrand ab und ging an einer leeren Industriehalle vorbei auf einen halbzerfallenen Holzschuppen zu. Eine ehemalige Anlegestelle für Fischerboote. Sie lächelte. Zum vorletzten Mal entriegelte sie das Vorhängeschloss, zum vorletzten Mal betrat sie ihr Allerheiligstes. Und zum letzten Mal bereitete sie alles vor. Die Bootstaue, eine Flasche Wodka, eine Nadel, einen Faden und ein Skalpell.

Sie lächelte zufrieden. Nicht mehr lange, dann würde sie ihn anrufen. Denn dann hatte sie sich geheilt.

48 Montag, 14:45 Uhr

Die Funkzentrale von Taxi Langel lag in einem ehemaligen Ladenlokal in einer Nebenstraße unweit des Bahnhofs von Meschede. Inka und Röggen hielten auf der gegenüberliegenden Straßenseite, stiegen aus und sahen sich um. Es würde einer von maximal vier Besuchen bei Taxiunternehmen werden. Dr. Korting, so ausgezeichnet sein Erinnerungsvermögen auch war, konnte nicht mit Sicherheit sagen, für welches Unternehmen der Taxifahrer gearbeitet hatte, der die Unbekannte damals eingeliefert hatte. Inka und Röggen beschlossen deshalb, die Taxiunternehmen entsprechend der Wahrscheinlichkeitstheorie der Größe nach abzuarbeiten.

Porbeck hatte sich nach Brilon verabschiedet, als er per Handy erfahren hatte, dass man Dr. Röggen in seine Pathologie verbracht hatte. Er wollte sich gleich an die Obduktion machen und Inka Bericht erstatten, sobald er etwas hatte.

»Okay, fangen wir mit ›King Langel‹ an«, sagte Röggen, während die beiden Frauen die belebte Straße überquerten. Anders als im Einzelhandel spielte die Geschäftslage im Taxigeschäft eher eine untergeordnete Rolle. Es kam nur darauf an, dass man telefonisch erreichbar war. Und seine Wagen hatte, wo der Kunde sie brauchte. Und das schien bei Taxi Langel seit fast 25 Jahren zu stimmen. Es war das größte Taxiunternehmen in der Stadt. Ein Umstand, den Inhaber Lothar Langel mit einem entsprechenden Auftritt als »Taxikönig von Meschede« feierte. Das ehemalige Schaufenster des Ladenlokals war in der unteren

Hälfte komplett verklebt, vermutlich um die dahinterliegende EDV- und Funktechnik zu verbergen. Dafür prangte in der oberen Hälfte der breite Schriftzug »Taxi Langel«, wobei der i-Punkt von »Taxi« fehlte. An seiner Stelle konnte man hinter der Scheibe deutlich den Kopf eines Mitarbeiters erkennen. Die Krönung, im wörtlichen Sinne, war die auf die Scheibe geklebte Krone über dem Kopf. Jeder, der am Funkplatz hinter der Schaufensterscheibe saß, sah von außen aus wie seine leibhaftige Majestät, der Taxikönig. Und das war fast rund um die Uhr Lothar der Erste. Langel höchstpersönlich.

Der verzerrt röchelige Klang eines betagten elektronischen Gongs begleitete Inka und Röggen, als sie eintraten. Sofort hüllte sie ein Dunst aus Zigarettenqualm, zu lange warmgehaltenem Kaffee und überhitzter Elektronik ein. Die beiden Frauen husteten fast automatisch. Sollte es Rauchverbote für halböffentliche Bereiche wie diesen geben, Langel hatte entweder nie davon gehört oder ignorierte sie. Der Laden machte einen fast verwahrlosten Eindruck. Links vom Eingang erstreckte sich ein Tresen mit vergilbten Werbeflyern für Pizzadienste, Solarien und Partylocations rund um den Hennesee. Dahinter standen ein unaufgeräumter Schreibtisch, ein Aktenregal an der Wand und am Schaufenster ein weiterer Tisch mit einer Funkanlage. Alles angeblasen von zwei Ventilatoren, die die abgestandene Luft verquirlten.

»Bin sofort für Sie da«, krähte es vom Funkplatz her. Ein fetter unrasierter Mann in einem kunstledernen Chefsessel deutete, ohne Inka und Röggen anzusehen, auf einen Wartebereich für Laufkundschaft vor dem Tresen. Zwei Klappstühle, ein wackeliger Tisch mit zerfledderten Zeitschriften, an der Wand daneben nikotingelbe Fahrpläne von Bussen, Bahnen und Henneseeschiffen.

Inka und Röggen betrachteten den Raum. Nach der aseptischen Sterilität der Klinik wirkte Langels Taxizentrale wie die Keimzelle aller ansteckenden Krankheiten dieser Welt.

»Dann sieh zu, dass du deinen Hintern nach Warstein bewegst. Einundvierzig Ende«, grunzte Langel in sein Funkgerät. Er wandte sich den Frauen zu, machte sich aber nicht die Mühe, sein Headset abzusetzen, geschweige denn aufzustehen. Der Taxikönig rollte einfach in seinem Thron zum Tresen. Eine übliche Maßnahme, wie unzählige Rollenspuren im Linoleumboden bewiesen.

»Wo soll's denn hingehen, die Damen?«, fragte er. Inka und Röggen zückten ihre Ausweise.

»Geradewegs in die Vergangenheit«, sagte Inka und erklärte Langel ihr Anliegen. »Am Schützenfest-Samstag vor drei Jahren hat möglicherweise einer Ihrer Fahrer eine schwerverletzte Unbekannte ins St.-Walburga-Krankenhaus gefahren. Wir würden gerne mit dem Fahrer sprechen.«

»Wenn das eine Krankenfahrt war, könnten Sie Glück haben. Da geht die Abrechnung über die Kasse, und die sind ziemlich pingelig mit ihren Unterlagen«, sagte Langel und rollte mit seinem Thron gemächlich in Richtung des Aktenregals.

»Es war keine Krankenfahrt«, meldete sich Röggen. »Sondern ein akuter Notfall. Die Frau war kurz vorher Opfer eines Gewaltverbrechens geworden.« Langel stoppte seine Fahrt und rollte zurück.

»Und das war am Schützenfest vor drei Jahren?«, fragte er und überlegte angestrengt.

»Haben Sie keine Aufzeichnungen über Ihre Fahrten?«, fragte Inka mit unterdrückter Ungeduld.

»Soll das ein Witz sein?«, fragte Langel in ähnlichem Ton zurück und sah die beiden Frauen an.

»Keineswegs. Wir ermitteln in einem Mordfall«, sagte Inka, der die überhebliche Teilnahmslosigkeit Langels langsam auf die Nerven ging. »Wenn Sie also bitte ein bisschen kooperativer wären.«

»Okay, dann erkläre ich Ihnen mal was über das Taxibusiness. Alle meine Wagen haben zwar GPS, Navi und den ganzen elektronischen Mist an Bord. Aber Sie glauben doch nicht im Ernst, dass ich jede einzelne Fahrt aufzeichne. Alles, was zählt, ist entweder aus Papier oder Metall und trägt ein Eurosymbol. Mann, ich bin froh, wenn ich alle Unterlagen fürs Finanzamt zusammenkriege.«

»Dann haben Sie keine Möglichkeit nachzuvollziehen, ob jemand von Ihnen die Frau damals ins Krankenhaus gefahren hat?«, fragte Röggen alarmiert.

»Genau das, Lady«, sagte Langel und hielt inne. »Das heißt, Moment.« Er fasste sich wieder an den Kopf. »Mal überlegen. Ja. Ich erinnere mich, dass wir damals zwei Taxis reinigen mussten. Das war ungewöhnlich, weil uns die Leute am Schützenfest normalerweise mindestens fünf Autos vollkotzen. Aber vor drei Jahren hatten wir nur *einen* Fall von Kotz …«

»Und der zweite?«, unterbrach ihn Inka.

»Den meine ich ja. Der war völlig harmlos. Nur ein durchnässter Rücksitz.« Er sah die beiden Frauen an. »Außerdem riecht Ihre Notfall-Nummer ja förmlich nach Wohltätigkeit. Warten Sie, ich hole Ihnen meine Verdächtige Nummer eins.« Er rollte zurück an seine Funkanlage.

Keine fünf Minuten später betrat eine resolute untersetzte Frau mittleren Alters die Zentrale und sah von den Ermittlerinnen zu Langel.

»Du wolltest mich sprechen?«, fragte sie mit tiefer Raucherstimme.

»Nicht ich«, antwortete Langel und deutete auf Inka und Röggen. »Zwei Damen von der Polizei. Darf ich vorstellen?«, rief er vom Funkplatz aus. »Das weiße Schaf unserer kleinen Taxifamilie. Ich habe allen Fahrern eingebläut, dass sie nur gegen Cash oder Kreditkarte fahren. Unsere Frau Wiemann hier ist die Einzige mit einem großen, weichen Herz.«

Wiemann zündete sich eine Zigarette an, als sie wenig später vor dem Laden standen.

»Ja, ich erinnere mich«, sagte sie und zog an ihrer Zigarette. »Die Frau war völlig traumatisiert. Ich war auf einer Leerfahrt zurück zum Hennesee. Und irgendwann, mitten in der Nacht, stand sie vor mir auf der Landstraße. Ich musste eine Vollbremsung hinlegen, um sie nicht umzufahren.« Sie blies den Rauch zur Seite aus.

»Was haben Sie gemacht?«, fragte Inka.

»Ich bin ausgestiegen und habe sie angesprochen. Ich dachte, sie wäre betrunken. Gut, war sie auch, sie roch nach Schnaps. Aber noch schlimmer war, dass sie völlig durchnässt war. Ihre Klamotten sahen übel zugerichtet aus. Und sie war völlig neben der Spur. Mir war sofort klar, dass ihr irgendwas Schlimmes passiert sein musste. Vor allem, als ich gesehen habe, dass ihr Blut am Bein herunterlief.«

»Hat sie irgendwas gesagt?«

»Nicht einen Ton. Ich wusste nicht mal, ob sie mich überhaupt wahrnimmt. Ich habe sie zum Taxi gebracht und sie in eine Decke gepackt. Dann habe ich in der Zentrale eine Pause angekündigt und sie ins St. Walburga gebracht«, sagte Wiemann, »Das war das nächste Krankenhaus. Sie tat mir leid.«

»Können Sie uns irgendwas Persönliches über sie sagen? Namen, Adresse. Hatte sie ein Handy?«

»Nur den Rest ihrer Klamotten am Leib und so was wie einen Schlüssel in der Rocktasche.«

»Auch keinen auffälligen Ring?«

Wiemann schüttelte den Kopf und zog wieder an ihrer Zigarette.

Inka und Röggen sahen sich an. »Dann haben wir wieder nichts?«

»Vielleicht nicht ganz«, sagte Wiemann. »Die Frau tat mir so leid, dass ich ihr eine Karte in die Jacke gesteckt habe. Geschäftskarte vom Taxikönig.« Sie deutete mit dem Kopf nach oben zum Schaufenster, wo Lothar der Erste wieder an seinem Funkplatz thronte. »Mit meiner Privatnummer drauf und einer Nachricht, dass sie mich anrufen kann, wenn sie mich noch mal braucht. Ich dachte, als Zeugin oder so. Man weiß ja nie.«

Inka und Röggen wechselten wieder einen Blick. Diesmal einen erwartungsvollen.

»Sagen Sie nicht, sie hat sich gemeldet?«, fragte Inka.

»Zwei Tage später.«

»Von wo?«

»Weiß ich nicht. Keine Rufnummer. Aber sie war es. Sie hatte meine Karte gefunden, wollte sich bedanken und hatte eine Bitte.«

»Sie sollten Sie noch einmal fahren?«, riet Röggen.

Wiemann sah zum König hoch und nickte. »Sie wissen ja, er sieht es nicht so gerne, deswegen habe ich es nicht angegeben.«

»Wo haben Sie sie hingefahren?«

»Nach Winterberg.«

»In ein Hotel?«

»Nein, sie wollte am Marktplatz aussteigen. Und gesagt hatte sie immer noch nichts. Nur, dass sie sich an nichts erinnern konnte. Da ist mir erst mal klar geworden, dass sie wohl aus dem Krankenhaus getürmt ist. Gut, gesund ist das nicht, wenn Sie mich fragen, aber was sollte ich machen? Dem armen Ding einen Gefallen ausschlagen? Vor allem, wenn ich ihn ihr angeboten hatte?«

»Nein, nein, Sie haben alles richtig gemacht«, beschwichtigte Inka. »Aber wie kam sie auf Winterberg, wenn sie sich an nichts erinnern konnte?«

»Dieser Schlüssel, den sie hatte, war wohl ein Zimmerschlüssel. Irgend so ein klobiges Ding aus Metall. Aber bevor Sie fragen, nein, ich weiß keinen Hotelnamen, keine Zimmernummer und es stand auch keine Adresse drauf.«

»Verdammt«, fluchte Röggen und sah erst jetzt, dass Wiemann überlegte. Sie zog wieder an der Zigarette und blies den Rauch aus.

»Aber so was wie ein Emblem war eingeprägt«, sagte sie. »Ich glaube, es war ein Hirsch.«

49 Montag, 16:05 Uhr

Das Problem mit Hirschen im Sauerland war, dass sie in der Natur wesentlich seltener vorkamen als in den Marketingstrategien einfallsloser Gastronomen. Inka und Röggen hatten auf der Fahrt von Meschede nach Winterberg nicht weniger als sechs Betriebe recherchiert, die mit dem rustikalen Charme eines Mehrenders auf Kundenfang gingen. Drei hatten sich schon auf den ersten Blick als Restaurants, Gaststätten und Imbiss entpuppt. Die drei anderen waren laut Online-Ausgabe des Branchenbuchs allesamt Häuser mit Beherbergungsbetrieb.

In der Realität unterschieden sie sich erheblich. Das erste, das »Hotel-Restaurant zum Hirschen«, hatten Inka und Röggen schon auf den ersten Blick als unwahrscheinliche Unterkunft der Gesuchten kategorisiert. Es war ein Vier-Sterne-Haus, das einen zu hochpreisigen Eindruck für eine mutmaßlich alleinreisende Frau machte. Eine Nachfrage an der Rezeption hatte ein mildes Lächeln des Concierges hervorgerufen. Das Haus hatte bereits vor zehn Jahren den Zugang zu allen Gästezimmern auf programmierbare Scheckkarten umgestellt.

Auch der zweite Betrieb, der »Gasthof Hirsch«, passte nicht. Vor drei Jahren gab es hier zwar noch klassische Zimmerschlüssel, aber mittlerweile wehte auch hier der Wind des 21. Jahrhunderts mit seiner unerschütterlichen Scheckkartengläubigkeit. Auf Nachfrage hatte die Empfangsdame einen alten Zimmerschlüssel organisiert. Und der trug lediglich eine Art hölzerner Medaille mit dem Namen des Hauses und der Zimmernummer.

Inka und Röggen betraten die Lobby der dritten in Frage kommenden Unterkunft, der »Pension zum Hirsch«, und fanden schon beim Betreten, dass sie passen könnte. Sie kamen durch eine Glastür in ein fensterloses, kleines Foyer, an dessen Kopfseite ein einfacher Holztresen den Gast empfing. Eine vergilbte Leuchte an der Decke erhellte den Raum eher schlecht als recht. Die simple Einrichtung mit drei schäbigen Sitzecken ließ keinen Zweifel daran, dass die Übernachtung hier nicht mehr als 40 Euro kosten konnte. Inka und Röggen sahen sich in der Lobby um. Links des Tresens führte eine schmale steile Treppe in die Obergeschosse. Im Brandfall waren sie wahrscheinlich eher Todesfalle als Rettung. Links der Treppe wiederum verbarg eine Metalltür mit einem Leuchtknopf den Eingang zu einem Fahrstuhl.

An der Straßenfront, direkt neben dem Eingang führte eine Tür in einen großen Nebenraum. Mit seiner Ausstattung an Stühlen, Tischen und einem Schanktresen in Eiche rustikal diente er vermutlich als Bar, Restaurant und Frühstückssaal in einem.

Die beiden Ermittlerinnen gingen zum Empfangstresen. Dahinter erkannte man ein großes Regal, in dessen Mitte eine Schiebetür eingelassen war. Sie war verschlossen und führte vermutlich in ein Büro. Auf der abgegriffenen Oberfläche des Tresen stand eine Glocke mit einem Schild: Bitte klingeln. Inka kam der Aufforderung gerade nach, als Röggen sie anstieß und auf einen Teil des Regals deutete, der mit Nummern versehen war. In einigen der kleinen Fächer über den Nummern lagen Schlüssel, die allesamt einen klobigen metallenen Anhänger trugen. Auf einem davon erkannte man deutlich einen eingravierten Hirsch.

Inka betätigte die Klingel ein weiteres Mal.

»Sekunde, ich komme.« Die männliche Stimme aus dem Büro klang gereizt. Einige Sekunden später fuhr die Tür ein Stück zur

Seite und ein schlanker Mann um die fünfzig in Jeans und ungebügeltem Hemd trat heraus, ohne Inka und Röggen zu beachten. Er ging an einen betagten Computer und setzte sich eine Halbbrille auf, über deren Gläser er die Ermittlerinnen ansah.

»Auf welchen Namen haben Sie reserviert?«, fragte er fast tonlos.

»Auf keinen. Wir haben nur einige Fragen«, sagte Inka und hielt ihm ihren Polizeiausweis hin. Der Mann starrte sie an. Warum, erkannte Inka im selben Moment, denn die Tür zum Büro öffnete sich ganz, und Halverscheid steckte den Kopf heraus.

»Frau Luhmann? Marlies?«, fragt er verdutzt, fing sich aber sofort wieder. »Kommen Sie herein. Und Sie auch«, sagte er zu dem Pensionsbesitzer.

Inka, Röggen und der Mann traten zu Halverscheid in das winzige, überheizte Büro. Mit höchstens vier Quadratmetern Grundfläche, zwei Wandregalen, einem kleinen Fenster zum Hof und einem beengten PC-Arbeitsplatz bot es schon im Normalfall wenig Platz. Mit drei Ermittlern zusätzlich war es am Ende seines biologischen Fassungsvermögens.

«Wollten Sie nicht im Fall von Dr. Röggen ermitteln?«, fragte Inka erstaunt, als Röggen die Schiebetür hinter ihnen zugeschoben hatte.

»Genau deswegen bin ich hier«, antwortete Halverscheid kryptisch, und Inka sah, wie Röggen sich anspannte. Halverscheid hielt den beiden Frauen zwei Computerausdrucke hin. Offenbar Aufnahmen von Überwachungskameras. »Die Überwachungskamera in dem Hotel, in dem dein Mann niedergestochen wurde«, sagte er mit Blick auf Marlies, »hat eine Aufnahme einer Unbekannten gemacht, die wir zeitlich der Tat zuordnen können. Allerdings kannte sie niemand, und niemand hat gesehen, wohin sie verschwunden ist. Bis mir die Baustelle draußen auf der Straße aufgefallen ist.« Er deutete Richtung Eingang. »Direkt gegenüber renoviert irgendeine amerikanische Kaffeehauskette ein Ladenlokal. Und wie das heute so ist, haben die eine dieser Webcams installiert, um den Bau im Internet zu dokumentieren. Man muss auch mal Glück haben.« Er zeigte den Frauen den zweiten Ausdruck. Eine Folge von Fotos, die dieselbe Frau nur wenige Minuten nach der Aufnahme in dem Hotel auf der Straße zeigte, wie sie sich der Webcam näherte und kurz vorher rechts in der »Pension zum Hirsch« verschwand.

»Nach der Beschreibung des Studenten aus der Autovermietung und den Krankenhausunterlagen könnte das die Frau sein, die wir suchen«, sagte Inka.

Röggen schluckte.

»Und das heißt dann wohl, dass diese Frau auch meinen Mann niedergestochen hat«, sagte sie heiser.

Halverscheid atmete durch. »Ich habe es schon von den Kollegen gehört, Marlies. Es tut mir sehr leid«, murmelte er und deutete auf den Mann im ungebügelten Hemd, der sich neben den Polizisten aus Platzmangel an die Wand drückte. »Herr Peters hier ist der Besitzer der Pension. Und er hat mir gerade bestätigt, dass die Frau hier bei ihm wohnt.«

»Was ist mit meinem Mann? Hat er den schon mal gesehen?«, fragte Röggen überraschend sachlich und kalt.

»Das wollte ich ihn gerade fragen, als Sie geklingelt haben«, antwortete Halverscheid und hielt Peters ein Bild von Dr. Röggen hin.

Peters nickte. »Schon öfters. Seit ein paar Wochen kam er öfter zum Frühstück. Angeblich weil es ihm in seinem Hotel nicht schmeckte.« Er sah mit etwas betretener Miene zu Röggen, »Klar, dass es wohl eher am Damenüberschuss hier lag. Er saß öfter mal bei einer anderen.«

»Und wann war er zuletzt hier?«, fragte Inka.

»Ich meine, gestern. Erst zum Frühstück und dann auch noch mal zum Abendbüfett.«

»Hat er mit ihr hier zu Abend gegessen?« Röggen deutete auf die Webcambilder. Ihre Frage klang sachlich, rein auf die Information gezielt.

Peters schüttelte den Kopf. »Nein, er hat auf sie gewartet und sie dann wohl zum Essen eingeladen. Drüben im ›Emporio‹. Edelitaliener.«

»Sind die beiden danach wieder hergekommen?«

»Nur sie. Alleine. Und irgendwann später ist sie noch mal weg. Aber ich weiß weder, wo sie hinging, noch wann sie zurückkam.«

»Das wissen wir ja dank der Webcam«, meinte Halverscheid.

Inka und Röggen sahen ihn an.

»Worauf warten wir noch?«, fragte Röggen ihre Vorgesetzten. »Das ist unsere Frau.« Dann wandte sie sich an Peters. »Wir brauchen sofort alle Daten, die Sie über sie haben.«

Der Mann hob abwehrend die Hände.

»Das hier ist nicht gerade das Ritz-Carlton, wenn Sie verstehen, was ich meine. Hier steigen zum größten Teil Damen ab, die keinen großen Wert darauf legen, mit ihrem wahren Namen angesprochen zu werden.«

»Reviermücken?«, fragte Inka und erntete ein Nicken von Peters.

»Ich meine, ich kann Ihnen gerne die Daten geben, aber ich verdiene mein Geld eher mit Diskretion als mit Zimmervermieten. Das heißt, hier läuft alles in bar und anonym. Das Gästebuch besteht praktisch nur aus Pseudonymen.«

Röggen sah Peters an.

»Ist sie hier?«

»Nein«, sagte der und ließ seltsam beschämt den Blick sinken.

»Wollen Sie nicht vielleicht erst mal nachsehen, ob ihr Schlüssel da ist?«, fragte Inka.

»Brauche ich nicht«, sagte Peters leise. »Erstens nimmt sie ihren Schlüssel immer mit. Und zweitens habe ich ihr mein Auto geliehen. Eine schwarze A-Klasse. Gegen einen kleinen Aufpreis. Und damit ist sie unterwegs.«

Die Ermittler wechselten einen fassungslosen Blick. »Kein Wunder, dass wir keine weitere Mietwagenbuchung finden konnten«, sagte Röggen ernst. »Ihnen ist hoffentlich klar, dass Sie sich möglicherweise der Mithilfe an einem Kapitalverbrechen schuldig gemacht haben.«

Peters sah entsetzt von einem Polizisten zum nächsten.

»Aber das konnte ich doch nicht wissen«, sagte er verzweifelt.

»Das klären wir später. Sie geben uns bitte sofort Ihre Fahrzeugdaten und den Schlüssel zu ihrem Zimmer.« Inka wandte sich an Röggen und Halverscheid. »Wenn wir da irgendwas finden, was auch nur entfernt an Nähte erinnert, beantrage ich sofort einen Haftbefehl.«

Keine Minute später eilten Inka und Röggen hinter Peters einen schmalen Gang mit tiefem Teppich und dunkelgestrichenen Wänden entlang. Zum Zimmer der noch immer Unbekannten. Inka hatte Pfeil und Kemperdick benachrichtigt, die in Wolfgang Hesterkamps Haus keine weiteren Spuren gefunden hatten und jetzt auf dem Weg nach Winterberg waren. Halverscheid war nach Brilon zurückgefahren, um die Presse im Zaum zu halten.

Vor dem Zimmer der Unbekannten ließen sich Inka und Röggen von Peters mit dem Zweitschlüssel aufschließen und traten ein. Inka war noch nicht allzu lange Sauerländerin, aber einen Umstand schätzte sie schon nach wenigen Wochen. Das Sauerland war ehrlich. Natur, Menschen und Kultur machten es einem in ihrer vordergründigen Schroffheit zwar nicht leicht, an sie heranzukommen, aber wenigstens gaukelten sie einem auch nichts vor. Man bekam, was man sah. Das galt auch für Zimmer in Pensionen der einfachen Kategorie. Die Luft war abgestanden, ließ aber einen schwachen Duft nach Orangen erahnen. Die Einrichtung war betagt, aber solide. Sicher keine Wellnessoase, aber ein Ort, an dem man alles hatte, was man brauchte. Ein Bett, ein Nachttisch mit Telefon, ein kleiner Schreibtisch mit Stuhl, ein hölzerner Einbauschrank, ein größerer Spiegel und ein einfaches Duschbad im angrenzenden Nebenraum. Der einzige Bote vom Fortschritt des neuen Jahrtausends war ein etwas zu klein geratener Flachbild-Fernseher auf dem Schreibtisch.

»Ich sagte ja, es ist niemand da«, sagte Peters. Inka wechselte einen Blick mit Röggen. Die verstand sofort und nahm ihn mit zur Tür.

»Danke, Herr Peters. Wir melden uns, wenn wir noch etwas brauchen. Und sollte sie kommen, rufen Sie uns hier an und sagen keinen Ton, verstanden?« Der Mann nickte und verschwand. Seine mögliche Beihilfe zu den Straftaten hatte ihn zumindest kooperativ gemacht. Inka und Röggen waren allein. Die beiden Frauen zogen sich Latexhandschuhe über, ließen den Raum kurz auf sich wirken und sahen sich um.

»Also, nicht dass ich das Schreckenskabinett von Dr. Frankenstein erwartet hätte«, sagte Röggen, »Aber ein paar Spuren dürften es schon sein.« Sie hatte recht. Das Zimmer war fast peinlich sauber aufgeräumt, das Bett ordentlich gemacht, der Schreibtisch und das Bad makellos.

»Riechst du das?«, fragte Inka. »Irgendwie weihnachtlich. Vielleicht ist unsere Frau Duftölfan oder Vitaminfanatiker. Für Orangenreiniger riecht das irgendwie zu natürlich.« Sie sah sich weiter um. »Sieht fast aus, als wäre sie schon ausgezogen.«

»Nicht ganz.« Röggen hatte den Kleiderschrank geöffnet und sah auf ordentlich sortierte Kleidungsstücke. Zwei Hosen über jeweils einem Bügel, eine Regenjacke, eine Outdoorjacke mit herausnehmbarem Fleece-Innenteil, mehrere Pullover und unauffällige Unterwäsche.

»Alles dunkle Farben, alles hochgeschlossen. Wenn ich mir die anderen aufgetakelten Damen im Revier so angucke, passt das so gar nicht«, bemerkte Röggen.

»Tja«, meinte Inka. »Keine Ahnung, was ich anziehen würde, wenn ich mal vergewaltigt worden wäre«, sagte sie, als sie aus dem Bad kam. »Die Abteilung Körperpflege ist auch eher übersichtlich. Zahnbürste, Zahnpasta, Duschgel, Shampoo, eine Lotion und eine Gesichtscreme ... Und sie war schwimmen. In der Dusche hängen ein Badeanzug und ein Handtuch.«

»Das ist schon mal mehr Persönliches als im Nachttisch«, ergänzte Röggen. »Kein Buch, kein MP3-Player.«

Nach weiteren fünf Minuten ernüchternden Suchens schauten die beiden Frauen auf das makellose Zimmer.

»Kein Garn, keine Nadeln, keine Hinweise auf Briefe oder sonstige Verbindungen zu den Morden. Sogar der Mülleimer ist blitzsauber. Entweder hat sie doch nichts mit all dem zu tun oder ein Versteck, von dem wir nichts wissen.«

Sie wollten gerade das Zimmer verlassen, als Inkas Blick auf das Telefon auf dem Nachttisch fiel.

»Hat sie vielleicht mit irgendjemandem telefoniert?«, fragte Inka und nahm im Vorbeigehen den Telefonhörer auf. Auch dieses Gerät hatte schon bessere Tage gesehen, war aber immerhin komfortabel genug für ein gelblich verblichenes Display über einem abgegriffenen Tastenfeld. Röggen schüttelte den Kopf.

»Peters sagte, die Anlage hat keine Anrufe von ihrem Telefon gespeichert. Und es sind keine für sie durchgestellt worden. Wenn sie telefoniert hat, dann wohl mit einem Handy.«

Inka nickte ein wenig enttäuscht und drückte in ermittlerischer Gewohnheit die Taste für Wahlwiederholung. Sie wollte schon wieder auflegen, als sie innehielt. Eine Nummer erschien schwer lesbar im Display.

»Marlies!«, Inka winkte ihre Kollegin heran. Röggen sah auf die Anzeige. Eine Nummer mit der Vorwahl 0211.

»Düsseldorf. Aber in der Anlage ist doch kein Anruf gespeichert«, beharrte Röggen.

»Das heißt ja nur, dass keine Verbindung zustande kam. Vielleicht ist in Düsseldorf niemand rangegangen, oder sie hat vorher wieder aufgelegt«, sagte Inka und horchte aufgeregt. Es tutete in der Leitung, einmal, zweimal, dreimal. Inka wollte gerade auflegen, als sie ein Klicken hörte.

»Ja?!«

Inka und Röggen sahen sich an.

»Mit wem spreche ich bitte?«, fragte Inka.

»Mit wem spreche ich denn?«, fragte die Stimme zurück. Ein Mann.

»Lassen wir die Spielchen. Mein Name ist Luhmann, ich bin Kommissarin in Brilon, und ich ermittle in einem Kriminalfall. Mit wem spreche ich also?«

Am anderen Ende der Leitung trat eine kurze Pause ein, die von einer Art besorgtem Stöhnen begleitet wurde.

»Woher, sagten Sie, rufen Sie an?«, fragte die Stimme scheinbar in Erwartung einer Hiobsbotschaft.

»Aus Winterberg im Sauerland.«

»O Gott, ich hatte es befürchtet.«

Inka und Marlies wechselten einen alarmierten Blick.

»Ab jetzt stelle ich die Fragen. Wer sind Sie, und was haben Sie befürchtet?« Inka legte ihre gesamte Autorität in ihre Stimme.

»Frank Richards ist mein Name«, sagte der Mann am Telefon besorgt. »Ich bin Psychotherapeut in Düsseldorf. Die Pressemeldungen über diese Morde oben bei Ihnen haben in mir eine …«, er machte eine kurze Pause, »… gewisse Befürchtung geweckt.«

»Dann können Sie sich vorstellen, warum eine verdächtige Person in meinen Ermittlungen Sie anrufen sollte?«

»Natürlich. Weil sie meine Patientin ist.«

Inka und Röggen sahen sich an. Inka machte Marlies ein Zeichen. Die ging zur Tür und achtete darauf, dass niemand sich dem Zimmer näherte.

»Herr Richards, Sie erzählen mir jetzt bitte ganz genau, was Sie über diese Frau und die Zusammenhänge mit den Morden wissen.«

Eine Pause trat ein. So, als müsse Richards abwägen, was er als Nächstes sagte.

»Ich habe meinen Patienten gegenüber eine Schweigepflicht …«

»Und ich habe eine Ermittlungspflicht, Herr Richards. Hier sind zwei Menschen zu Tode gekommen, und wenn Sie nicht zumindest moralische Mitschuld daran tragen wollen, dann reden Sie jetzt mit mir.« Inka wusste, dass sie rechtlich nichts gegen eine Verweigerung Richards' machen konnte. Seine betroffene Reaktion auf ihren Anruf ließen sie aber hoffen, dass er für Mitgefühl und gesunden Menschenverstand nicht ganz unzugänglich war. Es dauerte einige Sekunden, bis er antwortete.

»Also gut«, seufzte Richards. »Ihr Name ist Astrid Leipold. Und sie ist wegen einer traumatischen Störung bei mir in Behandlung.«

Inka ballte die Hand zur Faust. Endlich ein echter Schritt nach vorne! Röggen beobachtete sie neugierig.

»Ist der Grund dafür eine Vergewaltigung im Rahmen eines Schützenfestes in Meschede vor etwa drei Jahren?«

»Woher wissen Sie das?«, fragte Richards.

»Bitte beantworten Sie nur meine Fragen, Herr Richards. Was hat es mit Frau Leipold auf sich?«

»Astrid … also, Frau Leipold ist vor drei Jahren auf einen Kurzurlaub nach Winterberg gefahren. Die Umstände spielen keine Rolle. Jedenfalls ist sie auf dem Schützenfest in Meschede gelandet. Sie hat dort jemanden kennengelernt. Einen Mann. Aber statt einer einvernehmlichen gemeinsamen Nacht wurde sie von ihm alkoholisiert, gefesselt und brutal vergewaltigt.«

Inka schluckte und überlegte fieberhaft. Eine Vergewaltigung durch *einen* Mann? Aber warum brachte Astrid Leipold, dann zwei Unbeteiligte um? Und vor allem, wie passte das zur Auswahl der Opfer? Nathalie Brückner war eine Frau und Hesterkamp schwul. Waren die beiden mitschuld?

»Wer war der Mann?«

»Das weiß ich nicht. Astrid hat es mir nie gesagt.«

»Weil sie es nicht wusste, oder weil sie es nicht sagen wollte?«

»Das lässt sich aus therapeutischer Sicht nicht genau sagen.«

»Könnten Sie das vielleicht etwas näher erläutern?«, fragte Inka nun leicht ungeduldig.

»Sie war damals monatelang traumatisiert und litt zumindest an einer teilweisen Amnesie. Aber nach und nach hat sie dank der Therapie zumindest große Teile der Tatnacht rekonstruiert. Ob sie mir alle Details darüber genannt hat, weiß ich nicht.«

»Warum wurde der Fall nie aktenkundig?«

»Weil Frau Leipold keine Anzeige erstattet hat.«

Inka verdrehte die Augen. Es begann sie zu nerven, dass man Richards jedes Wort einzeln aus der Nase ziehen musste.

»Halten Sie es für möglich, dass Frau Leipold eine Art Rache nehmen will?«

»Möglich. Der Gedanke an Rache, an Vergeltung, an Wiedergutmachung ist in solchen Fällen ein ganz normaler Bestandteil des Bewältigungsprozesses. Aber …«, er zögerte.

»Aber was, Herr Richards?«

»Ich sage Ihnen das jetzt nur als Zeichen meines guten Willens. Frau Leipold war am Anfang ihrer Therapie eine Zeitlang akut suizidgefährdet, bis sich vor einigen Wochen plötzlich eine Besserung einstellte. Sie war ausgeglichener, zielorientierter, machte Pläne. Ich dachte, die Therapie würde langsam anschlagen.«

»Aber das war nicht der Fall.«

»Wenn sie jetzt in Verbindung mit den Morden bei Ihnen steht, fürchte ich, nicht.«

»Was könnte denn dann das Motiv für ihre Morde sein?«, fragte Inka mit mühsam unterdrückter Ungeduld.

»Das kann ich nicht sagen, das wäre reine Spekulation.«

»Dann spekulieren Sie, Herr Richards! Ich habe hier Mordfälle aufzuklären!«, sagte Inka bestimmt. Der Mann redete mit ihr wie mit einer Patientin. Es entstand eine kurze Pause, bevor er der Aufforderung nachkam.

»Substitution«, sagte Richards mit schwacher Stimme. »Es könnte sein, dass Frau Leipold in Ermangelung des wahren Schuldigen, des Täters, ihre Wut und ihre Rachegelüste auf andere Personen projiziert. Aber wie gesagt …«

Inka unterbrach ihn.

»Die Opfer sind eine Frau und ein Homosexueller. Wie erklären Sie sich das?«

Es entstand wieder eine kurze Pause.

»Das kann ich nicht«, sagte Richards schließlich betroffen. »Und ich habe Ihnen bereits mehr erzählt, als meine Schweigepflicht es zulässt. Wenn Sie mich dann also bitte entschuldigen.«

Inka sah Röggen an und atmete durch.

»Natürlich«, sagte Inka. »Für genau zwei Stunden. Und in denen bewegen Sie sich auf schnellstem Wege hierher. Wenn Sie auf irgendeine Weise Zugang zu der Frau haben, brauche ich Sie hier.«

»Aber das geht nicht, ich habe Termine und Patienten, um die ich mich kümmern muss.«

»Brilon, Polizeipräsidium. Die Adresse finden Sie im Internet.«

Inka legte auf. Sie achtete darauf, das Telefon wieder exakt so auszurichten, wie sie es vorgefunden hatte und ging zu Röggen, die noch in der Tür stand und sie ungläubig ansah.

»Und?«, fragte Röggen. »Haben wir jetzt Beweise für ihre Beteiligung an den Morden?«

»Nein, nur Indizien«, sagte Inka mit entschlossener Miene. »Aber einen Plan, wie wir uns Beweise beschaffen.«

Inka trat mit Röggen auf den Gang, zog die Tür zu und schloss ab.

50 Montag, 16:14 Uhr

»Da vorne müssen wir links, Papa«, sagte Mia.

Henne verdrehte die Augen. Es war eine Sache, dass Mia auf der gesamten Rückfahrt Navigationssystem gespielt hatte. Eine viel schlimmere war ihre Begründung dafür.

»Mama hat gesagt, ich bin die einzig Vernünftige in unserer Familie und ich soll aufpassen, dass wir gut nach Hause kommen.«

Henne bewunderte sich noch jetzt dafür, dass er geduldig geblieben war. Der ziemlich ereignisreiche Tag hatte ohnehin schon ganz schön an den Nerven gezerrt, und der Streit mit Inka hatte dem noch die Krone aufgesetzt. Wenigstens war Tom in seinem Sitz eingeschlafen. Wenn Henne sein kleines Häufchen Sohn im Rückspiegel so betrachtete, brach es ihm fast das Herz. Der dicke Verband über seiner Stirn war die gazegewordene Anklage für den schlechtesten Vater der Welt. Vielleicht hatte Inka recht. Die Jahresration an Unfällen war aufgebraucht. Irgendwie schien er weit weniger unter Kontrolle zu haben, als er dachte.

Sein Telefon klingelte von irgendwoher. Er sah sich danach um und erntete den nächsten vorwurfsvollen Blick seiner Tochter.

»Während der Fahrt darf man nicht telefonieren.«

»Ich weiß, Schatz«, sagte er. »Aber Papa ist immer noch Polizist, und Polizisten müssen manchmal Dinge tun, die normale Leute nicht tun sollten.«

»Wie Hydranten rammen?«

Henne atmete durch und merkte, dass seine Geduld langsam schwand. Mann, das Mädel hatte entschieden zu viel von Inka mitbekommen.

»Dinge, wie wichtige Telefonate führen, auch wenn es manchmal unpassend scheint.«

Verflixt, wo war das Ding? Er sah auf den Beifahrersitz. Nichts. Er kramte im Fußraum unter den Taschen mit Toms Spielsachen. Nichts. Er wusste, nach dem vierten Klingeln würde es schweigen. Er selbst hatte das, als das Gerät neu war, so eingestellt. Aus irgendeinem Grund hatte er es aber nie geschafft, seine Mailbox zu aktivieren. Jetzt wies sein Handy jeden Anrufer nach dem vierten Klingeln ab. Ihm war es egal, die verpassten Anrufe würden ohnehin angezeigt.

Henne fiel ein, dass er das Handy auf dem Parkplatz des Krankenhauses ins Handschuhfach gelegt hatte. Aber pünktlich mit dem Öffnen der Klappe schwieg es. Natürlich. Er kramte es, mit einem Blick auf die Straße vor ihm, heraus und sah auf das Display. Fünf verpasste Anrufe! Von einer unbekannten Nummer. Wieder ein Blick nach vorne. Eine rote Ampel rettete ihn vor der Notwendigkeit, an den Straßenrand zu fahren.

»Sagst du mir, wenn es grün wird?«, fragte er Mia mit einem Blick in den Rückspiegel.

»Hätte ich sowieso gemacht.« Henne zweifelte nicht eine Sekunde daran. Er entsperrte das Handy und sah sich die Nummer an. Weder er noch sein Handy kannten sie. Henne hoffte nur, es war nicht die dieses widerlichen Schnüfflers Winter. Bei dem Gedanken an dessen Erpressungsversuch wurde ihm gleich wieder flau im Magen. Der Streit mit Inka im Krankenhaus war schon schlimm genug gewesen. Und dabei war es, abgesehen von Toms Verletzung, eigentlich nur um Lappalien gegangen. Was würde wohl passieren, wenn Inka herausfand, dass er Winter Insider-Informationen zustecken sollte, weil er eine Leiche im Keller hatte? Er musste das irgendwie geradebügeln. Aber dann erinnerte er sich, dass Winters Nummer eine andere Vorwahl gehabt hatte. Die konnte es also nicht sein. Er drückte den Knopf für einen Rückruf. Nach nicht mal einem ganzen Klingeln wurde auf der anderen Seite abgenommen.

»Henne! Endlich!«

Henne stutzte. »Wer ist denn da?«

»Ich bin's. Andreas.«

»Ach so. Mensch, nett, dass du dich meldest. Und das gleich fünf Mal. Gibt's was Wichtiges?«

»Nee, wieso?« Andreas klang irgendwie bemüht normal. »Aber wir hatten doch gesagt, dass wir uns mal treffen wollten. Du und ich, Männerabend und so. Und da wollte ich mal Nägel mit Köpfen machen und fragen, wann.«

Henne sah zu seinen Kindern auf der Rückbank. »Tja, wann hast du denn gedacht?«, fragte er.

»Wie wäre es mit heute? Nur ein paar Bier, ein bisschen quatschen. So über die alte Zeit.«

»Papa. Es ist grün«, kam es von der Rückbank.

»Danke, Schatz«, sagte Henne und merkte, dass er Andreas damit wohl verwirrt hatte. »Äh, nicht du, ich meinte meine Tochter«, sagte er ins Telefon. »Du, ich habe keine Ahnung, ob ich weg kann, meine Frau ist beruflich gerade ein bisschen eingespannt. Keine Ahnung, wann sie nach Hause kommt.«

Henne stutzte. Er meinte gehört zu haben, dass Andreas am anderen Ende der Leitung bei der Erwähnung von Inka geschluckt hatte. Aber gut, vielleicht hatte er sich auch getäuscht.

»Macht doch nichts«, meinte Andreas, »Dann treffen wir uns bei dir. So gegen sieben? Ich bringe Bier mit.«

Henne war skeptisch. War das wirklich das, was er nach einem verdammt anstrengenden Tag brauchte?

»Papa, grüner wird's nicht«, sagte Mia jetzt etwas genervter. Und schon setzte hinter ihm ein Hupkonzert ein. Wer weiß, dachte er, vielleicht waren ein paar Bier mit einem alten Kumpel genau die Art von Ablenkung, die ihm jetzt guttat.

»Okay«, sagte Henne in sein Telefon. »Um sieben bei mir. Die Adresse hast du?«

SIE Montag, 16:27 Uhr

Sie konnte es kaum glauben, aber alles war perfekt. Ihr Zeitplan lag voll im Rahmen, der Schuppen war vorbereitet. Und nicht nur das. Einer der Lieferanten des Schützenfestes war offenbar zu blöd, an ein simples Vorhängeschloss zu denken. Zu ihrer Überraschung hatte sie in einem Container in der Nähe des Schuppens genau das gefunden, was sie zur Absicherung ihrer Mission bestens gebrauchen konnte. Gut, keinen Wachhund, keine Bewegungsmelder und kein elektronisches Überwachungssystem. Aber etwas, was in seiner Einfachheit vielleicht sogar noch viel effektiver war. Die Installation war simpel gewesen. Jedenfalls für jemanden, der eins und eins zusammenzählen konnte. Jemand wie sie.

Sie sah auf die Uhr. Jetzt gab es nur noch ein Ziel. Dr. Schleimer wusste, was auf ihn zukam. Er wusste nur nicht, wann. Und er litt wie ein Hund. Das war gut. Immer wieder hatte sie in Gedanken den Moment durchgespielt, in dem es passieren würde. Das große Finale. Jeden einzelnen Schritt ihrer Choreographie seines Todes. Leider würde der Schleimer die sorgfältige Inszenierung nicht zu schätzen wissen. Aber für sie war schon der Gedanke an die Vollendung ihres Werkes ein Genuss.

Sie bog auf die B 480 Richtung Winterberg ein. Gut, ganz perfekt war es noch nicht. Erst wenn sie in der Pension gewesen war und nach dem Duschen und Umziehen wieder im Auto saß, dann würde alles perfekt sein.

Sie tätschelte den Totschläger neben sich auf dem Beifahrersitz und lächelte.

51 Montag, 16:34 Uhr

Observierungen waren für Inka ein weiterer Aspekt der Polizeiarbeit, der ihr zuwider war. Sie erforderten einen hohen organisatorischen Aufwand, kosteten unzählige Überstunden und stellten aufgrund der »Live«-Situation, wie Inkas Ausbilder in Dortmund es immer genannt hatte, ein nicht zu unterschätzendes Risiko dar. In jeder Phase des Unternehmens konnte etwas Unvorhergesehenes passieren. Das gefährdete nicht nur lange Ermittlungen, sondern auch teilnehmende Beamte, Unbeteiligte und / oder sogar den Täter. Besonders Observierungen wie diese. Observierungen, die man nicht lange im Vorfeld planen konnte. Aber manchmal gab es keine Alternative.

Inka wusste, dass das Telefonat mit Richards der Durchbruch in diesem Fall war. Sie hatten eine mutmaßliche Täterin, sie hatten ihren Namen, sie hatten ihren Rückzugsort. Nur Astrid Leipold selbst hatten sie nicht. Noch nicht. Gefahr war im Verzug. Weshalb Inka bei Halverscheid telefonisch Druck gemacht hatte. Sie mussten alle zur Verfügung stehenden Mittel auf eine Observierung konzentrieren, um den endgültigen Beweis ihrer Schuld zu beschaffen.

Die Überprüfung von Leipolds Daten hatte einen festen Wohnsitz in Düsseldorf und keinerlei Vorstrafen ergeben. Sie war eine offenbar alleinstehende Frau. Aktenkundig nur bei der Agentur für Arbeit, die ihr in den letzten zwei Jahren fünf Aushilfsjobs vermittelt hatte. Behalten hatte sie keinen länger als zwei Monate. Inka und Halverscheid waren sich einig gewesen: Das passte in das Bild einer Frau, die durch ein Gewaltverbrechen den Halt im Leben verloren hatte. Astrid Leipold litt offenbar noch immer unter den Folgen der Tat.

Halverscheid war jedoch gegen eine Observierung gewesen und hatte dafür plädiert, Astrid Leipold festzunehmen, sobald sich die Gelegenheit ergab. Er hatte das mit hinreichendem Tatverdacht begründet. Inkas Einwand, dass es nichts gab, was Astrid Leipold zweifelsfrei als Mörderin entlarvte, hatte er damit gekontert, dass er ihr ein Geständnis entlocken und es notfalls auf einen Indizienprozess ankommen lassen wollte. Er hatte mit dem zweifelhaften Geisteszustand Leipolds argumentiert und Inka gefragt, ob sie es überhaupt verantworten konnte, eine derart unberechenbare Person nicht sofort festzunehmen.

Inka hatte natürlich einräumen müssen, dass darin ein gewisses Risiko lag, aber sie selbst setzte ebenfalls auf den Faktor Geisteszustand. Nur kam sie zu einem anderen Schluss. Sie war sich sicher, sollte es zu einem Prozess kommen, würde ein Verteidiger Leipolds immer die Karte der Unzurechnungsfähigkeit spielen. Umso wichtiger würden unwiderlegbare Beweise und Zeugenaussagen sein, die zeigten, wie planvoll und kaltblütig Leipolds Vorgehensweise war.

Inka lebte zwar seit einigen Wochen im Sauerland, aber im Herzen war sie immer noch Großstadtermittlerin und konnte sich mit Halverscheids Sauerländer Art, den Fall zu lösen, nicht anfreunden. Außerdem spürte sie, dass sie handeln musste. Die Tatsache, dass Astrid Leipold noch nicht wieder im Zug nach Düsseldorf saß, bewies, dass sie noch nicht fertig war. Sie plante mindestens einen weiteren Mord. Irgendjemand da draußen musste um sein Leben fürchten. Und wenn man Leipold jetzt einfach festnahm, würden die Umstände, die hinter ihren Taten steckten, vielleicht nie ans Licht kommen. Vielleicht gab es ja noch weitere Schuldige an der Vergewaltigung, oder Astrid Leipold hatte den damaligen Täter identifiziert. Das würden sie nur herausfinden, wenn sie sie observierten.

Halverscheid hatte sich dazu überreden lassen, eine Art »Observierung light« durchzuführen. Er hatte Inka freie Hand bei der Personalplanung gelassen, wenn sie sich auf ihre Sonderkommission beschränkte und nicht zusätzliche Mittel in Anspruch nahm. Er selbst war in Brilon vollauf damit beschäftigt, die Meute der Journalisten mit Futter zu versorgen.

Das war jetzt genau eine Stunde her. Pfeil hielt die Stellung vor der Pension, um Astrid Leipolds eventuelle Rückkehr nicht zu verpassen. Kemperdick und Röggen behielten in einem zweiten Wagen den Hinterausgang im Auge. Inka selbst wartete in einem der schäbigen Ledersessel im Eingangsbereich der »Pension zum Hirsch«. Sie nahm eine Klatschzeitung von einem Stapel des kleinen Tisches und seufzte innerlich.

Observierungen boten keine Routine, auf die man sich verlassen konnte. Sie bestanden immer zu 99 Prozent aus quälendem Warten und zu einem Prozent aus purer Hölle. Das Problem war, dass man während der 99 Prozent Wartezeit keinen Moment unkonzentriert sein durfte, weil das eine Prozent Hölle jederzeit losbrechen konnte. Auch wenn Inka wusste, dass sie sich auf ihre Ausbildung verlassen konnte, ein Rest von Unsicherheit und Lampenfieber blieb immer.

Sie sah sich unauffällig um. Bis auf Peters, der in seinem Büroraum hinter dem Tresen saß und ab und zu einen nervösen Blick nach draußen warf, war die Lobby des »Hirschen« leer. Nicht ungewöhnlich für den späteren Nachmittag. Kleinere Grüppchen von Damen kamen vom Shopping oder von Wellnessanwendungen zurück, aber ansonsten galt die Zeit vor dem frühen Abend der Vorbereitung auf die Verheißungen der kommenden Nacht. Inka stellte zufrieden fest, dass sie in einem Mikrokosmos aus Schein und Trug nicht sehr auffiel. Das Warten vereinzelter Damen war hier schließlich nicht ungewöhnlich. Außerdem hatte sie mit Röggen einen regelmäßigen Schichtwechsel vereinbart. Männer waren hier zu auffällig, weshalb Pfeil und Kemperdick jeweils in ihren Fahrzeugen bleiben sollten.

Inka sah auf die Uhr. Noch fünf Minuten, bis Röggen übernehmen würde. Bisher war nichts geschehen. Inka kämpfte gegen ihre abnehmende Konzentration. Immer wieder musste sie an Tom denken, wie er mit dem riesigen Verband um den kleinen Kopf aus dem Behandlungsraum gekommen war. Dann fiel ihr der erneute Streit mit Henne ein. Und Röggens Worte danach. Und je länger sie über alles nachdachte, desto mehr hatte sie das Gefühl, ihrem Mann unrecht getan zu haben. Klar, stand sie im Moment massiv unter Druck, aber für ihn waren die neuen Lebensumstände auch nicht einfach. Und er gab sein Bestes. Durfte sie da erwarten, dass alles von Anfang an gleich wie am Schnürchen klappte?

Ihr vibrierendes Handy holte ihre Gedanken jäh in die Hotellobby zurück. Eine SMS von Pfeil. Wegen der Kürze der Vorbereitungen hatten sie auf den sonst bei Observierungen üblichen Funkkontakt verzichtet. Inka las auf ihrem Display das, was ihr das eine Prozent »Hölle« ankündigte: »Action«, Pfeils Code dafür, dass Astrid Leipold angekommen war. Es ging los!

Keine zwanzig Sekunden später sah sie sie. Inka musste zugeben, sie hätte Leipold aufgrund der Fotos von vor drei Jahren nicht wiedererkannt. Sie trug unauffällige Kleidung in dunklen Tönen, eine Sonnenbrille und hatte sich das Haar dunkler gefärbt. Sie machte einen schlanken, fast drahtigen Eindruck. Ihre Haltung wirkte aufrechter als die der Frau an der Bierzeltgarnitur. Ihre Gesichtszüge waren kantiger. Ja, sie hatte trainiert. Inka konnte sich des Eindrucks nicht erwehren, dass sie sich auch äußerlich aus der Opferrolle befreit hatte. Inka beobachtete, wie Astrid Leipold zum Empfangstresen ging. Sie bemerkte fast enttäuscht, dass sie nichts bei sich hatte, was in irgendeiner Weise auf weitere Vorhaben hindeutete. Keinen Rucksack, keine Tasche, keine Tüte. Nichts. Leipold wechselte wenige Worte mit Peters und verschwand im Treppenaufgang. Inka wartete ein paar Sekunden und simste ihre Beobachtungen an die Kollegen. Dann ging sie zu Peters, der sofort aus seinem Büro kam.

»Und?«, fragte Inka.

»Sie wollte die Autoschlüssel behalten, weil sie gleich noch mal weg will«, sagte er aufgeregt.

»Okay, das war's für Sie«, meinte Inka. »Wenn sie wieder runterkommt, sind Sie mit irgendwas beschäftigt, klar? Sie werden kein weiteres Wort mit ihr wechseln.«

»Klar. Und mein Auto?«, fragte er.

»Keine Sorge, wir haben ein Auge drauf«, sagte Inka.

Peters nickte erleichtert und verschwand wieder in seinem Büro. Inka spürte das altbekannte Kribbeln in sich aufsteigen. Irgendetwas hatte Astrid Leipold noch vor. Und sie würden bald wissen, was es war.

Der Schichtwechsel mit Röggen hatte sich erledigt. Leipold war in der Pension und konnte nur zum Haupteingang oder über den Hof hinausgelangen, was entweder Inka und Pfeil vorne beobachten würden oder Röggen und Kemperdick hinter dem Gebäude. Inka simste erneut an die Kollegen und ließ sie in den Fahrzeugen in Bereitschaft gehen. Dann trat sie auf die Straße und setzte sich, keine hundert Meter vom Eingang der Pension entfernt und außer Sicht von Astrid Leipolds Fenster, neben Pfeil auf den Beifahrersitz.

»Okay, jetzt ist wieder Warten angesagt«, sagte sie.

Es dauerte eine gute halbe Stunde, bis sich die Vordertür der Pension öffnete und Astrid Leipold auf den Bürgersteig trat. Sie hatte sich umgezogen und trug jetzt einen bequemen Freizeitanzug unter der Outdoorjacke. Beides hatten Inka und Röggen in ihrem Schrank gesehen. Inka atmete auf. Leipolds ruhige Bewegungen und ihre fast entspannte Art ließen vermuten, dass sie nichts von der Durchsuchung ihres Zimmers bemerkt hatte. Leipold setzte sich in den Wagen des Pensionsbesitzers, schnallte sich an und fuhr los. Kaum war sie an Pfeil und Inka vorbei, tat Pfeil es ihr nach und setzte sich hinter sie, während Inka die entsprechende SMS an Röggen und Kemperdick abschickte.

»Was meinen Sie? Wohin geht die Reise?«, fragte Pfeil.

»Wir werden es herausfinden«, sagte Inka ernst.

Zum ersten Mal gratulierte sich Inka zur Wahl des Beifahrersitzes neben Pfeil. Schließlich fuhr der Mann wie ein Henker. Was im Alltag eine echte Plage war, konnte bei einer Observierung Gold wert sein.

Astrid Leipold hielt sich peinlich genau an die Verkehrsregeln, ließ keinen Zebrastreifen, kein Stoppschild und keine Tempo-30-Beschränkung aus, während sie sich durch das enge Einbahnstraßengewirr im Stadtkern von Winterberg schlängelte. Inka bemerkte trotz ihrer Konzentration auf das Fahrzeug vor ihnen, dass das Stadtbild irgendwie kahl wirkte. Dann fiel ihr ein, warum. Der Schnee war es, der fehlte. Sie kannte den Ort nur von Bildern, die ihn unter einer dicken Decke weißen Pulvers zeigten. Erstaunlich, wie sehr der Sommer das Landschaftsbild verändern konnte.

Die Fahrt ging weiter. Vor ihnen bog Leipolds Fahrzeug nach rechts auf die B 263 ein und durchquerte die Stadt in nördlicher Richtung. Inka stellte fest, dass der Verkehr langsam zunahm. Der Feierabend stand bevor, und neben den obligatorischen Lastwagenkolonnen und Rentnern in Wohnmobilen gesellten sich auch mehr und mehr PKW auf die Straße. Pfeil hielt den richtigen Abstand und verlor Astrid Leipold vor ihnen nie aus den Augen. Genauso wenig wie Kemperdick und Röggen hinter ihnen. Sie fuhren durch einen Kreisverkehr geradeaus weiter auf die B480. Jetzt ging die Reise runter Richtung Olsberg. Inka wusste, dass die Straße übersichtlich genug war, um jemandem unbemerkt zu folgen, der das offensichtlich nicht einmal ahnte. Trotz der permanenten Anspannung, die Inka seit dem ersten Mord nie hatte ablegen können, wurde sie ein wenig ruhiger. Es war Zeit, noch einmal alles durchzugehen.

»Okay«, sagte Inka. »Wir gehen davon aus, dass sie die Täterin ist. Und wir nehmen an, dass sie mit dem was sie vorhat, noch nicht fertig ist.«

Pfeil nickte. »Sonst säße sie wahrscheinlich im nächsten Zug zurück nach Düsseldorf.«

»Was hat sie also vor? An wem könnte sie sich noch rächen wollen, wenn nicht am Täter?«

»Keine Ahnung«, meinte Pfeil. »Aber wenn sie noch einen Mord plant, dann hat sie auch diesmal ihre Warnungen verschickt. Sie weiß offenbar genau, um wen es da geht.«

Inka nickte nachdenklich. »Wir sollten noch mal an die genauen Tatumstände denken. Erst mal diese Nähte. Wir hatten doch angenommen, dass uns die Täterin damit irgendwas sagen will.« Sie kaute nervös an ihrer Unterlippe, während sie das Auto von Leipold vier Fahrzeuge vor ihnen beobachtete.

»Tja, vielleicht hat es ja doch was mit den drei chinesischen Affen zu tun. Nix sehen, nix hören, nix sagen.« Pfeil grinste Inka breit an. Erst als er Inkas todernsten Gesichtsausdruck sah, erstarrte seine Miene.

»Was ist, was habe ich gesagt?«

»Nix sehen, nix hören, nix sagen«, wiederholte Inka und sah ihn an. »Das ist es!«

Pfeil verzog das Gesicht. »Was? Aber die Opfer sind doch tot, was sollen die denn noch hören, sehen oder sagen?«

»Gar nichts«, sagte Inka jetzt in heller Aufregung. »Das ist es ja!« Sie wandte sich Pfeil zu. »Richards hat gesagt, das Motiv ist

Rache. Aber Rache kann man ja nicht nur an jemandem üben, der etwas getan hat, sondern auch an jemandem, der etwas unterlassen hat.«

»Scheiße«, sagte Pfeil baff, »sie wurde vergewaltigt. Meinen Sie, Nathalie Brückner und Hesterkamp waren Zeugen und haben keine Hilfe geleistet?«

»Schlimmer«, sagte Inka mit entsetztem Blick auf das Auto von Astrid Leipold vor ihnen. »Sie hat ihnen Augen und Ohren zugenäht, weil sie gehört und gesehen haben, wie sie vergewaltigt wurde ...«

»Und den Mund, weil sie nichts gesagt haben«, schloss Pfeil düster. Die beiden Ermittler sahen sich an. Plötzlich erschien alles logisch.

»Leipold litt zunächst an Amnesie, konnte sich aber dank ihrer Therapie bei Richards wieder an die Einzelheiten der Tat erinnern«, bemerkte Pfeil. »Und jetzt rächt sie sich an ihnen. Einem nach dem anderen.«

Beide Polizisten starrten auf das schwarze Auto einige Fahrzeuge vor ihnen.

»Fragt sich nur, warum sie Hesterkamp Kreuzstiche verpasst hat und warum er, im Gegensatz zu Nathalie Brückner, noch lebte, als sie ihn vernähte.«

Inka fiel es sofort ein.

»Ganz einfach. Eine höhere Strafe für größere Schuld«, sagte sie.

»Sie meinen, er hat veranlasst, dass Brückner und er schweigen?«

»Hesterkamp war damals unerwünschter frischgebackener Schützenkönig. Eine Vergewaltigung auf *seinem* Schützenfest konnte er mit Sicherheit nicht auch noch gebrauchen.«

Pfeil atmete geräuschvoll aus, als beiden mit einem Blick nach vorne klar wurde, was das bedeutete.

»Jetzt wissen wir, wohin unsere Doppelmörderin auf dem Weg ist«, sagte Pfeil mit trockenem Mund.

»Zu ihrem dritten Mord«, nickte Inka grimmig. »Fragt sich nur, wen es trifft.« Die Luft schien plötzlich um einige Grade kälter geworden zu sein. Inka setzte sich tiefer in ihren Sitz, Pfeil schloss die Hände um das Lenkrad noch fester. Wenn sie den Wagen vor sich verlieren würden, müsste irgendjemand mit dem Leben dafür bezahlen. Inka zückte ihr Handy. Die Kollegen mussten informiert werden.

Pfeil sah im Rückspiegel, wie vier Fahrzeuge hinter ihnen Marlies Röggen einen Handyanruf entgegennahm. Inka erklärte ihr in kurzen Worten ihre Erkenntnisse, die Kemperdick im Rückspiegel jubelnd auf sein Lenkrad schlagen ließen.

»Marlies«, sagte Inka ins Telefon, »hat dir dieser Löwe, der Vorsitzende des Schützenvereins, schon die Mitgliederliste geschickt?« Ihre Antwort war offenbar ein Nein.

Inka überlegte. Die Observierungslage schien unter Kontrolle, zumal Inkas und Pfeils Auto eine überlegene Motorisierung besaß. »Wir brauchen die Liste schnellstmöglich«, sagte sie ins Telefon. »Und eine Liste der Mitglieder von vor drei Jahren. Unser drittes Opfer war auch irgendwie an der Tat beteiligt. Wenn es ein Mitglied des Schützenvereins war und Hesterkamp schon nach außen geschwiegen hat, hat er als König vielleicht auch intern dafür gesorgt, dass jemand rausgeworfen wurde, oder so.« Wieder gab es eine Antwort von weiter hinten. »Okay, wenn Löwe nicht erreichbar ist, fahrt persönlich hin und macht ihm die Hölle heiß! Jetzt sofort. Wir haben hier alles im Griff. Und halt mich auf dem Laufenden. Ich melde mich auch, wenn sich hier was tut.«

Sie legte auf, und Pfeil sah, wie Kemperdick im Hintergrund in eine Seitenstraße abbog. Sie waren mit Astrid Leipold allein. Sie hatten Olsberg und Bestwig hinter sich gelassen und folgten der

B7 in Richtung Nuttlar. Der Verkehr wurde dichter und stand des Öfteren auf der schmalen Landstraße an Ampeln oder Baustellen. Inka ahnte, der Weg würde sie zur Autobahn führen.

Keine zehn Minuten später fuhren sie tatsächlich auf der A46 in Richtung Dortmund. Pfeil blieb in sicherem Abstand hinter Astrid Leipold. Inka fragte sich gerade, ob Leipold vielleicht doch auf dem Weg zurück nach Düsseldorf war und einfach nur Peters das Auto geklaut hatte. Aber im selben Moment setzte Leipold den Blinker und nahm die erste Ausfahrt Richtung Arnsberg.

Die beiden Polizisten sahen sich besorgt an. In der Innenstadt mitten im feierabendlichen Einkaufsverkehr konnte eine Verfolgung unangenehm werden. Das galt vor allem angesichts des Risikos, das Inka eingegangen war. Sie hatte Röggen und Kemperdick abgezogen, obwohl ein Menschenleben auf dem Spiel stand. Aber Leipold fuhr weiterhin ganz ruhig. Sie ahnte nichts von der Observierung.

Inka und Pfeil folgten ihr durch die gesamte Innenstadt von Arnsberg entlang der Ruhr in Richtung Neheim-Hüsten, wo sie nach links in eine kleine Vorstadtwohnsiedlung abbog. Inka und Pfeil richteten sich auf. Es sah aus, als wären sie unmittelbar vor einem Ziel.

»Verdammt, wo will die hin?«, fragte Pfeil und hielt den Abstand jetzt größer. Sie waren in eine Spielstraße abgebogen. Hier war zu wenig Verkehr, als dass man unbemerkt hinter jemandem herfahren konnte. Plötzlich bremste Leipold.

»Sie hält!«, rief Inka.

»Scheiße, zu spät!«, fluchte Pfeil. Er war bereits zu nah dran, als dass sie nicht auffallen würden. Aber Pfeil war geistesgegenwärtig genug, das einzig Richtige zu tun. Er fuhr seelenruhig an ihr vorbei. Inka war froh, dass sie das gemeinsame HSK-Kennzeichen nicht verriet.

»Und, hat sie was gemerkt?«, fragte er und hielt seinen Blick stur auf die Straße gerichtet.

Inka sah in ihren Rückspiegel. »Nein. Verdammt, sie steigt aus!«

Pfeil fuhr weiter, bis die Straße einen leichten Rechtsknick machte. Er zog rechts ran in eine Parknische vor einem Baum und bremste scharf. Inka war schon aus dem Auto gesprungen, als es noch nicht ganz stand. Pfeil wollte ihr nach, aber Inka sah ihn nur an und bedeutete ihm, sich zurück ins Auto zu setzen.

»Wir teilen uns auf. Wenn ich in zehn Minuten nicht wieder hier bin, kommen Sie nach, okay?«

Pfeil sah Inka die Straße hinter die Biegung zurücklaufen. Dann war sie weg. Er begann nervös an den Nägeln zu kauen und ließ den Blick unentwegt über die Straße schweifen, als ein ziemlich betagter Kleinwagen aus Inkas Richtung kam und an ihm vorbeifuhr. Er sah ihm nach und erschrak beim nächsten Blick in den Rückspiegel. Inka! Sie sprintete um die Biegung herum in seine Richtung. Pfeil setzte sich auf und wollte gerade den Motor anlassen, als er sah, wie Inka Anlauf nahm und im hohen Bogen durch eine Kirschlorbeerhecke in den Garten einer Doppelhaushälfte sprang. Keine drei Sekunden später kam Leipolds Wagen, diesmal deutlich schneller als erlaubt, um die Ecke. Pfeil musste hilflos zusehen, wie Astrid Leipold an ihm vorbeifuhr. Sie war gerade außer Sicht, als er aussteigen wollte, um nach Inka zu sehen. Aber stattdessen wurde die Beifahrertür aufgerissen, und Inka, übersät mit Blättern und Unkraut, warf sich auf den Sitz.

»Los!«, zischte sie.

»Scheiße, was wird das denn jetzt?!«, fragte Pfeil, während er den Motor anließ und mit quietschenden Reifen losfuhr.

»Keine Ahnung«, keuchte Inka. »Sieht aus, als würden wir jemanden verfolgen, der jemanden verfolgt! Geben Sie Gas!«

Aber die beiden Autos waren außer Sicht. Pfeil kurvte halsbrecherisch durch die Spielstraße.

»Mist, Mist, Mist, jetzt sagen Sie nicht, wir haben sie verloren«, keuchte er. Inka hielt fieberhaft Ausschau. Plötzlich sah sie durch eine Lücke zwischen zwei Gärten den Kleinwagen und kurz dahinter Leipolds Auto.

»Da, rechts! Auf der Hauptstraße«, rief sie. Pfeil ignorierte die Vorfahrtsregelung der nächsten Straße. Er sorgte für die Vollbremsung eines Tiefkühlkostlieferanten und raste Richtung Hauptstraße, wo er sich vorsichtiger einfädelte. Hier konnten sie kein Aufsehen gebrauchen, zumal die beiden gesuchten Wagen etwa vierhundert Meter vor ihnen an einer Ampel warteten.

»Puh, das war knapp! Und jetzt?«, fragte Pfeil und wischte sich den Schweiß von der Stirn.

»Solange sie nur hinter ihm herfährt, bleiben wir dran«, antwortete Inka. Sie spähte auf das Kennzeichen des Wagens vor Astrid. Als sie ihr Handy zückte, musste sie erst Rasenreste abwischen.

»Luhmann hier. Halterabfrage für folgendes Kennzeichen …«

SIE Montag, 18:40 Uhr

Sie war wütend. Wie konnte es sein, dass der Schleimer einfach ihre Pläne durchkreuzte?! Wochenlang hatte sie ihn ausgespäht. Wie den Fettsack und die Schlampe vor ihm. Und wochenlang war der Schleimer ein Muster an Beständigkeit gewesen. Ein Beamter eben. Ein Lehrer. Ihr war klar, dass der neue Stundenplan nach den Ferien seinen beruflichen Zeitplan etwas durcheinanderbringen würde. Aber genau deshalb hatte sie sich ja auf seine Freizeit konzentriert. Sie hatte herausgefunden, dass Montagabend die perfekte Zeit für ihr Vorhaben war. Denn montagsabends ging der Schleimer tatsächlich zum Singen. Singen! Was für ein Spießer.

Jeden verdammten Montag in den letzten Wochen war seine Frau um kurz nach sechs mit seinen beiden Kindern zum Sport gefahren. Und Punkt 18:50 Uhr war der Schleimer dann aus dem Haus gekommen, um sich in seinen lächerlichen Kleinwagen zu setzen und zum Chor nach Arnsberg zu fahren. Seit Wochen. Und ausgerechnet an dem Tag, an dem sie ihn in seiner Garage erwarten wollte, um ihn zu betäuben und Richtung Hennesee mitzunehmen, war der Schleimer eine Viertelstunde zu früh mit zwei Sixpacks Bier und einer dämlichen Tüte Chips aus dem Haus gekommen, um wer weiß wohin zu fahren.

Sie zwang sich zur Ruhe. Das Ritual … Ach, vergiss das verdammte Ritual, sie musste sich auf den Verkehr konzentrieren. Und sich etwas einfallen lassen. Noch einen Montag länger zu warten, war sinnlos. Sie fürchtete, dass die Polizei ihr bis dahin auf die Schliche kam. Außerdem war dann das Fest vorbei und der Kreis nicht geschlossen. Was also stattdessen? Ihn von der Straße abdrängen und an Ort und Stelle kaltmachen? Das barg zu viel Risiko. Sie fluchte und hieb auf das Lenkrad. Verdammt, es blieb ihr nur eine Möglichkeit. Wo immer der Schleimer auch hinfuhr, sie musste ihm folgen und improvisieren. Immerhin war das ja schon bei dem geilen Bock gutgegangen.

52 Montag, 18:52 Uhr

»Mist, warum kann man bei Observierungen kein Blaulicht einsetzen?«, fluchte Pfeil und bog in letzter Sekunde nach links auf die B229 ein. Die Ampel war bestenfalls dunkelorange, als die beiden Polizisten sie passierten.

»Tja, das ist wohl der feine Unterschied zwischen Stuntman und Bulle«, sagte Inka und hoffte, dass Pfeil mit seiner Aktion nicht für ein Hupkonzert anderer Verkehrsteilnehmer und damit für unnötiges Aufsehen sorgte. Aber es blieb still, und Inka atmete auf. Überhaupt fand sie, Pfeil machte seine Sache gut. Er hielt sich weit genug hinter Astrid Leipold, um nicht bemerkt zu werden, und Astrid Leipold hielt sich ihrerseits weit genug von dem Fahrzeug vor ihr. Es war eine absurde Situation. Aber was war seit dem Auffinden der ersten Leiche noch normal? Sie schüttelte den Kopf. Das alles war noch keine drei Tage her. Es kam ihr vor wie eine Ewigkeit.

»Wie lange machen wir das eigentlich noch?«, fragte Pfeil. Inka sah ihn an und musste ihm recht geben. Unter normalen Umständen war es Vorschrift, bei einer Observierung ab einer bestimmten Zeitspanne ein zweites Fahrzeug einzusetzen. Eine Ablösung sollte die Chance auf Enttarnung möglichst gering halten. Jeder noch so bornierte Verfolgte würde irgendwann misstrauisch, wenn ein und dasselbe Fahrzeug stundenlang hinter ihm klebte.

»So lange wir müssen«, antwortete Inka seufzend. »Hoffen wir mal, dass Leipold zu beschäftigt ist, uns zu entdecken, weil sie selbst nicht entdeckt werden will.«

»Und wenn wir Verstärkung anfordern?«, fragte Pfeil eher rhetorisch. Inka hatte den Gedanken im Telefonat mit Halverscheid auch schon durchdacht, aber ihr Chef hatte sich dagegen verwehrt.

»Nicht bei der Personallage«, erklärte Inka. »In Brilon haben wir keine Kapazitäten mehr, außer Streifenwagen. Und die würden auffallen. Zivileinheiten gibt es höchstens noch in Arnsberg oder Meschede. Aber die so kurzfristig anzufordern ist unmöglich. Halverscheid sagt, die stehen uns erfahrungsgemäß erst nach Stunden zur Verfügung.«

Pfeil nickte. »Weil sie selbst irgendwo unterwegs sind. Tja, die Entfernungen im Sauerland.«

Die beiden sahen wieder auf die Straße vor sich, wo ein gelbes Schild mit blauem Autobahnpiktogramm ankündigte, dass sie in Kürze wieder die A46 erreichten. Inka ahnte, es würde wieder auf die Autobahn gehen. Fragte sich nur, wohin diesmal. Ihr Telefon klingelte. Sie sah auf das Display.

»Ah, die Zentrale«, sagte sie und drückte den Annahmeknopf. »Luhmann.« Dann horchte sie einen Moment, legte die Stirn in Falten und bedankte sich. Sie wollte schon auflegen, als ihr noch etwas einfiel. »Ach so, ist eigentlich ein Dr. Richards aus Düsseldorf inzwischen bei euch eingetroffen?« Wieder ein Moment Ruhe. »Okay, danke. Meldet euch, sobald er da ist, okay?«

Sie legte auf und sah Pfeil an. »Der Wagen, den Astrid Leipold verfolgt, ist auf einen Andreas Watterott zugelassen. Gymnasiallehrer hier in Arnsberg.«

Pfeil zuckte die Schultern. »Muss mir das irgendwas sagen?«

»Nein«, antwortete Inka nachdenklich. »Aber mir sagt das was. Ich weiß nur nicht, was.« Sie dachte nach und zückte wieder ihr Handy.

»Marlies? Inka hier. Und? Habt ihr die Liste der Schützenmitglieder in Meschede? Beide sogar? Das heißt eine aktuelle und eine von vor drei Jahren?« Ihre Miene hellte sich auf. »Okay, steht vielleicht ein Andreas Watterott drauf?« Es dauerte ein paar Sekunden, bis sie ihre Antwort hatte. Inka bedankte sich. Dann brachte sie Röggen und Kemperdick kurz auf den neuesten Stand und bat sie, sich von Meschede in ihre Richtung zu bewegen. Inka würde sie später exakter zu sich lotsen. Sie hatten ihre Verstärkung. Inka legte auf und sah Pfeil ernst an.

»Andreas Watterott ist auf der Mitgliederliste des Schützenvereins in Meschede von vor drei Jahren als Mitglied geführt. Auf der aktuellen nicht mehr.«

Pfeil erwiderte ihren Blick. »Dann ist er zwischenzeitlich ausgetreten?«

»Nicht zwischenzeitlich. Laut Liste ein paar Wochen nach dem Schützenfest vor drei Jahren, auf dem Astrid Leipold vergewaltigt wurde.« Inka sah nach vorne. »Als wäre dort etwas passiert, was es ihm unmöglich erscheinen ließ, weiterhin Mitglied zu bleiben. Und wenn Astrid Leipold den Mann jetzt verfolgt …«, setzte sie an.

»Hat sie entweder einen weiteren Zeugen der Tat oder ihren Vergewaltiger gefunden«, beendete Pfeil.

Er gab Gas, denn vor ihnen bog Astrid Leipold rechts auf die Autobahn ab, um Andreas Watterott in Richtung Bestwig zu verfolgen.

53 Montag, 19:15 Uhr

»Gute Nacht, Papa.«

»Nacht, Mia«, sagte Henne, gab seiner Tochter einen Kuss auf die Stirn und zog ihr sorgfältig die Decke bis zum Hals. Er stand mit knackenden Knien auf. Verdammt, der Allerjüngste war er auch nicht mehr. Wie jeden Abend hatte er erst Tom ins Bett gebracht, der so erschöpft war, dass er sofort eingeschlafen war. Nun hatte er Mia ihre Gutenachtgeschichte aus einem Buch vorgelesen, das sie selbst gar nicht mehr anrührte. Und wie jeden Abend hatte er sich dafür vor ihr niedriges Bett gekniet. Eigentlich ein unnötiges Unterfangen, denn den Text über einen kleinen Bären, der nicht erwachsen werden wollte, kannten sowohl Henne als auch Mia längst auswendig. Aber Mia liebte es, ihren Vater beim Lesen zu beobachten. Sie zog die Hälfte ihres Spaßes daraus, wie er Bärenstimmen imitierte und Grimassen schnitt. Trotz des harten Tages war alles wie immer. Nur diesmal war Mia nicht bereits auf halbem Weg ins Reich der Träume gewesen, als Henne am Ende der Geschichte ankam.

»Wann kommt Mama?«, fragte sie besorgt.

»Ich weiß es nicht. Aber lange ist sie bestimmt nicht mehr weg.« Henne gefiel Mias ernster Gesichtsausdruck nicht. »Was ist los, Schatz?«, fragte er. Er kniete sich wieder neben das Bett, ignorierte seine knackenden Knie und strich seiner Tochter zärtlich das Haar aus der Stirn.

»Dass ihr euch wieder gestritten habt. Heißt das, ihr trennt euch jetzt?«

Henne schüttelte ungläubig den Kopf. Wo hatte sie das jetzt wieder her? Aber dann fiel es ihm ein. Kati, eine weitere Freundin von Mia, machte gerade den unschönen Scheidungskrieg ihrer Eltern durch und hatte ihr wahrscheinlich davon erzählt.

»Erwachsene streiten sich manchmal, das ist ganz normal.«

»Aber warum so oft? Und warum kann man sich nicht einfach liebhaben?«

Henne lächelte verständnisvoll. »Das eine hat mit dem anderen gar nichts zu tun«, sagte er. »Guck mal, du streitest dich doch auch manchmal mit Emma oder Kati, oder?«

»Nur, wenn die doof sind.«

»Aber du magst sie trotzdem.«

»Klar, sie sind ja nicht immer doof.«

»Und genauso ist das bei den Erwachsenen«, erklärte Henne. »Manchmal ist einer doof, und man streitet sich, aber dann verträgt man sich auch wieder, weil man den anderen trotzdem sehr lieb hat. Also keine Sorge. Mama und ich vertragen uns wieder, okay?«

Mia nickte zufrieden, und endlich sah Henne das, was er im Gesicht seiner Tochter sehen wollte. Sorgenfreie Entspannung. Hoffentlich blieb das erst mal so. Das Leben würde ihr schon noch genug Sorgen bereiten.

»Und jetzt schlaf schön«, sagte er und knackte beim erneuten Aufstehen ein drittes Mal mit den Knien. Als er an der Tür ankam, atmete Mia schon tief und gleichmäßig. Henne schloss sanft die Tür und ging ins Wohnzimmer. Tom schlief weiterhin ruhig, wie ein Blick in sein Zimmer zeigte. Die Aufregung um seine Kopfverletzung hatte wohl beide Kinder mehr mitgenommen, als Henne sich eingestanden hatte. Er sah auf die Uhr. Viertel nach sieben, so früh waren sie sonst nie im Bett. Wie immer, wenn die Kinder schliefen, stellte er das Telefon stumm. Eine der unangenehmsten Seiten des Polizistenalltags waren abendliche Anrufe, die gerade eingeschlafene Kinder weckten. Inka war nicht da, und für dienstliche Anrufe hatte sie ihr Handy. Henne sah auf sein Handy neben dem Festnetztelefon und nahm es auf. Er fragte sich, ob er Inka anrufen sollte, aber als er ihre Nummer schon ins Display gerufen hatte, entschied er sich dagegen. Egal, was er ihr sagen würde, mitten in einer Mordermittlung würde alles zu Missverständnissen und damit zu noch mehr Ärger führen. Er stellte das Handy ebenfalls stumm und ermahnte sich, lieber den Abend zu genießen. Die Hausarbeit war erledigt, die Kinder lagen im Bett, und ein alter Kumpel mit Bier sollte gleich eintreffen. Allerdings hatte selbst das einen seltsamen Beigeschmack. Henne holte eine Schüssel und eine Tüte Chips aus dem Küchenschrank. Er fragte sich, ob die alten Zeiten wirklich der Grund für Andreas' Besuch waren. Das plötzliche Wiedersehen vorgestern Abend war ihm mindestens zwei Ticken zu zufällig vorgekommen. Genau wie Andreas' dringlicher Redewunsch. Selbst als Bulle in Elternzeit konnte Henne es immer noch riechen, wenn jemand log. Und er konnte es riechen, wenn jemand Angst hatte. In Andreas' Fall stank es in beiden Fällen zum Himmel. Henne sah durch das seitliche Wohnzimmerfenster auf die Straße und fragte sich, was der Abend außer ein paar Bier und alten Erinnerungen wohl für ihn parat hielt.

54 Montag, 19:25 Uhr

»Scheiße.«

Pfeil sah mit finsterer Miene auf die Tankuhr, deren Zeiger sich mit einem leisen Warnklingeln und der Aufforderung »Bitte tanken« im Infodisplay in den roten Bereich verabschiedete. »Ich sag's ja nicht gerne«, murmelte er, »aber uns geht langsam der Sprit aus. Wäre nicht schlecht, wenn unser Backup bald da wäre.«

Inka fluchte innerlich. Sie hatte Kemperdick und Röggen per Telefon weiter auf die Autobahn Richtung Bestwig und weiter auf die B7 in Richtung Nuttlar gelotst. An der Abfahrt hatte es wohl einen Stau gegeben, durch den sie sich erst mühsam kämpfen mussten. Inka dachte fieberhaft nach. Wenn ihre eigene Fahrt noch lange weiterging, musste sie sich um eine Ablösung kümmern, um tanken zu können. Die beiden folgten den Fahrzeugen vor ihnen noch immer. Watterott vorneweg, ein paar Autos dahinter Astrid Leipold und noch etwas weiter zurück Inka und Pfeil. Mittlerweile hatte die unheilvolle Kolonne die Autobahn, noch vor dem Stau, hinter sich gelassen. Sie fuhren ironischerweise denselben Weg, den sie auf dem Weg zu Watterotts Wohnhaus gefahren waren. Nur in umgekehrter Richtung. Als sie Nuttlar passiert hatten, blieben sie aber auf der B7. Inka fragte sich nicht nur, wie weit die Fahrt noch gehen sollte, sondern auch, wie lange sie es noch verantworten konnte, eine mutmaßliche Doppelmörderin auf der Jagd nach einem weiteren Opfer unbehelligt durch das Sauerland fahren zu lassen.

»Also wenn die wieder Richtung Autobahn wollen, müssen wir passen«, sagte Pfeil mit Blick auf die Tanknadel, die nur noch zwei Striche vom unteren Anschlag entfernt war. Inka nickte stumm. Sie fuhren gerade an Brilon vorbei, und sie sah sich auf ihrem Handy die Straßenkarten mit den möglichen Routen ihrer Verfolgten an.

»Wer über Brilon fährt, will mit Sicherheit nach Norden oder Osten. Ich tippe mal auf die A 33 oben in Haaren oder die A 44. Entweder Richtung Paderborn oder nach Südosten Richtung Kassel«, dachte Inka laut nach.

»Für uns beides keine Option«, sagte Pfeil und überprüfte nochmals die Tankuhr. »Der Bordcomputer gibt uns noch 70 Kilometer, mit den ganzen Ampeln hier eher weniger.«

Inka nickte entschlossen. »Sie haben recht. Das geht so nicht weiter, wir brauchen schneller Verstärkung.« Sie scrollte im Handydisplay zu Röggens Nummer, um zu fragen, wo sie und Kemperdick blieben.

»Moment noch«, rief Pfeil plötzlich und deutete nach vorne. Inka sah auf. Sie näherten sich einer Kreuzung. Watterott hatte ein paar hundert Meter weiter vorne den Blinker gesetzt. Geradeaus Richtung A 44 ging es also schon mal nicht. Allerdings auch nicht nach links, in Richtung der A 33. Der Blinker an Watterotts Auto leuchtete rechts: In Richtung Brilon Zentrum.

Inka und Pfeil sahen sich verdutzt an.

»Die fahren nach Brilon?!«, fragte Pfeil unnötigerweise. Inka überkam eine ungute Vorahnung. Sie überlegte fieberhaft. Irgendwas ließ die Alarmglocken in ihr schrillen. Nur was? Sie sah, wie Leipold jetzt ebenfalls den Blinker setzte und Watterott folgte. Pfeil tat es den beiden nach und bog ebenfalls ab.

»Was will dieser Watterott ausgerechnet in Brilon?«, fragte sie eher sich selbst, während die Fahrt stadteinwärts ging. Die Bebauung wurde dichter und traditioneller. Plötzlich fiel es ihr ein.

»O nein!«, sagte sie so laut, dass Pfeil fast erschrak.

»Was ist los?«, fragte er und sah sich hektisch um.

Inka starrte ihn mit weitaufgerissenen Augen an. »Watterott, verdammt! Warum bin ich nicht gleich darauf gekommen?! Andreas Watterott ist ein alter Schulkumpel von Henne!«

Sie spürte, wie eine Welle der Übelkeit in ihr aufstieg. Und dann überrollte sie ein Tsunami der schlimmsten Befürchtungen. Watterott setzte diesmal den linken Blinker und bog in eine kleine Nebenstraße ab. Inka kannte die Straße. Es war die Straße, in der sie seit ein paar Wochen mit Henne und den Kindern wohnte.

»Hinterher und dann sofort rechts anhalten, Pfeil! Sonst fliegen wir auf!« Er sah sofort, dass Inka recht hatte. Die Straße war so ruhig und schmal, dass drei Autos hintereinander garantiert die Aufmerksamkeit zumindest eines der beiden Verfolgten erregten. Die beiden beobachteten atemlos, wie Watterott langsamer wurde, offenbar die Hausnummern abzählte und dann unmittelbar vor dem Zweifamilienhaus, in dem Inka wohnte, anhielt. Leipold hielt sich vorsichtig im Hintergrund und tat das einzig Richtige, sie hielt ebenfalls am rechten Straßenrand.

»Besucht der etwa Henne?!«, fragte Pfeil.

»Sieht ganz danach aus«, sagte Inka grimmig und griff nach ihrer Dienstwaffe. »Und wenn Leipold auch nur den Ansatz macht, auszusteigen, ist sie fällig.«

Mit der freien Hand wählte Inka ihre eigene Festnetznummer. Aber das Telefon klingelte, ohne dass jemand abnahm.

SIE Montag, 19:39 Uhr

Der verdammte Schleimer hatte ihren ganzen Plan über den Haufen geworfen. Sie hatte das Auto am Straßenrand geparkt und sah abwechselnd von der Uhr im Armaturenbrett auf den Hauseingang eines spießigen Zweifamilienhauses. Vor gut 10 Minuten war der Schleimer in dem Haus verschwunden. Mit Bier und Chips und einem prallen Stoffbeutel, den er offenbar schon vor der Abfahrt im Wagen liegen hatte. Wie lange würde sie noch warten müssen? Und vor allem, was würde sie dann tun?

Sie überlegte angespannt. Wichtig war nur, dass es heute passierte. Morgen würde am Hennesee der Aufbau für das Schützenfest am nächsten Wochenende beginnen. Um ihren kleinen Unterschlupf am Festplatz würde es dann nur so wimmeln, von wichtigen Schützenheinis, Schaustellern, Caterern, Getränkelieferanten und Eventmanagern. Viel zu viele Zeugen für ihr Vorhaben. Sie fluchte. Es musste heute passieren! Nur dann war es perfekt! Nur dann würde sich der Kreis schließen! Nur dann würde es sie für immer in Ruhe lassen!

Sie schauderte. Und merkte, wie sich Gänsehaut auf ihren Unterarmen bildete. Nein! Nicht wieder die Erinnerungen an die Nacht vor drei Jahren. Sie schüttelte den Kopf, hieb sich mit den Handballen vor die Stirn. Aber es war zu spät. Die Geräusche waren wieder da. Festzeltmusik, fernes Stimmengewirr aus Rufen, Gesang und Gegröle, das Keuchen … Dann kamen die Gerüche. Die warme schwere Luft, das Wasser des nahen Sees, Bierdunst, Zigarettenqualm, Billigdeos, Sonnenmilch. Und vor allem die schlimmsten Gerüche. Die des feuchten Holzes unter ihr, die der Stricke an ihr und die des widerlichen Schleimers auf und in ihr. Der Schnaps, der Schweiß, sein Speichel … Sie spürte, wie er in sie eindrang, seine Stöße, seine Verachtung … Sie schrie vor Wut!

Und erschrak! Sie war wieder zurück im Auto vor dem Haus. Hatte sie wirklich geschrien? Noch schlimmer, hatte es jemand gemerkt? Sie sah sich um. Die Straße wirkte friedlich und leer. Das war gut. Sie sah zum Eingang. Das Auto des Schleimers stand noch immer davor. Auch das war gut. Aber sie hatte wieder einmal die Kontrolle verloren. Das war nicht gut. Sie würde es heute tun. Nur wie, verdammt?

Dann fielen ihr die Six-Packs ein. Zwölf Flaschen Bier, ein Männerabend unter Sauerländern. Sie entspannte sich ein wenig. Wenn der Schleimer mit Bier reingegangen war, würde er garantiert nicht mehr nüchtern herauskommen. Und er würde Richtung Hennesee zurückfahren. Das würde ihr Vorhaben nicht verkomplizieren, sondern erleichtern. Sie musste nur eines tun. Warten!

Sie drehte ihren Sitz in eine angenehmere Position und sah auf den Beifahrersitz. Auch der Totschläger wartete.

55 Montag, 19:59 Uhr

»Du hast was?!«

Henne war aufgesprungen und starrte ungläubig auf Andreas Watterott, der ihm gegenübersaß und die Hände vor das Gesicht geschlagen hatte. Böse schaute aufmerksam von seinem Beobachtungsposten auf dem Sofa auf und ließ ein leises Knurren vernehmen. Er hatte Andreas vom ersten Moment an nicht gemocht. Jetzt wusste Henne, warum.

»Ich habe sie vergewaltigt«, sagte Andreas. »Vor drei Jahren auf dem Schützenfest am Hennesee. Ich weiß nicht, was damals in mich gefahren ist. Ich war besoffen. Und geil. Und ich hatte seit Wochen keinen Sex mehr, weil unser zweiter Sohn gerade ein halbes Jahr alt war …« Er sah Henne mit rotunterlaufenen Augen an. »Ich war damals noch im Schützenverein. Wir Jungs hatten das ganze Wochenende die Lampen an. Und am Samstag war sie dann im Festzelt. Alleine. Reviermücke. Konnte man sofort sehen. Und sie hat es echt drauf angelegt. Wir haben getanzt und so. Und als ich sie dann irgendwann angefasst habe, hat sie plötzlich einen Rückzieher gemacht. Die blöde Kuh.«

Jetzt war es Henne, der die Hände vors Gesicht schlug. Es hatte eine reservierte Begrüßung und je eine Flasche Bier gedauert, bis die beiden Männer etwas realisiert hatten. Die Zeit hatte aus zwei ehemaligen Freunden wieder zwei Fremde gemacht. Nach den ersten Belanglosigkeiten über Familien und Jobs war ihr Gespräch schnell ins Stocken geraten. Kein gutes Zeichen. Zumal Henne ahnte, dass Andreas nicht aus nostalgischer Sentimentalität bei ihm war. Also hatte er ihn ohne Umschweife nach dem wahren Grund gefragt. Immerhin hatte Andreas es nicht mit einer Ausrede versucht, sondern ihm ohne Umschweife die ganze Geschichte geschildert.

»Scheiße, Andreas, ich bin ein Ex-Bulle! Was glaubst du denn, was ich jetzt machen muss?«

Andreas sah ihn an. »Ich hatte gehofft, wir finden da eine gemeinsame Lösung.«

»Und welche?! Willst du sie anrufen und dich entschuldigen?«

Andreas schluckte kleinlaut, was Henne ein noch tieferes Unbehagen bereitete.

»Das wird nicht nötig sein. Sie ist hier.«

»Was?!?« Henne starrte Andreas an.

»Sie hat mir zwei Briefe und ein Päckchen geschickt, in dem sie mir Rache androht.« Er deutete auf seinen Stoffbeutel, der zwischen ihm und Henne auf einem Stuhl lag.

Henne musste sich setzen. »Wer weiß noch davon?«

»Das ist ja das Problem. Außer dir und mir nur drei Leute. Eine Kellnerin vom Schützenfest damals und Wolfgang Hesterkamp.«

Die Erwähnung der beiden wirkte bei Henne wie ein Schlag auf den Solarplexus. Ihm blieb die Luft weg.

»Die Kellnerin hieß nicht zufällig Nathalie Brückner?«, fragte er tonlos. Ein weinerliches Nicken von Andreas beantwortete seine Frage.

»Dann gehen die beiden Morde auf das Konto der Frau, die du vergewaltigt hast?« Henne war fassungslos.

Ein erneutes Nicken bestätigte seine schlimmsten Befürchtungen. Er schnappte nach Luft, nahm mit todernster, grimmiger Miene seinen Stuhl und setzte sich mit der Lehne voran direkt vor Andreas. Aus dem Hausmann war binnen Sekunden wieder der Bulle geworden.

»Die ganze Geschichte. Sofort.«

»Da gibt's nicht viel mehr. Die Kellnerin, diese … Brückner, und Hesterkamp haben gesehen, wie ich sie vergewaltigt habe. Sie waren eine rauchen, bei diesem alten Bootsschuppen.«

»Und sie haben nichts gesagt?«

»Scheiße, nein. Schützenbrüderschaft und so. Es durfte nichts auf den Verein zurückfallen. Hesterkamp hatte sich ja erst ein paar Stunden vorher zum Schützenkönig gemogelt. Deshalb hat er geschwiegen und Nathalie Brückner Geld gegeben. Und sie wusste, wenn sie was sagt, kann sie alle Jobs im Umkreis von 300 Kilometern vergessen. Und mich haben sie es spüren lassen. Wochenlang. Ab dem Zeitpunkt wurde ich von den beiden regelrecht gemobbt. Hesterkamp wollte mich aus dem Verein raushaben. Auf seine Art eben. Ich meine, er war schwul, er wäre nie jemanden offen angegangen. Aber er konnte auch verdammt manipulativ sein. Nach ein paar Wochen habe ich es nicht mehr ausgehalten. Ich bin ausgetreten. Und seitdem leide ich wie ein Hund. Echt.«

»Entschuldige, wenn sich mein Mitleid in Grenzen hält. Deswegen die Nähte, stimmt's? Weil sie was gehört und was gesehen, aber nichts gesagt haben.«

»Vermutlich«, nickte Watterott.

Henne stand kommentarlos auf und ging in den Flur.

»Was hast du vor?« Andreas sprang ängstlich auf und ging ihm nach. Auch Böse kam argwöhnisch mit. Er ließ Andreas keine Sekunde aus den Augen.

»Was wohl?! Inka anrufen«, sagte Henne und nahm sein Handy auf. Andreas ging fast flehend dazwischen.

»Aber dann bin ich geliefert«, wimmerte er. »Die stecken mich in den Knast. Und was wird dann aus Sabine und den Jungs?« Er deutete vage nach draußen, wie auf eine diffuse, allgegenwärtige Gefahr. »Das ist das Sauerland, was glaubst du, was die auf der Straße und im Supermarkt mit meiner Familie machen? Und Sabine arbeitet auch noch bei der Stadt!«

»Das hättest du dir überlegen sollen, bevor du eine Frau vergewaltigst!«

»Henne, komm. Mach keinen Mist.« Er versuchte Henne vorsichtig das Handy aus der Hand zu nehmen, als wäre es eine geladene Pistole. »Ich dachte, wir könnten das irgendwie unter uns klären. Du bist doch Bulle, gut, Ex-Bulle, aber da muss es doch Möglichkeiten geben. Wir waren doch mal Freunde.«

Henne entzog sich seinem Griff und sah ihn durchdringend an. »Das ist der wahre Grund, warum du hier bist, oder? Damit ich dir helfe, eine Vergewaltigung zu vertuschen.«

Andreas Watterott senkte den Blick. Antwort genug für Henne.

»Du hast recht«, sagte er kalt. »Wir *waren* mal Freunde.«

Er nahm das Handy wieder auf und tippte Inkas Nummer. Erst jetzt sah er, dass sie versucht hatte, ihn zu erreichen.

56 Montag, 20:04 Uhr

Inka und Pfeil saßen noch immer im Auto und beobachteten Astrid Leipold, die sich mittlerweile scheinbar auf längeres Warten eingestellt hatte. Draußen war es merklich dunkler geworden, und eine graue Wolkenwand verkündete nichts Gutes. Vereinzelte Passanten führten ihre Hunde Gassi. Ab und zu fuhren Autos an ihnen vorbei. Für Inka eine fast körperliche Qual. Zweihundert Meter vor ihr saß eine Doppelmörderin in einem Auto, und sie musste zusehen, wie ihre eigenen Nachbarn ahnungslos an ihr vorbeiflanierten. Nur gut, dass es schon nach acht war. Eine Schar spielender Kinder, die vielleicht versehentlich einen Ball vor das Auto schossen, wollte sie sich gar nicht erst ausmalen.

Inkas Telefon klingelte. Röggen berichtete, dass sie und Kemperdick noch ein paar Minuten brauchen würden. Inka gab ihr einen kurzen Lagebericht und bat sie, bei ihrer Ankunft nicht in ihre Wohnstraße einzubiegen, sondern an deren Abzweigung von der Hauptstraße Posten zu beziehen. Noch mehr Aktivität konnte sie vor ihrem Wohnhaus nicht gebrauchen. Sie hatte das Handy gerade gesenkt, als es erneut klingelte. Diesmal war es Halverscheid. Keine fünf Minuten zuvor hatte sie ihm einen detaillierten Lagebericht erstattet. Umso mehr wunderte sie sich, dass er schon wieder anrief.

»Was gibt's?«, fragte Inka nervös in das Telefon. »Macht die Presse wieder Ärger?«

»Nein, die habe ich mit Hinweis auf dringende Ermittlungen

vertröstet«, sagte Halverscheid. »Zwei andere Dinge. Erstens habe ich die Kollegen informiert und Streifenwagen großräumig um Ihre Straße und an allen Ausfahrtsstraßen um Brilon postieren lassen.«

Inka nickte. »Sehr gut, danke.«

»Und hier ist ein Psychiater aus Düsseldorf, der Sie gerne sprechen würde.«

Richards, dachte Inka. Leipolds Therapeuten hatte sie fast vergessen. Aber den würde sie später weichklopfen müssen.

»Sagen Sie ihm, er soll sich zur Verfügung halten, ich will nachher mit ihm reden.«

»Das wird nicht nötig sein«, sagte Halverscheid. »Offenbar hat die Fahrt hierher in ihm einen Meinungsumschwung bewirkt. Er beruft sich auf rechtfertigenden Notstand, hat sich selbst von der Schweigepflicht entbunden und eine ziemlich dicke Patientenakte von Astrid Leipold dabei. Er meint, er will nicht dafür verantwortlich sein, wenn noch mehr Menschen zu Schaden kommen sollten.«

Was eine Fahrt ins Sauerland so alles bewirken kann, dachte Inka. Im selben Moment überlegte sie, was das für sie bedeutete. Einerseits war es gut, denjenigen auf der eigenen Seite zu haben, der Astrid Leipold wahrscheinlich am besten kannte. Andererseits war es alarmierend, wenn nicht mal Leipolds eigener Therapeut sagen konnte, zu was die Frau alles imstande war. Halverscheid sprach weiter.

»Was ich damit sagen will, Frau Luhmann. Mit Dr. Richards' Hilfe haben wir zumindest so viele Detailinformationen, neue Indizien und Verdachtsmomente, dass wir die Aktion da draußen beenden sollten.«

Inka sah Pfeil an.

»Was soll das heißen? Wollen Sie etwa einen Zugriff?«

Pfeil sah irritiert auf.

»Ich will, dass nicht noch mehr Menschen zu Schaden kommen. Schon gar nicht Ihre Familie, Frau Luhmann.«

Stille. Inka atmete durch und sah auf die Fenster ihrer Wohnung. Hinter zweien davon schliefen die wichtigsten kleinen Menschen in ihrem Leben. Hinter dem dritten saß der wichtigste große Mensch und trank Bier.

»Das kann nicht Ihr Ernst sein«, sagte sie ins Telefon. »Die Frau ist bewaffnet, und wir sind zu zweit. Was ist, wenn sie uns entwischt? Meine Familie ist oben in der Wohnung.«

»Das weiß ich, aber die Alternative wäre, dass ich ein Sonderkommando rüberschicke. Das dauert, Frau Luhmann. Bis dahin kann sie längst etwas unternommen haben.«

Inka überlegte fieberhaft. Sie hatte bereits zweimal versucht, Henne auf dem Festnetz anzurufen. Erst nach dem zweiten Anruf war ihr eingefallen, dass er den Apparat stumm stellte, wenn die Kinder im Bett waren. Aber auch ihr Anruf auf seinem Handy war unbeantwortet geblieben, seine Mailbox hatte er entweder nicht aktiviert, oder sie war voll.

»Im besten Fall wird Ihre Familie gar nichts von dem Zugriff mitbekommen«, sagte Halverscheid. »Und ehrlich gesagt …« Er schwieg einen Moment.

»Was?«, fragte Inka.

»Ehrlich gesagt … Das sage ich Ihnen jetzt nicht als Chef, sondern als Freund. Wenn es sich nun schon nicht mehr ändern lässt«, fuhr Halverscheid fort, »würde ich an Ihrer Stelle lieber das Schicksal meiner Familie in die eigene Hand nehmen, als es irgendeinem Kollegen zu überlassen. Ich weiß, was Sie können.«

Inka war wie vor den Kopf gestoßen. Diese Art Ratschlag war genau das Gegenteil dessen, was man an jeder Polizeischule lernte. Teamarbeit, Sicherheit und Vorschriften kamen vor allem anderen. Einzelaktionen, noch dazu in einem klaren Fall von persönlicher Befangenheit, waren tabu. Halverscheid schien ihre Gedanken erraten zu haben.

»Ich weiß, was Sie denken, Frau Luhmann, und ich will Sie nicht zu einem Alleingang anstiften. Sie können sich auf Pfeil verlassen. Außerdem, ist Henne … Ist Ihr Mann auch Bulle. Und … ach ja«, er machte eine erneute Pause, »das ist das, was wir die Sauerländer Art nennen.«

Inka war hin- und hergerissen. Aber langsam gewann die Entschlossenheit die Oberhand über ihre Angst. Wie lange würde die Frau da vorne noch stillhalten? Vielleicht würde sie sich zu einer Kurzschlussreaktion hinreißen lassen. Sie war ohnehin angespannt und dazu noch unberechenbar.

»Okay«, sagte sie ins Telefon. »Bringen wir es hinter uns.« Sie legte auf, gab Pfeil die Kurzversion des Gespräches und sah ihn an. »Hier ist der Plan.« Sie deutete nach vorne auf die Straße, wo Leipold in etwa zweihundert Meter Entfernung an der rechten Straßenseite parkte. Weitere hundert Meter dahinter lag Inkas Haus. Die Straße war beidseitig mit Zweifamilienhäusern bebaut, in deren gepflegten Vorgärten zum Teil große Hecken und Bäume wuchsen. »Leipold kennt weder Sie noch mich«, sagte Inka. »Ich gehe als ganz normale Passantin auf der linken Straßenseite in Richtung ihres Autos. Parallel dazu arbeiten Sie sich an der rechten Straßenseite entlang. Aber nicht auf dem Gehweg, sondern ungesehen durch die ganzen Hecken und Bäume der Vorgärten.« Zwei Passanten von zwei Seiten konnten leicht auffällig und bedrohlich wirken. Inka deutete auf ein weiteres Zweifamilienhaus direkt neben dem Auto der Mörderin. »Wenn Sie den Vorgarten des Hauses neben ihrem Auto erreicht haben, achten Sie auf Leipolds Blicke in den Rückspiegeln. Wenn sie Sie nicht sieht, tauchen Sie in den toten Winkel hinter ihrem Wagen. Dann ziehen Sie Ihre Waffe und warten. Ich komme von der linken Straßenseite und werde Leipold als Passantin an der

Fahrertür ansprechen. Natürlich mit unauffällig gezogener Waffe. Wir nutzen das Überraschungsmoment. Wenn Sie mich hören, kommen Sie von der Beifahrerseite dazu und sprechen sie mit vorgehaltener Waffe an. Ich entwaffne und sichere Leipold dann. Verstanden?«

»Verstanden«, sagte Pfeil im Profimodus. Inka war froh, sich auf jemanden wie ihn verlassen zu können. Die beiden entsicherten vorsichtig ihre Dienstwaffen. Inka überprüfte zusätzlich noch einmal ihr Handy, das sie diesmal auf Vibrationsalarm stellte. Ein erneutes Debakel wie in Hesterkamps Haus wollte sie nicht erleben. Die Hände am Türgriff, sah Inka ihren Kollegen noch einmal an. Was auch immer sie von dem Mann hielt, diesmal musste sie ihm nicht nur ihre eigene, sondern auch die Sicherheit ihrer Familie anvertrauen. Ihr kurzes Nicken in seine Richtung war eine stumme Frage, ob er sich dessen bewusst war. Sein Nicken war die erhoffte sachliche Antwort. Er war es. Sie stiegen beide lautlos aus.

Draußen wechselten die Ermittler einen letzten Blick. Jetzt würde sich herausstellen, was er wirklich draufhatte. Inka wechselte wie zu einem Abendspaziergang die Straßenseite und flanierte wesentlich angespannter als es aussah in Richtung Leipold und ihrer eigenen Wohnung. Pfeil wartete einen Moment, bevor er geduckt den Dienstwagen umrundete und aus dessen Schutz hinter die Hecke des Vorgartens rechts des Dienstwagens lief. Jetzt galt es. Inka konnte nur hoffen, unauffälliger zu wirken, als sie sich fühlte. Mit jedem Schritt konnte sie deutlicher erkennen, dass Leipold offenbar entspannt den Eingang ihres Hauses beobachtete. Das war gut. Ein leises Rascheln von der gegenüberliegenden Straßenseite bestätigte Inka, dass auch Pfeil auf seiner Mission war.

Noch dreißig Meter. Ein Fahrzeug kam ihr entgegen. Inka kannte es, es gehörte einem Rentner, der fünf Häuser weiter die

Straße hinunter wohnte. Er fuhr vorbei und grüßte. Auch nicht schlecht, so wirkte alles authentisch. Und noch besser, Inka konnte das sogar zum Wechsel der Straßenseite nutzen. Sie war jetzt auf der Fahrbahn unmittelbar hinter Leipolds Auto. Ein letztes unauffälliges Durchatmen. Pfeil hatte den Vorgarten des Hauses neben Leipolds Auto erreicht. Alles lief perfekt. Inka war noch zwanzig Schritte von Leipolds Auto entfernt. Die Mörderin hatte noch immer nichts bemerkt. Die nächsten Sekunden würden entscheiden. Inka sah Pfeil jetzt in den toten Winkel hinter Leipolds Auto springen. Er entsicherte seine Waffe und gab ihr ein Zeichen. Noch fünfzehn Schritte. Inka griff unauffällig nach ihrer eigenen Waffe. Und plötzlich passierte alles gleichzeitig.

Ihr Handy vibrierte in ihrer Hose! Nicht schon wieder, wenn sie es gerade nicht brauchte, dachte Inka. Sie ließ sich nicht ablenken und lief weiter. Noch zehn Schritte. Aber im selben Moment erregte irgendetwas Leipolds Aufmerksamkeit! Inka sah, wie sie sich hinter dem Lenkrad aufsetzte und den Zündschlüssel drehte. Hatte sie sie aufgeschreckt? Nein. Inka erkannte im Rückspiegel, dass der Blick der Frau nach vorne ging. Jetzt sah Inka, wohin. Aus dem Eingang ihres Hauses sprintete Watterott auf sein Auto zu. Verdammt! Inka blickte zu Pfeil, aber es war zu spät. Leipolds Motor wurde gestartet, die Frau sah in den Rückspiegel. Jetzt hatte sie Inka entdeckt! Für den endlos langen Bruchteil einer Sekunde sahen die Frauen sich in die Augen. Dann flog krachend der Rückwärtsgang rein, und Leipold stieß zurück. Es gab einen dumpfen Aufprall und einen unterdrückten Schrei. Sie hatte Pfeil erwischt, der im toten Winkel hinter dem Wagen kauerte. Inka sah, wie er fluchend zu Boden ging. Sie selbst hatte die Waffe im Anschlag, konnte aber nur noch tatenlos zusehen, wie Leipold mit quietschenden Reifen aus der Parklücke zog und auf Watterott zuhielt. Der wollte Dutzende Meter weiter vorn gerade hektisch seine Autotür aufschließen.

Lautes Hundegebell ertönte aus Inkas Wohnung. In den Zimmern der Kinder ging Licht an. Was war da los?

Inka rannte weiter. »Watterott!«, schrie sie und sah, wie der Mann sich ihr zuwandte. Im selben Moment schoss Böse aus dem Hauseingang und rannte laut bellend auf Watterott zu. Der Mann sah den Hund, ließ entsetzt von seinem Schlüssel ab und rannte in wilder Panik die Straße runter. Aber er hatte keine Chance. Nach nicht mal zwanzig Metern hatte Böse ihn am Bein gepackt und brachte ihn mit einem unwirklich leisen Klatschen zu Fall. Dann stellte er sich breitbeinig über ihn und knurrte.

»Böse, aus!«, rief Inka, die Leipold auf die beiden zurasen sah. Und zu ihrer Verwunderung ließ der Hund tatsächlich von seinem Opfer ab. Was Watterott nutzte, um aufzuspringen. Aber im selben Moment sah er mit weitaufgerissenen Augen einen schwarzen Minivan, mit dem Werbeaufdruck einer Pension in Winterberg, auf sich zurasen. Der Wagen erwischte ihn mit dumpfem Knall und schleifte ihn fast hundert Meter weit die Straße entlang, bis er vor einem weiteren geparkten Auto liegen blieb. Er war zu weit weg für Inka, die trotzdem weiterlief. Entsetzt sah sie, wie Leipold aus dem Wagen sprang, den jetzt reglosen Watterott mit fast übermenschlichen Kräften in den Van wuchtete und davonraste.

»Scheiße!« Inka drehte um und sprintete zurück zu ihrem Auto. Vorbei an Böse, der völlig unbeteiligt und schwanzwedelnd am Straßenrand saß und sie ansah. Vorbei an ihrem Hauseingang, aus dem sie polternde Schritte und Hennes Rufe nach dem Hund hörte. Und vorbei an Pfeil, der auf der Bordsteinkante saß und sich mit schmerzverzerrtem Gesicht den Knöchel hielt.

»Kacke, mein Bein! Was ist passiert?«, japste er.

»Sie ist mit Watterott abgehauen. Ich fahre ihr nach. Krankenwagen kommt!«, rief Inka und fing im Vorbeilaufen die Wagenschlüssel, die er ihr zuwarf. Sekunden später fuhr sie im Dienstwagen mit Vollgas vorbei an ihrem Haus. Henne stand mit dem jetzt kreuzbraven Böse vor der Tür und sah alarmiert die Straße hinunter. Ihre Blicke trafen sich einen Moment. Dann war Inka schon vorbei und raste um die Ecke.

Instinktiv bog Inka rechts ab. Auf einen kleineren Forstweg, der unterhalb ihrer Wohnstraße zurück auf den Zubringer führte. Die Hauptstraße, von der sie vorhin abgebogen waren. Der frisch aufgewirbelte Staub vor ihr sagte ihr, dass sie richtiglag. Sie trat das Gas voll durch und erreichte die Hauptstraße, auf der sie, ohne groß zu bremsen, nach links Richtung Bundesstraße, raste. In die Innenstadt mit ihrem Straßengewirr würde Leipold wohl kaum wollen. Begleitet von einem Hupkonzert kreischend bremsender Autos sah sie noch, wie Leipold ein paar hundert Meter weiter vorn wieder nach rechts abbog. Auf die Bundesstraße 7, zurück Richtung Bestwig, Nuttlar und, klar, Meschede. Inka zerrte ihr Handy aus der Tasche und sah, wer sie eben angerufen hatte. Henne! Was hatte er ihr sagen wollen? War mit den Kindern alles okay? Eine SMS beruhigte sie im selben Moment. Auch von Henne: »Alles okay zu Hause. Pass auf dich auf!« Erleichtert warf Inka das Handy auf den Beifahrersitz. Jetzt konnte sie sich auf ihren Job konzentrieren. Sie rief Halverscheid an und wartete gar nicht erst seine Meldung ab.

»Rufen Sie die Straßensperren zurück. Sie hat eine Geisel. Watterott! Und sie fährt vermutlich Richtung Hennesee!«

»Verdammt. Brauchen Sie Unterstützung?«, fragte Halverscheid.

»Im Moment brauche ich nur freie Fahrt, die Verstärkung soll sich im Hintergrund halten. Ich bin dran und melde mich wieder.« Sie legte auf und sah, dass sie die Rücklichter von Leipolds Wagen ein paar hundert Meter vor sich hatte. Es schien, als könnte sie mühelos mithalten. Allerdings würde Leipold wissen, dass sie verfolgt wurde. Inka fragte sich, was sie riskieren würde, um sie loszuwerden. Um sie nicht zu verlieren, gab Inka Gas.

Das Ruckeln ihres Autos bemerkte sie, bevor sie das Pedal ganz durchgetreten hatte. Der Motor stotterte und ging aus. Im selben Moment wurde der Wagen langsamer. Verdammt, der Diesel! Sie starrte entsetzt auf die Tankuhr und den Bordcomputer, der ironischerweise angab: »Reichweite 30 Kilometer, bitte tanken.«

Inka schlug mit einem Aufschrei auf das Lenkrad und ließ den Wagen am Straßenrand ausrollen. Sie musste ohnmächtig mit ansehen, wie die Rücklichter von Leipolds Van auf der Landstraße vor ihr kleiner wurden, bevor sie mit dem Straßenverlauf im Wald verschwanden.

»Scheiße, scheiße, scheiße!« Inka überlegte fieberhaft und zückte wieder ihr Handy. »Herr Halverscheid? *Jetzt* brauche ich Verstärkung, so schnell es geht! Und bringen Sie diesen Therapeuten mit!«

57 Montag, 21:09 Uhr

Inkas Wagen raste als erster einer Kolonne aus drei Zivilfahrzeugen und vier Streifenwagen über eine inzwischen spärlicher frequentierte Bundesstraße 7. Draußen hatte die heraufziehende Nacht die grüne, abwechslungsreiche Landschaft in ein undurchdringliches, eintöniges Meer aus Schwärze und Dunkelheit verwandelt.

Röggen und Kemperdick hatten Inka genau in dem Moment an der Bundesstraße aufgegabelt, als die von Halverscheid geschickte Verstärkung bei ihr eintraf. Sie hatte sich Dr. Richards geschnappt, den verdutzten Psychologen auf Kemperdicks Rücksitz gezogen und die Türen zugeknallt. Jetzt rasten sie mit sieben Fahrzeugen Richtung Hennesee. Inka wusste, dass nur der See das Ziel sein konnte. Hier hatte man beide Opfer gefunden, hier war vor drei Jahren die Vergewaltigung geschehen, und hier war der Ort, an dem Astrid Leipold dafür Rache nehmen wollte. Allerdings war der Hennesee groß, und wo genau Leipold ihren Plan vollenden wollte, konnte niemand genau sagen. Niemand außer vielleicht Richards.

Frank Richards saß neben Inka. Er war schon kurz vor Nuttlar bleich geworden. Und da hatte er nicht einmal zehn Minuten auf dem Rücksitz neben Inka verbracht. Das passte so gar nicht zu seiner stattlichen, robusten Erscheinung. Richards war ein gepflegter Mann Mitte vierzig. Auch wenn er mit seiner Leibesfülle und seinem fast kahlen Schädel gut und gerne für zehn Jahre älter durchging. Mit seiner überkorrekt und distanziert wirkenden Art strahlte er einerseits Professionalität, andererseits aber auch etwas Asexuelles und Überväterliches aus. Vielleicht waren das zwei gute Gründe gewesen, warum Astrid Leipold sich an ihn gewandt hatte. Richards hatte ihr in den letzten Minuten die Krankengeschichte Astrid Leipolds beschrieben. Eine hektische Schilderung, immer wieder unterbrochen von Stoßatmern, Aufstöhnen und unterdrückten Ausrufen, wenn Kemperdick mal wieder abrupt bremste, einen LKW überholte oder das Auto mit quietschenden Reifen in eine Kurve warf.

»Ein Teil der Therapie waren Hypnosesitzungen«, sagte Richards und kämpfte mit der nächsten Welle aufsteigender Übelkeit. »Da hat sie zwar teilweise nur unzusammenhängende Dinge geredet, aber auch eine Reihe von Details genannt. Sie hat von Gerüchen gesprochen. Holz, Moder, Taue, Metall, Wasser, Fäulnis … Und von Geräuschen eines Festes. Die Tat selbst konnte sie mir auch recht genau schildern, aber nicht, wo sie geschah oder wer genau ihre Peiniger waren.«

Inka zwang sich zum Nachdenken. Dann fiel es ihr ein. Holz, Moder, Taue … Nathalie Brückner wurde mit Tauen an einen Holzgegenstand gefesselt. Und Hesterkamp saß nicht nur vor dem pinkfarbenen Boot, sondern auch vor einem Bootshaus. Wer beim Töten seiner Opfer so sorgfältig auf Botschaften achtete, der legte sie auch nicht zufällig ab.

»Es ist ein Bootshaus!«, sagte Inka laut. »Leipold wurde damals in einem Bootshaus am Hennesee vergewaltigt. Und genau da bringt sie ihre Opfer um. Nur so ist die Rache perfekt!«

Röggen wandte sich zu ihr um.

»Das Bootshaus an dem Steg, wo wir Hesterkamp gefunden haben?«, fragte sie.

Kemperdick sah skeptisch in den Rückspiegel. »Eher nicht. Ich habe den Schuppen überprüft, da gab es weder Schnüre noch etwas, woran man jemanden fesseln könnte.«

»Außerdem muss es irgendwo in Rufweite des Festplatzes sein. Man muss das Schützenfest hören können, und es muss nahe genug sein, dass man dort kurz eine rauchen geht.«

Inzwischen hatten sie die B 7 und die A 46 hinter sich gelassen und rasten auf der B 55 in südlicher Richtung durch das Stadtgebiet von Meschede in Richtung See. Sie hatten vermutlich nur einen Versuch, Watterotts Leben zu retten. Mehr Zeit würde Astrid Leipold ihnen nicht geben. Vor ihnen tauchte aus dem Halbdunkel das Schild auf, das Inka gesucht hatte. Ein Pfeil mit der Aufschrift »Festplatz«. Kemperdick riss das Steuer herum und bremste stark ab. Von hier ab mussten sie vorsichtig sein. Richards neben ihr stöhnte auf. Ein Bootshaus. Aber das konnten immer noch mehrere sein. Die Gegend um den Festplatz war früher ein beliebter Anlegeort gewesen. Außerdem trug der See Geräusche sehr weit, und wer sagte, dass Hesterkamp und Brückner nicht ein paar Schritte gelaufen waren, um ihre Zigaretten damals zu rauchen? Sie sah sich um. Aber ihr wurde klar, dass sie sich für solch detaillierte Angaben nicht gut genug in Meschede auskannte. Die Zeit verrann! Auch Kemperdick und Röggen waren nicht sehr ortskundig, und Pfeil befand sich vermutlich gerade auf dem Weg ins Krankenhaus. Inka überlegte, welche Alternativen sie hatte. Dann wusste sie, was zu tun war. Sie drückte die Kurzwahltaste ihres Handys. Henne meldete sich nach nicht mal einem Klingeln.

»Ich wollte mich gerade bei dir melden«, sagte er. Sein Ton war sachlich, professionell voll fokussiert. Inka brauchte nicht einmal eine Frage zu stellen.

»Watterott hat mir alles erzählt«, sagte Henne knapp. »Er hat Astrid Leipold in einem alten Bootshaus vergewaltigt. Ich habe es gerade am PC nachgesehen. Ich kann mich nur an einen einzigen Bootsschuppen erinnern, weil ich vor ein paar Jahren mal auf dem Schützenfest war. Etwa dreihundert Meter neben dem Festplatz an einer ehemaligen Anlegestelle. Aber ich meine, die hätten da mittlerweile eine Industriehalle draufgesetzt. Sorry, mehr habe ich auch nicht.«

»Mehr brauche ich vielleicht auch gar nicht«, sagte Inka mit neuem Mut. In der Not war es klasse, einen Bullen zu Hause zu haben.

»Danke«, sagte sie und wollte schon auflegen, als ihr noch etwas einfiel. »Wie geht es Pfeil?«, fragte sie.

»Okay. Die bringen ihn ins Maria-Hilf. Sein Bein ist wohl gebrochen.« Es entstand eine kurze Pause. Dann meldete sich Henne wieder. »Hier ist alles gut. Und jetzt schnappt euch die Frau!«, sagte er.

Inka gönnte sich ein kleines Lächeln und gab Hennes Beschreibung an Kemperdick weiter, der mit quietschenden Reifen dem nächsten Schild Richtung Festplatz folgte. Richards stöhnte erneut.

Inkas Handy meldete sich schon wieder. Diesmal mit einer Nachricht im Display. Während sie mit Henne gesprochen hatte, hatte Porbeck versucht, sie zu erreichen, und auf ihre Mailbox gesprochen. Sie hörte eine Nachricht ab, die ihr ganz und gar nicht gefiel.

Die Kolonne bremste nun ab und rollte fast in Schrittgeschwindigkeit auf eine große Wiese zu, die sanft Richtung Seeufer abfiel. In der Mitte hatte man ein Rechteck mit Holzpfählen abgesteckt, auf dem vermutlich bereits ab morgen die ersten Arbeiten am Festzelt begannen. Im Hintergrund standen drei Bierpavillons einer örtlichen Brauerei bereits fix und fertig am Seeufer. Das Bier ist immer das Wichtigste, dachte Inka zerstreut und sah sich um. Sie rollten weiter. Alle starrten angestrengt Richtung See, dessen tiefschwarzes Wasser träge ans Ufer schwappte, ein gigantisches Meer aus öligem Morast. Etwa dreihundert Meter entfernt stachen in Ufernähe zwei Reihen alter Holzstümpfe aus der Wasseroberfläche hervor. Wie das Gerippe eines vor langer Zeit gestrandeten urzeitlichen Ungetüms. Von den bewaldeten Hügeln weiter südlich waberten erneut Nebelschwaden herunter, die die Lichter Meschedes in geisterhaft leuchtende Laternen verwandelten. Inka lief ein Schauer über den Rücken.

»Das da könnte eine alte Anlegestelle sein«, überlegte Inka im Vorbeirollen und deutete auf die Holzstümpfe am Ufer. Aber im nächsten Augenblick wurde ihr Blick darauf von einer modernen Gewerbehalle verdeckt.

»Und das muss die Halle sein, die Henne erwähnt hat.« Doch schon überkamen sie wieder Zweifel. Was, wenn es Hennes Schuppen gar nicht mehr gab? Wer wusste, wie alt die Satellitenbilder auf Hennes PC gewesen waren? Richards schwieg. Ob aufgrund von Übelkeit oder aus Angst, wusste Inka nicht. Aber dann ein kurzes Aufblitzen. Kemperdick bremste, die anderen auch. Inka spähte zum Seeufer und erkannte die schwache Reflexion eines Autokennzeichens. Der Minivan von Leipold. Gut versteckt, aber doch erkennbar. Sie hatten zumindest das Auto gefunden.

Keine Minute später standen Röggen, Halverscheid und gut zehn Beamte um Inkas Auto herum. Es war kalt geworden. Kondensierende Atemwolken stiegen auf und verschwanden in der feuchten Luft. Die Beamten legten sich geübt und fast lautlos gegenseitig Schutzwesten an. Alle überprüften ihre Dienstwaffen und Taschenlampen. Hinter der Halle stand tatsächlich ein alter Holzschuppen, aus dessen verrammeltem Eingang ein fahler Lichtschein fiel. Kemperdick kam von einer Kurzaufklärung zurück und machte eine skeptische Miene.

»Der Schuppen ist vielleicht vier mal sechs Meter«, flüsterte er. »Da drin ist Licht, aber von außen kann man nichts erkennen. Die Fenster sind zugenagelt, die Tür vermutlich von innen verschlossen. Kein Hinweis auf Leipold oder Watterott.«

Inka nickte. »Nicht gerade viel. Aber das macht die Sache einfacher. Also, hin, umstellen und sichern. Dann sehen wir mal, was geht. Alles hört auf mein Kommando.« Mit Blick auf Halverscheid fügte sie hinzu: »Und keine Alleingänge, klar?«

Stummes Nicken der Polizisten. Inka wandte sich an Richards, der noch immer schreckensstarr auf dem Rücksitz von Kemperdicks Wagen saß.

»Sie bleiben sitzen, klar?«, sagte Inka. »Wenn wir Sie brauchen, schicke ich jemanden, der Sie holt.«

»Klar«, ächzte Richards.

»Herr Halverscheid, rufen Sie bitte einen Notarzt. Watterott wurde gebissen und angefahren. Ihm wird es selbst dann nicht gutgehen, wenn wir ihn retten können.«

»Schon passiert«, sagte Halverscheid. »Und die Kollegen vom Wasserschutz sind auch benachrichtigt. Ich bleibe hier und koordiniere alles.«

Inka nickte. Sie gab ein Zeichen, und alle gingen los. »Marlies«, sagte Inka leise und zog Röggen beiseite, als die an ihr vorbeiging. »Keine Ahnung, ob das ein guter Zeitpunkt ist, aber du solltest es wissen.«

Röggen sah sie schweigend an.

»Forbeck hat mich angerufen. Er hat das Obduktionsergebnis für deinen Mann. Es war kein Kreislaufzusammenbruch. Jemand hat ihm eine Überdosierung an Narkosemittel verabreicht. Mord.«

»Sie«, war alles, was Röggen sagte.

Inka nickte. Bei dem Gedanken daran, dass die Mörderin gleichzeitig mit ihnen, Henne und den Kindern zusammen im Krankenhaus gewesen sein musste, erschauderte sie. »Wir sind Profis, Marlies«, sagte Inka. »Und wir verhalten uns auch so.«

SIE Montag, 21:35 Uhr

Der Schleimer war genau da, wo sie ihn haben wollte. Auf einem alten hölzernen Schlitten, mit dem man vor einigen Jahren noch Boote zu Wasser gelassen hatte, war er halb liegend, halb sitzend mit Bootstauen an die Bretter gefesselt. Genau wie sie damals. Und genau wie sie damals war er geknebelt. Seine Hände waren seitlich an den Körper gebunden, seine Beine gespreizt. Der einzige Unterschied lag darin, dass sie seine Beine noch zusätzlich mit zwei Seilen fixiert hatte. Er hatte ihr damals die Schenkel einfach auseinandergedrückt. Aber damals war sie auch noch schwach gewesen.

Heute musterte sie ihn mit Verachtung. Seine linke Körperhälfte war an mehreren Stellen stark geschwollen und mit Blutergüssen übersät. Ein Minivan war nun einmal keine geeignete Methode für eine sanfte Reise ins Reich der Träume. Aber das spielte für ihre Zwecke keine Rolle. Ärgerlicher war schon der Umstand, dass er alle paar Minuten ohnmächtig wurde. Er sollte es doch genießen.

Sie spritzte ihm Wasser ins Gesicht. Er wachte wieder auf. Und schon presste sie ihm wieder die Wodkaflasche mit aller Gewalt auf seine Oberlippe. So wie er damals. Er schluckte notgedrungen, spuckte die Hälfte wieder aus und keuchte. So wie sie damals. Als er genug Luft für die nächsten Sekunden hatte, drückte sie ihm den Knebel wieder auf den Mund. So wie er damals.

Sie musterte seine Oberlippe, die langsam anschwoll. Sehr

gut. Die Wodkaflasche war so gut wie leer. Ebenfalls sehr gut. Zusammen mit den Fesseln und seiner Scheißangst machte das schon vier abgehakte Punkte auf ihrer Liste.

Jetzt stand der Höhepunkt bevor. Auf einem Brett, das sie über ein altes Holzfass neben dem Schlitten gelegt hatte, hatte sie fein säuberlich ihr Operationsbesteck zurechtgelegt: ein Skalpell, diverse verschieden große Nadeln und genug Nahtmaterial, um sich notfalls auch den ein oder anderen Ausrutscher leisten zu können. Aber das würde sicher nicht nötig sein. Seine Naht würde die kleinste von allen werden.

Er stöhnte wieder und wand sich. Was sollte das heißen? Nein? Sie lachte. Hatte er sie damals gefragt? Hatte er nicht. Sein Fehler. Sie nahm das Skalpell auf und ließ es langsam vor seinen Augen tanzen. Sein Grunzen wurde lauter. Er schnaufte widerlich. So wie damals, als er sich in ihr entleert hatte. Wut stieg in ihr auf. Sie musste sich beherrschen, ihn nicht sofort kaltzumachen. Aber im nächsten Moment verdrehte er schon wieder mit einem Stöhnen die Augen. Sie fluchte. Verdammtes Weichei! Der Schleimer würde nicht lange durchhalten. Die Kombination aus seinen Verletzungen durch den Hundebiss, den Autoaufprall und dem Alkohol würde es ihm vermutlich leichter machen, als er verdient hatte. Sie musste sich beeilen. Er bekam die nächste Ladung Wasser ins Gesicht. Da war er wieder.

Und da war auch wieder das Skalpell. Sie sah ihn fast zärtlich an und sprach die ersten und letzten Worte mit ihm.

»Du fragst dich bestimmt, was das soll. Die anderen, die, die geschwiegen haben, denen habe ich nur zugenäht, was schon da war. Bei dir muss ich leider erst etwas entfernen, bevor ich dich wieder zunähen kann«, hauchte sie.

Er schnaufte mit hervorquellenden Augen und lief rot an. Schweißperlen traten auf seine Stirn, während er verzweifelt versuchte, seine Fesseln abzustreifen. Es war sinnlos. Wieder das

Grunzen. Er hatte verstanden. Sehr gut. Was denn? Waren das etwa Tränen in seinen Augen? Sie glaubte es nicht. Tränen?! Wollte er sie beleidigen? Wieder stieg Wut in ihr auf. Und jetzt würde sie sich ihr hingeben. Sie würde alles bis zur letzten Sekunde auskosten. Sie holte aus. Er schrie unter seinem Knebel, als das Skalpell niedersauste. Aber sein Schmerz blieb aus. Das sollte er auch, denn sie hatte nur seine Hose zwischen den Beinen zerschnitten. Er schwieg einen Moment verdutzt. War das ein Versehen? Nein, ganz bestimmt nicht. Sie riss die Hose herunter. O Gott, der Schleimer trug tatsächlich Boxershorts mit Homer-Simpson-Motiven drunter. Was er damals getragen hatte, wusste sie nicht mehr. Sie riss ihm auch die Boxershorts herunter. Der Schleimer schrie schon wieder. Wieder sehr gut. Er hatte verstanden, was sie ihm entfernen musste, bevor sie ihn wieder zunähen konnte.

Und da lag es auch schon vor ihr. Kümmerlich, bräunlich und verschrumpelt. Als würde es sich am liebsten irgendwo nach innen verkriechen. Damals war das anders gewesen. Da hatte es hart und aufrecht vor ihr gestanden und ihr alles genommen, was sie in ihrem Leben hatte. Ihren Stolz, ihre Würde, ihre Zukunft.

Sie nahm das Skalpell zur Hand und hob es an.

Im nächsten Moment umhüllten sie Rauch, Farbe und ein gellendes Pfeifen.

58 Montag, 21:45 Uhr

»Verdammte Kanonenschläge!?«, schrie Kemperdick in den ohrenbetäubenden Krach aus Zischen, Pfeifen, Heulen und durchdringenden Böllerschüssen. Es hörte sich an, als befänden sie sich mitten auf einem Schlachtfeld. Die Polizisten lagen im aufgeweichten Boden rund um den Schuppen. Alle hatten sich in Erwartung von Schüssen auf den Boden geworfen und sahen ungläubig mit an, wie dichter Rauch den Schuppen binnen Sekunden in einem undurchdringlichen schwefelig stinkenden Nebel verschwinden ließ, der immer wieder durch Leuchteffekte grotesk illuminiert wurde. Blitze zuckten. Dutzende kleine Explosionen spuckten Lichtkugeln in den schwarzen Himmel, wo sie zu roten Leuchtfontänen zerstoben und den Schuppen und das Ufer in ein gespenstisch glühendes Inferno verwandelten. Wenn das nicht die Hölle war, so ähnlich musste sie sich anfühlen, dachte Inka.

»Eine Art Alarmanlage«, rief Inka. »Wie ist sie denn daran gekommen?«

»Das Schützenfest-Feuerwerk«, sagte Röggen. »Das ist am Sonntagabend immer der große Abschluss. Vielleicht hat der Feuerwerker das Zeug schon hergebracht.« Es sah sehr danach aus, dachte Inka und rief Kemperdick gegen den Lärm heran.

»Lagebericht!« Sie hatte Schreie vom anderen Ende des Schuppens gehört. Kemperdick rannte gebückt um die Kopfseite und verschwand im Schutz des Rauches. Sekunden später war er keuchend wieder da und hockte sich neben die Frauen.

»Zwei Kollegen sind über Stolperdrähte gefallen und haben das Feuerwerk vermutlich ausgelöst. Gesichtsverletzungen durch die Knaller«, sagte er. »Ich habe sie zurückgeschickt. Einen Kollegen konnte ich nicht finden. Die anderen halten die Stellung.«

Inka sah Röggen und Kemperdick an. »Ich brauche fünf Leute«, sagte sie. »Jeweils einen für jede Landseite des Schuppens. Zwei gehen rein.«

»Ich bin dabei«, sagte Röggen, ohne auch nur mit der Wimper zu zucken.

»Sicher?«, fragte Inka und erntete ein entschlossenes Nicken.

»Okay. Kemperdick, Sie verteilen die Kollegen und sichern den Schuppen, so gut es geht, an der Landseite. Ich will, dass keine Maus da rauskommt, ohne dass Sie es merken, okay?«

»Was ist mit der Seeseite?«, fragte Röggen.

»Die Kollegen vom Wasserschutz müssten jeden Moment da sein«, sagte Inka. »Aber so lange können wir nicht warten.«

Die Frauen standen auf, hielten sich gegen den Rauch die Ärmel vor den Mund und schlichen geduckt Richtung Tür. Röggen versuchte, die Tür zu öffnen.

»Abgeschlossen. Na klar. Aber das Ding ist alt und nur mit einem Schloss gesichert.«

»Leise brauchen wir immerhin nicht zu sein«, sagte Inka gegen den noch immer infernalischen Lärm. Die Momente der Stille zwischen den einzelnen Explosionen wurden aber immer länger. Das Feuerwerk ging dem Ende zu.

Die beiden Polizistinnen zückten Waffen und Taschenlampen und warfen sich mit Anlauf gegen die Tür. Sie zerbarst beim ersten Versuch. Die beiden stolperten in einen etwa vier mal fünf Meter großen, dunklen Raum, der auf der rechten Seite leicht Richtung Wasser abfiel. Der ehemalige Zugang zum See war mit einer provisorischen Holzverlattung gegen Eindringlinge abgedichtet. Hier drinnen wütete das Inferno weniger stark, aber

Rauch und Gestank füllten den Raum trotzdem weitestgehend aus. Die Taschenlampen warfen ihre Lichtkegel auf graue Schwaden. Inka und Röggen hielten die Luft an, um nicht husten zu müssen und sahen sich, so gut es ging, um. Keine Spur von Leipold.

Inkas Lampenstrahl fiel auf eine Art Rinne, die vom Seeufer aufwärts in den Raum führte. Und dann sah sie etwas. Eine Art Schlitten, der in der Mitte des Raumes stand. Darauf lag etwas.

»Watterott!« Ein Zeichen von Inka, und Röggen wusste, was zu tun war. Inka eilte zu dem Mann, der mit heruntergezogener Hose auf einen hölzernen Schlitten gefesselt war. Inka wurde klar, woher die Druckstellen an Nathalie Brückners Rücken rührten. Watterott würde dieselben haben. Auch die Taue, mit denen er gefesselt war, sahen aus, als wären sie die gesuchten. Marlies sicherte hinter ihr den Raum nach allen Seiten, so weit das möglich war, ab. Inka tastete sofort nach Watterotts Puls. »Er lebt!«, sagte sie. »Aber er muss hier raus.« Sie legte ihre Taschenlampe ab und zog ein Messer aus einer Gürteltasche. Der Rauch verzog sich langsam.

»Marlies, hilf mir mal«, sagte sie nach hinten. Keine Antwort. »Marlies?« Sie drehte sich um. Dort, wo eben noch ihre Kollegin gestanden hatte, war nichts außer Rauch, der langsam verwehte. Inka lief es eiskalt den Rücken hinunter. »Scheiße, Marlies!« Röggen lag auf dem Boden. Im Lärm des Feuerwerkes hatte Inka nichts gehört. Sie wollte ihrer Kollegin gerade zu Hilfe eilen, als sie ein gewaltiger Schlag in den Rücken traf. Inka taumelte nach vorne und ging an der gegenüberliegenden Holzwand stöhnend zu Boden. Leipold! Verdammt, sie hatte sich irgendwo im Rauch versteckt und sie beide überrumpelt. Inka suchte nach ihrer Waffe und merkte erst jetzt, dass sie sie mit der Taschenlampe bei Watterott abgelegt hatte. Sie rappelte sich auf und sah sich orientierungslos um. Ein Hustenanfall schüttelte sie. Irgendwo in der Nähe von Watterott erleuchtete ihre Taschenlampe die Szenerie diffus und unwirklich. Dann sah Inka urplötzlich einen Schatten lautlos aus dem Nebel auf sich zustürmen! Zu spät! Ein Schlag traf sie in die Magengrube und trieb ihr die Luft aus den Lungen. Inka taumelte rückwärts nach hinten. Wieder vor die Holzwand. Wieder ein Hustenanfall. Doch diesmal bekam sie einen Gegenstand zu fassen. Eine Holzlatte. Sie schlug damit nach ihrer Gegnerin. Sie traf Leipold am Hals. Aber die schüttelte den Schlag ab wie eine lästige Fliege. Stattdessen traf Inka ein weiterer gewaltiger Fausthieb in den Magen, sie taumelte erneut. Verdammt, wo hatte diese Frau solche Kräfte her? Wieder ein Schlag. Woher? Keine Ahnung. Inka sah nur noch verschwommen. Sie hörte die jetzt nur noch vereinzelten Knaller des Feuerwerks wie durch einen Schleier. Sie fiel zu Boden und merkte, wie sie an den Beinen in den Raum gezogen wurde. Und wie sich etwas Schweres auf sie setzte. Leipold hockte auf ihr und sah sie hasserfüllt an. Inkas Körper schüttete eine letzte Dosis Adrenalin aus. Mittlerweile hatte sich der Rauch so weit verzogen, dass sie erkennen konnte, was die Mörderin da in ihrer Hand hielt. Ein Skalpell. Inka versuchte verzweifelt, sich zu befreien, aber es war zwecklos. Leipold hatte sie mit ihren Beinen wie in einem Schraubstock fixiert. Sie hob das Skalpell und ließ es mit einem Schrei auf Inka niedersausen. Inka schloss die Augen.

Plötzlich, mit einem gewaltigen Ruck, war sie frei. Sie sah auf. Nicht Leipold hatte geschrien, sondern Röggen. Inka merkte, wie Leipold mit einem Ruck von ihr gezogen wurde und plötzlich keuchend am Boden neben ihr lag. Ihr Hinterkopf blutete, und Inka sah Röggen über sich, die mit hasserfüllter Miene einen großen Holzscheit zur Seite warf, mit dessen Hilfe sie Leipold von Inka heruntergerammt hatte. Marlies selbst blutete an Schläfe und Ohr. Aber ohne jedes Zögern zückte sie ihre Waffe und kniete sich damit neben Leipold. Sie drückte der wehrlosen Mörderin den kalten Stahl an den Hinterkopf und entsicherte die Waffe mit einem Klicken, das erstaunlich laut zu hören war. Jetzt begriff Inka, warum. Das Feuerwerk war so gut wie vorbei. Nur noch sporadisch zerrissen Kracher die Stille.

»Marlies!«, rief Inka. Röggen hielt inne und blickte Inka keuchend an. »Ich weiß, was sie dir angetan hat. Tu's nicht.«

Marlies sah sie an. Inka wagte nicht zu atmen. Sie konnte nur ahnen, welche Art Kampf in ihr toben musste. Die Sekunden dehnten sich schier endlos. Inka hielt Marlies' Blick fest. Einen Herzschlag lang. Noch einen Herzschlag. Dann entspannte sich Röggens Gesichtsausdruck. Sie löste sich aus ihrer Starre und sah zu Boden. Langsam, wie betäubt, sicherte sie ihre Waffe und stand in dem Moment auf, als die beiden Frauen laute Stimmen von draußen hörten. Kemperdick und die Kollegen stürzten herein und übernahmen den Rest. Der bewusstlosen Leipold wurden Handschellen angelegt und zwei Beamte legten sie auf eine Trage. Kaum waren sie draußen, stürmten Sanitäter herein und untersuchten Watterott. Hinter ihnen weitere Beamte, Stimmengewirr und professionelle Betriebsamkeit setzten ein. Scheinwerfer wurden aufgestellt, Bretter herausgerissen. Der Rauch verzog sich, die Hölle verwandelte sich wieder in einen alten Bootsschuppen am Ufer des Hennesees.

Röggen half Inka auf. »Danke«, sagte Inka stöhnend.

»Gleichfalls«, antwortete Röggen.

59 Dienstag, 3:12 Uhr

Es war das erste Mal seit Ewigkeiten, dass Inka wieder ihr Zuhausegefühl überkam, als sie die Wohnungstür leise hinter sich schloss.

Es war vorbei. Sie atmete tief durch. Böse stand vor ihr und begrüßte sie mit lautlosem Schwanzwedeln. Sie strich dem Hund zärtlich über das Fell und sah überrascht auf den Lichtschein auf dem Boden des Flures. Sie ging, so gut es ihre Schmerzen erlaubten, in Richtung Wohnzimmer und sah das, was sie insgeheim gehofft hatte: Henne saß am Küchentisch.

In karierten Pyjamahosen und einem weißen T-Shirt beugte er sich über eine Tasse Tee und sah besorgt auf, als sie mit Böse um die Ecke bog. Er kam zu ihr und nahm sie in den Arm.

»Alles okay?«, fragte er vorsichtig.

»Alles okay«, antwortete Inka leise. »Nur ein paar Schrammen.«

Er half ihr unnötigerweise, aber sehr fürsorglich auf einen Stuhl und ging zum Herd, um auch ihr einen Tee einzuschenken, den er vor ihr abstellte, als er sich zu ihr setzte.

»Erzählst du's mir?«, fragte er. Inka nahm einen Schluck und nickte.

Zehn Minuten später wusste Henne, was er wissen musste. Die Verhöre nach der ärztlichen Versorgung von Astrid Leipold würden die nächsten Tage andauern, aber aufgrund ihres Genesungsprozesses, der Kaltblütigkeit und der Rationalität, mit der sie vorgegangen war, schien es wahrscheinlich, dass man sie wegen dreifachen Mordes und eines Mordversuches anklagen würde.

Halverscheid hatte Inka in einer improvisierten nächtlichen Pressekonferenz über den grünen Klee gelobt und für den nächsten Tag eine offizielle Informationsveranstaltung angekündigt. Inka hatte darauf bestanden, dass dabei auch alle anderen Ermittler anwesend waren. Inklusive der verletzten Beamten vom Einsatz am Bootsschuppen, denen außer leichten Verbrennungen nichts weiter geschehen war. Marlies war ebenfalls okay. Sie hatte Kopfschmerzen und eine Platzwunde, aber zumindest keine Gehirnerschütterung oder Schlimmeres davongetragen. Nur Pfeil würde mit einem Gips anreisen müssen. Sein »gebrochenes Bein« hatte sich »nur« als dreifacher Bänderriss entpuppt, der ihn aber trotzdem einige Zeit außer Gefecht setzen würde.

»Und sie?«, fragte Henne. »Wie hat sie das alles angestellt?«

Inka erzählte von der ersten Rekonstruktion, die sie in den letzten Stunden angestellt hatte. Leipold war zwar auch k. o. gegangen, hatte sich aber mittlerweile erholt. Sie war geständig. Als die Therapie bei Richards sie so weit wieder aufgerichtet hatte, dass sie zumindest wieder einen geregelten Tagesablauf bewerkstelligen konnte, hatte sie angefangen, Rachegefühle aufzubauen. Das, was Richards als Fortschritte ihrer Psyche gedeutet hatte, war in Wahrheit ein Rückschritt. Ein Abdriften in noch dunklere Gefilde, allerdings diesmal nicht als Opfer, sondern als Racheengel. Dafür fuhr Leipold mehrfach zurück ins Sauerland. Sie mietete sich inkognito in der Pension in Winterberg ein und baute eine Art Vertrauensverhältnis zu Peters auf. Dass der ihr das Auto geliehen hatte, würde vermutlich keine Konsequenzen haben. Leipold recherchierte, bis sie alle ausfindig gemacht hatte, die damals an der Tat beteiligt gewesen waren. Aber ein simples Töten wäre nicht befriedigend genug gewesen. Daher setzte sie alle Beteiligten unter Druck. Sie wollte sie leiden sehen. Erst schickte sie ihnen je zwei Briefe, dann einen Gegenstand, der den Schuldigen unmissverständlich klarmachte, wer hinter ihnen her war. Bei Nathalie Brückner war es der Ring gewesen, den Leipold am Abend der Vergewaltigung getragen hatte und von dem sie eine Kopie anfertigen ließ. Bei Hesterkamp war es Nathalie Brückners Leiche, die Leipold so im See abgelegt hatte, dass sie an Hesterkamps Ufer gefunden werden musste.

Henne dachte nach und kam zu einem scheußlichen Schluss. »Hat Watterott sie nach der Vergewaltigung damals etwa auch einfach in den See geworfen?«

Inka nickte. »Über den Schlitten im Bootshaus«, sagte sie mit trockener Kehle.

»Aber noch mal zu Hesterkamp. Wieso macht ein Mann, der weiß, dass ihn jemand umbringen will, einen einsamen Spaziergang am See?«, fragte Henne.

Inka senkte den Blick. »Ich glaube, weil er wollte, dass es vorbei ist. Als Homosexueller hat er sein ganzes Leben gegen irgendwelche Widerstände kämpfen müssen. Er war immer der Aufrechte, der Inbegriff des Wahren, Gerechten und Guten. Und ausgerechnet, als er sich seine Belohnung dafür, die Königsehre, genommen hatte, stellt ihm das Schicksal eine üble Falle. Er wird Zeuge der Vergewaltigung. Und zaudert zum ersten Mal im Leben.«

»Weil er plötzlich was zu verlieren hatte«, ergänzte Henne.

»Und weil er merkte, dass die Königsehre ihn mit dem Vertuschen der Tat in etwas verwandelt hat, was er nie sein wollte. Einer wie die anderen. Ein Strippenzieher, ein Heuchler, ein Manipulator.« Inka atmete durch.

Die beiden sahen sich einen langen Moment an. Erleichtert, ihr Leben endlich wiederzuhaben.

»Gehen wir schlafen?«, fragte Henne mit einem Lächeln.

»Eine Frage hätte ich auch noch. Was war eigentlich im Päckchen, das Watterott von Leipold bekommen hat? Das haben wir noch gar nicht«, stellte Inka fest.

»Nichts«, sagte Henne, »es war leer.« Er stand auf, zog sich feierlich Putzhandschuhe in strahlendem Grün über und holte es. Der Stoffbeutel, den Watterott mitgebracht hatte, war fein säuberlich eingepackt in einen riesigen Müllbeutel. Die Beweissicherung des cleveren Hausmannes, dachte Inka.

»Andreas hat es hiergelassen, als er abgehauen ist. Genau wie ihre Briefe.«

»Und es war wirklich nichts drin?«

»Doch«, sagte Henne. »Man kann es nur nicht sehen«. Er hielt Inka den geöffneten Gefrierbeutel unter die Nase. Sofort roch Inka ein schweres, verführerisches Vanilleparfüm. »Das, was sie an dem Abend getragen hat. Andreas ist fast wahnsinnig geworden vor Angst. Er hatte natürlich niemandem von der Vergewaltigung erzählt. Wenn das rausgekommen wäre, hätte er alles verloren.«

»Ist er deshalb abgehauen?«, fragte Inka.

»Das war mein Fehler«, sagte Henne mit einem Kopfschütteln. »Ich habe ihm gesagt, dass ich das nicht unter Freundschaft verbuchen kann und dich anrufen muss. Und den Moment hat er genutzt, um abzuhauen. Wie geht es ihm?«

»Nicht sehr gut«, sagte Inka und sah Böse an, der jetzt schwanzwedelnd vor ihr saß. »Ein Hundebiss, Knochenbrüche und Prellungen von dem Autoaufprall. Was seine Psyche angeht, keine Ahnung. Er wäre fast kastriert worden. Außerdem ist wohl klar, dass jetzt alles rauskommt. Die Staatsanwaltschaft will ihn wegen versuchten Mordes anklagen.«

Henne nickte und übergab Inka feierlich den Gefrierbeutel.

»Gut, dass es vorbei ist«, sagte er, und Inka nickte. »Und jetzt?«

Inka lächelte und leerte ihrerseits ihre Tasse. Sie stand auf, ging langsam zu ihrem Mann und packte ihn mit einem wohligen Knurren am T-Shirt-Kragen.

»Jetzt, Henne, will ich, dass du mich ins Bett zerrst und ganz lange nicht wieder rauslässt. Pass nur ein bisschen auf meine Rippen auf, okay?«

60 Donnerstag, 12:30 Uhr

»Manni, noch mal drei Currywürste und eine Runde Pils für alle!«

Mannis Truckergrill platzte aus allen Nähten. Nicht nur, weil es um die Mittagszeit zwischen Theke und Sitzecken generell eng wurde, sondern weil keiner der Kolleginnen und Kollegen von Marlies Röggen es sich nehmen ließ, am sogenannten »kleinen Leichenschmaus« für ihren Mann teilzunehmen.

Keine Stunde zuvor hatten Inka, Henne und die gesamte Briloner Polizei ungläubig mitangesehen, wie das wahrscheinlich aufsehenerregendste Begräbnis der jüngeren Stadtgeschichte dem alten Friedhof im Norden von Brilons Innenstadt eine halbe Völkerwanderung beschert hatte. Es hatte zweieinhalb Stunden gedauert, bis sich eine nicht enden wollende Karawane von Kollegen, Freunden und Bekannten Dr. Röggens an der bedauernswerten Marlies vorbeigeschoben und ihrem Mitgefühl Ausdruck verliehen hatte. Der Tod war immer sinnlos. Opfer eines Mordes zu werden, erschien als noch größere Sinnlosigkeit. Besonders wenn man eine herausragende Kapazität in medizinischer Hinsicht gewesen war. Und eine noch größere in sexueller Hinsicht, dachte Inka. Sollte Marlies dasselbe gedacht haben – was Inka für durchaus wahrscheinlich hielt –, hatte sie sich nichts anmerken lassen. Sie hatte die Prozedur tapfer über sich ergehen lassen und zugesehen, wie das bescheidene Urnengrab ihres Mannes seinerseits begraben worden war. Binnen Minuten war es unter einem Meer von Blumen verschwunden.

Erst nachdem der letzte Achtzylinder mit dem Kennzeichen irgendeiner Universitätsstadt in Richtung Autobahn verschwunden war, hatte Marlies kurz durchgeatmet, war zu ihren Kollegen gekommen und hatte eine kleine Ansprache gehalten.

»Kollegen«, hatte sie gesagt. »Die Fachwelt da draußen soll ihn als großen Mediziner in Erinnerung behalten. Ihr seid die Einzigen, die wissen, was wirklich zwischen mir und meinem Mann passiert ist. Und deswegen hab ich für euch mal was vorbereitet.«

Eine halbe Stunde später waren sie in Mannis Truckergrill eingefallen.

»Prost«, sagte Marlies und hob ihre Flasche Pils. »Prost!«, und »Auf dich!«, hallte es nicht zum ersten Mal heute von allen Ecken des alten Bahnwaggons. Inka betrachtete Marlies, die neben ihr saß und zum ersten Mal an diesem Tag lächelte.

»Danke«, sagte Marlies.

»Wofür?«, fragte Inka.

»Dass du mich in dem Bootsschuppen davon abgehalten hast, etwas Falsches mit etwas noch Falscherem zu Ende zu bringen.«

»Du hättest sie wirklich getötet?«

»Ich glaube, ja. Aber das Schlimme daran ist, ich hätte es nicht getan, weil ich meinen Mann noch liebte, sondern aus demselben Grund, aus dem sie drei Menschen umgebracht hat. Aus Rache. Wenn du nicht gewesen wärst, Inka, wäre ich jetzt kein Stück besser als eine hoffentlich bald verurteilte Mörderin. Nur mit Polizeimarke.«

Die beiden Frauen sahen sich einen Moment an und umarmten sich. Dabei fiel Inkas Blick auf Marlies' Handtasche, die ihr seltsam schwer und vollgepackt erschien.

»Nichts zu danken«, sagte sie. »Was ist da eigentlich in deiner Handtasche?«

»Was meinst du?«, tat Marlies unschuldig.

»Seine Asche, oder?«, fragte Inka bestimmt.

Röggen überlegte kurz und holte eine einfache Tupperdose aus ihrer Tasche. Durch den halbtransparenten Deckel schimmerte ein dunkles Pulver.

Sie überlegte kurz. Als ob sie abwägte, Inka in ein Geheimnis einzuweihen. »Ach was«, sagte sie dann. »Es ist eh Zeit. Wollt ihr mitkommen?« Sie ging entschlossenen Schrittes zur Tür. Inka und Henne sahen sich mit großen Augen an und eilten ihr nach. Sie holten sie am unteren Treppenabsatz ein, wo Marlies nach links abbog und einem kleinen Pfad in den Wald folgte.

Inka und Henne beschlich eine böse Vorahnung. Sie folgten ihrer Kollegin den Pfand hinauf. »Marlies, ich glaube nicht, dass das eine gute Idee ist …«, meinte Inka. Keine Reaktion, Marlies ging weiter. Jetzt verfolgten Inka und Henne sie entschlossenen Schrittes.

»Marlies, wartest du bitte mal?«, fragte Inka deutlich lauter als vorher.

»Sorry«, antwortete sie. »Nicht auf diesem Weg.«

»Scheiße«, sagte Henne. Beiden war klar, was Marlies vorhatte. Sie eilten ihr nach, bis es ein Stück weiter heller um sie wurde. Der Wald wich zurück, und vor den dreien öffnete sich eine Lichtung mit einem herrlichen Rundblick auf das Sauerland. Blauer Himmel, grüne Hügel. Man konnte Brilon sehen. Und Meschede. Irgendwo in der Ferne schimmerte der Hennesee in der Mittagssonne.

»Marlies, du streust jetzt aber nicht die Asche deines Mannes in den Wald, oder?«

Marlies drehte sich zu den beiden um und lächelte.

»Quatsch«, sagte sie und holte die Tupperdose aus ihrer Tasche. »Ich streue sie in den Wind.« Sie hatte es nicht ganz ausgesprochen da verteilte sich schon ein feiner grauer Schleier in der frischen Brise, wie ein Schwarm mikroskopisch kleiner

Bienen. Die drei sahen ihm nach, wie er sich binnen Sekunden auflöste. Inka und Henne ungläubig, Marlies versonnen.

»Als wir noch …«, Marlies schluckte und musste ein zweites Mal ansetzen. »Als wir noch ein richtiges Paar waren … Gott, das kommt mir vor wie vor Ewigkeiten. Da hat er immer gesagt, er kann den Gedanken nicht ertragen, dass sein Körper nach seinem Tod eingesperrt ist. Weder unter der Erde noch in einem Sarg. Und auch nicht in einer Urne.« Sie sah in den Wind, der die Überreste des begabten Mediziners bereits weit davongetragen hatte. »Wisst ihr was? Ich hätte ihm schon viel früher seine Freiheit geben müssen. Manchmal glaubt man an Dinge nur, weil man will, dass sie funktionieren. Nicht weil sie es wirklich tun.« Mit dem Handrücken trocknete sie eine einzige kleine Träne auf ihrer Wange und sah Inka und Henne an. »Wurst und Pils gibt's unten.« Sie drückte ihren Freunden kurz die Schulter und ging zurück in den Grill.

Inka und Henne sahen ihr nachdenklich hinterher.

»Wie meinte sie denn das?«, fragte Henne.

»Keine Ahnung«, sagte Inka und schluckte. »Vielleicht meinte sie, wir sollten auch mal bestimmte Dinge überdenken.«

»Okay.« Henne nickte eine Spur zu ernst für Inkas Geschmack. »Ich habe nämlich nachgedacht«, sagte er. »Ich würde gerne wieder arbeiten gehen.«

Inka starrte ihn an. »Das ist jetzt nicht dein Ernst«, sagte sie.

»Doch.« Und plötzlich zog sich ein breites Grinsen über sein Gesicht. »Vielleicht halbtags. Irgendwann, wenn Tom in der Schule ist.« Inka konnte die Erleichterung im ganzen Körper spüren.

»Du Mistkerl«, sagte sie und schlug ihm spielerisch auf die harte Brust.

»Danke«, grinste er und wurde wieder ernster. »Ich weiß, es ist nicht ganz einfach mit mir, meinen alten Kumpels, rosa

Wäsche, grober Leberwurst, verletzten Kindern und Hunden mit ADHS. Aber sei ein bisschen locker, und gib mir 'ne Chance, okay? Ich werde schon besser«, sagte er und sah ihr tief in die Augen.

»Nur wenn ich dieselbe Chance bekomme«, sagte Inka. Die beiden küssten sich und schlenderten den Pfad zurück auf den Parkplatz vor dem Grill.

Plötzlich merkte Inka, dass Henne sich anspannte und zu einem Sportwagen sah, der auffällig langsam auf den Parkplatz rollte und hinter einem LKW stehen blieb.

»Geh schon mal vor«, sagte er und ging dem Wagen nach.

Kaum war Henne am Fahrzeug angekommen, fuhr das Fenster der Fahrerseite surrend herunter. Es gab lächerlich langsam das grinsende Gesicht von Markus Winter frei, wie ein endlos langsamer Computer, dem man ein Fahndungsfoto entlockt.

»Ich störe das junge Glück ja nur ungern«, sagte Winter süffisant. »Aber mir ist da eine ziemlich fette Exklusivstory durch die Lappen gegangen. Ich glaube, mein Freund, du schuldest mir was.«

Henne nickte zustimmend, holte aus und schlug Winter ohne Ankündigung voll auf die Nase. Sein Kopf zuckte zurück. Ein Rinnsal Blut lief auf seine Oberlippe.

»Sollten Sie jemals wieder meiner Familie oder mir zu nahe kommen, war das das Harmloseste, was ich Ihnen antue, klar?« Henne ging zurück zu Inka, die vor dem Eingang des Grills auf ihn wartete.

»Wer war das?« fragte sie.

»Nur wieder einer von diesen alten Kumpels.« Er legte den Arm um Inka und führte sie in den Grill.

Jörg Maurer
Föhnlage
Alpenkrimi
Band 18237

Sterben, wo andere Urlaub machen

Bei einem Konzert in einem idyllischen bayrischen Alpen-Kurort stürzt ein Mann von der Decke ins Publikum – tot. Und der Zuhörer, auf den er fiel, auch. Kommissar Jennerwein nimmt die Ermittlungen auf: War es ein Unfall, Selbstmord, Mord? Und warum ist der hoch angesehene Bestattungsunternehmer Ignaz Grasegger auf einmal so nervös? Während die Einheimischen genussvoll bei Föhn und Bier spekulieren, muss Jennerwein einen verdächtigen Trachtler durch den Ort jagen und stößt unverhofft auf eine heiße Spur …

»Mit morbidem Humor, wilden Wendungen und skurrilen Figuren passt sich das Buch perfekt in das Genre des Alpenkrimis ein, bleibt aber dank der kabarettistischen Vorbildung Maurers im Ton eigen und dank seiner Herkunft aus Garmisch-Partenkirchen authentisch.«
Süddeutsche Zeitung

»Wunderbar unernster, heiterironischer Alpenkrimi.«
Westdeutsche Allgemeine

»Virtuos komponiertes Kriminalrätsel.«
Frankfurter Allgemeine Zeitung

Fischer Taschenbuch Verlag

fi 18237 / 1

Eva Ehley

Engel sterben

Ein Sylt-Krimi

Band 18998

Ein Teufel im Paradies

Auf Sylt staut sich die Hitze, als drei kleine Mädchen spurlos verschwinden. Es gibt keine Zeugen, keine Lösegeldforderung. Und doch kommen drei Menschen dem Täter gefährlich nahe: Eine Mutter in Sorge um ihre Tochter. Ein alternder Journalist, alkoholabhängig und auf der Suche nach der ganz großen Story. Und eine Maklerin, die nur eines möchte: die leer stehende Villa am Watt verkaufen …

Der erste Fall für das Sylter Ermittlerteam Sven Winterberg, Silja Blanck und Bastian Kreuzer

»Ein smart-süffiger Krimi-Hit!«

Schweizer Radio DRS 3

Fischer Taschenbuch Verlag

fi 18998 / 2

Klaus-Peter Wolf

Ostfriesenmoor

Der siebte Fall für Hauptkommissarin Ann Kathrin Klaasen

Band 19042

Idyllisch und unendlich weit erstreckt das grüne Land hinter dem Deich. Niemand vermutet hier Böses. Doch jetzt liegt eine Leiche im Moor. Der Mörder hat geschickt mit Hilfe eines Metalldrahtes einen menschlichen Körper nachgeformt und darüber die Haut gespannt. Wer tut so etwas? Und vor allem: Wer kann so etwas? Doch dann wird in Norddeich ein Kind entführt. Hat der Moor-Mörder ein neues Opfer gefunden?

»Klaus-Peter Wolf begeistert mit seinen Ostfrieslandkrimis auf ganzer Linie. Vorsicht: Es besteht Suchtgefahr!«
Ruhrnachrichten

Fischer Taschenbuch Verlag

fi 19042 / 1

Stephan Ludwig

Zorn – Tod und Regen

Thriller

Band 19305

»Es dauerte drei Stunden, bis sie den Verstand verlor, und weitere zwei, bis sie endlich sterben durfte.«

Zwei Morde – blutig, brutal, unerklärlich. Warum gibt ein Killer seinem Opfer Schmerzmittel, bevor er es quält? Hauptkommissar Claudius Zorn soll die Ermittlungen leiten: Er hat Kopfschmerzen, er hat keine Lust, er hat keine heiße Spur. Als er dann noch merkt, dass ihn bei den Ermittlungen irgendjemand austricksen will, bekommt Zorn richtig schlechte Laune. Und der Mörder hat noch nicht genug …

Der packende Auftakt zur neuen Reihe mit Hauptkommissar Claudius Zorn und seinem kauzigen Assistenten Schröder

Fischer Taschenbuch Verlag

fi 19305 / 3